译文名著精选

YIWEN CLASSICS

伊利亚随笔选

〔英〕查尔斯·兰姆 著　刘炳善 译

Charles Lamb

Essays of Elia

上海译文出版社

图书在版编目(CIP)数据

伊利亚随笔选 /(英) 兰姆 (Lamb, C.)著;刘炳善译.
—上海:上海译文出版社,2012.4(2025.6 重印)
(译文名著精选)
书名原文:Essays of Elia
ISBN 978-7-5327-5702-2

Ⅰ.①伊… Ⅱ.①兰… ②刘… Ⅲ.①散文集-英国
-现代 Ⅳ.①I561.65

中国版本图书馆 CIP 数据核字(2012)第 016814 号

Lamb, C.
ESSAYS OF ELIA

伊利亚随笔选
〔英〕查尔斯·兰姆 著 刘炳善 译

上海译文出版社有限公司出版、发行
网址:www.yiwen.com.cn
201101 上海市闵行区号景路 159 弄 B 座
上海市崇明县裕安印刷厂印刷

开本 890×1240 1/32 印张 11 插页 2 字数 215,000
2012 年 4 月第 1 版 2025 年 6 月第 4 次印刷
印数:10,001—11,000 册

ISBN 978-7-5327-5702-2
定价:40.00 元

目　录

兰姆及其《伊利亚随笔》(译序)

一

介绍兰姆，不能不先谈一谈英国随笔的发展，而谈到英国随笔，又离不开法国的著名散文作家蒙田(Michel Eyqu-em de Montaigne，1533—92)，他那以“我写我自己”为主导思想的《随笔》(“Essais”)一书是近代欧洲随笔散文发展的奠基石。英国的随笔写作即以此书的最初英译本(出版于1603年)为其滥觞。此后三四百年，随笔在英国不断发展，作者迭出。最初的硕果是培根的五十八篇《随笔》(Francis Bacon：“Essays”，1597—1625)。但培根的随笔是哲理性的，和蒙田那富于个人风趣的笔调不同。到十七世纪，英国出了两部模仿蒙田的作品，那就是考莱的《随笔集》(Abraham Cowley：“Essays in Verse and Prose”，1668)和邓普尔的《杂谈集》(William Temple：“Miscellanea”，1680—1701)。但英国随笔的大发展却是在十八世纪。当时，文人办期刊蔚然成风。例如，大家熟知的笛福，在他六十岁写作《鲁滨孙历险记》之前，早就是办刊物的老手，而且是英国头一份期刊《评论报》(“Review” 1704—13)的主笔。此外，斯威夫特办过《检察者》(“The Examiner”，1710—11)，斯梯尔和阿狄生办过《闲话报》(“The Tatler”，1709—11)和《旁观者》(“The Spectator”，1711—12；1714)，约翰逊博士办过《漫游者》(“The Rambler”，1750—52)，后来哥尔斯密也办过短期的小刊物《蜜蜂》(“The Bee”，1759)。由于时代的风气、刊物的需要，随笔得到广泛的应用，作家用它来立论、抒情、写人、叙事，还不动声色地把自己的个性因素贯穿进去，将随笔开拓成为一种非常灵活、非常吸引读者的文学体裁。到了十九世纪，随笔散文成为英国浪漫主义文学运动的一个分支，出现了一批著名的随笔作家，如兰姆、赫兹利特、德·昆西和利·亨特等。英国随笔在十九世纪发展到了一个顶峰，题材扩展到了日常生活各个方面，作者的个性色彩也更为浓厚，名篇佳作甚多，其流风余绪一直影响到二十世纪。从二十世纪初到三十年代，英国随笔还又经历了一段相当繁荣的时期。

这算是英国随笔散文发展的一个非常粗略的轮廓。

二

查尔斯·兰姆(Charles Lamb，1775—1834)生于伦敦一个律师的佣人之家。七岁时，进入为贫寒子弟而开设的基督慈幼学校念书，并与诗人柯勒律治同学结下终身友谊。兰姆是高材生，拉丁文学得很好，可惜有口吃的毛病，失去了上大学的机会，“被剥夺了在高等学校中才能享受的娱情怡性的精神养料”，引为终身憾事。由于家境困难，他十四岁即开始谋生，先在南海公司、后在东印度公司，整整做了三十六年职员，到五十岁退休。

兰姆一生平静，但屡遭不幸。小时候，他常到外祖母为人做管家的乡下庄园里去住，认识一位叫安妮·西蒙斯的金发姑娘，青梅竹马，有了感情。但他二十岁时，这个姑娘与一个当铺老板结了婚。在失恋的打击下，兰姆一度精神失常，在疯人院里住了六周，方得复元。次年(1796年)，他家里发生一桩惨剧：比他大十岁的姐姐玛利，由于日夜操劳赶做针线活贴补家用，劳累过度，遗传的疯病发作，竟拿刀子刺死了他们的母亲。这件事决定了兰姆一生的道路。他独自一人挑起了赡养老父、照料疯姐的家庭重担。他父亲死后，姐弟二人相依为命。玛利的病时好时坏，病好的时候，姐弟在一起读书、写作(因为玛利也是一个文学才能很高的人)。玛利发病常有预感，每到此时，姐弟俩就手拉手哭着向疯人院走去。在伦敦，查尔斯曾经暗自爱慕一位邻居的姑娘，未及说话，她已去世，只能写篇文章表示怀念。他又曾向一位熟识的女演员写信求婚，但信发出后考虑一下自己的家庭状况，又去信撤回。为了不使玛利流离失所，他一生未婚。晚年，兰姆姐弟移居乡下，收了一个祖籍意大利的孤女爱玛 · 伊索拉为养女。他们培养这个小女孩，亲自为她编写课本，还让她学意大利文、读《神曲》原文。这给他们的凄凉岁月增添不少乐趣。爱玛长大，与一个年轻书商结婚，兰姆姐弟又过着寂寞的日子。玛利时时犯病，为邻居所嫌，住所搬来搬去。最后，他们再也无法料理自己的生活，寄居在别人家，只求有个食宿之所。姐弟相约，最好玛利先死，免得她孤苦无依。不料，查尔斯在 1834 年底跌倒伤脸，竟不治而死。玛利在衰病昏迷中活到了 1847 年。兰姆为照顾姐姐牺牲自己，这种无私精神常为评论家所称道。

兰姆个子不高，身体瘦弱，长长的面孔和宽宽的额头透着过人的聪敏，淡褐色的眼珠有时闪出调皮的光芒，有时流露忧郁的神情。他衣着朴素，总是穿着那身普通职员穿的黑色燕尾服，下摆贴在他那瘦瘦的腿上。他生性温和，在生人面前拘束害羞，有时为了摆脱窘境说些傻话、怪话，那是因为急了。只有在知心好友中间他才流露出自己的真实性情。他的要好朋友自然首先是诗人柯勒律治和华兹华斯，但他同一直拥护法国革命、思想激进的作家葛德文、赫兹利特、亨特等人也一直保持友谊；此外，他还有一批穷朋友，多半是些有才能、有学问、有见识的"穷哥儿们"，像那位身无分文却敢碰反动势力、捋虎须的穷编辑约翰 · 芬维克，那位刻苦读书、一直到眼睛失明的穷学者乔治 · 代厄尔，那位同情穷苦儿童、每年设宴招待扫烟囱小孩的穷文人吉姆 · 怀特，等等，对于这些下层奇人，兰姆怀有深厚的情谊。

兰姆在伦敦当职员那些年，每周星期三晚上，他在文学界的朋友就到他的住所聚会。虽然房间低矮狭窄，但室内绝不缺少书画；房中摆下两张小桌，可以打打扑克；壁橱里有冷牛肉、黑啤酒，客人们可以随意取来吃喝；大家无拘无束地谈天，谈得高兴了，兰姆也插入一两句俏皮话凑个热闹。譬如说，有一天，华兹华斯谈起了《哈姆雷特》，夸口说，莎士比亚尽管很行，别的诗人只要掌握了关于哈姆雷特的史料，把它改编成戏，搬上舞台，照样成功。兰姆就挖苦他，大声说："好，华兹华斯说了，他也能写出《哈姆雷特》来——只要他有这么一个愿望！"这些夜晚是兰姆最高兴的时候。

兰姆口吃，偏爱说笑话。晚年，他住在伦敦郊区。有一回，他的养女爱玛患病初愈，兰姆送她到伦敦去玩一玩。在马车上碰到一个旅客，向兰姆问这问那，兰姆很头疼。实在没话可说了，那位先生忽然瞥见车窗外有一片菜地，又提出一个没头没脑的问题："请问，我国今年萝卜的收成如何？"兰姆连想也不想，就一本正经回答道："敝见以为，这全要看燉羊肉的味道如何才能决定。"小姑娘听了，扭过脸去哈哈大笑，苍白的面孔愁颜一破。

兰姆生活在十八、十九世纪之交，当时法国革命震动全欧。兰姆和其他英国热血青年一样受到法国革命的影响，结交了一批思想激进的朋友，他们一同写作诗文向反动保守势力开战，同时也一同受到对方的攻击谩骂。但滑铁卢一战，拿破仑下台，欧洲形势大变，封建势力复辟，英国政府的方针政策日趋反动，英国文学界中原来思想急进的人，有的被审讯，有的下狱，有的受舆论围攻、陷于孤立，有的思想变化、趋于保守。在这种形势下，兰姆写文章只谈日常琐事，再也不谈政治了。这当然也有他的苦衷。批评家贝雷尔(Augustine Birrell)说："兰姆知道自己神经脆弱，又深知自己一生中所要承受的沉重负担，所以他拼命躲进那些琐事里，有意装傻，以免由于激动而变成疯子。”（Introduction to “Essays of Elia”）为了自己和姐姐的起码生存，兰姆不得不收敛了往日的锋芒。

尽管如此，他对于社会下层的受苦的贫困者、弱小者始终怀着真挚的同情，对于他那些身处逆境、思想激进的朋友始终一如既往地保持着友谊，还尽自己的微力给他们以帮助。葛德文晚年穷困，兰姆曾送钱给他；亨特因讽刺英国摄政王而入狱，兰姆风雨无阻地去探望；“桂冠诗人”骚塞攻击亨特和赫兹利特，兰姆发表公开信为之一辩；赫兹利特在1830年病逝，临终前又穷又孤独，只有兰姆到病床前去安慰他。兰姆自己收入不多，勉强度日，但别人有了困难，他不吝解囊相助。“他总是帮助别人，而很少接受别人的帮助。”（贝雷尔语）这么看来，兰姆不失为一个性格善良正直的人。

自然，由于生平屡遭不幸，家庭负担沉重，兰姆性格中还有忧郁和痛苦的一面，这使他与烟酒结下不解之缘。这在他作品中也有所反映。

三

兰姆一生，大部分时间消磨在东印度公司的账房里。因此，他曾开玩笑说，自己的真正著作是公司里的那些大账本。他的文学活动都是在下班后业余进行的。他开始写作时，和柯勒律治或其他朋友一起出过诗集，但除一两首名篇外，诗歌成就不大。他写的一部散文传奇《罗莎芒德 · 葛雷》曾得到雪莱的欣赏。他从小喜欢看戏，还认识一些演员，努力写过一阵子剧本，但只有一部喜剧上演过，而且一演就“砸锅”，兰姆自己跟观众一起向舞台上喝倒彩。不过，他在戏上下的工夫并没有白费，在另一方面开了花、结了果：他成了一名莎剧评论家，他的《论莎士比亚的悲剧》是莎剧评论中的一篇重要文献；他还编了一部《莎士比亚同时代戏剧家作品拔萃》，他在为此书所写的按语里对这些剧作家作出了精辟的论断，在批评界起了重要作用；特别是他和姐姐玛利合写的《莎士比亚戏剧故事集》（“Tales from Shakespeare”，1807），开始虽是作为儿童读物而写的，现在已经成为全世界“从八岁到八十岁的儿童”攻读莎剧时不可少的入门书。此外，兰姆还是英国屈指可数的几个最好的书信作家之一，在信里他用日常的语言直截了当地谈他对于种种事物的看法。

但是，兰姆创作的最高成就是他的两集《伊利亚随笔》（“Essays of Elia”，1823；“Last Essays of Elia”，1833）。它们是他的代表作。从1820年开始，兰姆以“伊利亚”为笔名在《伦敦杂志》和其他刊物上发表随笔，连续十余年，后来收进这两个集子，共有长短六十八篇文章。这些随笔，或写作者青少年时代的往事，或写他的亲属、朋友、熟人，或写他当小职员的辛苦生涯，或写他在忙里偷闲中的小小快乐和种种遐想，或漫评他念过的诗、读过的书，或回忆他看过的戏、认识的演员，或写伦敦的市风，写乞丐，写单身汉，写酒鬼，并对种种世俗成见提出批评。这些作品题材平凡，写法别致，一经发表，读者和批评家都感到不同凡响，一百年来，一直被公认为英国随笔散文的典范。

原因何在？写这些随笔时，兰姆已到创作后期，而且，在1818年他已经出过自己的《文集》，把他的那些不大成功的诗文都收集进去，好像了结了一笔账，大有从此搁笔之意。而且，如果他真的还要再写那些平平无奇的诗歌、结构松散的剧本，也实在没有多大意思了。但是，1820年对于兰姆的写作生涯是个“时来运转”之年，《伦敦杂志》在这年创刊，一位能干的编辑向他约稿，不拘题材、不限写法，每月可以发他一篇文章。这就像一把对路的钥匙打开了他多年来自然积累的生活素材的宝库，那些亲友印象、往事回忆、伦敦见闻、世事观感，都是

“近取诸身”，无需远求，熟烂胸中，左右逢源。而且，兰姆在长期写作（包括书信）中自然形成的语言风格，到这时也臻于成熟。凡此种种，熔铸成他这一路既不同于古人、也不同于当代作家的作品：总的情调是怀旧的，笔法则是亦庄亦谐，寓庄于谐，在谐谑之中暗含着个人的辛酸。

兰姆耽读十七世纪英国散文名家伯尔顿和勃朗的作品，酷爱莎士比亚的戏剧和弥尔顿的诗歌，浸淫既久，在写作中不免常常加以引用，古词古语时时出于笔下。他的思路和笔法看来有些古怪。但是，他这古怪的笔法只是一层语言外壳，像蜗牛的硬壳一样，包藏着一个有血有肉的软体。细心的读者对照兰姆的生平，透过他那仿古的文风，他那特别的用语，以及他那迂曲的思路，不难看出在这语言硬壳下所包着的“文心”，亦即作者的心，看出来他是一个苦人，也是一个好人，他的随笔乃是一颗善良的心里所发出的含泪微笑。

四

本书从两集《伊利亚随笔》中选译文章三十二篇，可以大致代表兰姆所写的各种题材的随笔作品。关于每篇文章的内容和背景，各篇的第一条注释可以算是题解，兹不赘述。这里只对于兰姆作品的基本特点，上文言有未尽者，再补充几句。

兰姆的随笔是十九世纪英国浪漫主义运动的产物。从思想上摆脱理性主义的约束，任直感，重个性，师造化；从文学上摆脱古典主义的框框，虽然有时也引用一两句拉丁诗文，但心目中真正感到亲切的文学典范并非古代的维吉尔和奥维德，而是从莎士比亚、弥尔顿到华兹华斯这些英国本土的诗人——在这些特征上，兰姆和英国的其他浪漫主义诗人作家并无二致。不同之处在于：华兹华斯的诗歌以农村为自己的讴歌对象，而兰姆的随笔却以城市为自己的描写对象。喧闹繁华的伦敦几乎是他全部灵感的源泉。他从城市里的芸芸众生和平凡小事当中寻找富有诗意的东西，正如华兹华斯从乡间的山川湖泊、田野平民那里汲取自己的诗歌灵感。兰姆说："伦敦所有的大街小道全是纯金铺成的——至少说，我懂得一种点金术，能够点伦敦的泥成金，那就是爱在人群中过活的心。"（致华兹华斯的信）换句话说，他以热爱人群、热爱城市的心，赋予伦敦生活中的平凡小事以一种浪漫的异彩。他不必像十八世纪的英国随笔作家那样以启蒙读者为己任，尽可自己说自己的话。

不过，要说兰姆的随笔毫无社会内容和思想倾向，像佩特在他的论文《查尔斯·兰姆》中把兰姆当作一个"为艺术而艺术"的作家，那也不对。美国学者鲁宾斯坦博士在《英国文学的伟大传统》一书中指出：兰姆是十九世纪资本主义社会中职员、教员、会计、雇佣文人等中下层"白领工人"的代言人。这些人比上不足、比下有余，稍有苦中作乐的余暇，但在短暂的欢乐中又透出生活的苦辛。兰姆在自己的文章里有些话说得比较含糊曲折，但他在书信里有时候可就叫苦连天了。他在1822年给华兹华斯的一封信里写道：

> "三十年来，我为那些市侩们干活，可是我的脖子始终不肯向那个轭套屈服。你不知道，一天一天，每天从上午十点到下午四点的整个宝贵时间，我不能休息，不能间断，像被关禁闭似的只能在那四堵墙里呼吸，得不到一点安慰，这叫人多么烦闷……唉，但愿在我从办公桌走到坟墓之前，能够有一两年自己支配的时间！办公桌和坟墓是一样的，区别仅仅在于你坐在办公桌前的时候是一件外加的机器。"

由于自己的生活地位，兰姆对于穷人、妇女、儿童、弱者、残废人是同情的，并在文章里多次表现出来，明眼的读者不难找到。

兰姆使用的是一种特殊的文风：首先，它是个性毕露、披肝沥胆的，作者拉住读者，谈自己的一切，“说到哪里算哪里”；抒情、记事、议论互相穿插；文言、白话，秾丽、简古，交互使用，怎么方便就怎么写；有话即长，无话即短，跌宕多姿，妙趣横生。这是一种具有高度艺术性的散文。

然而，“风格即人”。这样的奇文，是作者付出了沉重代价才获得的：他那由不幸遭遇所形成的特别性格，他的“杂学”，决定了他不可能采取一般的爽朗明快、浅显易懂的语言——他的风格像是突破了重重障碍、从大石下弯弯曲曲发芽生长、终于开放的奇花异葩。他的随笔写作，是把个人不幸升华为美妙的文学作品。（《梦幻中的孩子们》一文可为代表，少年时的失恋之痛本来终生难忘，他却将它幻化为一个儿女绕膝、充满天伦之乐的美梦。）他还常常板着面孔说笑话。大家都知道，兰姆是英国独一无二的幽默作家。

对幽默很难下一个定义。暂用一个日本作家的说法吧。鹤见祐辅说：幽默是“寂寞的内心的安全瓣”，是“多泪的内心的安全瓣”；又说：“泪和笑只隔一张纸。恐怕只有尝过了泪的深味的人，这才懂得人生的笑的心情。”（《说幽默》，见鲁迅译《思想 · 山水 · 人物》）

兰姆的幽默，前边说过，就是这么一种含泪的微笑。幽默这个东西，过去被人说得太玄，太高雅了。怎样找到一个合理的解释呢？在翻译《伊利亚随笔》当中，偶然读到我国当代作家聂绀弩的《散宜生诗》，得到了启发。这位曾经“身历古今天地愁”（何满子悼绀弩诗句）的著名杂文作家，在逆境中所写的诗歌却具有诙谐、滑稽的意味，让人读了有时掉眼泪，有时忍不住要笑。而作者自称他这些诗里写的是一种阿Q气，还说，处于苦难中，“人没有阿Q气怎能生活?”在这种时候，阿Q气还是一种“救心丹”，“人能以它为精神依靠，从某种情况下活过来。”（《散宜生诗》后记）

据我国三十年代研究介绍兰姆的梁遇春先生说，兰姆对于自己心灵的创伤也有一种“止血的灵药”、“止血的妙方”：“兰姆一生逢着好多不顺意的事，可是他能用飘逸的想头，轻快的字句，把很沉重的苦痛拨开了。什么事情他都取了一种特别观察点，所以可给普通人许多愁闷的事情，他随随便便地不当作一回事地过去了。”用兰姆自己的话说：“我练成了一种习惯，不把外界事情看重——对这盲目的现在不满意，我努力去采取一种宽大的胸怀；这种胸怀支持我的精神。”（以上引自梁遇春《春醪集》）

举兰姆自己的例子来说明他这种“胸怀”或者“精神”吧：明明是自己的恋人被一个“小开”夺走了，自己却把失恋当作一种胜利，说什么：“我甘心情愿为阿丽思·温——兰姆在文章中为恋人所起的假名——那迷人的金发和她那更迷人的碧眼所俘虏，在相思憔悴中度过七年的黄金岁月，也决不愿让这样刻骨铭心的爱情冒险事件根本不曾发生。”明明是自己的一大笔财产被人骗走了，还犟嘴说：“我宁肯让我们全家失去了被道雷尔老头所骗走的那一笔遗产，也不愿意在此刻还拥有两千英镑的财富存于银行之中，却在眼前失去了那个老奸巨猾的坏蛋的影子。”（以上引自《除夕随想》）这不是跟阿Q的一大堆洋钱被人抢走之后，自己打自己一个嘴巴，然后就心满意足、“得胜回朝”差不多吗?自然，从使用的词汇来说，他比阿Q文雅得多了。诸如此类，例子甚多，有兴趣的读者可以细细寻找，比较一下倒是很有意思的。说不定对于阿Q精神的世界意义会有所发现。

人性大概是一种相当微妙的东西。它既有顽强的生存力，又有灵活的适应性，两者结合起来，遇到再大的不可抗的天灾人祸，人性的光芒总还是要从微小的缝隙中曲曲折折地透露出来。将眼泪化为微笑，也许就是人性的一种特殊表现，也就是人在患难中自我防护、自我肯定的一种本能，一种“止血的灵药”、“止血的妙方”。这种现象大概中外古今都有，只是在不同的阶层中表现形式有雅俗文野之分。这是我对兰姆的幽默，也就是含泪的微笑的理解。在此质之高明。

五

我国介绍兰姆，大约是从林纾以《吟边燕语》为名翻译《莎士比亚戏剧故事集》开始。后来，这本书又以《莎氏乐府本事》之名在我国出过不知多少回原文注释本、英汉对照本和汉译本。解放后，又出了萧乾先生的新译本。几十年来，我国的英文教材里也不断出现兰姆的一些随笔名篇。“五四”以来，兰姆对我国的散文作家起过重要影响。不过，多数诗人、作家是通过英文原作来阅读、研究兰姆的。（例如，诗人朱湘的书单中就有《伊利亚随笔》，北京图书馆所藏的《兰姆传》的早年借书卡上还留着散文作家李广田的名字。最近，冯亦代先生在《得益于兰姆》一文中谈到他在散文写作中向兰姆学习借鉴的经验。）特别值得一提的是三十年代初不幸早逝的作家梁遇春，他那篇洋洋万言、才气横溢的《兰姆评传》是我国作家评介兰姆的重要文献（见《春醪集》）。现在译者所做的工作，私心以为是梁遇春先生所开创的译介兰姆事业的一种继续，而动机自然是想为我国今天和明天的散文作者提供一组可以参考借鉴的外国随笔作品。兰姆是一个“冷门”，他不可能是畅销书作者。但在文学史上他也自有一定地位，翻译介绍他是值得做的。而且，我相信，他在中国也会找到自己的读者。

为帮助读者了解兰姆，笔者特译出英国批评家沃尔特 · 佩特的论文

《查尔斯·兰姆》，作为附录。这篇论文虽然写在十九世纪后期，内容相当全面充实，而且本身也是一篇优美的散文名作。至于佩特的唯美主义观点，却需读者注意加以分析了。

兰姆的作品，一向被认为难译。在前人翻译研究的基础上，我尽了自己的努力，拿出这么一组译稿，只能算是一种尝试。译文和这篇序言的谬误之处，尚盼国内外专家学者不吝指教。

对于兰姆的翻译工作，前后多承《世界文学》编辑部英美组诸同志和天津百花文艺出版社谢大光同志的热诚支持鼓励；资料准备、抄写复印等等繁重工作，则全部由河南大学外国文学研究二室储国蕾同志承担。在此一并表示衷心的谢意。

刘炳善

1986年5月22日完稿于上海客居

南海公司[1]回忆

看官，假定你也像我一样，是一个瘦瘦怯怯、靠着养老金过活的人，当你在英格兰银行领过了半年的用度，要到花盆客栈[2]，定上往达尔斯顿、夏克威尔[3]或者北郊其他地方的住所去的马车座位，难道你就没有注意：从针线街[4]拐向主教门大街[5]的左首，有一幢外表壮观、神态凄凉的砖石结构大楼吗？恐怕，你看了它那敞开的气宇轩昂大门，露出暗幽幽的庭院，其中曲廊回绕，圆柱矗立，却罕有人迹出入，一眼望去，只见像巴克鲁萨似的一派荒凉景象[6]，你也不免常常要流连一番吧！

往年，这里是一家公司——熙熙攘攘的商业活动中心。那时，大批商人为赢利的欲望所鼓舞，纷纷来到这里——如今，这里仍然进行着某些交易活动，可是过去的那种热火朝天劲儿再也没有了。现在，这里仍然可以看到雄伟的柱廊，阔大的楼梯，办公室宽敞得如同宫殿里的豪华大厅——其中却是空空如也，要不然，稀稀落落地只有一两个小职员；在那更为神圣的内院和会议室，只能看到小差役和门房的尊容——室内的桃花心木的长条桌案已被虫蛀，那烫金的台布颜色业已暗淡，桌子上其大无比的银制墨水壶也早已干涸，只有到了某些隆重日子，董事们才到这里庄严就座(宣布某项股息作废)；——在那些壁板上悬挂着已故的经理和副经理的画像，安妮女王[7]的画像，以及来自汉诺威王室的两位国王[8]的画像；悬挂着极大的海上航线图——后来的地理发现已使它们变成古董；——墨西哥的地图，由于灰尘厚积，像梦幻似的蒙蒙眬眬；还有巴拿马的海湾深度表！——在长廊的墙壁上，白白挂着许多吊桶，里边装的内容足可消灭任何火灾——除了最近发生的那一次；在这些建筑的下边，还有一排排巨大的地窖，往日里数不

领取半年的用度

清的金银钱币曾在那里存放，形成“不见天日的窖藏”[9]，足够让玛门[10]去安慰他那孤寂的心；——然而，那次鼎鼎大名的骗局像气泡一般破灭时，这一切财富都一下子荡光散尽了！

这就是南海公司。至少，这就是四十年前我所熟知的那个南海公司——一座壮观的遗址。从那时以来，它又有了什么变化，我可就没有机会亲自验证了。我想，时间总不能使它焕然一新吧。风也无法使得一潭死水掀起波澜。到如今，那水面上的污垢只能积得更厚。当年，靠着啃吃公司里那些陈年分类账、日记账把自己养肥的那一批蠹虫，自然早已停止了劫掠活动，而由一代又一代更为伶俐的子孙接替着它们，在那单式、复式的账册上编织纤细的回纹花样。一层层新的灰尘积聚在旧的积尘之上（这叫作污垢的异期复

---

① 南海公司（The South-Sea House），1711 年成立于伦敦，经营英国对南美洲的贸易。当时英国政府为转移国债，鼓励商人将债权转为南海公司的股票，并允诺债权户可垄断南美洲的贸易，同时夸大宣传南美洲的富庶。于是投机者纷纷提出种种不实际的计划，吸引千万人投资，南海公司的股票价格猛涨十倍（由每股 100 镑涨到 1000 镑）。1720 年欺骗暴露，成千上万投资者破产，引起英国经济危机和政府危机。史称“南海骗局”（The South-Sea Bubble）。此后，南海公司原址仍经营商业活动，并沿用南海公司之名，直至十九世纪。兰姆从 1791 年 9 月到 1792 年 2 月曾在南海公司做小职员。本文即写他在这段时间的见闻印象，有时对真人真事稍加掩盖。

② “花盆”——当时伦敦主教门大街的一个客店之名，驶往伦敦以北的马车自此出发。

③ 两个伦敦北郊的地名。

④ 针线街，伦敦街名，与主教门大街相通。

⑤ 主教门大街，在伦敦东北部。

⑥ 原注：“我走过巴克鲁萨的围墙，但只见那儿是一派荒凉。”（引自《欧辛集》）

《欧辛集》，英国苏格兰作家麦克菲生（James Macpherson，1736—96）所写的拟古凯尔特族传说题材的叙事诗集。巴克鲁萨是该传说中的地名。

⑦ 安妮女王（Queen Anne），英国女王，1702—14 年在位。

⑧ 指继安妮女王之后的两个英国国王乔治一世和乔治二世——他们原出于德国的汉诺威选帝侯家族。

⑨ 引自弥尔顿的诗剧《考玛斯》。

⑩ 玛门，古代传说中的财神，源出叙利亚。

孕！），它们很少受到触动，只是偶有好事者的手指伸进来，想要探究一下安妮女王时代的簿记到底是什么格式；再不然，也有人怀着并不那么神圣的好奇心，企图揭出那次骗案的一些秘密——它那巨大的规模，让我们当代那些侵吞公款的小人物回顾起来只觉得惊佩不已、望尘莫及，就像现今搞阴谋的人想起沃克斯[①]那一回超人的大阴谋脸上所流露的表情一样。

在那场骗局中崩散的南海公司，愿你的灵魂安息！辉煌的建筑，如今，在你那墙垣之上，留下来的只有寂静和荒凉！

古老的商行，你坐落在繁忙热闹的商业中心——处于狂热不安的投机活动之间——离你不远的英格兰银行、伦敦交易所和东印度公司[②]如今正当生意兴隆，它们那自尊自大的神气，对于你这么一位失了业的穷街坊来说，简直是一种侮辱——但是，对于像我这样以沉思默想为事的闲散人，你那悄然无声中的吸引力——那种万动俱息的状态——摆脱一切俗务，归于恬静自安——那种简直像是修道院似的懒洋洋的情调，叫人何等喜爱！到了黄昏时分，我怀着何等虔诚的敬意，在你那空荡荡的房间和院落里漫步！它们，唤起我对于往事的回忆——某位已故会计师的幽灵，耳轮上似乎还影影绰绰夹着一枝鹅毛笔，从我身边轻轻走过，像他生前一样拘谨古板。活的账目，活着的会计师，统统让

---

① 沃克斯，即盖·福克斯，英国历史上出名的“火药阴谋案”（The Gunpowder Plot）的主犯。1605 年，英国少数罗马天主教极端分子密谋在该年 11 月 5 日，乘英国议院开会时，在地下室布置大量火药，企图炸死英国国王詹姆斯一世及全体议员。当福克斯即将点燃火药时，被当场抓获，密谋失败。

② 东印度公司（The East India Company），创建于 1660 年，经营并垄断英国对印度、南洋群岛、中国等亚洲地区的贸易活动，后来则发展成为英帝国主义侵略印度等亚洲国家的先头堡垒。英国完成对印度的统治后，东印度公司在印度的权力收归英国国王所有。
兰姆从 1792 年到 1825 年在伦敦东印度公司做了三十三年职员。

我糊涂，因为我不会算账[①]。但是，存放在你橱架内的那些废弃无用的大账本，如今这些体质退化的小职员三个人也休想把它们挪动一下——它们上边那些古趣盎然的花体字，朱红色的装饰纹样，那些写得一丝不苟、带着一串串多余零头的三栏计数金额——还有，在账本开头那些充满宗教热情的话语，因为我们虔诚的祖先若不先把这些话念诵一番，绝不动笔记账、写提货单——而且，有些账簿使用了那么贵重的小牛皮做封面，简直使人感到自己正在打开一部“精本图书”，——这一切，令人看了不唯赏心悦目，而且受到教益。对于这些往昔的陈迹，我可以欣然观赏。你所留下的那些沉甸甸的、样式奇特的象牙柄削笔刀，仿佛和赫库力士[②]所使用的东西一样结实——因为，我们的祖先不同于今之所好，无论什么东西都爱使用大号的。所以，就连如今的吸墨粉的盒子，也比过去的小。

回想起来——我说的是四十年前的老话[③]——南海公司里的那些职员也和我以后在公事房里碰见的那些人迥然不同。他们身上沾染着这个地方的独特风味。

他们当中大多数是单身汉——因为公司付不起丰足的薪水。事情又不怎么多，他们也就成了爱耽于空想的好事之徒。由于上边说过的理由，一个个老气横秋的。他们脾气各不相同，加之并非从小就凑在一块儿(那样倒可使得团体中各个成员之间自自然然互相了解、接近)，而大多是到了中年、性格都已定型的时候才进入这个公司，所以，他们必然

---

① 作者在这里故弄玄虚。他实际上在账房里做了许多年会计，日与数字打交道，不能说是“不会算账”。

② 赫库力士，希腊神话中的著名英雄、大力士。

③ 此文于1820年发表于《伦敦杂志》，此时作者在东印度公司工作了二十八年。“四十年”云云是作者的虚饰之词。

要把各自的习惯和怪癖统统带到这里来——这对于一个公共团体来说有点儿格格不入。这么一来，他们就好像形成了一只挪亚的方舟[①]，一批怪物，一伙带发修行的僧侣，大户人家的一群食客——养起来，与其说是为了使唤，不如说是为了摆排场。然而，他们又是一群爱聊天儿、爱玩儿的快活人——光是擅长吹奏德国长笛的就有好几位。

那时候的出纳员是一位叫埃文斯的威尔士人。一看此人的脸色，就知他有点儿他们贵同乡的那种火暴脾气，可是在根本上他倒是一位可敬的聪明人。他往自己头发上撒了发粉，让它卷起来，自始至终留着我年轻时候在漫画里见过、大家称为“花花公子式”的发型。他就是那种公子哥儿的最后一个代表。我仿佛又看见他坐在账桌旁，整个下午，如有人所云：“像一头阉过的雄猫似的闷闷不乐。”他在清点现金的时候，手指头老是打颤，好像生怕周围的人都要来偷他的公款；在疑神疑鬼当中，觉得连自己也不例外，至少，愈想就愈觉得自己真说不定会成为一个盗窃公款的人。只有到了下午两点，当他坐在安德顿的店里[②]吃烤小牛颈肉的时候，他那凄然的面孔上才露出一点儿高兴的神气（那个咖啡店里至今还挂着他的肖像，那是在他去世前不久，店主特地叫人为他画的，因为他连续二十五年一直是那里的常客）——但是，到了傍晚，茶会和访友才是他真正兴高采烈的时候。钟声敲响六点，他那为大家听熟的剥啄之声同时也在门上响起——这已经成为朋友们家中多次谈笑的题目。这位老单身汉到哪家，哪家就高兴。这时候，他的拿手好戏才算开场。他一边吃着小松

①据《旧约全书·创世记》，上帝降洪水前，嘱咐挪亚造一大方舟。洪水泛滥时，挪亚全家及各种鸟、兽、昆虫都成对进入方舟，躲避洪水。因此，“方舟”即指不同族类的寄居之所。

②当时在伦敦舰队街开的一个咖啡店。

糕，一边谈笑风生，聊开了遗闻轶事。谈起了伦敦的今昔，就连他那鼎鼎大名的老乡班南特[1]也不见得比他更滔滔不绝、如数家珍：那些早已倒塌的古老剧院、教堂、街道的遗址——过去的洛萨芒德池塘在什么地方——还有桑园和奇普塞德的大喷水池[2]——还有许许多多从老辈子传下来的有趣故事——以及霍加斯[3]画入他那名画《中午》里、因而使之千古不朽的那些模样特别的人物，即那些法国人——他们的祖先本是新教的勇士[4]，为了躲避路易十四及其龙骑兵的迫害，逃到我国，在七日晷仪近旁，在猪巷那微贱的避难之地继续燃烧那纯正的宗教信仰之火。

埃文斯属下的副手叫做托马斯·台姆。这个人爱弯着腰，带出点儿贵族的派头。你如果在通往西敏大厅的半路上遇见过他，也会把他当成一位贵族。我说的弯腰，指的是把身子略微向前欠一欠——这在大人物来说，就表示出由于常常放下身份听取小人物的请求，时间久了，养成这么一种习惯。交谈正在进行之时，你觉得这样的人高不可攀，跟他谈话真有点紧张。但是，等谈话结束，你松一口气，想一想自己竟被他那样的拿腔作势所震慑，相当无聊，又不禁哑然失笑。他的智力低下，连一句格言或谚语都弄不懂。他的头脑处于像一张白纸那样的原始状态。一个吃奶小孩子也能把他问住。那么，他凭什么那样神气？他有钱吗？哦，不！托马斯·台姆很穷。他和他太太表面上装得像上流人，可在家里天天日子怕都不大好过。他太太身材长得匀称而瘦弱，显然并没

---

① 班南特（Thomas Pennant，1726—98），威尔士的旅行家、博物学者和考古学家，著有《伦敦考》（“Of London”，1790）一书。

② 洛萨芒德池塘、桑园和奇普塞德的喷水池都是十七世纪伦敦名胜游览之地。

③ 霍加斯（William Hogarth，1697—1764），著名英国画家和版画家。

④ 1685 年，法国的新教徒胡格诺派分子（The Hugue nots）在国内受到迫害，纷纷出国，有五六万人逃到英国，在伦敦的猪巷建立了一个法国教堂。

有沾染上过分娇养自己的毛病。不过，她的血管里流有高贵的血液。据她说，她的门第，通过某种曲折复杂的亲戚套亲戚的关系——这个，我当初就没有彻底弄明白，如今更无法从宗谱学方面找出确凿证据来说明，——可以一直追溯到那赫赫有名而又命运险凶的德文瓦特家族[①]。托马斯·台姆那欠身为礼的奥秘就在于此。这一双性格温顺、乐在其中的夫妇，你们居于卑微的地位，又处于无知无识的暗夜之中，大概唯有如此一念，如此一点儿温情，才是生活当中鼓舞着你们的一颗孤零零的明星吧！对于你们来说，它代替了财富、地位、光辉的成就——它抵得上所有这一切。而且，你们并不凭借它去侮辱别人；但是，只要你们把它佩戴起来，仅仅作为一件防身铠甲，就没有人敢来侮辱你们——它是“荣誉和安慰”。

当时那位会计师约翰·蒂普却完全是另外一种人。他既不自命血统高贵，也根本不把这种问题放在心上。他认为“会计师乃是天下最最了不起的人物，而他自己又是天下最最了不起的会计师。”[②]不过，约翰并非没有自己的业余爱好。他拿小提琴来打发自己的空闲时间。他还唱歌——他唱的歌儿自然比不上奥尔菲斯[③]弹着七弦琴唱得那么好听，而是发出一种非常刺耳的尖叫和噪音。他住在针线街的一套漂亮公房里(那套房子，不知如今换了何人居住)，其中虽说没有多么值钱的东西，但也足够宽敞，可以让人充分享受自得之乐——在那里，每隔两

---

①指德文瓦特伯爵(the third Earl of Dervent Water)在英国1688年“光荣革命”后，因为参加英国詹姆斯党人在1715年企图复辟斯图亚特王朝的武装活动，失败后被处死。

②这句话套用菲尔丁的小说《约瑟夫·安德鲁斯》中的一句话：“他认为教师是天下最最了不起的人，而他自己是最最了不起的教师。”

③奥尔菲斯，希腊神话中的音乐家，他弹奏七弦琴时能感动一切人、神、野兽。

周，总有古人所谓的“美妙歌喉”在那里引声高唱，都是他从各个俱乐部、乐队、合唱队里搜罗而来的——还有那些第一、第二大提琴手、低音提琴手、单簧管吹奏者聚集在他的房间里，吃他的冷羊肉，喝他的甜酒，夸他是知音。他高坐在他们当中，就像迈达斯国王①。可是，一回到办公桌，他就变了一个人。在那里，无关正事的念头一律取消。谁要扯什么花里胡哨的闲话准要挨骂。政治不谈。连报纸也太文雅、太抽象。人生的天职就在于注销股息单。为了结算出公司全年账目中的收支差额，他得在年底日日夜夜工作，花掉整整一个月的时间，虽然与上年的差额相比，那出入之数也不过仅有二十五镑一先令六便士而已。他那心爱的公司处于半死不活的状态（像伦敦人说的），蒂普并非熟视无睹，他也并非不盼着过去开发南海的希望刚刚兴起的时候那种激动人心的日子能够再来——因为，不管把他放到现在或是过去的最最生意兴隆的公司里，处理错综复杂的账目他都是一把好手。但是，对于一个真正的会计师来说，进款数目多少是无关紧要的。小小的零头和在它前边的成千上万巨款对他都是同等重要。他是一位真正的演员，不管扮演的角色是国王或是农夫，他都同样认真卖力。在蒂普看来，规矩就是一切。他的生活过得规规矩矩，做事情就像拿尺子在纸上画出来似的。他手里的笔就像他的心一样正直。他是世界上顶可靠的遗嘱执行人，所以，不断有人来缠着他做遗嘱执行人——这往往既惹他大发脾气又舒解其好名之心，两者程度相抵。这时，他往往要把那些小孤儿咒骂一通（因为他爱赌咒），可他又坚决维护他们的权利，就像那位托孤的死者的手抓得一样紧。尽管如此，他也有个胆小的毛病——对这一点，有一

---

①据希腊神话，小国福雷吉亚的国王迈达斯因为说牧羊神（Pan）比阿波罗演奏得更好，得罪了阿波罗，被罚长了一双驴耳朵。

两个跟他作对的人起了一个难听的外号——然而，为了尊重死者，请你允许我们把这件事说得稍稍体面一点儿。造物主的确赐给约翰·蒂普过多自我保存的本能。但是，对于这种怯懦，我们并无鄙视之意，因为它在本质上并不包含任何卑劣或奸诈的东西；它只暴露自己，并不伤害你；这只是个人气质问题——他缺乏罗曼蒂克情调和敢做敢为的气魄；生活中碰上拦路虎，他是绝不会像福丁布拉斯那样，"为一根草也要大争特争"，即使事关所谓的面子。蒂普一辈子不敢登上驿马车的车夫座位，不敢倚靠阳台上的栏杆，不在围栏顶上行走，不从悬崖边缘向下望，没有放过枪，也从不参加水上聚会——只要做得到，他总是尽量让你去。然而，也从来没有人说他为了钱财或者由于受到威胁而抛弃自己的朋友或原则。

下边，我们再把哪些死者从尘埃之中呼唤出来——他们那寻常的性格具有不寻常的特色？亨利·曼，我能把你忘记吗？——你，南海公司的才子、精练的笔杆子、"作家"！你上午进办公室，中午离开，（你在办公室有什么可干的？）都要说一句带刺儿的笑话。你那些嘲讽和笑话现在已经销声匿迹，它们只保存在已被世人忘却的两本旧书里[①]，两三天以前我幸而在巴比康[②]一家书摊上找到它们，读了读，觉得你的文笔简洁、清新、带有警句味道，依然生气勃勃。但是，你那样的俏皮话，在如今这种吹毛求疵的时代是有点儿黯然失色了——你那些题目，跟今天流行的这些"时髦的小玩意儿"相比，的确已经陈旧了——然而，曾几何时，你在《公簿报》和《纪事报》上关于查塔姆、

---

① 亨利·曼是南海公司的副秘书，曾在当时伦敦的报上发表轻松幽默的小文章。他死后，出过一部《亨利·曼诗文遗集》（1802 年）。

② 巴比康，伦敦地名。

谢尔本、罗金厄姆、豪、伯戈因和克林顿[①]等人，以及把不服王化的一批殖民地从大英帝国活活拆散的那场战争[②]——关于凯佩尔、威尔基、索布里奇、布尔、邓宁、普拉特和里奇蒙[③]，以及如此这般的小小政治权谋，发表种种高见；在那些年月，你也是风云一时。——

没有这么滑稽可笑，而且性格还相当暴躁的，是那位爱吵吵嚷嚷、絮絮叨叨的普鲁默。他的身世，据口碑所传，来自赫特福郡的普鲁默家族[④]，不过，从血统上讲大约算是庶出而非嫡传，只能用左斜线当作纹章[⑤]。——某些家族相貌特征也证实了这种看法。他那传说中的生父，老瓦尔特·普鲁默，在生前是位浪荡公子，常到意大利游历，是个见过世面的人。他也是那位如今依然健在，在威尔[⑥]一带有一所漂亮、古老的宅子，并且代表本郡出席一届又一届议会的老辉格党人[⑦]的光棍儿伯伯[⑧]。瓦尔特在乔治二世时期[⑨]是位活跃人物，曾经因为免费邮递权的问题，和马尔巴罗老公爵夫人[⑩]一同受到下议院传讯。这件事，你也许

---

①这些是与美国独立战争有关的英国政治家和军人。

②“那场战争”，指美国独立战争。

③这些大部分是与当时轰动英国的威尔基事件有关的当事人。威尔基(John Wilkes，1727—97)，英国政治活动家，《北部不列颠人》报的主编，曾被选为下议员，并担任过伦敦市长，在多年间因为种种问题和英国政府与议会之间发生冲突，有人反对他，有人支持他，形成许多政治纠纷。

④兰姆的外祖母曾为普鲁默家当过管家，所以他对于这一家族特别感兴趣。在上文提到的是理查德·普鲁默，曾任南海公司的副秘书。

⑤根据封建传统规定，贵族的私生子所使用的纹章(在盾牌、车子等上面所绘的家族标徽)上要有一条左斜线来表明身份。因此，这句话的意思也就是说：理查德是私生子。

⑥威尔，英国地名，在伦敦以北的赫特福郡。

⑦在十八世纪到十九世纪初，英国的两大政党是托利党(保守党前身)和辉格党(自由党前身)。

⑧这话有讽刺的言外之意。

⑨乔治二世任英国国王的期间为1727—60年。

⑩马尔巴罗公爵，即约翰·丘吉尔(1650—1722)，英国军人和政治活动家，从詹姆斯二世起、经“光荣革命”到乔治一世，历任数朝，在官场中多次浮沉。

在约翰逊写的《凯夫传》[1]里读到过。凯夫本人则聪明地摆脱了干系。至于那种谣传，我们说的这位普鲁默并没有表示否认。当别人有礼貌地暗示这回事的时候，他似乎还有点儿高兴。除了以出身名门自负以外，普鲁默倒是一个性情可爱的人物，而且歌子也唱得蛮好。——

不过，脾气温柔、像小孩子似的、简直是世外桃源中的人物老梅[2]，你比普鲁默唱得还要好听。当你唱起了阿珉斯[3]为被放逐的公爵唱过的那支歌儿，它宣告说：严冬的朔风比起无情无义的人来还要厚道得多呢，这时候，长笛的吹奏也比不上你那田园牧歌般的声调那么美妙、那么娓娓动听。你的父亲就是在主教门[4]做教堂管事的又怪又倔的梅老头——他自己也说不清为什么要把你生下来，就像狂风呼啸的寒冬生出了一个温馨的春天——然而，你那样的结局太不幸了，它本来应该是安安静静、柔柔和和，像天鹅那样。——

要吟唱的歌还有很多。许许多多幻影在我眼前飘动，但这些都属于我个人的秘密。——而且，我已经大大蒙混了读者；——不然的话，我怎能对于伍莱特那个怪人略过不提——他生前为了学习问案花钱买官司来打——还有那个更怪的、怪得没法比的、老是板着脸的赫普沃思——他总是神气极为庄重，牛顿的重力定律一定是从他脸上得到启发，推算出来的[5]。他削鹅毛笔的时候是那样郑重其事，舔湿封缄纸的时候又是那样小心翼翼……

---

① 约翰逊（Samuel Johnson，1709—84），著名英国作家和学者。凯夫（Edward Cave，1691—1754），十八世纪的伦敦出版商，1731 年起创办了《绅士杂志》。他死后，约翰逊在该杂志上发表一篇关于他的回忆录，提到他曾担任监督免费邮递权的职员。

② 兰姆曾对此人加以说明：“梅纳德，自缢而死。”

③ 阿珉斯，莎士比亚喜剧《如愿》中的人物，被放逐的公爵之从臣。

④ 主教门，古时伦敦北门，后为伦敦市东北部一条大街之名。

⑤ 在英文里，“庄重”与“重力”出于一个同根词；兰姆在此是玩文字游戏。

然而，文章该结束了——夜神的车轮在我头顶飞快地转过——我这样板起面孔说话，也该收场了。

看官，万一我刚才只是跟你闹着玩儿，你又作何感想？——我刚才向你提到的那些人名说不定都是假想的——虚构的——就像亨利·品泊尼尔，希腊的老约翰·纳普斯……

不过，你可以放心：在这些名字的掩盖之下，总还是实有其人——他们在昔日曾经显赫一时。

牛津度假记[①]

细心的行家在鉴定版画的时候，必先飞快地扫一眼(那眼神在似看似不看之间)画角上的“刻工之名”，才断言这是维瓦列斯[②]或伍莱特[③]的一件珍贵作品；同样，看官，你在阅读本篇之前，肯定也要看一下文末的署名，而且，我似乎还听见你大声问道：“这个伊利亚到底是何许人也?”

为了使你醒倦破闷，我在上一篇文章[④]里曾经提到一所早就破败不堪的商行里某些故世的老职员的差不多被人遗忘的幽默轶闻。这么一来，在你心目中肯定也就把我当成了这个公司里的一员——一个为办公桌而献身的人——一个头发剪得短短、过着刻板生活的书记员——他靠着一管鹅毛笔来维持生计，正像有些病人据说要靠一根鹅毛管来吸取营养一样。

对啦，差不多就是这样。我承认：这是我的雅兴，我的爱好，每天的前一段，当你们文人学士需要让脑筋松弛一下的时候——(其实，休息之道莫妙于做做那些乍看起来与你们喜爱的学业毫不相干的事情)——我偏偏要费心思去考虑那些蓝靛、棉纱、生丝、印花或者不印花的布匹，借以消磨掉好几个钟头的时间。因为，首先……其次，当你下班回家，对于读书就产生了一种更加强烈的欲望……且不说在办公时间内你还可以往那些多余的表格、无用的大张包装纸上写下你那些十四行、讽刺小诗、小品文的构思——这么一来，账房里的边角下料便在某种意义上成了培养作家的有益材料。我这支鹅毛笔整个上午陷在数字、号码堆里，像马儿在杂沓密集的车马群中艰难前进，一旦得到解放，在午夜挥笔成文，犹如马儿脱缰，在开满鲜花的草地上奔腾、撒欢儿——这支笔感觉到自己正渐入佳境……因此，你瞧，屈居下僚对于伊利亚这高尚的文学事业要说有什么影响，也妨碍不大。

我这么急急地详细列举出这许多商品的名目，并不想表明我对于公事房生活的缺点闭眼不看，因为一个眼尖的人从约瑟的袍子[⑤]上也能找出毛病来。所以，我要在这里恳求得到许可，对于在一年四季当中能稍稍给人安慰的间隙，那些点点滴滴的自由时间统统都被废除、取消，——日历上那些用红字印出的喜庆节日，如今实际上都变成了徒具空文的倒霉日子[⑥]，不能不从心灵深处表示遗憾。保罗，司提反，巴拿巴，还有——

古时大名鼎鼎的人物安德鲁和约翰[⑦]，

——早当我在慈幼上学的时候就纪念着他们的圣名日。就连那时候用的巴斯基特[⑧]版的《祈祷书》里他们的画像，我还记得清清楚楚：彼得[⑨]以一种很不舒服的姿势给吊起来——圣巴托列米[⑩]正遭受着痛苦的

---

①据学者考订，兰姆此文系于1820年8月写他在剑桥大学度假的印象，文内说的乔治·代尔也是在剑桥碰上的。“牛津”云云，是作者为掩盖真人真事的一种障眼法。用他自己的话说，这叫作“一本正经说假话”（“a matter-of-lie”）。《伊利亚随笔》中类似这样的写法很多。

②维瓦列斯（François Vivares，1709—80），居住在英国的法国版画家。

③伍莱特（William Wollet，1735—85），英国版画家。

④指《南海公司回忆》。

⑤见《旧约全书·创世记》第37章：雅各给他的小儿子约瑟做了一件彩衣，约瑟的哥哥为此嫉恨约瑟。

⑥作者当时在伦敦东印度公司会计室里做职员，本来每年有许多圣徒纪念日，但只有五天放假。

⑦保罗，著名基督教使徒；司提反，巴拿巴，安德鲁，都是基督教殉道者；约翰，耶稣的门徒，福音书的作者。

⑧巴斯基特是十八世纪的一家英国出版商，曾为国王承印书籍。

⑨彼得，耶稣的门徒，基督教殉道者。

⑩圣巴托列米，即圣巴托洛缪，耶稣的门徒，殉道者，受剥皮之刑而死。

剥皮之刑，跟斯巴诺来蒂画的马尔夏士[1]一样——他们，我全都崇敬，甚至为了伊斯加略[2]盗用公款我几乎流下眼泪——因为我们希望多来几个圣名纪念日；——所以，对于好人犹大和西蒙[3]两个人合在一起才凑成一个寒伧的节日，我有点儿不大乐意——这样省事恐怕于教规不合。

这些本来是上天赐给学生和职员的好日子——它们"在远处闪着光，冉冉而来。"[4]我对它们了如指掌，像一本历书一样可靠。那时候，我说得出哪个圣徒节是在下一周或下下周的哪一天。由于周期性的差错，主显节[5]可能每隔六年跟一个安息日合并。现在呢，我可就比一个不信教的人也好不了多少。我不想叫人说我指责上司缺乏英明，他们认为继续遵守这些神圣节日乃是旧教的陈规陋习。但是，对于这种由来已久的风俗习惯，为了礼貌起见，似乎不妨首先问一问那些主教大人——不，我说走了嘴。我怎有资格决定政权和教权的范围？——我只是小人物伊利亚——既不是塞尔顿，也不是大主教乌舍尔[6]——虽然，我此刻正在学府的中心，在庞大的波德莱图书馆[7]的庇荫之下，埋头攻读他们的大著。

---

①据希腊神话，森林之神马尔夏士与太阳神阿波罗举行演奏比赛，失败，被后者剥皮而死。此事曾被艺术家用为雕塑题材。斯巴诺来蒂，不详，应为一艺术家。

②即出卖耶稣的加略人犹大。

③指另一个叫犹大的使徒，《新约》中《犹大书》的作者。西蒙，耶稣的门徒之一。

④引自弥尔顿《失乐园》第6卷第768行。

⑤主显节，纪念耶稣显灵的节日，在一月六日。

⑥塞尔顿(John Seldon，1584—1654)，乌舍尔(James Ussher，1581—1656)，英国神学家。

⑦指牛津大学以波德莱爵士命名的图书馆。

在校园里，我可以充一充上流人，当一当大学生[①]。对于像我这样一个早年被剥夺掉在高等学府里娱情怡性的精神养料的人，能在这一所或那一所大学[②]里消磨一两周闲暇的时光，是再愉快不过的事情。况且，这两所大学的假期在今年又恰巧和我们公司的假期一致。在这里，我可以不受干扰地散步，随心所欲地想象自己得到了什么样的学位、什么样的身份。我仿佛已经获准取得"该项学历"。过去失去的机会得到了补偿。小教堂的钟声一响，我就起身，幻想这钟声正是为我而鸣。我心情谦卑之时，想象自己是一名减费生，校役生。骨子里的傲气一抬头，我又大摇大摆走路，以自费上学的贵族子弟自居。我一本正经地给自己授予了硕士学位。说实在话，跟那种体面人物相比，我也差不多可以乱真。我在校园里走路，有些眼神不好的校工向我点头致意，有些戴眼镜的管宿舍女仆向我行弯膝礼，他们挺聪明地把我错当成有学位的人。我身穿黑衣服走来走去，这也助长了他们这种看法。但是，进入了基督教会学院[③]那充满虔诚气氛的四方院子，我一定得摆出"神学大老"的派头，这才心满意足。

在这些时候，大学里的散步场所——基督学院里高高的树木，玛格大仑[④]学院里的小树丛，简直就归我一人所有了！那些冷冷清清的大厅，门扉敞开着，招引人悄悄溜进去拜望某位学院创建人或者出自名门或皇家的女恩主(那也应该算是咱们大家的恩人)——他们的画像仿佛向着我这个过去为他们所忽略的受惠者[⑤]微笑，表示现在可以接纳我。

---

① 兰姆在伦敦基督慈幼学校毕业时，因口吃不能上大学，一生做职员，故有此种说法。

② 指牛津和剑桥两大学。

③ 牛津大学的一个学院。

④ 牛津大学的另一个学院。

⑤ 指作者个人未上大学一事。

然后，我再顺便去看一看食品小卖部和碗碟贮藏室，包括极大的地窖厨房，以及从那地穴深处发出诱人红光的炉火——这些地方使人想起往昔的伙食盛况：那些炉灶在四百年前就烘烤出第一批馅饼，那些铁叉曾经为乔叟[①]烤过肉吃！经他那灵心妙手点染，那些端菜送饭的最卑贱的仆役在我眼里也变得神圣了，我甚至看见了他写过的那位厨师走在伙食经理[②]的前边。

古昔，你那神奇的魔力究竟是怎么回事？你本是一种幻影，却又无所不在！当你存在于世上的时候，你并不是什么古昔——那时你无足轻重，以盲目崇拜的心情回顾一个更为遥远的所谓“古昔”——在你眼睛里，你自己不过是平淡无奇、枯燥乏味的“现今”！那么，在这怀古之中究竟隐藏着什么样的奥秘？我们在展望未来的时候总不能像回顾过去时那样带着盲目崇拜的心情，我们岂不就是只生着半张脸的雅努斯神[③]嘛！那包容一切的未来，为什么仿佛一无所有？而那早已化为泡影的过去，看起来倒像是万物皆备！

你那“黑暗时代”[④]又是怎么回事？那时候，太阳肯定也像现在这样光辉灿烂地升起，人也一清早就去干活。然而，一听人提起那个时代，为什么我们就产生一种感觉，仿佛黑夜立即笼罩一切，而我们的祖先也只好在一片黑暗中摸索、徘徊！

古老的牛津，在你那一切稀世珍宝之中，最最使我倾心、最能给我

---

① 乔叟(Geoffrey Chaucer，1340—1400)，著名英国诗人，《坎特伯雷故事集》的作者。据学者考证，乔叟并未在牛津或剑桥上学，此处可能是兰姆的“艺增”。

② 在乔叟的《坎特伯雷故事集》中写有厨师和伙食经理两个人物，作者以此写他参观大学食堂时的联想。

③ 据罗马神话，雅努斯神有两张面孔，一看过去，一看未来。作者以“半边脸的雅努斯”指只看过去而不看未来的人。

④ 指欧洲的中世纪。

极大的地窖厨房

以慰藉者，莫过于你那些贮存古籍的宝库，你那些藏书架——

钻在古老的书库里，真是得其所哉！那些往昔的作家把自己的劳动成果传给了波德莱图书馆的这些职员，他们的精魂也就在这里安息，仿佛躺在什么寝室里，一排排，整整齐齐。我不去摸弄那些朽坏的书页，那是他们的尸衣，我不愿亵渎他们。我怕一摸，就有一个幽灵从书里走出来。我在这书林之中漫步，呼吸着学术的空气；那些带着虫蛀霉味的古书封套，散发出在无忧无虑的学艺园地里那些知识之果鲜花初放时的阵阵幽香。

对于那些古老的抄本，我更不敢妄动好奇之念，打扰它们的安息。那些不同本子里的“异文”，对于博雅君子具有那么大的吸引力，只能使我眼花缭乱、三心二意。我不想在故纸堆里刨来刨去。看书，我也无需三论六证方才相信。钩奇索隐，那是波尔森[①]或乔·代·[②]的事——后边这一位，顺便说说，我刚才还见他在奥略尔学院[③]一个偏僻的角落里，像一个书虫似地，正忙着钻研不知从哪个无人过问的书橱里搜检出来的一份儿断烂案卷。由于长年埋头于书堆之中，他自己也几乎变成一本书。他站在那些古老的书架之间，一动不动，跟一本书差不多。我真想把他塞进一个俄罗斯皮[④]的封套，放到书架上去。他肚子里的学问，也足够编成一大部希腊文词典。

老代不断到这两所学府去作客。他那不太富裕的财产，怕有相当大

① 波尔森（Richard Porson，1759—1808），英国的著名希腊学者。

② 指乔治·代尔（George Dyer，1755—1841），作者的朋友，希腊学者，性格善良老实，刻苦用功，眼睛高度近视，书呆子气重，在朋友们中间流传着关于他的笑话。兰姆以他为题材写了两篇随笔，除本篇外，还有一篇《友人落水遇救记》。

③ 牛津大学的一个学院。

④ 用于装订书籍的一种精制皮革。

一部分都花费在从克利福旅馆[①]到这两所大学去的路上了。他糊里糊涂地住进这家旅馆，像一只鸽子进入蛇窟，与那些和他格格不入的律师、律师的办事员、法庭传令使、起诉人等等司法界的害人虫为邻，而且长期定居下来，"过着恬静、无罪的和平日子"[②]。法律的毒牙居然于他无伤——打官司的风风雨雨仅仅从他那寒斋门外轻轻飘过——当他走过时，那面目严酷的司法小吏还要向他脱帽致意——无论合法的或者不合法的无礼行为都不曾触及到他身上——也没有人会想到用暴力来伤害他、欺负他——这是因为打他，还不如"打一个抽象概念"[③]。

老代告诉我：多年以来，他对于跟两所大学有关的一切奇闻轶事，一直辛辛苦苦进行着调查研究；最近，他偶然弄到一部有关剑桥的成立特许状手抄本，希望靠着这个来澄清一些争议问题——特别是两所大学之间关于创建先后问题的争论[④]。可是，我担心，他这种高尚的研究热情，无论在牛津、在剑桥，都没有受到应得的鼓励。那些学院的首脑、院长们，对于这些问题比别人更不关心——他们只是心安理得地吮吸母校那源源不断的乳汁，并不想查问一下自己古老的母校高龄几何——相反，他们认为这些奇闻轶事是无补实际、无关紧要的。既然有良田在手，他们自然就不会为搜寻地契而伤脑筋了。这些情况，我都是从别人那里听来的，因为老代不是爱埋三怨四的人。

我打断了老代用功，他像一头未经驯养的小母牛似地惊跳起来。因为，"先验地"说来，我们两个人本来是不可能在奥略尔学院见面

---

① 当时代尔在伦敦的住处。

② 引自弥尔顿的诗句。

③ 可能暗用作者的友人赫兹利特的一个典故：一天，他和兰姆的哥哥约翰 · 兰姆因小事争论，约翰一怒将他打倒在地，他起来并不还手，只说他是搞形而上学的，只用概念，不用拳头。

④ 代尔著有一部《剑桥大学及其各学院的历史》。

的。不过，即如我在克利福旅馆，或在伦敦法学院的散步道上碰见他，突然跟他打招呼，他也同样会吓一跳。因为，除了他那叫人恼火的近视（这是晚上看书、点灯熬到深更半夜所造成的结果），老代还是个大迷糊人。一天早晨，他到贝德福广场我们朋友老孟[1]家去串门；佣人领他进入大厅，主人不在，他就要了笔和墨水，把他的名字和来访目的都仔仔细细写在本子上——在这些地方通常都要放着这么一个本子，以备那些来的时候不巧、访人不遇的客人登记之用的——，然后，他客客气气告辞，再三表示遗憾之至。两三个钟头之后，他蹓跶着、蹓跶着，又拐回到这一带，老孟那一家子在炉边安静团聚的画面——孟太太像家庭女神似地执掌大权，他们漂亮的女儿陪伴在她的身边——又吸引住他的想象，使他无法抗拒，于是他再次往访（忘记了“下周这一天以前，他们绝不会从乡下回来”这句话），又一次尝到了闭门羹；他又像上次那样要来纸笔；留言簿拿来了，他正要用印刷体工工整整写下他的尊姓大名（他的“第二次手迹”），却见前一行里他上回写下的名字（墨水尚未干透）瞪着眼看他，像是出了两个索细亚[2]，又仿佛人突然碰上另外一个自己！——结果如何，可想而知。老代多次下决心不再出这种差错。不过，我希望他这种决心也不必下得那么死。

对于乔·代·来说，有时神不守舍，倒是他与主同在的神圣时刻（这么说，不算亵渎神灵）。有时候，和你对面相遇，他也会视若无睹地走过去——你要是拦住他，他就像动物受惊似地吓一跳——这是因

---

①指一位法学家和慈善事业家孟塔古（Basil Montagu）。

②索细亚，英国作家德来登（John Dyden）的喜剧《安菲特利翁》中的一个奴隶。主人安菲特利翁出征，天神宙斯化为安菲特利翁与其未婚妻结婚。安菲特利翁凯旋归来，命奴隶索细亚回家报信。宙斯又命神使默丘利变作索细亚先回。这样一来就在家里出现两个男主人和两个索细亚。

为，看官，在那个时刻，他不是正在他泊山，就是在帕纳萨斯山[1]，神游——再不然，正同柏拉图或者哈灵顿[2]在一起，“设计着不朽的共和国”，为你的国家或种族设想什么改良计划——也说不定正在沉思着如何对阁下本人采取某种友好行动或准备盛情招待；然而，倘若你走过去，突然使他意识到你就在他眼前，他会吓一大跳，仿佛做了什么亏心事。

老代不管到哪里都是可爱的人，但只有在这些地方才最能显出他的特长。他对于巴斯[3]并不怎么看重。在布克斯顿、在斯卡博罗或者哈罗盖特[4]，他也觉得没有意思。对他来说，剑河和埃息斯河[5]“比大马色的一切水都更好”[6]。在缪斯女神的仙山上，他是幸福而美好，好像欢乐山[7]上的一位牧羊人；而当他领你参观这所大学里的各个厅堂和学院时，你更会感到你好像在游美丽宫[8]时遇上了一位好讲解员。

---

①他泊山，《圣经》中提过的著名圣山。帕纳萨斯山为太阳神阿波罗与文艺女神聚集之地。

②柏拉图，著名古希腊哲学家，著有《共和国》等对话录。哈灵顿（James Harington，1611—77），英国政治思想家，著有《大洋国》一书阐述其政治理想。

③巴斯，在英国索默塞特郡，名胜之地。

④布克斯顿，在英国德比郡；斯卡博罗，在英国约克郡；哈罗盖特，在英国约克郡——均为名胜之地。

⑤剑河，流经剑桥的一条河名。埃息斯河，英国泰晤士河的水源之一。

⑥引自《旧约全书 · 列王纪下》第5章，反其意而用之。

⑦欢乐山，美丽宫，英国宗教小说《天路历程》一书中的象征性地名。

⑧欢乐山，美丽宫，英国宗教小说《天路历程》一书中的象征性地名。

三十五年前的基督慈幼学校[1]

在一两年前出版的兰姆先生的《文集》[2]里，我读到了一篇颂扬基督慈幼学校的皇皇大作，其中写的都是我那母校从1782年到1789年间所发生的往事，或者，不如说是它们如今在作者心里所留下的影子。说来也巧，我在慈幼上学差不多和他同时，而且，他对于古老校园那一片热忱也着实令人感动；不过，鄙人看来，作者变尽法子把赞美母校的事情拼命搜罗一气，并在此同时，巧妙地一笔勾销了另一方面的情况。

我对老兰在校时的模样，还有印象，而且清清楚楚记得：他那时上学的条件可谓得天独厚，是我和其他同学们都望尘莫及的。他的亲属就住在本城，而且近在眼前，他可以想回家就回家，简直多少次都成——这是因为他享受一种叫人眼红的特权，我们大家都没有份儿的。内情如何，只有现在内殿法学院担任司库员的那位可敬先生才能说得清楚。[3]譬如说，早上，他喝茶，吃热面包卷儿；我们呢，只能拿四分之一个贱价面包（或曰"面包干儿"）来塞塞肚皮，再喝一点儿啤酒——那是从涂抹过柏油的皮酒囊里又倒进了单柄小木桶的，酒味儿淡而又淡，却带上一点柏油加皮子的气味。我们礼拜一喝的燕麦粥灰不唧唧、淡而无味，礼拜六喝的豌豆汤粗得难以下咽，他倒不要紧，因为他还有一块热乎乎的、在法学院[4]厨房里"特制的奶油面包"，尽可给他补充营养。礼拜三的麦片粥本来不太难吃——我们在一个礼拜内有三天吃素、四天开荤——，他还有一块精制糖佐餐，使之更为可口，还要再来一点儿生姜或是一点儿香桂皮——让粥更好下肚。礼拜天，我们多半靠着腌菜过日子；礼拜四那挺新鲜的煮牛肉（又粗又硬，像马肉似的）却是丝毫没有盐味儿，桶里还飘着一层讨厌的金盏花，把好好的肉汤都败坏了；礼拜五，有一点儿羊颈肉；到礼拜二，难得吃一回味道不坏的羊肉，可是它炖得稀烂、几乎化掉(这是唯一的一道好菜，它既提起了我们的胃口，又少得让我们的食欲落空)——而他呢，却能吃上一盘子热腾腾的烤小牛肉，或是更叫人羡慕的熏里脊(那是我们从来没有尝过的海外奇珍)，都是由他家长在厨房里做好(这真了不起)，再由他的女仆或姑妈⑤天天给他送来！我还记得那位好老太太(她由于心地慈爱，放下了尊严)来到我们学校的回廊里，找一个偏僻角落，蹲在一块石头上，把她那些食品打开(那真是比乌鸦叼给以利亚吃的食物⑥

---

①基督慈幼学校(Christ's Hospital)，是过去设在伦敦市内的一所慈善学校，于1552年由英王爱德华六世下诏建立，校址原为天主教圣芳济派(“灰衣僧”)的一个修道院。办校宗旨原为收容街头孤儿和穷人子弟，后改为教育中产阶层中贫困者的子弟。这个学校的学生制服为蓝色长衫和黄色长袜，因此有时该校也被称为“蓝衫学校”(Blue-coat School)，学生被称为“蓝衫少年”(Blue-coat boys)。在英国作家中，兰姆、柯勒律治和利·亨特都是出身于这个学校的。1902年，这个学校从伦敦迁到荷尔夏(Horsham)。

兰姆从1782到1789年在基督慈幼学校上学，从八岁上到十五岁。1813年，他发表一篇题为《回忆基督慈幼学校》(“Recolle-ctions of Christ's Hospital”)的文章，内容为一本正经地从各方面赞美自己的母校。1818年，此文收入兰姆的《文集》之中。到1820年，兰姆又写了本文《三十五年前的基督慈幼学校》(“Christ's Hospital Five and Thirty Years Ago”)，补充了许多往事回忆，在写法上则和上一篇的一味赞美不同，以他那独特的泪与笑相结合的风格，描写了母校生活中一些可悲与可笑的方面。另外，这时兰姆已经以伊利亚的笔名发表自己的随笔。本文是《伊利亚随笔》中的名篇之一，文章中的“我”，即“伊利亚”，在前一半代表作者的同窗好友柯勒律治(他们二人在七年之中一直同在“慈幼”上学，不同班)，以柯勒律治的口气对兰姆自己的往事进行回顾和评议；到文章中间，这个“我”又悄悄变成兰姆自己，一点不露痕迹。所以，在这篇文章里，兰姆拿“伊利亚”这个笔名演了两段“双簧”，在上半篇从柯勒律治小时候的角度来看待，在下半篇才是作者“夫子自道”。

②兰姆的《文集》(“Works”)，出版于1818年，收入作者创作前期的诗歌、剧本和杂文。

③指萨缪尔·索尔特，当时伦敦法学院的负责人之一，查尔斯·兰姆的父亲在他家做佣人。兰姆到“慈幼”上学，是通过他的保荐。

④兰姆的父亲为律师索尔特做佣人，家就住在法学院内。

⑤兰姆的姑妈叫海蒂(Hetty)，长期住在他家，为他们打杂。

⑥据《旧约全书·列王纪上》第17章，以色列的先知以利亚住在约旦河东的基立溪旁，耶和华吩咐乌鸦给他叼饼和肉吃。

还要可口的佳肴美味)；我也记得老兰一见这些东西打开，他那纷然交集于心的复杂感情：既对于来人感到由衷的爱，又为了她所带的食品以及携带的方式而感到不好意思，还因为这么多同学无法都来分享这些食物而产生一种同情之心，最后，饥饿——那最古老、最强烈的欲望终于占了上风，这才冲破那由羞愧、尴尬以及令人烦恼不安的敏感像岩石似地筑起的一道围墙。

我，却是一个无亲无友的可怜孩子。父母、亲戚都离我很远。在京城里，他们托了一两个熟人，指望他们照看我。我刚来那一阵，他们倒还对我勉强客气一番，以后节假日再去，他们可就不耐烦了。我觉得，自己到他们那里去的次数很少，但在他们看来，我去的次数未免太多了。结果，他们一个接一个地都不理睬我了。在六百个同学当中，只有我孤孤单单、无依无靠。

唉，把一个可怜的小男孩，从自己家里活生生抛闪在外，是多么残忍啊！在那羽毛未丰的稚嫩之年，我的思慕和想念曾经多少次飞回到生长我的地方！有多少次，我的故乡(在遥远的西部)，故乡的教堂、树木、亲切的面孔，出现在我的睡梦之中！当我从梦中哭醒，又是多么伤心地呼唤着威尔茨郡的卡恩[①]——我那可爱的家乡的名字！

在这生命的晚年，我寻觅着以往那些举目无亲的假日在我记忆里所留下的印象。我一想起那些长长的、炎夏的日子，关于全天放假的悲哀回忆就频频袭上心头——在那些日子，由于某种奇怪的安排，我们统统都被轰出校外，自己去打发那漫长的一天，也不管你有没有亲戚可以

---

①威尔茨郡的卡恩，英格兰地名，在伦敦以西。实际上，柯勒律治的故乡是在英格兰西南部德文郡的奥特里·圣玛利。兰姆在《伊利亚随笔》中常常这样真假杂糅。

投奔。我记得，我们曾经多次到新开河[①]去游泳——这件事，老兰在文章里写得相当热闹，其实，叫我看来，他不过说得一片嘴响罢了，因为那时候他动不动就溜回家里，我们的泅水游戏他根本没有参加过几回。好，我们欢天喜地冲出校门，直奔旷野而去；暖和的太阳一照在身上，我们就把衣裳扒个净光；然后，像小鱼似地，在那清清的溪流之中游来游去；玩到正晌午，肚子咕咕叫（早上的那一点儿面包皮早就没影儿了），我们当中这些一文不名的人可就苦矣——看看身边，牛，小鸟，小鱼，都在吃食，只有我们自己一点儿吃的也捞不着，拿什么来挡饥？——那风和日丽的良辰美景，那游水打闹中的体力消耗，那无拘无束的自由之感，般般都促使我们胃口大开，难忍难熬！最后，黄昏来临，我们一个个晕头晕脑、疲劳不堪地回到学校，赶紧扒拉那一顿渴望已久的晚饭——这时候，我们那一天心神不安的假日才算过完了，真不知道心里是该高兴还是该不高兴！

冬天的假日，在街上毫无目的地荡来荡去，更不是滋味——冷气袭人，瑟瑟发抖，只好站在版画店窗口强自消遣一会儿；再不然，为了找一点稀罕事儿，只好第五十次地到伦敦塔里看狮子（那里的看门人以及他手下的那些动物，恐怕对于我们一个个的面孔也都认熟了）——因为，根据古老的恩旨，那里的兽王接见会，我们照例可以免费参加[②]。

老兰的恩公（在同学们当中，对于保送我们到这个学校来的举荐人，是这么称呼的）跟他的家长就住在一所宅子里[③]。所以，在学校

① 新开河，在1609—13年间，为了增加伦敦市内的水源所开凿的一条河道。

② 伦敦塔内原有皇家动物园，准许基督慈幼学校的学生免费参观。“兽王”，指狮子。

③ 兰姆上慈幼学校的保荐人索尔特律师，身为英国议院议员，是个有影响的上层人物，故而兰姆在校也会受到优待。

暖和的太阳一照在身上，我们就把衣裳扒个净光

里，他有什么意见，定会得到倾听。对此大家心照不宣。这就形成一道有力的屏障，保护他既不受老师严责，也不怕级长虐待。想起这些小畜生压迫同学们的事来，真叫人悲从中来。拿我自己来说，就曾经在寒冷透骨的冬夜里，被他们从床上特意弄醒——并且不止一次，而是夜夜如此——，跟其他十一个倒霉的同学一起，身上只穿着衬衫，挨鞭子，受惩罚；因为，在就寝之后，我们那位同样乳臭未干的小头头只要听见有人说话，就拿我们睡在寝室最边上的十二个小孩子来受过，虽然对于这种过失，我们自己既不敢去犯，也无力阻挡别人。同样，也由于这种该死的暴政，我们这些小同学在冬天踏雪回室，脚冻得简直要掉下来，却不许我们挨近火炉；到了夏天晚上，最残酷的惩罚要算正当我们由于季节和白日的活动而口内热得冒火、无法成眠，却不许我们滴水沾唇。

在同学之中，有一个叫做霍——的[①]，后来听说，他长大成人之后，有人见他在囚船上服刑。（我想：几年前，在西印度纳维斯岛或圣吉蒂斯岛[②]被处死刑的那个种植园主，莫非就是此人不成？——我的朋友托宾想法子把他送上绞架，倒是做了一件好事。）这个小暴君的的确确曾经拿一块烧红的烙铁，往一个得罪他的小男孩身上打烙印；他还强迫我们四十个同学捐献自己的一半面包（结果几乎把我们活活饿死）去喂一头小驴子——说来真叫人难以相信，这头驴子是在我们护理员的女儿（他的小情人）唆使之下，由他想法偷运进学校里，养在我们号房（亦即寝室）的铅皮屋顶上面。这场把戏玩了一个多礼拜。如果这头驴子自己闭上嘴巴，它本来可以比罗马皇帝卡利古

① 这个学生叫霍吉斯。
② 西印度群岛的两个岛名。

拉的爱马[①]还要享福哩。可惜，这头畜生比故事里头其他的驴子还要蠢，它不洋洋得意大叫就过不了日子。而且，它肚子里又塞饱了面包，长得肥肥实实，蹄子不停地踢腾，只等着某一个倒霉的时刻，它好向屋顶下的人群宣布自己的胜利。于是，它可着喉咙，大吹了一通羊角号——吹坍了自己的耶利哥城墙[②]。这么一来，它也就难以藏身，被人小心押送出境，弄到牲口市去完事。可是，我从未听说，这头驴子的后台因为此事受到什么责问。而这正是老兰在文章里表示佩服备至的佩利先生当总管[③]那个时期中所发生的事。

也是在此人的英明管理之下，在开饭之前，女管理员亲自监督、细心过秤，准备给我们吃的热腾腾的肉片，却让那些护理员们公然分去一半，拿大盘子端到她们桌上享用，泰然自若，无人过问，对这件事难道老兰就忘了不成？在那豪华的大厅里，这样的事天天都有，可是老兰（八成一出校门就变成鉴赏家了吧）倒尽在那里赞美什么“悬挂饭堂四周以资装饰”的“凡里欧及其他作者”的那些漂亮图画[④]。但是，我敢说，我们在校那阵儿，看了画上那些体体面面穿着蓝校服的胖小子们，老兰本人以及我们所有这些活着的学生们未必会得到什么安慰，因为我们眼睁睁看着自己的一多半食物都被那些贪心的女妖精[⑤]夺走了，而我

---

①古罗马皇帝卡利古拉把他的一匹爱马封为护民官，喂以金色的燕麦，还派奴隶专门侍候它。——这倒和《史记·滑稽列传》里说的楚庄王那匹马相仿佛。

②这个典故见于《旧约全书·约书亚记》第6章：以色列的首领约书亚率军包围了耶利哥城，让七个祭司绕城吹羊角号，吹了七天，城墙塌陷。

③约翰·佩利，兰姆上学时的学校总管。兰姆在《回忆基督慈幼学校》一文里写到他并表示了好感。

④安东尼奥·凡里欧是十七世纪的意大利画家，曾居住于英国并为英国皇室作画。本文提到的这幅画画的是英王詹姆士二世接见慈幼学校的学生，悬挂于该校大厅。

⑤“女妖精”，原文指的是希腊神话中的鸟身女面的妖怪，转义为贪心的人、恶妇人等。

们自己(只好像狄多庙里的特洛伊人[①]似的)

“不得不对着画像来填补自己空虚的心。”[②]

老兰在文章里还提起学生们对于“嘟噜肉[③]”，亦即不加盐的白煮牛肉上的脂肪块，所表示出的反感，并且把这事归之为某种迷信。其实，这种肥嘟嘟的肉块，小孩子根本吃不下去(儿童们全怕吃肥肉)；而且粗硬、难消化的肥肉块，又不加盐,那就简直可恨极了。我们那个时候，要是说哪个人“吃嘟噜肉”，那就等于说他是个“食尸鬼”，一定受到大家憎恶。某君就背过这种坏名声。

……人们传说
他吃过某种奇特的肉。[④]

有人瞧见他在饭后把桌上的残渣碎屑仔细收集起来(可以相信，剩头不多，更不会有什么珍品)，而且还把这种肮脏东西特意带走，偷偷藏在他的床头小柜子里。但是谁也没有见他吃过。谣传他到夜里才把它们暗暗狼吞虎咽地吃下去。有人监视他，可也没发现他半夜里偷吃什么。又有人报告，见他假日离校时带了一条蓝格子大手帕，里边鼓鼓囊囊包着什么——这肯定就是那该死的玩意儿。于是，关于他对这些东

---

①指罗马诗人维吉尔的长诗《伊尼德》里所写特洛伊王子伊尼德在迦太基女王狄多所建的朱诺庙内观看描绘特洛伊陷落时的壁画。

②引自《伊尼德》第1卷。

③“嘟噜肉”，原文为“塞口物”，即食而不能下咽的东西，在这里指肉上的油块块，学生怕吃。意译为俗语里的“嘟噜肉”。

④引自莎士比亚剧本《安东尼与克娄巴特拉》第一幕第四场第六十七行。

西到底怎么处置，就引起了猜测。有人说他把它们卖给了乞丐。这种说法，大家都信以为真。他老是一个人迷迷糊糊地走来走去。没人答理他。没人愿意跟他玩。他完全孤立——同学们把他当作化外之民。不过，他力气大，谁都打不过他；可是，他所受到的种种消极惩罚比挨鞭子还厉害。然而，他还是一意孤行。最后，两个同学决心把这件事弄个水落石出，就专门抽出一个假日盯住他，只见他钻进一座破烂不堪的大楼——这种楼房如今在大法厅巷[1]里还有遗存，都是租给各种穷户人家的，楼门敞开着，楼里有一道公用楼梯。二人悄悄跟他溜进去，又偷偷上了四段阶梯，才见他轻轻敲着一道破旧小门，门一开，出来一个破衣烂衫的老妇人。这么一来，怀疑变成了确凿事实。告密者可把他抓住了。这个倒霉蛋陷入了罗网。于是，控告正式提出，大大的惩罚自在意料之中。但是，此时担任总管的哈萨威先生(事情发生的时候，我刚刚离开学校)是个做事一向细心精明的人，主张对这件事先做调查再下判决。结果表明：原来假想的乞丐，或者说，那些神秘的饭渣的窝主或买主，并非别个，而是某某的父母，一对风烛残年的善良老夫妇——要不是这种及时的供应，他们大概就只好乞讨为生了；而某某一直背着坏名声，像一只小白鹳[2]似的，打食喂养这一双老人！在这时刻，校董会做出一项漂亮的决定：立即对某某的家庭进行救济，并发给某某一枚银质奖章。在颁发奖章的大会上，总管讲了一段关于轻率判断的日课；我相信，他这篇话对于听众没有白说。——这时候，我已经离开学校，可是某某这个人我还记得。他是个身材高高的小伙子，走起路来摇摇晃晃，稍微有点斜眼；对于有敌意的成见，他不去求人谅解。此后，我在

① 大法厅巷，伦敦街道名。

② 外国童话中常说：小孩子是由鹳鸟带给父母的。作者引申说这个学生像鹳鸟似地把食物带给父母。

街上见他挎着一只面包篮子。好像听说，他对自己可不像对老人那么好。

我是一个患忧郁症的小孩子[1]，刚进校门心里本来就七上八下的，穿上蓝色校服[2]的头一天偏偏就看见一个戴脚镣的小男孩！那时，我年龄尚幼，刚刚过了七岁，像这样的事仅仅在书里念过，在梦里见过。人家说：这孩子犯了逃跑之罪，对初犯就是这样惩罚。不久，别人又带我这个新生去参观地牢。那是像疯人院似的一间一间小小的、方方的单人号房，里边铺着草，有一条毯子(后来，大概换成垫子)，仅能让一个小男孩平着身子躺下；一线微光从牢房顶的一个小洞口斜射下来，勉强可供看书之用。可怜的小孩子就被整天单独锁在这里边，不准见人，只有门房每天给他送面包和水——但不得跟他讲话——，工役一个礼拜来两回，叫他出去接受定期的责打；即使挨打，小孩子也是高兴的，因为那总可以让他暂时脱离那不得见人的所在——但一到晚上，就又把他关进这听不见任何声音的地方，让他那脆弱的神经去经受他那小小年纪还难免的迷信所带给他的种种恐怖。[3]——这就是对于第二次犯罪的刑罚。那么，看官，你想不想知道：如果再进一步，会对他如何处置吗?

对于第三次犯罪的学生，如果开除已无可挽回，就要给他换上一套古怪可怕的装束，再把他带到一个好像宗教判决仪式[4]那样森严的大会上——这时，不久以前他还穿在身上的“浅蓝色的衣装”连一点影子

---

① 从这句话开始，这篇文章里的“我”(“伊利亚”)不再代表柯勒律治说话，而是兰姆自己了。

② 基督慈幼学校的学生身穿蓝色长衫，作为校服。

③ 作者原注：“直到发生过一两次精神失常，有人企图自杀，校董们才看出这部分判决的不当，深夜的精神折磨才算取消。把小孩子关进地牢这个主意是霍华德的脑子里想出来的——为此，……我真想朝他的铜像上吐唾沫。”

④ 指西欧中世纪的天主教宗教裁判所对异端分子判处大刑时所举行的判决仪式。

也看不见了，只见他穿着一件仿佛往昔伦敦的点灯夫爱穿的那种短袄，戴的小帽也相仿。这样褫夺常服的效果正符合它那精心设计者的预期。这个小孩面孔苍白，露出惊恐的神色，好像落入但丁写过的恶鬼[①]的手中。这样化了妆，他被带进大厅(亦即老兰最欣赏的那座华贵的礼堂)，在那里等待着他的，有他的全体同学——以后他再也不能跟他们一同上课、一同游戏；还有总管——他再最后看一眼他那威风凛凛的样子；行刑的差役也在，为此事他特意穿上了官服；此外，还有两位，可说是灾难的化身，因为不到采取这种最后手段的场合，他们是不露面的。这就是校董，不知是专门挑选出来或是根据什么特殊规定，凡是这种“最高惩罚”，都由他们主持——他们之所以出面，并非意在从轻发落(至少我们是这样理解的)，而是要监督着把鞭刑执行到最大极限。我还记得，有一回，班贝尔·加斯孔老头和彼得·奥伯特主持这种仪式，那个准备动手的差役脸色煞白，他们命令给他端来一杯白兰地，让他喝了壮壮胆子。那鞭刑是古罗马式的：时间既久，派头又大。一个执法小吏还陪同罪犯绕大厅整整走完一圈儿。经历了上述这可憎的一切，我们全都吓晕了，哪里还敢睁大眼睛仔细观察一下被打的人在肉体上究竟遭受多大的痛苦。自然，公布的报告说：该生背部肿起多处，呈青黑色，云云。鞭刑之后，他穿着这身“悔罪服”[②]，被亲友接走——如果他还有亲友的话(不过，像他这样的小瘪三照例是无亲无友的)，否则，就交给他那个教区的官员——为了加强现场效果，这官员就站在大厅门外指定的位置上。

幸亏这种森严的大场面并不常有，所以还不至于败坏大家的快

---

①指但丁在《神曲·地狱篇》里所写的在地狱里服刑的有罪灵魂。

②悔罪服，即被宗教裁判所判决的异端犯所穿的黄色粗麻布罪服。

活心情。课堂之外，我们有很多体育、娱乐活动；但是，对我来说，最开心的还是在课堂之内。高级语法班和低级语法班[①]都在一个教室里上课，只有一道假想的分界线把它们隔开。这两个班就像比利牛斯山脉[②]两边的居民一样，特色各异。詹姆斯·包耶尔牧师是高级班的教师，而我交好运上的另外那一班却是马修·菲尔德牧师上课。在我们这个班里，大家就像鸟儿一样无忧无虑。我们爱干什么就干什么，没人妨碍我们。我们学学词态变化，或者说，学语法课，只是做个样子。不过，上课虽然给我们找了点儿麻烦，我们总算在两年之内把异相动词[③]学完了；然后，我们再用两年工夫把学过的东西全部忘光。自然，从形式上说，书是得常常背的。不过，背不出来也没啥，老师往你肩膀上轻轻擦一下(刚刚能把苍蝇吓跑)就算是唯一的惩戒。菲尔德从来不用教鞭打人。实际上，他挥动棍子的神气一点也不带劲儿——倒“像一个舞蹈演员”。教鞭在他手里，与其说是一种代表权威的工具，不如说仅仅是一种象征，而且还是一种叫他自己也感到挺不好意思的象征。他是个善良、宽厚的人，不想搅乱自己的安静心情，对于小孩子的时间价值大概看得也不那么重要。我们这里他虽说不断来，可也常常整天整天地不跟我们照面儿；而且，他来了对我们也没什么两样——因为，在他来校的短短时间内，他总爱躲在他个人的房间里，远离我们的嘈杂声。所以，我们还是只管玩我们的，闹我们的。我们本来

---

①这个学校里的古典语法课分为高、低两班。在这里，语法指的是希腊文和拉丁文语法。

②比利牛斯山脉，法国和西班牙两国之间的一道山脉。

③异相动词，词形被动而词义主动的一种动词。

就无求于什么“骄横的希腊，傲慢的罗马”[①]，我们有的是自己心爱的杰作，大家争相传阅——譬如说，《彼得·威尔金》，《可敬的罗伯特·波义耳船长历险记》，《幸运的蓝衫少年》[②]，等等。有时候，我们还可以搞点机械的、科学的小玩意儿，譬如说，拿纸做小小的日晷仪；或者画许多括弧，让它们巧妙地交错起来，称之为“挑绷子游戏”；或者，把干豌豆弄到锡管里跳舞；或者，玩一种叫做“法国人和英国人”的呱呱叫的游戏[③]，可以从中学习战术；此外还有上百种如此这般消磨时间的花样——使有益和好玩结合在一起——如果卢梭和约翰·洛克[④]的在天之灵看见了，也会高兴得笑起来。

马修·菲尔德属于那种微末的神职人员，他们一身三任，既要做教士和学者，又要做一个闲散的绅士；但是，不知怎的，我总觉得，在他身上还是闲散人占着主要成分。当他该来给我们上课的时候，他却忙着跟三朋四友寻欢作乐，或者正在行着优雅的鞠躬礼出席某位主教大人的接见会。许多年里，他担任着一百个学生入校头四五年的古典语文课，可是在这四五年里，他在班上所教的东西最多也超不出开蒙的两三篇费德拉斯[⑤]寓言故事。事情到底怎么能这样糊弄下来，我猜不透。本来，要纠正这些弊端，包耶尔是最合适的人，但他做出一副为难的样子(也许他真的感到为难)，说是未便干预并非严格属于他职责范围的事。不过，我一直怀疑：我们班跟他那个班构成鲜明对照，在他来说并不见得

---

①“骄横的希腊，傲慢的罗马”：引自本·琼生《题威廉·莎士比亚先生的遗著》一诗。

②这都是当时流行的冒险故事。

③“法国人和英国人”，一种游戏，一张纸画上许多点点，比赛者闭上眼睛拿笔画一条线，看谁画的线连起来的点点最多。

④卢梭，法国十八世纪启蒙思想家；约翰·洛克，十七世纪英国哲学家；二人的教育学说都主张“寓教于做”。

⑤罗马作家，他写过一些动物故事(有的出自伊索寓言)。

完全不高兴。因为，他那些弟子如果是斯巴达少年，我们就不过是一伙黑劳士[①]。偶尔，他做出客客气气的样子，派人把低级班老师的教鞭借去看一下，然后，龇牙冷冷一笑，对他的学生说："教鞭上的枝条倒是挺齐整、干净的。"[②]他那些学生一个个面色苍白，绞脑筋苦读色诺芬和柏拉图[③]，班里静悄悄一点声音也没有，活像毕达哥拉斯的高徒[④]；我们在自己的平安角落里，却是爱干什么就干什么。正因为我们对他管教学生的种种内情略知一二，有鉴于此，我们也就越发安于自己的命运。他无论怎样大发雷霆，也无法伤害我们；他在我们身边掀起一场又一场狂风暴雨，却触动不了我们一根毫毛；和基甸的奇迹[⑤]相反，当周围的地方都给大雨淋得透湿，我们的羊毛仍然还是干干的。他那班的学生书念得比我们强；我们呢，我寻思，在性灵上却得了益。他的高足们提起他，在感念之余不免心有余悸；当我们回忆起菲尔德，却不禁怀念那一切令人心生慰藉的影像：疏懒，夏日的酣睡，像游戏一般的上课，天真无害的闲散，乐园般的逍遥自在，以及——"天天玩儿，天天过节"似的生活。

我们班虽然远离包耶尔的领地，但是，遥遥相望，对于他那一套管理之道(像刚才说过的)我们也稍稍看出一点儿眉目：受难者的嚎叫不时传入我们的耳朵，地狱里的惨景也不断闪现在我们眼前。包某是一个

---

①黑劳士，古希腊奴隶的称号。斯巴达人为了教育子弟不要酗酒，常让奴隶喝醉后表演种种丑态，以示酗酒之害。

②意思是说：教鞭虽好，可惜不用来打学生。

③色诺芬，古希腊军人和作家，写有历史著作。柏拉图，古希腊哲学家，著有《对话录》多种。

④毕达哥拉斯，古希腊哲学家，据说他吩咐学生听他讲课时五年之内不得说话。

⑤基甸，以色列勇士。据《旧约全书·士师记》，耶和华曾向他显灵，使他周围的地方都是干的，只有他放在禾场上的一团羊毛有露水。

脾气固执的学究。他的英文文章写得芜杂难懂。他写的复活节颂歌（因为职务关系，这类应景之作都推给了他）音调生硬，犹如刺耳的笛声。当然，他也有笑的时候，而且也会哈哈大笑，不过，惹他发笑的，不是贺拉斯使用“Rex”这个词时的一语双关[①]，就是提仑斯笔下写的某个骗子“满脸正经”以及厨子“要以炖肉平锅为鉴”[②]之类——其实，这些浅薄的俏皮话，就在问世之初，也未必有力量能从古罗马人的脸上挤出一丝微笑来。——包耶尔有两副假发，都是学究式的，但却预兆着不同的情绪：一副安详斯文，甚至带点儿喜气，预告着一天平静无事；另一副是破旧的，褪了色，乱蓬蓬，怒发冲天，透露一派杀机，暗示血光之灾。如果哪天早晨，他戴着这副蓬蓬松松、怒气冲冲的假发到学校里来，学生们可就要大祸临头了——这比扫帚星出现还要灵验。——包某心狠手重。我曾经见他向着一个可怜巴巴、浑身发抖的小孩子（他嘴唇上妈妈的奶汁恐怕还没有干）握紧他那疙里疙瘩的粗拳头，喝道：“小东西，你还敢跟我顶嘴！”——我们不止一回见他从自己住室或书房急急忙忙冲进教室，抓住一个学生，满眼凶光，大声吼叫：“老天在上！”（这是他的口头语）“你这小东西，我恨不得拿鞭子抽你”——说罢，突然又改变主意，愤愤然折回自己的房间——停了一阵，事情似乎冷下去了（在这几分钟里，除了那受罚的学生，大家都把这档子事儿完全忘了），可他突然又急忙冲进来，好像回答魔鬼连祷文[③]

---

①罗马诗人贺拉斯，在他的第一篇《讽刺诗》中，用了“Rex”这个词表示一语双关，因为在拉丁文中，Rex既有“国王”的意思，同时也是作者所要讽刺的一个人的姓。

②罗马剧作家，在他的一部喜剧中曾写到一个骗子“满脸正经”，在他另一部喜剧中写到一个老人教训儿子要把别人的经历当作一面镜子，他的一个以丑角扮演的奴隶就告诉厨子“要把炖肉锅子当作一面镜子”。

③连祷文，一种祷告形式，牧师领说，教徒应答，词句内容相同。

怒气冲冲地到学校来

的下半句似地，大声吼叫着，补上刚才没有说完的话："我真想把你抽一顿！"——当他那狂暴的怒气平息下去，变得心平气和的时候，他还有一手，那可是绝招，据我所知，只有他一个人才想得出来：他能一边念议会辩论记录，一边拿鞭子打学生；念一段，抽一鞭子。在我们这个王国，那些年头正是议会辩论盛极一时的高潮时代，可他要想靠这种法子使得挨打的人对于滔滔不绝的辩才感到衷心佩服，怕是办不到的吧。

一回，只有那一回，他那高高举起的棍子不得不轻轻落下了——斜眼的滑稽鬼小伍拿老师写字台里的抽斗派了一种建筑师怎么也设计不出的用场，被抓住了；他为自己辩护，傻乎乎地说自己没有什么不对的地方，因为，谁也没有预先警告他这件事干不得。这样，在口头宣布之前对任何法律不予承认，实在妙不可言，全班的人（先生也不例外）听了忍俊不禁，没法儿不笑——只好对他免予追究。

老兰赞扬包某，说他做教师功劳很大。柯勒律治也在那本文学传记里对他大加赞美。《农村观察者》的撰稿人[①]更是毫不含糊地拿他和古之杰出师表相比。也许在结束对他的描述之前，我们最好还是听听老柯自己的由衷之言——当他听说他的老教师即将辞世之际，不禁发出一声虔诚的叫喊："可怜的包耶尔！——但愿他的过错都得到宽恕，愿他能进入一个极乐世界，那里的小天使有头、有翅膀，唯独没有屁股，那么也就无法控诉他在尘世上的罪过了。[②]"

自然，在他培养下，出了不少有学问的好学生。——我在校那时候，头号优等生是兰塞洛特·丕庞斯·史蒂凡斯，一个极温顺的小男

① 《农村观察者》，在 1792—93 年间的一种英国周刊，由兰姆在慈幼时的同学托马斯·凡肖·米德尔顿编辑并任主要撰稿人。此人后来当了英属印度的加尔各答主教。

② 这句话讽刺包耶尔对学生们体罚太凶，以至于天堂里小天使的屁股上也带着他的体罚所留下的斑斑鞭痕。

孩、极温顺的人，后来和特普[①]博士一同做了古典语法教师（两个人也是亲密无间的伙伴）。想一想他们那两位前任教师老死不相往来的样子，再看一看他们这一对好朋友形影不离的情景，真叫人眼界大开！——如果你什么时候在街上只碰见他们之中的某一个人，肯定会觉得稀罕；不过，这种感觉很快便会消失，因为另外那一位立即也就出现了。这两位心心相印的合作者手拉着手，争相减轻对方职务上的辛苦负担；一旦年纪衰迈，其中一位感到退休实为方便之计，另一位不久也会发现自己也到了放下权标的时候。啊，当你年届四十，想到搭在自己手臂上的那只亲切的手，早在你十三岁时就曾经把着自己的手翻开西塞禄的《论友谊》或者某篇记述古人交谊的轶事，曾经在自己幼小的心灵中点燃起向往高尚友谊的热情火焰，那该是多么珍贵、多么愉快的事！跟老史同时的优等生还有索某[②]，他后来斡旋于北欧各国宫廷之间，出色完成了各种外交任务。在校时，索某是一个身材高大、皮肤黝黑、性格忧郁、不爱说话的青年，长一头黑亮的头发。——托马斯·凡肖·米德尔顿（现任加尔各答主教）学他的样子，十来岁就俨然是一位小学者、小绅士。现在，他成为一个出名的评论家，除了《农村观察者》外，为了批驳夏普，还写了一篇《希腊文冠词通论》。听说，老米如今在印度当主教，戴上高高的法冠神气十足的，恐怕（我敢说）还是英国在那儿的"新统治"[③]给他撑着腰吧？看来，光凭朱威尔或胡克[④]那样古朴的谦卑美德是不足以使得英属亚洲各地的主教们对于宗主国的制度和教会心怀敬畏的——虽然，英国教会本身正是由那些虔诚的长老

①这个人叫特罗洛普。

②即索恩顿。

③指英国对于印度的统治。1757 年以后，印度逐渐沦为英国的殖民地。

④这是英国国教会建立初期的两个著名教会人士。

们亲自浇灌培植起来的。不过，老米在校时虽说性格沉稳，为人倒还和善，不摆架子。——除老米之外(不算年龄比他大的)，就属理查兹了，也就是那首生气勃勃的牛津获奖诗歌《最初的不列颠人》的作者，一个脸色苍白、非常用功的优等生。——此外，还有那可怜的小斯，倒霉的小毛[1]；关于他们二位，诗歌女神默默无语。

爱德华的子孙[2]中，有人命运多舛，
看了他们的历史，只好悄然走开。

萨缪尔·泰勒·柯勒律治——逻辑家，玄学家，诗人！在我的记忆中，你好像还处于你那才思的黎明时期，那时，希望如大火烛天，尚未出现浓黑色的烟柱。——我曾亲眼看到偶然穿过校园的生客，伫立于回廊之间，对你这位少年米兰多拉[3]不胜钦羡之至(只是觉得你那谈吐和衣着实在太不相称)，他如痴如醉地倾听你用你那深沉而甜美的语调阐明詹布利卡斯或者普洛蒂努斯[4]的思想奥秘(你在小小的年纪，竟然对这种深邃的哲学题目侃侃而谈，毫无惧色)，或者，你用古希腊语背诵着荷马的史诗，品达尔[5]的颂歌——在那灰衣僧古寺[6]的墙壁上回荡着你这慈幼神童的声音！柯勒律治和查·瓦·列·格——[7]之间，还

①这两个人，一个叫斯科特，死于疯人院；另一个叫毛恩德，被学校开除。

②“爱德华的子孙”，指慈幼学校的学生，因该校是英王爱德华六世下诏建立的。

③皮柯·德拉·米兰多拉(1463—94)，意大利文艺复兴时期的一位人道主义者，以才华横溢著称。此处即转义“才子”。

④这两个人是在公元三——四世纪罗马的新柏拉图主义哲学家。

⑤品达尔，古希腊著名抒情诗人，现存他的作品主要为颂歌。

⑥伦敦基督慈幼学校的校址原来是中古时期一所灰衣僧(圣芳济教派)修道院。

⑦全名为查尔斯·瓦仑丁·列·格莱斯。

曾多次“斗智”(姑且戏用傅莱老人[①]的说法):“我看这两位,一个像一艘西班牙大帆船,一个像一艘英国兵舰。柯勒律治先生好比前者,学问大,底子厚,可惜行动迟缓。查·瓦·列——呢,像英国兵舰,体积小,便于扬帆出海,他才智机敏,随潮涨潮落回旋自如,利用不同风向调转航向。”[②]

阿仑,你是他们二人的亲密伙伴,我可不能把你忘记!当你在他们的唇舌交锋中听到什么尖刻的俏皮话时,你就莞尔一笑;当你自己想起了什么更有意思、更逗笑的话,你又纵情大笑,使得古老校园的回廊为之震颤。如今,再也见不到你那动人的微笑,俊秀的面庞(因为,你是学校里的“英俊的尼鲁斯”[③])——你长大以后,成为一个调皮小伙子,能够靠着你那微笑和面庞使得被你惹恼的城市姑娘转怒为喜——当她觉得什么人无礼地掐她一下,火了,像母老虎一样猛然转身,刚狠狠骂了一声“天——”,骂了一半儿,一眼瞅见你那天使般的面孔,又急忙改口,柔声柔气地打一个招呼,“天老爷保佑你那漂亮的脸蛋儿!”

接着想起的两位——他们如今本该好好地活着,还跟伊利亚做朋友——是小列·格——和法某[④]。这两位,一个因为生性好动,一个却因为自尊心太强——他受不了在我国学府中贫寒工读生有时难免要忍

---

①托马斯·傅莱(1608—61),十七世纪英国散文作家。

②这段话,是兰姆根据傅莱在其《英国风物杂录》(“Worthies of England”)中对于莎士比亚和本·琼生两位同时齐名作家之间的“斗智”的评语,加以改写,以形容他两个老同学(柯勒律治和查·瓦·列·格莱斯)之间的“斗智”。

③“英俊的尼鲁斯”,荷马史诗《伊利亚特》中一个希腊战士的绰号。

④小列·格——,全名为萨缪尔·列·格莱斯,死于西印度群岛军中。法某,全名约瑟夫·法弗尔,慈幼毕业后入剑桥大学,为工读生,因不堪歧视,离校参加军队,在国外战死。

受的轻视——都离开母校，投奔兵营去了。结果，一人死于恶劣的气候，一人死在萨拉曼查[1]平原之上。小列·格——是一个快快活活的乐天派，性格逗人喜爱；法某却是性子固执，忠诚，对于侮辱之来先有所察，其实他也有一副热心肠，身材像古罗马人一样高高大大。

再加上赫福德[2]的现任教师，身材颀长、心地坦率的弗兰——[3]，以及脾气最善良不过的传教师玛默丢克·汤——[4]（这两位现在仍然是我的好朋友），我在校时的优等生概况介绍也就到此结束。

---

①萨拉曼查，西班牙地名。
②赫福德，英国郡名（首府同名）。
③全名弗雷德立克·威廉·弗兰克林。
④全名玛默丢克·汤姆逊。

两种人

人类，根据我自己归纳出来的最可靠的理论，可以分为截然不同的两种人，即：借人家东西的人和借给人家东西的人。其他的分类方法，像哥特族、克尔特族[①]，白种人、黑种人、红种人，都不得要领，统统应该纳入这两种根本类别。大地上的一切居民，“帕提亚人，玛代人，以拦人”[②]，无不集合在这两大类里，不属于这一类，便属于那一类。第一种人，我想称之为大人物，他们超越群伦，一望而知，因为他们有那么一种模样，那么一种风度，那么一种天生的君临天下的味道。第二种人就生来低人一等了：“他必给他弟兄做奴仆。”[③]他们的神态寒寒酸酸、小心犹疑，跟第一种人那般豁达、坦率、手脚大方的派头比起来真是天差地远。

想一想古往今来的一些大人物吧：阿尔西比亚得斯，福尔斯塔夫，理查·斯梯尔爵士[④]，还有我们那位可入无双谱的已故的谢立丹[⑤]——这四位借钱大王，何其相似乃尔！

再看一看向你借钱者的那种满不在乎、泰然自若的样子：那红扑扑的腮帮子，那妙不可言的听天由命的态度，简直像田野里的百合花一样无忧无虑[⑥]！他对钱财何等藐视——简直把金钱（尤其是你我的金钱）看得好似粪土一般！在“你”、“我”之间的那些陈腐界限，被他爽爽气气一下子打破！或者说，他把别人认为相互对立的两个用语（“你的”和“我的”——译者）大而化之，变成一个明白易懂的形容代词（“我的”——译者）。这是多么高尚的语言简化（连图克[⑦]也自愧弗如）！——这又多么酷似原始的财产共有，——至少说，那种原则的一半（“你的就是我的”——译者）被他付诸实行了。

他是地地道道的收税官，“叫普天下的人都向他上税”[8]；在他和你我这样的“平头百姓”之间，身份之悬殊不亚于奥古斯都大帝陛下[9]和某个从耶路撒冷向他交纳戋戋细税的仅有一枚小银币家当的穷犹太人。——不仅如此，他来捞钱的时候，笑容可掬，意态自若，丝毫也不像咱们那些板着面孔的教区收税人或者国家税务员——那些家伙脸上的那种公事公办的神气就不讨人喜欢。可是，他来找你借钱的时候脸上是笑嘻嘻的，一不打收条——为了不给你添麻烦，二不提什么时候归还——免得他自己受拘束。而且，对他来说，天天都是圣烛节、米迦勒节，可以收税讨账[10]。他满脸高兴，以温情为折磨人的手段，向你的钱袋进攻，——你那绸缎钱袋的左右两片，在他那脉脉情意的感化之下，自自然然打开，正像故事里那位旅客的大衣在暖洋洋的日光下自动解开[11]。他是永不退潮的大海，无论谁的施与，他都慨然接受。人倒了霉蒙他光顾，陷入了他的罗网，要跟命运挣扎是徒劳的。啊，既然命

---

①哥特族，古代欧洲条顿民族的一支。克尔特族，古代西欧的一个民族，属于亚利安人种，曾居住在今英国、爱尔兰和法国。

②《新约全书》中《使徒行传》第 2 章所提到的三个民族。

③引自《旧约全书 · 创世记》第 9 章第 25 节。

④阿尔西比亚得斯，希腊哲学家苏格拉底的一个朋友，雅典人。福尔斯塔夫，莎士比亚剧本中的著名喜剧人物。理查 · 斯梯尔（1672—1729），英国散文作家。理查 · 布林斯里 · 谢立丹（1751—1816），英国戏剧家。——这四人都以生活挥霍、花钱无度而出名。

⑤阿尔西比亚得斯，希腊哲学家苏格拉底的一个朋友，雅典人。福尔斯塔夫，莎士比亚剧本中的著名喜剧人物。理查 · 斯梯尔（1672—1729），英国散文作家。理查 · 布林斯里 · 谢立丹（1751—1816），英国戏剧家。——这四人都以生活挥霍、花钱无度而出名。

⑥引自《新约全书 · 马太福音》第 6 章第 28 节。

⑦图克（John Horne Tooke，1736—1812），英国语言学家。

⑧引自《新约全书 · 路加福音》第 2 章第 1 节，原指罗马奥古士都大帝命令所有的百姓都要报名上税，故有下文的说法。

⑨奥古斯都，即屋大维，罗马帝国的第一个皇帝（公元前 63—公元 14）。

⑩圣烛节（2 月 2 日），圣米迦勒节（9 月 29 日），都是结账日。

⑪指《伊索寓言》中的一个故事。

中注定要把钱借给人家，就痛痛快快拿出来吧——你舍弃了一笔世俗的小钱，却得到许诺：有朝一日会在天上得到好报[①]。千万不可一身二任，既做拉撒路，又做太富士，弄得生前破财受穷，身后又遭悭吝之报，那才叫愚不可及。既然威风凛凛的大人物来了，你就该笑容满面、主动出迎，漂漂亮亮作出牺牲。瞧，他对这回事多么不在乎——跟高贵的对手打交道，本来就不能强求人家讲客气。

上边这些感想，是我的老朋友拉尔夫·比哥德先生[②]之死令我心头油然而生的——他在礼拜三傍晚时分永离此世，死的时候轻轻松松，一如他活着那样。他这个人爱吹牛，说他的祖先如何如何阔，从前在咱们这个王国里曾经拥有公爵之位。据我看，他处理事情的气派也真无愧于他所号称的祖先。他早年收入很多，但是，跟那些大人物的高贵脾气一样，他视钱财如浮云，想方设法很快把那些进款挥霍一空，因为，让一位国王揣上一只私人钱包——这种事连想一想也叫人恶心，而比哥德的深谋远虑全带有帝王气派。这么一来，他就以撤除装备为自己的装备，因为财富这玩意儿(就像人们唱的那样)

> 常常削弱美德，挫去它的锐气，
> 却不能鼓励美德，去做值得称道之事。[③]

一旦摆脱了身外之累，他便像亚历山大[④]一样，着手进行他那伟大的事

① 引自《旧约全书·箴言》第 19 章第 17 节：“怜悯贫穷的，就是借给耶和华。他的善行，耶和华必偿还。”

② 比哥德是兰姆为他的朋友、《阿尔比翁报》主编约翰·劳维克所起的一个假名。

③ 引自弥尔顿《复乐园》第 2 章 455—456 行；参见朱维之译本。

④ 指古代马其顿王亚历山大大帝(公元前 356—323)，著名的军事统帅和征服者。

业，就是说，“借了还要再借！”①

他以胜利者的姿态在我们这个岛国四处漫游，行踪所到之处，有人估计，曾经向十分之一的居民征收过“特别税”。这种估计夸张过甚，我不能接受。不过，我总算很荣幸，曾经多次陪同我这位朋友在这座大城市②里散步。我得承认，一开始最深刻的印象就是：街上殷殷勤勤跟我们攀交情的人实在多得令人吃惊。一天，蒙他不见外，说明了到底是怎么回事。原来，这些先生都是他的进贡者，他的金库来源，用他自己的话说，都是他的好朋友，他可以从他们那里不断地借钱。他们人数众多，并不使他感到丝毫不安。相反，他将这些供养人一个个计算起来，还觉得非常自豪，像考玛斯一样引以为荣，因为他“备有如此充足的牛群”③。

财源如此茂盛，我真奇怪：他怎么还是常常弄得国库空虚？这要多亏他经常挂在嘴边的一句格言：“有钱放三天，就发铜臭味。”所以，钱刚到手，他便用光：一多半喝掉（因为他是一位豪饮大家），一部分送人，其余的扔掉——实实在在地扔掉，有时候像小孩子抓住了刺果，猛然扔开；有时候又像碰上带传染性的东西，把它丢进池塘、沟渠或者洞穴——那深不可测的地穴之中；有时候，他把钱埋藏在河边的堤岸下边（以后再也不去寻找），还滑稽地说：钱存在这里，不会给利息了④。——反正，钱，他决不存在身上，一定得丢掉，正像夏甲的儿

①此处滑稽地模拟《新约全书·启示录》第6章第2节中“他便出来，胜了又要胜”一句话。

②指伦敦。

③引自弥尔顿诗剧《考玛斯》中第2章151—153行。

④在英文原文里，“岸”和“银行”是一个字“bank”，所以这位先生借此开开玩笑，说：把钱埋在河岸，不会像存在银行那样拿到利息。

子，不管多么逗人喜爱，也得抛在荒野之中[①]。对此，他毫不可惜。他的财源是常年不断的。一旦出现赤字，那第一个有福气被他碰见的人，无论是朋友或是生人，一定会掏出钱来填补他这个亏空。因为，比哥德自有一种不容分说的派头。他乐乐呵呵，大大方方，眼睛里闪动着快活的光芒，光秃秃的前额上稍稍点缀着一些花白的头发（微露年高德劭之状）。他向人借钱，根本不考虑对方会不会表示推辞，也确实没有遇到什么人推辞。那么，现在我把我那关于大人物的理论暂且放在一边，仅向不爱谈理论的读者提出一个问题：当你口袋里装有一笔活钱，倘若不肯借给我正在写着的这位先生，是不是觉得有违你那天生的仁爱之心；你是不是宁愿拒绝那种可怜巴巴的求告者（那种蹩脚的借钱人）——他满脸苦相，向你嘟嘟哝哝说他本来也不敢抱多大希望的，所以，你不借钱给他并不会使他多么震惊，反正他自己早就预料到了？

当我想起了比哥德这个人，想起他那火红的心，他那满腔的热情；想起他是那么豁达大度，那么不同凡响，在午夜的欢闹中他是那样领袖群伦；拿他跟我后来交往的那些人一比，我就不由得后悔，真不该存下这几个糟钱，以致今天我也沦落得与那些出借者、亦即心胸狭隘的小人们为伍了。

对我伊利亚来说，财富并非指锁在铁箱里的珍宝，而是指用皮面装订的书籍。因此，另有一类财产转移者比刚才谈的那种人还要可怕。我指的就是那些借书的人——那些成套书的残害者，插架对称的破坏者和散卷书的制造者。有一位叫做康贝巴区[②]的人，在这方面的本领可真是天下第一！

---

①见《旧约全书·创世记》第21章：夏甲是亚伯拉罕的妾，生了一子，为亚伯拉罕之妻撒拉所妒，母子被赶走，流落旷野。

②康贝巴区——兰姆的好友柯勒律治所使用过的一个假名，此处即指后者。

他是一位豪饮大家

在这房间深处的书架上，正对着你有一个难看的缺口，像是有一颗大大的犬齿给人打掉了（假定说，看官，此时你我正待在布鲁姆斯伯里[①]我那小小的内书房里），一边竖立着一大本书，跟高大的瑞士雇佣兵[②]似的（又像市政厅门前的巨大雕像，摆出了新的姿态[③]，守卫着一大片空间），——在这个缺口上，原来放着我收藏的一部最大的对开本《波纳温图里文存》[④]；这部神学名著开本巨大无比，相形之下，守护在它两旁的那两部书简直就变成了侏儒（它们也是神学课本，只是气魄略逊一筹，即伯拉尔明和圣托马斯[⑤]的著作），而它自己却是巨人阿斯卡巴特[⑥]！——这部书，就是康贝巴区抽走的。抽走的时候，他还有理论根据，说什么"对于一部书的所有权（我的波纳温图里自然也包括在内）应与申诉人对该书的理解和欣赏能力恰成正比"云云。对他这话我反驳不得，只好忍气吞声。可是，如果他只管照此理论干下去，咱们当中还有谁的书架能够安然无恙？

在左边的书橱上数第二层里还有一个小小的空缺（若不是失主眼尖，恐怕别人谁也看不出来），那里在从前本是勃朗《论瓮葬》[⑦]一书的安身立命之地。老康大概不敢说他对那部论著比我了解得更多吧，因为那本书还是我介绍给他的；而且，说实话，在当代首先发现这部书的妙

---

① 布鲁姆斯伯里，伦敦地名，曾为名流居住之地。兰姆并未在此居住，文内如此说可能是开玩笑，以示阔气。

② 当时常以身材高大的瑞士雇佣兵充当门卫。

③ 当时，原安放在伦敦市政厅门口的巨大雕像被迁到一边，显得不伦不类，故有作者此语。

④ 波纳温图里（1221—74），意大利神学家。

⑤ 伯拉尔明（1542—1621），意大利神学家。圣托马斯，即托马斯·阿昆那斯（约1225—74），意大利神学家。

⑥ 阿斯卡巴特，出现在欧洲中古传奇故事《汉普顿的贝维斯》中的一个巨人。

⑦《论瓮葬》是兰姆所欣赏的十七世纪英国散文家托马斯·勃朗的代表作之一。

处的也是我[1]。——可是，现在我明白了：我做了傻瓜，在别人面前拼命赞美自己所爱的女人，结果，眼睁睁看着一个比自己更老资格的情敌把她夺走了。——下边那一格里，多兹莱[2]的一套戏剧选缺着第四本，维多利亚 · 科洛博娜[3]的戏就在那一本里。其他九本冷冷落落地摆在那里，没人喜欢，正像普赖姆[4]那九个不成器的儿子——都只为最杰出的赫克托被命运女神借走了！这边儿摆着《忧郁的剖析》[5]，一派稳稳重重的神气。那边儿呆着《垂钓名手》[6]，像作者生前那样，悠闲自在地坐在一条小溪旁边。——在远远的角落里，一套《约翰 · 班克尔》[7]被拆得只剩下孤零零的一本，像一个鳏夫似地“紧紧闭上了眼睛”，悼念他那被夺去的老伴儿。

不过，对我的朋友也应该说句公道话：如果他有时候像大海一样把我的某种珍品卷走，在另外一个时候他也会像大海一样给我冲上来一件价值与其相当的宝贝。我有一组小小的副藏品，全是我这位朋友的搜集物，在多次来访中留下，连他自己也想不起都是从什么角角落落捡来，又漫不经心地撂在我这里了。我收容下这些被遗弃两次的孤儿们，对于找上门来的皈依者和老希伯来人[8]一视同仁，不分本地人、外来户，让

---

① 兰姆在确定十七世纪英国散文家勃朗 · 伯尔顿（《忧郁的剖析》一书的作者）和泰勒作品的文学价值方面有发现之功。这点已为评论家所公认。

② 指洛伯特 · 多兹莱在1744年出版的一套《旧剧选》（Robert Dodsley：“Select Collection of Old Plays”）。

③ 英国戏剧家约翰 · 韦伯斯特的悲剧《白色的魔鬼》中的女主角。

④ 据荷马史诗《伊利亚特》，特洛伊国王普赖姆有五十个儿子，只有赫克托最受器重但在战争中阵亡。

⑤ 英国作家洛伯特 · 伯尔顿的散文名著。

⑥《垂钓名手》（“Compleat Angler”），英国作家沃尔顿（Izaak Walton，1593—1683）的散文作品。

⑦ 即爱尔兰作家阿莫利于1756年开始出版的《约翰 · 班克尔先生传》，共两卷。

⑧ 据犹太教教规，外族人虽皈依犹太教仍不能与本族人一样看待。

他们安然共处。我不想追查这些外来户的身份来历——他们自己好像也没有这个意思。而且，对于这些神圣的没收物品，我存入库房一律免费，更不会为了抵偿贮存费用，将它们招标出售，因为那样做既麻烦又有失绅士风度。

话说回来，一本书让老康弄去，总还有点儿道理，有点儿意义。因为，虽然他把你的一大盘佳肴美味端走，而且并不付账，他自己总还能尽情享受、美餐一顿。但是，那脾气固执、令人难以捉摸的老肯[①]呀，你究竟图个什么，不顾我眼泪汪汪求你高抬贵手，却硬要死乞白赖地把那位富有王族大家风范的马格利特 · 纽卡塞夫人的《书简集》[②]从我这里拿走？——当时，你明明知道，而且，你明白我也知道：你拿走了那部大名鼎鼎的对开本书籍，肯定连一页也不会看的，——那么，你这样做，除了存心闹个别扭，耍耍小孩子脾气，硬叫你的朋友照你的话办，此外还会有什么呢？——而且，最糟糕的是，你竟会把这部书带到了法国——

> 神奇的才女！她那美德凝聚着一切高贵的思想，
> 纯洁的思想，仁爱的思想，高尚的思想，
> 那片土地上怎容得那一卷绝妙文章！[③]

——老肯啊，平时你跟别人在一起，总是说说笑话、说说滑稽故事，让大家开心，你去法国，为了解闷，难道带些戏本子、笑话书、趣事

① 指兰姆的好朋友、戏剧家约翰 · 肯尼(1780—1849)。他曾与其法国妻子在法国居住。

② 指纽卡塞公爵夫人的一部《致友人书简集》(“Sociable Letters”，1664)。

③ 有些评注者认为这三行诗是兰姆自己信笔写下的。

录，还不行吗？你这位舞台上的宠儿呀，这件事你做得太不够朋友了。还有，你那位一少半算法国人、一多半算英国人的夫人，承她不弃，想从我们这里带走一样纪念品，却偏偏把布鲁克勋爵即富尔克·葛雷维尔①的论著挑了去。——其实，不管哪一位法国的男人，或是哪一位法国的、意大利的甚至英国的女人，由于天生的气质决定，对于这本书都是一窍不通的。她干吗不挑走齐美尔曼的《论孤独》②呢？

看官，君家藏书若不甚丰富，切莫轻易示人。万一你不把书借给人家，心里实在过不去，那么，你就出借吧；只是，你最好将书借给像S. T. C. ③那样的读书人——因为，他一般来说不但能在约定时间以前把书归还，而且还书时还往往付出利息，在书上密密麻麻写了许多眉批目注，使得书的价值相当于原来的三倍。对此，我是有所体会的。他在我书上留下许多珍贵的手迹，虽然不如书吏的字迹工整，但从内容上来说，有时甚至从字数上来说，都跟原书不相上下。——他这些批注，至今还留在我的但尼尔④诗集里，伯尔顿老人的书里，托马斯·勃朗爵士的书里。可惜，葛雷维尔的那部深奥难懂的沉思录，至今却还在异国的土地上流浪。——那么，听我的话，你的心，你的藏书室，都不要向S. T. C. 关闭。

---

①富尔克·葛雷维尔(Sir Fulke Greville, 1st Baron Brooke, 1554—1628)，英国著名诗人菲立浦·锡德尼的朋友和传记作者。

②齐美尔曼(Johann Georg von Zimmerman, 1728—95)，瑞士作家，他的《论孤独》初版于1755，曾在欧洲各国流行一时。

③S. T. C. 是柯勒律治的英文原名Samuel Taylor Coleridge的字母缩写。

④指英国诗人但尼尔(Samuel Daniel, 1562—1619)的集子。

除夕随想

每个人都有两个生日，每年里至少有这么两天，促使他想一想时间的流逝对他自己寿命的影响。一个，自然是那专属他自己的生日。不过，由于老规矩渐渐废弃，这种隆重庆祝个人生日的习惯已经差不多消失，只有小孩子们还保持着；但小孩子过生日，除了蛋糕、橘子，是什么也不想、什么也不懂的。然而，一个新年诞生，普天同庆，无论国王还是补鞋匠，都不会置之不理。元月一号这一天，谁也不会漠不关心。因为，人人都要在这一天算算自己过去的岁月，想想自己还会有多少时间。所以，这是我们大家共同的生日。

在一切钟声当中(钟声是最接近天堂的音乐)，最为庄严动人的乃是那种用隆隆的响声送走了旧年的钟声。每次听见它，我都禁不住要全神贯注，把过去十二个月里所发生的种种片断统统集合起来，一一回顾——想一想在那一段悔之无及的时间里，自己做过哪些事，遭过哪些罪，完成了什么，忽略了什么。这时，我才开始明白过去那一年的价值，好像对于一个刚刚死去的人那样。它这时才具有个人色彩。因此，并非仅仅由于诗人逸兴湍飞，一位当代作者发出了这样的感叹：

> 只见那旧的一年裙裾一闪，便弃我而去。[①]

这正是我们在辞别旧岁的庄严时刻，每个人在清醒的悲哀情绪笼罩下所共同意识到的。昨夜，我就有这种感觉，别人自然也和我一样；但是，跟我一同守夜的某些同伴故意装得只对新年诞生表示兴高采烈，以掩饰他们内心里对于旧年消逝所感到的淡淡哀愁。然而，我可不是那种人——他们一边欢迎新来的生客，一边催撵离去的旧人。[2]

首先说，对于新东西，无论是新书、新面孔、新年，我生来都有点儿畏怯；这是因为我有一种怪脾气——怕面向未来。对于未来，我差不多不抱什么希望了；只有对于从前的、已成为过去的岁月，我才有点儿把握。我沉浸在已逝的幻影和既定的结局之中。过去的不顺心之事，我不分青红皂白地重新经历一番。往日的挫折，我不再受它们伤害，像是穿上了盔甲。往日的仇敌，我在自己的想象里要么加以宽恕、要么加以制服。往日争强好胜、曾经付出重大代价的游戏，现在我像赌徒们常说的，为了消遣，再玩一把。在我一生中所发生过的各种各样的倒霉事，如今我一件也不想取消。对它们我不愿有何任改变，正如我不愿改变一部构思巧妙的小说中的情节。我甘心情愿为阿丽思·温——顿[3]那迷人的金发和她那更加迷人的碧眼所俘虏，在相思憔悴中度过七年的黄金岁月，也决不愿让这样刻骨铭心的爱情冒险事件根本不曾发生。我宁肯让我们全家失去了被道雷尔老头所骗走的那一笔遗产[4]，也不愿意在此刻拥有两千英镑的财富，存于银行之中，却在眼前失去了那个老奸巨猾的坏蛋的影子。

说起来，真有点儿不配称为男子汉，我的弱点就在于总爱回顾自己早年的那些日子。我要说：一个人回头跳过去四十年，就可以有权利爱他自己，而不至于落下顾影自怜的罪名——这究竟算不算谬论呢?

如果我还算略有自知之明，那么，在一切爱反躬自省的人们当中

---

①引自柯勒律治的诗《致正在逝去的一年的颂歌》。

②引自英国诗人颇普的荷马《奥德赛》英译本。

③兰姆为自己少年时代恋人安妮·西蒙斯所杜撰的一个假名。

④道雷尔是兰姆的父亲的遗嘱见证人。兰姆认为，他曾利用这一身份骗去应分给兰姆姐弟的遗产。

我甘心情愿为阿丽思·温顿那迷人的金发和
她那更加迷人的碧眼所俘虏

(说来难过，我正是其中的一员)，谁也不会对于自己的现状像我对于成年后的伊利亚这个人如此缺乏敬意。我了解他这个人轻浮、狂妄、反复无常；是个出了名的……，又沾染上……的嗜好[①]；有事不爱和人商量，既不听别人劝，也不去劝别人；除此之外，还是——一个爱说笑话的结巴磕子；你怎么说他都行，不必留情；说得再重，重得你说不出口，也不要紧，我都赞成。——可是，对于小时候的伊利亚，对于那个已经退隐到远方去的"过去的我"，——对于他的回忆，我却要毫不客气地加以保护，不过我得说明：在我眼里，那位小少爷可跟如今这个变得又丑又怪的四十五岁的大傻瓜[②]毫无关系，他好像是另一个人家的孩子，并非我的父母所生。现在，我想起他五岁上出天花，吃很苦的药，还为他掉泪。我还看见他那发烧的小脑袋靠在慈幼学校[③]病房的枕头上；看着看着，我又跟他一同惊醒，见一位陌生人[④]以母亲般温柔的姿态向他弯下身来，看护着他的睡眠。我知道这个孩子老实，不敢有半点儿撒谎；他还勇敢(从一个懦弱者的角度来看)，虔信宗教，想象力丰富，前途大有希望！——可是，上帝保佑你，伊利亚，你大大变了。在随俗浮沉中，你失去了何等珍贵的天真纯洁的情性。我简直不敢相信，我记忆中的那个小孩子真是我自己，而不是某位化了装的监护人——他以虚假的化身出现，好为我这尚未谙熟的人生道路提供一个规范，端正我这做人的道德风貌。

我爱沉湎于诸如此类的怀旧思想之中(别人恐怕很难与我同感)，大概是某种病态癖性的表现。或者，是不是还有另外一种原因？质言之，

①这句话里的两处空白，先后应填上"酒鬼"和"吸烟"。

②此文写于1821年，作者(生于1775年)适为45岁。

③即作者的母校：伦敦基督慈幼学校。

④应是一位护士。

就是说：我一无妻子，二无家属，因而个人每日所思也就无从超出于自我以外；再者，既没有儿女绕膝嬉笑之乐，我也就只好退入往事回忆之中，把自己早年的影子过继下来，作为自己的后嗣和宠儿。看官(阁下大约是一位忙人)，倘若我这些想头在你看来都不过是异想天开，倘若在你眼里我简直是妄诞得出了格，得不到你的同情，我就只好退回到伊利亚的空幻迷雾之中，[①]抵挡冷嘲热讽的侵袭。

把我抚养成人的长辈一向庄严遵守一切古老习惯，决不含混放过；每当钟声送走了旧的一年，他们总要举行一些特殊的礼节仪式。——在那些日子里，午夜的钟声一响，一方面似乎在我周围造出了欢乐的气氛，另一方面也总是在我想象里勾起一连串忧郁的念头。只是那时候我说不清这意味着什么，也想不到这跟自己会有什么关系。不光是小孩子，就是三十岁以前的年轻人也想不到他自己会死。他并不是不知道，一旦必要还会发表一通关于人生无常的说教；但是，他从不把这件事和自己联系起来，正像在六月炎暑之中我们无法真切地想像十二月冰天雪地的日子。然而，说句心里话，我现在计算得可清楚了。我开始推测自己寿命的长短，花费片刻工夫、短短时间我都感到吝惜，好像守财奴一样花几个小钱也觉得心疼。年岁愈是减少、缩短，与之成为正比，我也就愈加看重那一小段一小段的岁月片断，恨不得伸出我那无济于事的手去挡住那时间的巨轮。我不甘心“像织工的梭子一样”飞逝。——这样的比方对我不起任何安慰的作用，也无法使得死亡这杯苦酒变得可口。我不愿让时间的大潮把自己的生命席卷而去，不声不响地送入那永恒的沉寂；我不甘屈服于命运那不可避免的进程。我爱这绿色的大地，

---

① 作者在此一语双关，暗示“伊利亚”乃是自己的化名，这是个真假杂糅的人物形象。

爱这城市和乡村的面貌，爱这难以言喻幽寂的乡居生涯，爱这安静可爱的街道。我愿意就在此处扎下自己的篷帐。我愿意就在我现在的年龄上停驻不前——我和我的朋友们都如此，不想更年轻，不想更有钱，也不想更漂亮。我不想由于年老而失去一切，更不愿像人们说的，像熟透了的果实，忽地一下掉进坟墓。——在我的世界里，无论吃、住，哪怕有一点点改变都会使我迷惑、使我心烦。我的家庭守护神①的雕像基座牢牢钉在这一片土地上，要连根拔起就会流血。他们不愿漂流到异国的海岸。新的生活状况只能使我不安。

太阳，天空，微风，独自漫步，夏天的假日，田野的绿意，可口的鱼汤肉汁，社交往来，举杯共欢，烛光点点，炉边清谈，无伤大雅的虚名浮利，谐言妙语，以至于俏皮的反话本身——这一切，难道都要随着生命一同消逝吗?

跟一个鬼魂在一块儿，谈得高兴时，他可会捧着精瘦的肚皮大笑?

还有，我那些对开本书②，我那深夜摩挲、不忍释手的心爱之物！每当我把你们一大本一大本地抱在怀里，一阵阵强烈的欢欣便在心头涌起。——难道我也要撒手与你们分离吗？那时，如果还要知识的话，难道光靠着自己的直觉去瞎摸索，知识就会自己来临，而无需乎恹恹意意地念书了吗?

在那里，尘世上让我神往的微笑，熟悉的面孔，“给人以信心的亲切的脸色”，自然都不存在了；那么，还能享受到交友之乐吗?

到了冬天，这种不想死的心情（姑且用一个最委婉的说法）把我缠得特别苦，简直叫我受不了。八月中午，天气和暖，在炎热的天空笼罩

---

①据古代欧洲习俗，认为每一家都有自己的守护神，迁居时要把自己的家神雕像一同搬走。

②兰姆喜爱搜藏旧书，英国早期印书有不少对开本，故云。

下，人对于死亡简直都发生了疑问。在那种时候，即使我这样的辛辛苦苦的可怜虫[①]都觉得自己能够长生不老。我们心情舒畅，宛如初放的花朵；觉得自己身强力壮、勇气百倍、智慧过人、甚至个子也高高大大[②]。但是，一阵寒风袭来，使我锐气全消，重又蜷缩不动，生死之念便油然而起。这时，万物都与虚空联成一气，臣服那君临一切的无常之感：严寒，僵冷，夜梦，惶惑，以及月华笼罩下的世界，其中光影暗淡、若有精灵幽幽来去——月亮，那本是太阳的寒魄，那是福玻斯[③]的病态恹恹的妹子，就像《雅歌》里提到的那个营养不良的小姑娘[④]。——不管怎么说，反正我不是月神的仆从。我跟崇拜太阳的波斯人[⑤]站在一起。

我每逢碰了钉子、遇到麻烦事，不由就想起了死亡。出了些小毛病，譬如说，情绪不好，也会联想到那个大瘟疫似的灾祸[⑥]。听说，有人声称，认为生命无足轻重。他们欢迎生命结束，好像进入了安全港；他们谈到坟墓，好像那是温柔乡，到了那里才能高枕安睡。还有人自己去追求死亡。——然而，我要向死亡说：呸，呸，滚开，你这肮脏的丑八怪！我憎恨你，讨厌你，诅咒你，像修道士约翰[⑦]一样，把你交给十二万个魔鬼去发落，不得饶恕，不得宽纵；把你当作一条毒蛇，普天同愤，举世共弃；还要把你打上烙印，充军流放，永受斥骂！反正，对于你，我无论如何也不接受，不管你是凄凄惨惨的空虚，还是更可怕的一

---

①作者在一生中有三十多年做小职员。

②兰姆身材瘦小。

③福玻斯为太阳神，他的“妹子”指月亮。

④参见《旧约全书 · 雅歌》第 8 章第 8 节：“我们有一小妹，她的两乳尚未长成。”

⑤古代波斯人崇拜太阳。

⑥指死亡。

⑦法国作家拉伯雷《巨人传》中的约翰修士常在打仗时咒骂他的敌手。

种混混沌沌的存在！

那些为了消除对于你的恐惧而想出来的种种辩解，也都是像你一样缺乏生气而且叫人感到侮辱。譬如，说什么“一瞑之后，便可与君王大臣们躺在一起”[①]，那又有什么味道？因为，人在活着的时候，也并不怎么想跟那一号人同榻而眠。又说什么，“花容玉貌将在彼间出现”[②]——照这么说，为了陪我做伴儿，阿丽思·温——顿[③]岂不得变成女鬼吗？还有，在你那些平平常常的墓碑上刻的那些亲亲热热的话，说得太不客气、太不合适，最叫我感到恼火。好像每一个死人都有资格拿他那些陈词滥调把我教训一顿，说什么：“君当亦如我，顷刻到此来。”朋友，恐怕不会像你说的，“顷刻”就去的。起码这时候我还活得好好的。我还能走来走去。我一个人抵得上你二十个。你给我靠边儿吧！你再也没有新年元旦了。我可还活着，高高兴兴地进入1821年。再饮一杯酒吧——此刻，当那朝三暮四的钟声，刚刚为逝去的1820年唱罢挽歌，现在又变了调子，为新的一年而起劲地鸣响；让我们也和着钟声，高唱那热情、乐观的柯顿先生[④]在同样场合下所写的一支歌儿——

新年赞歌

听，金鸡高唱，那灿烂的星辰

向我们宣告：黎明就要来临；

①引自《旧约全书·约伯记》第3章第13、14节。

②引自十八世纪苏格兰作家麦里特的一首歌谣《威廉和马格利特》。歌谣叙述威廉与马格利特相爱，又将她抛弃。马格利特死后，鬼魂出现在负心的威廉面前。

③指作者原来的恋人。

④查尔斯·柯顿(1630—87)，英国诗人。

看远方,曙色冲破了黑暗,
用金光涂抹着西方的山峦。
古老的两面神[①]也一同出现,
他要把未来的一年细细察看;
他那神气似乎是想表示:
情况怕不是那么顺利。
翘首以待,碰上了不好的征兆,
这恐怕对你我不大美妙。
有时候人担心遭什么祸患,
倒偏偏造成了痛苦的灾难,
这灾难折磨着人们的心,
倒比那真祸患痛苦万分。
哈,且慢!看那曙光更加明亮,
在眼前出现了新的景象:
两面神刚才还愁锁眉间,
到此时又换上安详的容颜;
原来他转过了那一边脸
只表示对去年厌恶不满;
转过来这一边面部表情,
明明对新的一年露出笑容。
他高高在上,遍观尘寰,
新年的一切尽在眼前;

① 两面神,指意大利的古神雅努斯(Janus),有两副面孔,一副面向过去,一副面向未来。

哪怕是人世间瞬息万变，
也难逃他那慧眼一一发现。
他那脸上高高兴兴笑嘻嘻，
八成是看出了可喜的转机。
元旦清晨发出了微笑，
新年伊始，就把佳音来报；
那么对这来年的纷纷纭纭，
何苦去妄自猜疑瞎担心？
算了吧，过去的一年不算太好，
大家都有体会，全都明了；
既然去年过得马马虎虎，
今年再糟，照样也能对付；
按照世界上根本道理，
后年就好上加好，好得无比！
因为，正如你我天天看见：
运气再坏，总不会永世不变；
坏事到头，变化就要来临，
大灾之后，必交好运；
幸福鼓舞人心，虽则本身短暂，
它的作用长远，大大超过灾难；
三年之内能有一年幸福，
却还要对命运埋怨不住，
只表明这个人忘恩负义，
好运气该从他手中拿去。
为了欢迎这新来的一年，

且把这杯中酒斟得满满；
欢笑把幸福给我们带来，
对灾难就不必挂在心怀。
黎明女神扭转身飘然而去，
让我们把酒杯端在手里，
祝大家振奋精神把今年过完，
到明年,元旦的曙光再露笑颜。

看官，你觉得如何？——这些诗句能不能表达出一点儿老英国人的那种粗犷而豁达的脾气？它们能不能像一杯甘露酒似地振奋你的精神，扩大你的胸襟，鼓舞你的乐观情绪和豪爽气概？读了这首诗，前边所表现出来，或者干脆点儿说，假装出来的那种悲悲咽咽的怕死情绪又跑到哪里去了呢？——它像一片乌云似地消失了——你我的抑郁情绪，像是在赫力康神山[①]下的诗歌之泉中，被那神女的圣洁的清泉一冲，冲刷得一干二净了。——那么，就再满满斟上一杯，祝各位先生们大家新年愉快，并且还要再过上许许多多的新年！

① 据希腊神话，赫力康神山为文艺女神缪斯们所在地，山顶下有泉水，饮之能启发诗人灵感，或曰能驱除人的消沉情绪。

拜特尔太太谈打牌

“亮亮堂堂的炉火，一尘不染的地板，规规矩矩的牌风。”这是莎拉·拜特尔[①]老太太(现已与主同在)的生平大愿，——除了祈祷之外，她的爱好就是认认真真打一局惠斯特(一种四人双打的牌戏——译者)。说到打牌，她可不像有些玩家：你要三缺一，他就凑一手，打起牌来不冷不热、三心二意；他们说，光赢没意思，所以喜欢先赢一盘儿，再输一盘儿；还说，在牌桌上可以惬惬意意地混过个把钟头，不过，不打也没啥关系；他们还老盼着对家出错一张牌，收回去，再打另一张。这些混闹的人是牌桌上的祸害，很叫人讨厌。一只苍蝇能坏了一锅汤。对于这样的人，只能说：他们不是打牌，而是把打牌当作儿戏。

莎拉·拜特尔可不是那种人，她跟我一样讨厌他们，而且是打心眼里讨厌；除非万不得已，不愿跟他们同桌打牌。她喜欢的是一丝不苟的牌友、出手不回的对家。她既不接受别人让牌，也不给别人让牌。她最烦让来让去的。有牌，她绝不窝在手里，可是，打出去如果正合对方心意，也非让他付出最高代价不可。她要打，就狠狠地打：你砍过来，我刺过去。“像个舞蹈演员似的”，拿着宝剑(她的牌)虚晃两下，她才不干。打牌的时候，她身子坐得笔直，不让你瞅她的牌，也不看你的牌。人人都有自己的弱点——某种迷信。我听她私下里谈：她打红桃手气最好。

在我一生中最好的岁月里，曾与莎拉·拜特尔多年相识。我从未见她临出牌之前先掏出鼻烟壶来闻一闻，或者正打着牌却去剪剪烛花，或者不等一局结束就按铃召唤仆人。打牌当中，她自己不说闲话，也不许别人乱扯。她斩钉截铁地说：打牌就是打牌。她那脸上一向带着上世纪人的那种文雅表情，可是只有一回我见她真动了气，那是因为有一位

她不让你瞅她的牌，也不看你的牌

爱好文学的青年绅士拿架子，别人好生敦促，他才答应凑一手，可又老老实实说出心里话，说什么：在正正经经读书用功之余，偶尔涉足于这样的消遣，散散心，倒也无伤大雅。她无法忍受别人这样看待她那倾注了全部聪明才智的高尚事业。打牌，是她的正事，是她的天职——为了这个，她才降生到人世上来，打牌之余，她才随便抓一本书——散散心。

她最喜爱的作家是颇普，最喜爱的作品是颇普的《鬈发遇劫记》[②]。一天，她应我的请求，同我在一起，把那篇诗里写到的那种叫“欧姆巴”的有名打法（一种三人单打牌戏——译者）表演一遍，还把“欧姆巴”和“特拉德里尔”（另一种三人单打牌戏——译者）两种打法的异同好心好意向我讲解一番。她讲得贴切生动，我听完，把她的讲解大意写下来，送到鲍尔斯先生[③]那里去——不过，送的时间晚了一点儿，恐怕来不及用进他对颇普那独出心裁的注释里去。

她常向我提起，一开始她迷上的本来是“夸德里尔”（一种四人对打、搭档和对家不明的牌戏——译者），可是，到她牌艺渐臻成熟之后，惠斯特完全吸引住了她的心。据她讲，前一种打法不过是些花花点子，表面新鲜，只能唬一唬年轻人；它伙伴不明、翻云覆雨，而惠斯特一旦朋友确定，忠贞到底，最忌反复无常。她公道地指出：打“夸德里

---

①据兰姆的传记作者考证，此文中所说的拜特尔老太太，是兰姆以自己的一位牌友——莎拉·伯尔内（海军少将詹姆斯·伯尔内的妻子）为原型，经过艺术加工而塑造出的人物。

②《鬈发遇劫记》（“The Rape of the Lock”），是英国诗人颇普（Alexander Pope，1688—1744，又译作蒲柏）的一部叙事诗，叙述一个贵族子弟强行剪掉一个漂亮宫女的一绺鬈发，引起一场风波，作者用夸张的史诗笔法写出，对上流社会的浮奢之风温和嘲讽。诗中写到了打牌等等贵族生活场面。打“欧姆巴”的场面见于该诗第三章。

③鲍尔斯（William Lisle Bowles，1762—1850），英国诗人，在1806年编订出版了一部颇普的诗集。

尔”，黑桃尖子权力至上，不可一世，而惠斯特与其相反，实行一种纯正的贵族统治，黑桃尖子虽拥有皇冠、殊勋，权力却不得超越其他尖子之上；——“夸德里尔”那种单枪匹马的打法，常使嫩手为之入迷、洋洋得意，尤其是无搭档全赢那种难以抗拒的吸引力；——相形之下，打惠斯特事故迭出、防不胜防，难与那样的胜利比肩；——因此，她说，“夸德里尔”自然对那些少年气盛之人具有很大的魔力。然而，她又说，只有惠斯特才是稳稳当当的打法，它是细嚼慢咽的正餐，而不像“夸德里尔”，只是东一嘴西一嘴、随便吃着玩儿。一两局惠斯特打下来，一个傍晚的时光也就不知不觉地过去。所以，在打牌当中，尽有足够的时间形成根深蒂固的友谊，结下难解难分的冤家。对于打“夸德里尔”那种临时拼凑、反反复复、变化莫测的朋友关系，她很看不上眼。她说，那些频频的小打小闹，让她想起马基雅维里[①]描写过的意大利那些小邦之间的为时短促、微不足道的小冲突——在其中，立场、派系不断变来变去：今天，是活冤家死对头；明天，又变成甜言蜜语的好朋友；刚刚还在亲嘴，马上又互相撕咬；——然而，打惠斯特，双方的争斗却像古时候英法两大国之间的敌对行动[②]那样：旷日持久，一成不变，根深蒂固，而且理由十足。

对于她最喜爱的这种牌戏，她所倾心的主要是它那深厚朴实的打法。没有什么无聊的玩意儿，像打“克力贝儿”（用木板记分的一种牌戏——译者）时的王牌杰克，没有多余的小零碎儿，也没有什么“同花顺”——这是明白道理的人想出来的最没有道理的点子——以此为理

① 马基雅维里（Niccolo Machiavelli，1469—1527）意大利文艺复兴时期的政治活动家和著作家，最著名的著作是《君主论》，还写有《佛罗伦萨史》，其中写到此文谈到意大利各邦之间的冲突。

② 在中古时期，英法两国之间常有战争，最著名的是英法百年战争（1336—1453）。

由，谁只要手里攥着几张花色相同的牌，不用打牌，也不管每张牌自身的价值和特点，就算赢了四分！她认为这个太不合理，假如打牌人的雄心壮志不过如此，那就像从事写作的人以能押上头韵[①]为生平大愿一样地可怜。表面的小玩意儿，她不放在眼里，她看得比外表的花色要更深一层。她说，一副副的牌就是一队队的兵；兵，自然要穿自己的制服，以资识别；——可是，倘若有一位蠢乡绅，只让他的佃户们穿上漂亮的红色号衣，却不叫他们排成队伍、上阵打仗，又自称立下了汗马之功，我们又该怎么说呢？——对于惠斯特，她甚至还打算进一步简化；我想，她大概想把有些小花样去掉——由于脆弱的人类对它们宽容和欣赏，它们才附着在纸牌上面。她感到不解：确定王牌，为啥非要翻一翻？为啥不能把某一副牌一直当王牌使用？另外，既然四副牌花点子各有不同，区别分明，何必还要印成红黑二色呢？

“这是因为，我的老太太，人多看看不同的颜色，觉得眼界一新、心里才舒服呀。人并不是纯粹理性的动物——他的感官需要与五光十色的事物多多接触。在罗马天主教国家里，正因为有音乐和图画的吸引，许多人才到教堂做礼拜，而贵教友派[②]那种反对声色之乐的主张却把他们排斥在门外。——其实，你自己也收藏了一大批绘画作品。请你说句心里话：当你置身在桑丹姆[③]你那图画陈列室里，在凡代克[④]那些格调清新的作品中间，或在保罗·波特[⑤]的

---

① 头韵(alliteration)，指在一行诗中有几个重读的词头辅音相同。这种押韵方法在古英语诗歌中常用，以后在英诗中偶有使用。

② 教友派(the Society of Friends，俗称“贵格派”Quakers)，英国清教徒的一种派别，以和平恬静、服饰朴素著称。

③ 桑丹姆，地名。

④ 凡代克(Anthony Vandyck，1599—1641)，荷兰画家，晚年到英国，画了许多宫廷人物肖像。

⑤ 波特(Paul Potter，1674—1747)，荷兰画家，以画动物知名。

作品之间漫步，难道你就觉不出有一种高尚的快感在你胸中激荡吗？而你几乎天天晚上眼光不离你那一套齐齐整整、漂漂亮亮的花牌，心情何尝不是如此，当你看到了：牌上的人物穿着古怪有趣的装束，好像是仪仗队的传令官，——那华美鲜艳、好像是胜利保证的红色牌——那与其恰相对比的、好像具有强大杀伤力的黑色牌——既有‘年迈苍苍、威风十足的黑桃’——也有‘光荣透顶、洋洋得意的方块杰克’！

“这些，自然统统可以省掉。牌上一片光板儿，只要印上字，哪怕什么画儿也没有，仍然可以打。可是，这么一来，美也就荡然无存了。把纸牌上一切可以启发想象的东西完全剥夺一空，打牌就退化成了简简单单的赌博。——想想看，在一张单调乏味的牌桌上，甚至在一只鼓面上，摊开牌就打，以代替那翠色欲滴、简直像一片草地似的漂亮桌毯——那，才是高贵的对手们雄赳赳进行竞技比武的最好场地！——也取消那些雕制精美的象牙记分器——那是中国艺术家的作品，上面的符号，他自己也说不清象征着什么，就像那出了名的以弗所[1]工匠，本来要制作女神的神龛，可一动手雕刻起来，却自作主张，完全不顾实际的用处；——难道这些全都不要，改用几小块皮子(咱们老祖先用过的皮币)，或者，粉笔和石板！”

老太太听到此处，笑了一笑，承认我的话说得有理。我想，正是因为那天晚上我谈到了她心爱的题目，说话受到她的嘉许，所以，在她去世的时候，我沾光得到她遗赠的用很雅致的赭黄色大理石做的珍贵的“克力贝儿”牌板——那是她舅舅(亦即我在另一篇文章里颂扬过的瓦

① 指《新约全书·使徒行传》第19章所说的制造黛安娜女神神龛的以弗所银匠。

尔特·普鲁默老人[①])从佛罗伦萨[②]带回来的，——除了这件东西，我还得到一笔五百镑的款子。

前一种遗物(尽管我觉得没有一点儿价值)，我以宗教般的虔诚心情保存着；不过，说实在话，她自己对于“克力贝儿”是从来也不怎么喜欢的。“它基本上是一种粗俗的牌戏”——我听她跟她舅舅争论的时候这么说，因为她舅舅对于“克力贝儿”特别偏爱。像“来一盘儿！”或者“有门儿喽！”这一类的切口，她无论如何也说不出口来。她称“克力贝儿”为文理不通的牌戏，玩这种牌让她感到为难。有一回，她放弃了赢钱机会(赌注是五克朗[③])，因为她翻开一张杰克，本来该赢一局的，可她不愿按规定叫一声：“沾他的光，两分！”以享受那种不光彩的特权。如此自我克制，没有极端高雅的派头是办不到的。莎拉·拜特尔是一位天生的贵妇人。

她认为，两个人玩一玩，以打皮克牌(两人玩的一种牌戏——译者)最为适宜，不过，她笑那些术语听起来文绉绉的，什么“始得分”、“再得分”、“全分独占”，有点儿装腔作势。但是，对于两人玩牌以至三人玩牌，她都不大重视。她喜欢的是四人一局，或叫方阵对垒。她的观点是：打牌如同打仗，目的在于光荣地赢钱。打牌，是在消遣的外衣掩盖下的战斗：一人与另一人遭遇，目标太显露了。两人对打，战斗过于紧迫；即使有人观阵，也无济于事，因为旁观者事不关己，隔岸观火，纵然有人打赌，也无非看个输赢，不会和你心心相印、休戚相关，也不会有人理会你的牌艺。——三人单打更糟，要么像“克力贝儿”似的，无所谓联盟，无所谓朋友，只是各自为战、混战一

---

①兰姆在他的随笔《南海公司》中提到过这位普鲁默。
②意大利著名城市。
③克朗，英国银币名，值五先令。

通；要么像打“特拉德里尔”，仅仅是一连串反复交错的卑琐利害之争，朋友之间丝毫不讲信义，联盟也可以随时弃之不顾。然而，在方阵对垒(她指的是惠斯特)之中，牌戏的一切好处都应有尽有。本来，光荣赢钱的刺激，在各类牌戏中都是共通的——但这种好处在其他牌戏当中体现得并不那么充分，因为其中的旁观者算不得参加战斗。可是，打惠斯特的各方既是观阵者，又是参战者。他们四个人组成一个剧场，不需要任何观众。打惠斯特，最忌中立，最忌心有旁骛。由于牌艺精或手气好，你打得出奇制胜，感到踌躇满志，并不是因为身旁有人在那里漠不关心地或者有点儿好奇地闲着，而是因为你的搭档不管在什么情况下总和你休戚与共、息息相关。赢牌，是为了两个人；打胜，也是为了两个人。赢了，两个人高兴；输了，两个人烦恼。失败的耻辱，两人各分一半；胜利的喜悦，则由于二人同心，妒忌自消，因而增加一倍。两人与两人对打，不同于一人与一人厮杀，败了阵也容易消气，——那敌忾情绪由两人分摊，慢慢也就缓和下来。这样，争斗化为文明的游戏。——老太太惯于拿诸如此类的推论来为她那心爱的娱乐辩护。

无论什么牌戏，如果其中虽有机运起着作用，但却没有输赢，她说什么也不插手。她说，（看她的推断多么巧妙！）机运，若无其他因素依赖它而存在，是一钱不值的。很明显，这个因素不会是光荣。人，独自也好，当着别人也好，哪怕把王牌尖子翻出来一百次，可是没人下赌注，那还有什么理由值得欣喜如狂？——哪怕造出十万张彩票来，每张印的都是那个中奖号码，然而并没有奖金，那么，即使人接连十万次获得那个幸运的号码，除了傻乎乎地觉得惊奇之外，又能使人哪方面的天性得到满足呢？——因此，她不赞成在不赌输赢的棋戏中掺入机运。她说那不过是愚蠢罢了，只有傻瓜才会对那种机运入迷。单纯显示技巧的牌戏，也不合她的脾胃：打那种牌，如果是为了争赌注，则变成了一整套尔虞我诈之术；如果是为了争荣誉，又变成了一个人和另一人斗智（比赛记忆力，尤其是组合能力），像是阅兵中的模拟战斗，兵不血刃，无补实益。——当然，她想象不出，真正打起牌来，怎么能够缺少那难以捉摸的机运的作用，缺少那幸运的特别光顾？正打着惠斯特，如果同房间一个角落里有两个人下棋，她心里就觉得有一种难以忍受的反感和厌烦。她说（我觉得，在这件事上她说的话不无一定道理），那些雕刻精美的“城堡”、“骑士”，以及那棋盘上的花样，都完全不适宜，毫无意义。那些激烈争斗一点儿也引不起人的兴趣，根本不必用形象和色彩来表示。拿一支粉笔往冷冰冰的石板上画几下（她常这么说），做那些勇士们的演武场就很合适。

有些脆弱的人反对纸牌，说它们培养了人的不良欲望。老太太反驳道：人本来就是爱赌博的动物，他是一定要在某个方面捞点儿好处才高兴的；那么，玩一局牌把这种欲望排遣掉，算是最稳妥不过的办法了。人打牌时，像是演戏，沉醉在一种短暂的幻觉之中：为了区区几先令的赌注，我们表演得好像在从事一件什么了不起的大事；处于这种幻觉之中，我们自以为所作所为跟那些为了皇冠、王国而角逐的人们一模一样。这是一种梦中的战斗，紧张热闹，一场鏖战，而又兵不血刃；动用了不得了的手段，目的却渺小得不成比例；比起许多人正在从事而又不自知其严重性的那些人生赌博来，同样有趣，但害处却小得多。……

尽管对于这位老太太在这些问题上的判断力怀着极大的敬意，我还是不得不说：在我生平的某些时刻，不赌输赢，空手玩牌也很愉快。在我生了病，或是心情不太好的时候，我就叫人把纸牌拿来，跟我堂姐勃莉吉特·伊利亚[1]打一局皮克牌——完全为了好玩儿。

[1] 勃莉吉特·伊利亚，兰姆在自己文章中为他姐姐玛利·兰姆所起的假名。

说起来不大光彩似的：一闹牙疼，或者脚脖子扭伤了，——这时候，人就锐气顿消，灰溜溜的，只好安于某种卑下的生活动力。

我相信，世界上有一种让病人打的惠斯特牌。

我承认，这种牌戏算不得人类最高尚的消遣方式——为此，我恳求莎拉·拜特尔的灵魂宽恕——她现已作古了，呜呼！我应该向她道歉。

在人病病歪歪的情况下，老太太所反对的种种事项似乎都可以通融了。——拿住三张或者四张“同花顺”，我就高兴，虽然它们分文不值。这时候，我向一种低级趣味屈服了——赢钱的幻影能够虚宽一下我的心。

最近，我跟我那脾气温和的堂姐又玩了一回皮克牌，结果，我一人全胜。尽管我们谁也没有赢一个钱，谁也没有输一个钱；尽管那仅仅有一点儿赌牌的影子——我真不敢告诉你，我是多么愚蠢！——我仍然希望这样的游戏一直继续下去——我愿意永远做着这样无补实际的傻事。我们打牌的时候，小瓦壶在炉子上嘶嘶沸腾，壶里煮着温性的止痛剂；牌一打完，勃莉吉特就要把药给我搽在脚上——可是，让它只管在壶里起泡翻花吧，反正我也不怎么乐意使用它。我只想跟勃莉吉特在一起打牌——一直、永远地打下去。

愚人节[①]

各位高贵的先生们，过节好！祝咱们大家四月一日愉快！

祝你——祝你——还祝你，先生，长命百岁，多过一过这个快活的节日——喂，请别一听这话就皱眉头，就把面孔板起来。咱们朋友之间，何必讲什么客套？你也明白：大家彼此彼此，都有那么一点点儿——傻气。在这个“普天同庆”的节日，人人喜笑颜开，谁要自命清高，就让他走开！我可不是那种缩头缩脑的人。我现在不受公司的约束，做事也不怕人知道。今天，我在这林子里[②]跟大家见面，告诉你，可不是为了想充聪明人。*吾乃傻瓜是也*。你把我这话琢磨一下，自己领会去吧。地球上四面八方都有我们这一边儿的人——这还是最低的估计。

把那起泡沫的鹅栗酒，往这杯子里斟满！今天，咱们不喝那使人聪明、忧郁、圆滑的红葡萄酒。让咱们唱起那支阿珉斯轮唱曲——“杜达米，杜达米”——那歌儿是怎么唱的？

> 眼前何所见？
> 唯有大傻瓜。[③]

现在，我信口瞎诌，看看根据历史谁真正算得上是过去世界上最大的傻瓜。我肯定会说出不少头号傻瓜来。至于说到当今的愚人，哪，我不必远求，把老兄算上一个就行了。

请把你那锥形帽挪开一点儿——它挡住了我的短棒[④]。人人各有所好，高兴按照自己喜爱的调子敲钟。现在，我就要让——

教堂那口发疯的老钟
响出乱糟糟的声音。[5]

恩披多克利斯[6]先生，久违久违。你投身于伊特纳火山口中去捕捉火蛇，已是很久以前的事了。那比采集海草还要危险吧？阁下不把胡子烧焦已属万幸了。

哈，克列姆普洛图斯[7]，你到底在地中海底发现了什么好凉菜？我想，你要算是头一名为大公无私的目的而投水的热病患者了！

盖比尔[8]，你这石匠师傅的元老，建造巴别塔的泥瓦工头领，远古的老前辈，请带着泥刀来吧！你蛮够资格在我右首就座，做口吃者的保护人。你那造塔工程，假使我对希罗多德的记载没有记错的话，大概是进行到海拔十六亿米左右才停下来。上帝保佑，你要打多长时间的钟，才能通知完你那些在塔顶的工人到示拿地面上去用餐？再不然，你把吃的大蒜、葱头用火箭送上去

---

①从欧洲流行起来的四月一日“愚人节”，据说起源于古时庆祝“春分”（3月25日至4月1日）的风俗，后来变成一个民间欢闹嬉戏的节日，人们在此日可以互相愚弄、开玩笑。兰姆在这篇文章里以一个愚人节欢宴主持人的身份说话。

②这篇文章的假定背景是：在一个树林里，作者和朋友们（每人都戴着愚人的锥形帽或带小铃的帽子）正在举行愚人节宴会。

③见莎士比亚喜剧《皆大欢喜》（又译《如愿》）第二幕第五场：这首轮唱曲是剧中人物阿珉斯和杰奎斯唱的。“杜达米，杜达米”是歌词中的表音词，意思指“希腊文里召唤傻子们排成圆圈的一种咒语”。

④指喜剧丑角手持的短棒（用纸板做的）。

⑤引自华兹华斯《泉水》一诗。

⑥古希腊的一个哲学家，为了证明他能成神，跳进伊特纳火山口。

⑦另一个古希腊哲学家，相信灵魂不死，为了寻找柏拉图说过的理想极乐世界，投身海中。

⑧据《旧约·创世记》第11章，古时人类要在示拿地方造一座通天的塔，上帝变乱他们的语言，才未造成。那个地方叫做巴别。盖比尔是兰姆所杜撰的造塔总建筑师。（文内希罗多德云云，是兰姆开玩笑编造的。）

吗？我们这里，在鱼街山的大火纪念塔，自以为够了不起了。可是，看了你们那种高度，我真不好意思向你炫耀——说假话就是坏蛋。

怎么，心胸阔大的亚历山大[①]，一个人在那儿流眼泪！——小宝宝，哭啊哭，还用手捂着眼。他闹着再要一个地球玩儿，圆圆的，像橘子一样——勇敢的小伙子。

阿丹姆斯牧师[②]——老天在上，我对你先生的事业满怀敬意——请赏脸念一念你借给废话太太的那一篇讲道文——就是放在你皮箱里的，第二十二篇——论妇女的饶舌——这篇信笔乱写、不知所云的文章拿到今天这个日子来念倒挺合适。

好心的雷蒙德·拉莱[③]先生，你像个聪明人。其中错误，请你纠正。——

邓斯·斯考图斯[④]，请丢开你那些抽象定义。我要罚你一个满杯，给你出一个难题。今天咱们说话、做事，一律不许使用三段论法。招待员，把这些逻辑程式统统挪开，免得让哪位先生为难，损伤了他的理解力，就像被什么东西绊倒，摔坏了小腿骨。

斯蒂芬先生，你迟到了。——哈，寇克斯，你也来了吗？——阿古契克，亲爱的爵士，我向你致意。——浅潭先生，我是阁下卑贱的仆人，在此听候差遣。——闷宫老爷，你默默无语，我也少说为

---

①据说，古希腊的亚历山大大帝无往不胜，连连开拓疆土，后来因为再没有地方可以让他去征服而哭泣起来。

②阿丹姆斯牧师，废话太太，是菲尔丁的小说《约瑟夫·安德鲁斯》中的两个人物。但小说里并没有兰姆说的这个细节。

③雷蒙德·拉莱(约1235—1315)，西班牙哲学家和神学家，被称为“聪明博士”。

④邓斯·斯考图斯(约1265—1308)，欧洲中世纪的烦琐哲学家。

妙。——单薄少爷，[①]为了不挤着你、撞着你，可真让我作了大难。——今日来宾要想开开心，就全仰仗你们六位了。——很清楚，很清楚。

哈，一向在卢德盖特开店卖书的那个不再指望交好运的老好人老拉，——[②]你又来了吗？愿上帝保佑你穿的那件紧身上衣，那可是不太新了，就跟你卖的那些老书一样陈旧。——你干吗还是那样匆匆来去、到处奔跑？——你的那些顾主们，有的不在了，死了，有的卧病在床，他们早就不读书了。——可是，你仍然到他们那儿去，看看是不是还能卖掉一两本书。——其实，就连格兰维尔·夏——[③]，那品德高尚的人，你最后的一位主顾，也都不在人世了。

潘迪翁国王，他死了，
你的朋友们都被放在铅棺里埋葬。[④]

然而，高贵的老拉，进来吧，请坐在阿马多[⑤]和吉诃德两位先生的中间——因为，无论从你那彬彬有礼的仪表，一本正经的神气，从你自己对自己发出的那种奇妙微笑，或是你对于别人表示的那种温和微笑，以及你那华丽雕琢的措辞，充满智慧的警句，你比起那两位有教养

---

①斯蒂芬，英国作家本·琼生的喜剧《个性互异》中的人物；寇克斯，本·琼生的喜剧《巴托洛缪市场》中的人物；阿古契克，莎士比亚喜剧《第十二夜》中的人物；浅潭，闷宫，莎士比亚历史剧《亨利四世》第二部中的人物；单薄少爷，莎士比亚喜剧《温莎的风流娘儿们》中的人物。——这六个都是喜剧性的人物，“活宝”。

②此人叫拉姆塞，其他不详。

③格兰维尔·夏普，当时的一个属于教友派的废奴主义者。

④引自理查德·巴恩费尔德的诗《它发生在某一天》。

⑤阿马多，莎士比亚喜剧《爱的徒劳》中的人物，“一个怪诞的西班牙人”。

的西班牙绅士来确实毫无逊色。除非我对于骑士精神一窍不通，我才能忘记你怎样坐在两位老姑娘之间演唱《麦克希思之歌》[1]，你怎样带着马伏里奥[2]式的微笑，一会儿向这一位，一会儿又转向那一位一本正经地求爱，唱着："无论娶哪一个，我都是有福人！"——仿佛这位歌剧主人公不等待千年万代时光流逝，休想在这两位同样值得赞美的好小姐当中作出这种动辄得咎的选择；——你的表演简直无从模仿，叫人看了，觉得这首歌仿佛不是盖依为他的人物写的，而是塞万提斯为他的人物写的。

现在，还是从这高超的境界中走出来吧，我们这次愚人节的欢宴也不要拖过了时辰，——因为，现在离四月二日也没有几个钟点啦，——看官，说一句真心话吧：我爱傻子——仿佛我跟他沾点儿亲戚关系。我小时候，由于天真无知，遇事只看表面，不能深入一层，所以，读《圣经》里那些寓言，猜不透其中的微言大义，我心里只同情那个把房子盖在沙土上的糊涂建筑师，而不同情他那位聪明的邻居[3]；那个把一锭银子好好保存下来的老实人受到严厉责骂[4]，我感到不平；至于那五个缺心眼儿的童女[5]，我对她们不仅有好感，简直还有点儿偏爱，觉得她们的朴拙较之她们竞赛对方的精明更为可贵，因为，在我看来，后者那样小心翼翼，有失女性风度。凡是在我能够长期维持交情、

---

① 《麦克希思之歌》，英国诗人约翰·盖依（John Gay，1685—1732）的剧本《乞丐的歌剧》中的插曲，内容叙述被关在监狱中的强盗麦克希思，同时被自己告密者的女儿波莉和监狱看守的女儿露西两个姑娘所爱，在进行选择之中左右为难。兰姆在这里描写的是他这个朋友当着两位老姑娘演唱这段歌曲的情景。

② 马伏里奥，莎士比亚喜剧《第十二夜》中伯爵小姐奥莉维亚的管家，自作多情地爱上他的女主人。

③ 见《新约·马太福音》第 7 章第 24—26 节。

④ 见《马太福音》第 25 章第 14—30 节，第 1—13 节。

⑤ 见《马太福音》第 25 章第 14—30 节，第 1—13 节。

互相以诚相待的朋友当中，没有一个不是在性格中带有几分傻气的。我尊敬在智力上有偏差的老实人。一个人在你面前做出可笑的蠢事，这就保证着他绝不会在背后出卖你、欺骗你。我重视由明显的幻觉所保证的稳妥，由不合时宜的话所带来的安全。看官，请听我一句话吧，就算是一个傻子告诉你的：一个一点儿傻气都没有的人，心里必定存有一大堆比傻气坏得多的东西。语云："凡属笨鸟、呆鱼，如山鹬、睢鸠、鳖鱼头之类，其肉必更细嫩。"[①]世俗通常当作傻瓜看待的人，无非是世俗所无法了解之人而已矣。我们人类当中那些最善良的大好人，莫不是傻得可爱；正因为如此，他们才为女神所宠爱，是她的娇子。——但是，看官呵，倘若你把我的话任意解释，超出了合理的范围，那么，*四月一日大傻瓜*的帽子就该戴在你的，而不是我的头上了。

---

① 此语无据，此理亦奇，属于兰姆杜撰的"引文"。

往年的和如今的教书先生

我这个人读书一向杂乱无章。零零星星几部英国古剧本、几篇罕见旧文章，差不多就形成了我的全部概念和情操。讲到学问，我比起别人来整整少知道一部百科全书。即使把我放到约翰王[①]时代的小地主、土乡绅当中，我比他们也强不到哪里去。在地理知识上，我还没有只上过六个礼拜学的小学生知道的多。对我来说，奥尔特里乌斯[②]的老地图和亚罗斯密斯[③]的新图一样可靠。我不知道非洲和亚洲在什么地方接壤，也不知道埃塞俄比亚是在亚洲呢还是在非洲，至于新南威尔士或者范迪门[④]究竟位于何处，更是一点儿模糊的影子也没有，尽管我跟住在前边那个“未知领域”的一位好朋友一直通着信[⑤]。天文学，我一窍不通。大熊星，北斗七星，我不知到哪儿去找；无论什么星辰的方位，我都说不出来；看得见的星星，我又叫不出名字。金星，因为特别亮，我才猜出来。哪怕在某个不祥的早晨，太阳突然从西方升起，全世界的人都胆战心惊，惶惶不可终日，我一个人也不知道害怕，因为我根本没兴趣、不注意。历史，年表，我影影绰绰记住几条，不过，那都是我在杂学旁搜之中顺便捞摸到手的；我从来也没有安安心心坐下来攻读史册，哪怕本国的历史。对于古代四大王国[⑥]，我的了解非常模糊；在我的印象里，有时候亚述，有时候波斯，算是老大。至于埃及以及那些游牧时代的国王[⑦]，我只能进行种种异想天开的推测。我的朋友老曼[⑧]，费了好大工夫才勉强教我懂了欧几里得的第一定理，可是教到第二定理，他就束手无策，把我扔下不管了。近代语言，我一无所知；古典语言呢，我像另一位比我强的前辈那样，“拉丁文知之甚少，希腊文更是不通。”[⑨]对于最普通的树木花草的形状、质地，我都觉得陌生——并非由于我在城里长大——因为，即使把我降生在那“林木繁茂的德文郡海滨”[⑩]，我这天生就的大大咧咧、习焉不察的脾气也还是一样，——因此，虽然置身于纯粹的城市事物之中，我对那些发动机呀，机械工程呀，统统只感到迷惑不解。——这倒不是装糊涂，而是因为我的脑子并非深宅大院，容量狭窄，只好装上几件小小珍品，以供密室赏玩，免得容纳不下，引起头疼。有时候，我也纳闷，自己知识如此贫乏，怎么也能安然度过半生，并未丢人现眼？原来，一个人尽管知识短浅，在跟各种人交往中仍然可以混得下去，而不致被人看出破绽，那是因为人人都想卖弄自己的学问，并不急于请别人谈谈人家的心得体会。但是，两个人一促膝谈心，可就没躲没闪了。这时候，真情就要露馅儿。所以，我最怕自己一个人跟一位见多识广的生人待在一起，哪怕只待一刻钟。最近，我就陷入了这么一种倒霉的境地。

一天，我搭车从主教门到夏克威尔[⑪]去。半路上，马车停下，接纳一个年约三十多岁、模样稳重的乘客。这位先生脚下一面加快步子，一面用一种既温和又带点儿权威性的声调，对一个既不像他的属员、也不像他的儿子、又不像他的仆人，然而似乎三重身份兼而有之的高个儿少

---

①约翰王(King John)，1199—1216年间的英国国王，即被迫与诸侯签订《大宪章》者。

②奥尔特里乌斯，荷兰地理学家，1570年在英国出版了一部地图集。

③亚罗斯密斯，十九世纪初的一个英国地图测绘家，曾出版地图。

④新南威尔士，澳大利亚东南部州名，首府悉尼。范迪门，澳大利亚北部地名。

⑤指作者的朋友，住在澳大利亚的巴伦·菲尔德。

⑥指亚述，波斯，希腊，罗马。

⑦指在公元前2080年起统治埃及二百多年的阿拉伯民族希克索斯王朝。

⑧指作者的朋友曼宁(Thomas Manning，1772—1840)，此人系剑桥大学毕业生，为数学家，精通中文，曾来中国。

⑨指莎士比亚。这句话引自本·琼生写的《悼莎士比亚诗》。

⑩德文，英国西南部郡名。诗句引自华兹华斯《远游》第三章。

⑪主教门(Bishopsgate)，伦敦地名，原为古伦敦城北门，现为街道。夏克威尔，兰姆在伦敦郊区居住之地。

年叮咛着临别嘱咐。小伙子被打发走以后，车子就开动了。车上只有我们两个人，他自然跟我聊起来。我们谈起了车费的高低，车夫的礼貌和准时，还谈起最近设立的另一路对开的马车，以及它将来可能的营业状况——这些问题，我都能给以相当满意的回答，因为，一连几年每天坐这趟马车来来去去，这套客气话我已经练熟了。不料，他突然又提出一个怪问题，把我吓了一跳——他问我那天早晨去参观在斯密斯菲尔德[①]举行的得奖牛展没有？牛展，我没有去看，诸如此类的展览我也不很关心，只好给他一个冷冷淡淡的否定回答。听了我的话，他的神气有点儿惊讶，也有点懊丧，看来他是刚去看过，想就此题目交换一下意见。于是，他告诉我，我失去了一次开眼界的好机会，因为今年的牛展可比去年的好多了。这时候，车子快到诺顿·福尔盖特[②]，他一眼瞅见铺子里摆着标了价码的商品，劲头来了，又谈起了今春棉织品价格看跌问题。对这个，我倒略有兴趣，因为，由于每日职司所关，对于棉纱业我不算生疏；所以，一提起印度市场，连我自己也不知怎么回事，就滔滔不绝地说起来——可是，突然他又问我可曾对于伦敦的零售商店的地租价钱进行过计算，这么一来，我那刚刚流露出来的得意劲头，就被他一下子打落在地、摔个粉碎。假如他问我：海妖唱的到底是什么歌儿？或者，阿喀琉斯化装藏在女人堆里，用了一个什么名字？我也许还能像托马斯·勃朗爵士那样，“胡诌乱猜一通”。[③]我的旅伴看我很窘，

①伦敦城北的肉市场及牲口市所在地。

②伦敦地名。

③海妖，指希腊神话中传说的半人半鸟的海妖，以美妙歌声引诱水手而使船只触礁。
阿喀琉斯，荷马史诗《伊利亚特》中提到的希腊英雄，小时曾男扮女装在女孩子当中长大。
这两个典故曾为兰姆所欣赏的十七世纪英国散文家勃朗在《论瓮葬》中引用。

这时候，肖尔迪奇[1]那边的救济院恰巧出现在眼前，他就非常善意而巧妙地把谈话转到社会慈善事业这个题目上，一直谈到今昔济贫措施的优劣比较，并对往古的修道院制度和慈善团体发发议论；可是，他发现我对这个题目，除了从某些古老的诗歌典故出发，有些浮光掠影的概念以外，说不上有什么深思熟虑的真知灼见，所以，这个问题，他也放下了。这时候，城郊的田野已出现在眼前，我们眼看就要来到金斯兰[2]的税卡(这是他的目的地)，他找出一个更倒霉的题目，向我发起致命的冲刺——对于有关北极探险的事提出某些质疑。我喃喃地谈着那些遥远而陌生的地区的概貌(好像我亲眼看见过似地)，作为搪塞的办法。这时候，车子一停，才把我从惶恐不安的状态中解救出来。我那旅伴下了车，把我一个人留下，去独自品尝个人无知的滋味；可是，我听见他一边走开，一边还向某位和他同时下车的乘客提问，问的是在达尔斯登[3]附近流行的时疫，据我那位朋友向那个人说：那种病，在那一带已经传染了五六所学校。这时候，我才恍然大悟：原来，我这个旅伴是位教书先生，而我开始见他时，来送他的那个小伙子乃是他的一个年龄较大的学生，说不定是他的助理教员。——他这位好心先生向我提出那些问题，看来并非要引起讨论，而是想千方百计地增广见闻。而且，对于这一类的研究本身，他自己似乎并不感觉兴趣，但他又不得不想点儿办法寻求知识。他身上穿的浅绿色外套，使我无法猜想他是教士。[4]不过，这一次遭遇倒使我产生出关于教书一行今昔差别的一些感想。

愿老年间的那些温文尔雅的教书先生们，那在世上早已绝迹的李利

---

① 伦敦城北地名。

② 当时伦敦郊区的一个地名。

③ 兰姆当时在郊区住所附近的地名。

④ 教士身穿黑衣。

和林纳克尔[1]的一类人物，灵魂安息吧！——他们认为，天下学问尽在他们所教的语言之中，一心以教读为乐，其他一切知识全都被看得浅薄无用，毫不放在眼里。他们自幼至老，好像一直在文法学校里做学生，做梦似地度过了自己的岁月。他们始终在变格、变形、句法、诗律之间回旋，不断重温在好学的童年时代使他们迷醉的事业，连续扮演着往昔的角色——生命好像只是漫长的一天，最后悄然流逝。他们一直徜徉在自己早年的园地里，在那灼灼群芳和灿灿落穗[2]之间，收获自己黄金时代的果实。他们永远生活在世外桃源之中，却又有帝王之尊；那象征他们权威的戒尺，若与巴细列乌斯国王[3]那温和的王笏相比，严厉虽不为过，神圣倒也如之；希腊文与拉丁文就是他们的两位高贵公主帕米拉和菲洛克莉亚[4]；碰上一个不听话的笨学生，正好可以当作一个醒倦的小插曲，就像莫卜莎或丑角达梅塔斯[5]似的。

考列特编纂、有时称为圣保罗的《拉丁文词法》[6]一书的前言兴冲冲地宣告说："欲通晓古语以窥智慧与知识之巨大宝库者，若有人谆谆劝其学习语法，必被视为徒劳多事之举。何者？盖人所共知：凡事起步无力或失误者，断难底于有成，犹诸广厦，未有根基岌岌可危、不足支其构架之重，而可称为完美无缺者。"这篇堂皇的序文（它可以媲美弥

---

①李利（William Lily，约1468—1522），林纳克尔（Thomas Linacre，约1460—1524），英国早期的教育家。

②指古代拉丁诗文的选段。

③这几个都是英国诗人菲力浦·锡德尼（Philip Sidney，1554—86）的传奇《阿卡狄亚》中的人物：巴细列乌斯为阿卡狄亚的国王，帕米拉和菲洛克莉亚是他的两个女儿，而莫卜莎则为帕米拉公主监护人达梅塔斯的女儿。

④同上

⑤同上

⑥考列特（John Colet，1467—1519），伦敦圣保罗大教堂主教，曾编过一部拉丁文词法。

尔顿赞扬过的“根据习惯，加在由索伦或里克古斯[1]所率先颁布的庄严法令之前”的那些弁言）接下去还有一句话，它为了保护语法规则而表现出的定是非于一尊的虔诚狂热，真可与严峻的教规条文相比：“至于种种语法书籍歧异之处，已仰赖国王圣裁予以消除。陛下为防不便，惠示补救之道，敕令各方博学之士奋其才智编此语法一种，颁行全国，供教授使用，裨便学者，庶不致因教员易人而有所损失也。”下边一句，更说得劲头十足：“学子得此一书，利莫大焉，自此于其名词动词变化，斐然有章可循矣。”——好嘛，“名词动词”！

这种美梦正在迅速消失。今天，一位老师最不关心的事就是给学生灌输语法条文。

现在，对于老师的希望是什么都知道一点儿，因为，对于学生的要求是什么事情都不可全然无知。老师，假如可以这么说的话，必须是一个浮光掠影的博识者。气体力学，他得懂一点儿；化学，他得懂一点儿——凡是新鲜而足以激起年轻人好奇心的一切，他都得懂一点儿；最好对机械学也有点儿了解，还要懂一点儿统计学，以及土壤的特性，植物学，本国的宪法，等等，等等。如果你想了解一下教师的某些当然职责，不妨看一看献给哈特利布先生的那本《论教育》[2]的小册子。

这一切事物——或者说，对于这些事物的学习愿望——老师都得向学生灌输，不是靠着照搬学者们编好的课文——那些内容倒是可以一条一条开出来的——而是利用课外时间，跟学生在街上散步，或者在那绿色的田野间（那天然的教员）闲逛时进行。他在上课时所教的东

---

① 索伦（约公元前638—558），古雅典的立法家。里克古斯，公元前九世纪的斯巴达立法家。

② 指弥尔顿在1644年出版的《论教育》，该书题词献给弥尔顿的一位朋友哈特利布。

西倒是最不受人重视了。他必须在最有利的时刻对学生千方百计灌输知识。他必须抓住一切时机——一年内某个季节——一天里某个时刻——天上飘过的一片云霞——一道彩虹——一辆运干草的四轮马车——开过去的一队士兵——来进行某种有益的训示。对于大自然的飘然一盼，他并不感到有何快乐可言，只不过抓住它，当作教育学生的材料。在美丽如画的事物之中，他得说出美在哪里。看见一个要饭花子、一个吉卜赛人，他无暇领略其中意趣，因为他得想出某种适当的改良措施。不管碰上什么东西，他都要利用它进行牵强附会的道德说教，结果总是弄得兴味索然。如果大千世界，像人们说的，也是一部大书；那么，无论他怎么读，从这部书里也只能读出一些冗长乏味的教训，让那些不感兴趣的学生们听。——对他来说，假期也不是假期，他放了假，比不放假更糟；因为，一到放假，总会有某个高年级学生找上门来、缠住他不放——不是某个大家族的小儿子，就是某贵族或士绅之家的无人管教的子弟——老师得带着他去看戏，去看活动全景画，去看巴特莱先生的太阳系仪[①]，去看望远显微镜，也许还得把他带到乡间，到一位朋友家，或者到他喜欢的什么矿泉疗养地。无论他走到什么地方，这个不安定的影子总是跟随着他。吃饭也好，走路也好，无论他干什么，总有一个学生在他旁边。他算是让学生给缠上了，没完没了地，把他折腾得好苦。

学生们，在他们自己那三朋四友一伙里，倒不失为挺不错的小伙子；可是，对大人们来说，他们却是讨厌的伙伴。他们在一块儿，两方面都感到不自在。——哪怕小孩子，那种“一个钟头之内的小玩意儿”，也常常叫人厌烦。小孩子们无拘无束地在那儿玩耍、吵闹——就

---

①当时有一位喜剧演员巴特莱曾在伦敦学园(Lyceum)讲天文学。

开过去的一队士兵

像此刻，我在夏克威尔的清雅的乡居，一边进行着目前这样庄严的思考，一边听着他们在窗外的草地上一阵阵地嬉笑、吵嚷，——要是离得稍远一点儿，更叫人觉得美妙好听——那能够无可言喻地减轻我工作中的辛苦。他们的声音简直像是有音乐节奏似的，似乎在调节着我笔下的词句，也应该如此——因为，在稚嫩的童声中自有一种诗意，那与大男人说话时那种生硬刺耳的散文式的调子大不相同。——然而，如果让我混进他们一伙里去玩耍，那就不光糟蹋了他们的游戏，连他们让我产生的共鸣怕也要减去不少。

我不愿和能力大大超过自己的人天天在一起，受他的训教——我了解自己，这并非出自嫉妒或者害怕进行自我对比，因为，在我生平倒也偶有与才智之士交往的幸运和福分——但是，跟比自己优越的人物来往过频，积久成习，不仅不会使你提高，而且还要使你受到压抑。过多地吸取别人的独创思想，就限制了自己本来拥有的那一份思辨能力的发展。陷入到别人的思路之中，就同在别人的庭园里迷路一样。这又像一个身材高大的仆人搀着你走路，他步子大，你步子小，非常吃力。在这么强有力的照拂之下，我相信，时间久了，我只能变成一个低能者。别人的思想可以吸收，但是，思想方法，熔铸思想的模子，却必须是你自己的才行。知识，可以传授；但一个人的智力结构是不能传授的。——

我不愿意叫人这么往上拖着拽着，更不愿意让人往下压。大喇叭的高音使人震耳欲聋，咬耳朵的声音低得听不清，同样叫人恼火。

和一位教书先生面面相对，我们为什么总感到有点儿拘束呢？——那是因为我们意识到他自己在我们面前也觉得有点儿拘束。他跟同辈的人待在一起，总觉得别扭、不自在。他像格列佛刚从小人国里走出来，觉得他那高超的智力无法跟你相适应。他无法和你平等相处。他总要求你让他一分——像一个技艺平常的玩牌人。他教人成了习惯，连我们他也要教。有一位老师，一听我抱怨说我这些小品文怎么也没法儿写得条理分明，想改改写法也力有未能，立刻自告奋勇，要把他那学校里小学生写英文作文的方法教给我。——教书先生说的笑话，不是粗俗，就是牵强。那些话，拿到学校门外去说，就一点儿意思也没有。在别人面前，他得保持一种为人师的拘谨、虚伪的仪表，正如牧师必须遵守某种道德条文的约束。和人交往，他不可以让自己的思想自由驰骋，正如牧师不可以放纵自己的欲求。——在同辈之间，他很孤单，而幼辈又不可能成为他的朋友。

“我只能引咎自责，”教师里的一位明白人，在给朋友的信里，关于一个学生突然离校一事这样写道：“因为令侄对我这样没有好感。然而，处在我这种地位的人，实在比大家所想的更应受人哀怜。我们生活在朝气蓬勃、热情洋溢的少年们当中，但是，自己休想分享他们一丝一毫的感情。这是师生关系所不容许的。‘你该是多么高兴呀，我真羡慕你们之间的感情！’——我的朋友们有时这样对我说，因为，他们看到我教过的年轻人，在离校多年之后又回母校，眼睛里闪着快乐的光芒，跟他们过去的老师握手，给我带来一点儿野味作为礼物，给我妻子带来一件小装饰品，还用极热烈的言词感谢我对他们的苦心培育。为了他们来访，我特别告了一天假。家里变成一派欢乐的场所。但是，我内心里却只感到悲哀。——这个快活、热情的小伙子，现在自以为以感激来报答老师对他少年时代的关照——然而，就是这个小伙子，我曾在八年之间像父母那样焦心劳思地关怀着他，但他却不曾带着真挚感情看我一眼。我一夸他，他就洋洋得意；我一训他，他又唯唯诺诺；可是，他从来也不爱我。——现在，他对我的感谢和友好，不过表示他自己的某种愉快心情，那是一切人回到在少年时代曾经唤醒自己希望、也引起自己恐惧的地方，都会感觉到的，因为，这时候他看到：他一向怀着敬畏之心所仰望的人，现在和自己处于平等地位了。还有，我的妻子，”——这位有趣的通信者接着写道——“我那往日的可爱的安娜，现在已经成为一个地地道道的教师老婆了。我娶她的时候，知道一个教师的妻子早晚要变成一个忙忙碌碌的管家婆，担心我那温柔的安娜很难接替我那已故的手脚不闲的好妈妈——那时候，我亲爱的母亲刚刚去世，她活着的时候在屋子里不在这里忙、就在那里忙，一刻不闲，有时候， 我只好吓唬她，要把她捆在椅子上，免得她把自己活活累死。——我表示忧虑，怕要连累她过一辈子对她极不适宜的生活；可是，她很爱我，说是为了我，她一定要在新的生活环境中尽自己的本分。她答应了，并且说到做到。一个女人，为了爱情，什么奇迹不能创造出来！——在我的学校里①，一切都张罗得妥妥帖帖、规规矩矩，这是别的学校都办不到的。我的学生们吃得好，气色健康，种种生活条件一应不缺；而且，这一切办得既俭省又不显得小气。然而，我往日的那个温柔的、娇弱无力的安娜，再也见不到了。——在一天的疲劳工作之后，当我们坐下来享受个把小时的安静休息，我不得不倾听她絮絮追述她在一天中所办的正事（那也确乎是有益的正事），以及预定在明天要干的工作。她的内心，她的外貌，都被她的这些事务所改变了。对于学生们来说，她的身份永远是‘老师太太’；在她眼里，我也永远是一位老师，而对于老师，只能敬重，爱和好感的表

① 这位先生办的是学生可以寄宿的学校，即 boarding school，一切食宿事务自然要由“师母”照管。

示都极不恰当，也不适合她和我的庄严地位。关于这一点，由于我对她的感激，我也不好说什么。因为，她是为了我才变成了现在这么样的一个人。”——这封信，承蒙堂姐勃莉吉特转来，得以拜读，谨表谢意。

在麦柯利村头访旧[1]

勃莉吉特为我做管家，年头儿可不算少了。实际上，远在我记事以前，我就受到过她的百般照顾。现在，我们一位老单身汉、一位老姑娘，作为两个独身者住在同一屋顶之下，大致来说过得相当舒服；所以，我并不想如某位心粗气浮的皇家子弟那样，一个人跑到山上去，为自己的独身生活大哭一场。我们两人的趣味、习惯十分相投，融洽无间——然而，这融洽又“自有别致之处”。我们总的说相处甚得，偶有小小的口角——这在近亲之中也是难免的吧。我们冷暖相关，但这同情仅仅藏之于心，并不明言表示出来。有一次，我对她说话，故意装出一副特别温和的腔调，堂姐[2]听了，眼泪立刻夺眶而出，说我这个人变了。我们两个人都酷爱读书，但读书的路子不同。当我正盯着伯尔顿老头子[3]的一段文章（也许是第一千次了），或者他同时代的某位古怪作家的书，反复玩味、爱不忍释的时候，她却正读着一本时新小说或者冒险故事，为之发呆入迷——每天，这一类新书源源不断地送到我们共用的书桌上。我一读记叙文，心里就发急。对于故事发展，我也不怎么留意。可是，她看书，一定得有故事——不管编得好，编得坏，编得不好不坏，都行——一定得有人世纷争，有许许多多的好事和坏事。但是，小说里的兴衰浮沉——甚至就连现实生活中的人事代谢——我早就不感兴趣了，它们对我只能起一点儿模模糊糊的影响。非凡的性格、独特的见解，令人解忧散闷的奇癖怪才，作家的神来之笔——这些，才使我倾心。堂姐却对于一切奇文异书统统讨厌——几属离奇古怪、超出一般趣味轨道的东西，她一律不看。她认为“常态自妙”。《医生的宗教观》[4]一书的优美动人的曲笔，她不欣赏，倒也罢了。但是，有一件事，她可得向我道歉：对于我衷心喜爱的一位上上世纪作家的才华，她最近竟转弯抹角地有些不敬的表示——我指的乃是那位极高贵、极雅致、极贤德，同时又有古怪念头、独创思想、大家风范的玛格利特·纽卡塞尔夫人[5]。

由于命里注定，我也无可奈何，我这位堂姐曾经结识过不少自由思想者——即那些新奇的哲学流派和思想体系的领袖和弟子，并把他们看作她自己和我的朋友[6]；但是，对于他们的主张，她既不反对，也不赞成。她小时候所相信的那一套规规矩矩、古老神圣的观念在她心里一直保持着权威。她从不肯让自己的思想像玩魔术似地变来变去。

我们两个人的脾气都有点儿自以为是——不过，我注意到，我们凡有争论，几乎一律都是如此结束：关于事实、日期、细节方面的问题，争论结果总是我对、堂姐错。可是，每逢在道德要旨、事情该办不该办的问题上发生了分歧，不管争论多么激烈，也不管我一上来如何信心坚定，到末了，我总是一定要被拉到她那思想轨道上去的。

提起我这位女亲戚的缺点来，我的口气必须十分温和，因为勃莉吉

---

①此文于1821年7月发表于《伦敦杂志》，内容先描写作者的姐姐玛利·兰姆（文中的“勃莉吉特”），然后记述他们姐弟二人两次到赫特福郡的麦柯利村头(地名，原文为Mackery End in Hertfordshire)走亲戚的经过。兰姆姐弟的外祖母玛利·菲尔德是这一带的人，他们的一个姨姥姥(玛利·菲尔德之妹)家在麦柯利村头，在兰姆小时候，他姐姐曾带他在此探亲居住，多年以后，姐弟又远道而去旧地重游——本文主要是写这后一次的探亲。

②在兰姆的文章里，把玛利改了一个名字，叫勃莉吉特，身份也从姐姐改为堂姐。

③伯尔顿（Robert Burton，1577—1640），英国散文家，《忧郁的剖析》（“Anatomy of Melancholy”）一书的作者，兰姆所最喜爱的散文家之一。

④《医生的宗教观》（“Religio Medici”），英国医生、散文家勃朗(Thomas Browne，1605—82)的作品。

⑤玛格利特·纽卡塞尔公爵夫人(Margaret，Duchess of Newcastle，1624？—74)，是兰姆所喜爱的一个英国女作家。

⑥兰姆姐弟在十八、十九世纪之交曾结识过一些思想激进的作家、活动家，如葛德文(William Godwin)、霍尔克洛夫特(Thomas Holcroft)、赫兹利特(William Hazlitt)、亨特(Leigh Hunt)以及其他现已不甚知名的文人。

特不高兴听人家说她的毛病。别的先不说，她有一种当着别人的面读书的不好习惯：在这种时候，别人要问她什么，她总是不把人家意思完全弄清就回答“是”或者“不”——这，自然惹得那个提问题的人恼火，而且很伤人家的自尊心。面临人生的紧急考验，她能处之泰然；可是，有时碰到一些微不足道的琐事，她那镇静却不知跑到哪里去了。有时，为了维护一种主张，且又事关重大，她也能说得头头是道；然而，谈起有些非关道德良心的问题，她说起话来又前言不搭后语。

她年轻时的教育，家里人没有十分操心。这样，她也就免掉了所谓妇女教养的那一套表面文章。只是在她小时候，不知是事出偶然或者有人故意如此，她闯进了一间宽敞的内室，里边满满一屋子都是自古流传下来的英文好书，既无人为她挑选，也没有什么禁令；于是，她就在那一大片丰美而且新鲜有益的牧场上随意啃啮起来[①]。假如我有二十个女儿，我也愿意用这种方法来培养她们。我不知道，这么一来，她们长大了结婚的机会会不会因而减少，但我敢说：这种教育方式（即使于婚姻不利）总还能培养出一批超群出众的老姑娘。

在不幸的时刻，她是最最忠实的安慰者；但偶有为难之事、小小的烦恼，本无需过分认真对待，她也要掺进来起劲儿帮忙，结果反而把事情弄糟了。不过，即使她不能常常为你分忧，但在生活中的快乐时刻，她却能使你的乐趣三倍地增加。一起打牌、访友、尤其是出外旅行，她都是极好的同伴。

两三年前一个夏天，我们一起跑到赫特福郡[②]，在那盛产小麦的美好乡村，闯到几个寒微远亲的家突然造访。

---

① 兰姆的父亲是伦敦法学院律师索尔特（Samuel Salt）的佣人，索尔特的藏书室，兰姆姐弟二人可在其中自由阅览，那是他们青少年时代的知识源泉。

② 赫特福郡，在伦敦之北。

在我早年的记忆里，印象最深的就是麦柯利村头，严格说，按照赫特福郡的老地图，该叫做麦卡利尔村头才对——这是一座非常可爱的农舍，坐落在从威桑普斯台德[①]迤逦而来的一条雅洁的散步道上。我只记得当我还是一个小孩子的时候，勃莉吉特带我来探望一位姨姥姥，曾在这个农舍里待过——勃莉吉特，我说过，大约比我大十岁的样子。我希望把我们的余年加在一起，由两人平分、共同享受——这，自然不可能。那时候，房子的主人是一位家道富裕的自耕农，他娶了我外祖母的妹妹做妻子。这个人姓格拉得曼。我外祖母姓布鲁顿，嫁给一个姓菲尔德的人。现在，格拉得曼和布鲁顿这两族在那一带依然人丁兴旺，但姓菲尔德的人却几乎死绝了。从刚才说的那次访问以后，四十余年过去了。在此期间，我们跟格拉得曼和布鲁顿这两家人再也没有见过面。那么，究竟是谁，究竟是什么样的人——是亲戚，还是陌生人——把麦柯利村头的那座农舍继承下来——我们简直怕去猜想，不过，我们暗下决心，有朝一日，一定要亲自去察看一番。

我们离开圣阿尔班斯，经过拉顿[②]的那片豪华的园林，走了相当一段弯弯曲曲的路，在中午时分来到心中早就焦急盼望着的地方。那座古旧农舍，尽管它的形迹已在我记忆里消失，乍一瞥见，依然使我感受到多年来不曾经历过的快乐。因为，对这个地方，虽然我自己不记得了，我们两个人可没有忘记曾经一同来到这里，而且我们一辈子一直都在谈论着麦柯利村头；结果，它的幻影老是在我脑子里晃来晃去，我觉得自己对这个地方的面貌业已相当熟悉；可是，当它真的在跟前出现，我才发现——哟，这完全不像以往在我想象中多次出现的那个地方！

---

①威桑普斯台德(Wheatham pstead)，赫特福郡地名，在麦柯利村头东南。
②圣阿尔班斯，拉顿，麦柯利村头附近的地名。

这里，空气中散发出香气，时令又恰在“六月的中心”，我正好与诗人一同唱道：

一往情深的想象
把你装点得那样美丽，
当你在阳光下真的出现，
堪与那美妙的幻影匹敌！①

勃莉吉特可不像我，她所感受到的是一种清醒的喜悦，因为，她一下子就认出了她的老相识——当然，旧貌有些改变了，她也埋怨。一上来，的确，她太高兴了，简直不敢相信；但是，眼前的景物很快证实这正是她梦魂萦绕之地——她对这座老宅的每一根外柱都细细察看一番，又看了看木屋和果园，还到从前鸽舍所在的地方（那里，不仅鸽子，连鸽舍也早飞了）；由于渴望认出旧游之地，她急不可耐、屏声息气——这对于一位五十出头的人来说，未免有失庄重，但也只好予以原谅。因为，勃莉吉特做起事来，有时候本来就与年龄不大相称。

现在，剩下来的只有进到屋里去了——可这对我来说简直比登天还难，因为，我这个人最怕见生人，最怕见久已疏远的亲戚。但是，亲爱之情胜过了疑虑，堂姐飞也似地奔入屋内，只把我撇在门外。立刻，她又露面，带出了另外一个人儿——她那样子，让雕塑家塑下来，就是“欢迎”的活生生化身。这是格拉得曼家最小的女儿，嫁到布鲁顿家，就成为这所老宅的女主人。本来，布鲁顿家的孩子们都长得秀气。他们家的六个女孩儿是全郡出名的最俊俏的姑娘。可是，在我看来，布

① 引自英国诗人华兹华斯《访问雅罗》一诗。

鲁顿家这一位儿媳妇比那几位姑娘长得还要美。她生得晚，不认识我。她只记得小时候有一天，大人曾经把刚刚踏上篱笆门阶磴的勃莉吉特表亲指给她看。但是，只要知道她是亲戚、是表亲，也就够了。这样薄弱的亲戚关系，要搁在大城市里那种人人各顾各的风气之中，简直就像游丝一般轻微，但在这民风热情、纯朴、忠厚的赫特福郡，像我们亲眼看见的，却能把人亲密地联系在一起。五分钟以后，我们之间就像从小在一起诞生、在一起长大那样完全熟识了，而且亲亲热热地叫起彼此的教名[①]。本来嘛，基督徒之间就该互相这样称呼的。再看看勃莉吉特和这位女亲戚吧——她们谈得情投意合，真像《圣经》里那两位表姐妹见面[②]！这位农家妇女，举止娴雅端庄，在她的外貌和风度中有一种豁达的气派，适与其胸怀相称；这么一个女人，哪怕置身于宫廷之中，也是人尖子——至少，我们是这么想。在这个家里，我们受到男女主人的热烈款待——这个“我们”，还包括跟我们同去的一位朋友巴·菲·[③]，我几乎把他忘了；不过，对于这次会见，他绝不会忘记的；现在，他在那袋鼠常常出没的遥远彼岸，说不定还能读到这篇文章。——说话之间，就为我们准备盛宴，甚至可以说，盛宴已经摆好了，像是早就等着我们到来似的。令我难忘的是：一杯家酿饮罢，我们这位慷慨好客的表亲又亲自领我们到威桑普斯台德的格拉得曼家，带着毫不掩饰的得意神气，把我们当作稀客介绍给她的母亲和姐姐们——她们倒记得我们的一些往事，而她那时候年龄太小，简直还不懂事哩。在她们那里，我们同样受到好心好意的款待。勃莉吉特心里一高兴，过

---

① 这就好像在中国只叫名、不提姓，表示关系亲切。

② 指《路加福音》第一章第 39—40 节提到的圣母马利亚和她表姐以利沙白见面一事。

③ 即巴仑·菲尔德，兰姆的朋友，兰姆写此文时，在澳大利亚当法官。

去的事、过去的人，千百种的印象又回想起来了，不仅是我、她自己也感到十分吃惊——连坐在一边的巴·菲·也觉得惊奇（在座之中，只有他一个人算不上是谁的表亲）——几乎完全遗忘的人名、事件的影子，纷至沓来，在勃莉吉特心头重现，如同用柠檬水写下的字迹，由于友情的温暖而显示出来——假如我忘掉了这一切，那就请那些在乡下的表亲们把我也忘掉吧，也请勃莉吉特不必再去回忆：很久很久以前，在我那病病弱弱的幼年时代，我是她照管下的一个稚气十足的小孩子（正像在我以后的傻乎乎的成年时代，我仍然一直受到她的照顾一样），那时，她曾带着我到过赫特福郡的麦柯利村头一带美好的、有田园风光的场地。

我们受到男女主人的热烈款待

关于尊重妇女[①]

在将现代礼貌和古代礼貌加以比较的时候，我们感到欣欣然自得的一点是对于妇女的尊重，就是说，对于妇女作为女性的这种身份，我们总觉得应当表示一定的恭顺、一定的尊敬。

我相信，总有一天，这或许会成为左右我们行动的准则吧——那时候，我就可以不再去想：从基督纪元十九世纪起，我们才进入了文明时代；因为，在这个时候，那种跟最粗野的男性罪犯做事没啥两样的、常常公开鞭打妇女的习惯，我们才刚刚停止。

我相信，这种准则将会发生作用，虽然，目前我还不得不闭上眼睛，因为，在英国，不定什么时候，仍然还有妇女——遭受绞刑。

我相信，总有一天，女演员们不再动不动就被男观众们哄下台去。

我相信，总有一天，时髦绅士也许会搀着一个卖鱼婆走出她那鄙陋的住所，或者帮助某个卖水果的妇女捡起她那些失散的苹果——那是被一辆过路的马车不凑巧撞落在地上的。

我相信，总有一天，那些公子哥儿们，不仅在自己人的圈子里被当作对妇女礼貌周到的出色代表，而且，到了下层社会，在别人不知他们为何许人的地方，或者在他们觉得自己不受人注意的时候，也能照此办事——那时候，某位坐在驿马车上旅行的富商，也许会脱下他那令人羡慕的驭者外套[②]，披到一个贫穷妇女的衣衫单薄的肩膀上，因为，她为了赶回自己的教区，不得不坐到车顶上去，结果被一场雨淋得浑身透湿。——那时候，再也不会看到某位妇女站在伦敦一个戏院的台下看戏，一直站到头昏眼花，眼看就要晕倒，而周围那些男人们不但舒舒服服在那里坐着，而且对她那副惨相还要加以嘲笑；后来，有一个人似乎比其他人稍稍懂点儿礼貌，稍稍有点儿良心，他大有含意地宣称说：“要是她年轻一点儿，漂亮一点儿，我就叫她坐在我自己的位子上了。”——这位伶俐的货栈老板或者上面说的那位乘客，要是到了和他们熟识的妇女们当中，你就看吧，即使在罗斯贝里[3]，你也找不到比他更有礼貌教养的人。

只有到了那一天，世界上的一多半苦工和粗活都不再交给妇女来承担，那时候，我才相信确有这么一种准则指导我们的行动。

但是，在那一天到来之前，我只能认为：这个被如此吹嘘夸耀的目标，不过是老一套的虚构，不过是那些具有某种身份的男女之间，在人生某一时期的一种公开表演，这么做，对他们双方都有好处。

我甚至愿意把这个算作人生中的一种有益的假想：有那么一天，在上流人的圈子里，对于老太太和年轻姑娘，对于不好看的面孔和漂亮的脸蛋儿，对于皮肤粗糙的女人和皮肤白皙的女人，都同样表示殷勤——就是说，对于每一个女人都作为妇女来尊重，并非因为她是美人儿、富家女、贵妇人。

只有到了那一天，我才相信这种礼貌并不仅仅是一种虚名——那时候，某位衣冠楚楚的绅士，在一群衣冠楚楚的客人当中，谈到“老年妇女”这个题目的时候，不至于引起、也不想故意引起一阵冷笑——那时候，在有教养的人群当中，倘若有人使用“熬过了头的贞女”，或者提起某某女士“在市场上滞销”，听见这话的男男女女立刻就会引起公愤。

---

① 此文发表于1822年11月号的《伦敦杂志》，题目按原文直译应为《现代的对于妇女的殷勤态度》（“Modern Gallantry”）。

② 驭者外套（box-coat），一种宽松而厚的大衣。

③ 罗斯贝里（Lothbury），地名。

家住面包街坡道[1]的商人、南海公司的董事约瑟夫·佩斯[2]——莎士比亚评注家爱德华兹[3]曾经赠给他一首优美的十四行诗——才是我所遇见的在尊重妇女方面唯一的一位言行一致的典范。当我小的时候，他曾将我置于他的保护之下，为我付出一定心血[4]。多亏他的教导和榜样，我身上才具有这么一点儿商人气质（虽然说不上很多）。我自己长进不大，那不能怪他。尽管生来是长老会[5]信徒，又做了商人，他算得他那个时代里最文雅的一位绅士。他可不是对于客厅里的妇女采取一种对待办法，对于商店里、小摊上的妇女又采取另一种对待办法。这并非说他对人毫无畛域之分，而是说他从不忘记尊重女性，从不会因为什么意外的不利条件而把这一点忽略过去。我曾看见(爱笑你就笑吧)他向一个卑微的女仆脱帽致意——这个女仆向他打听到某条街去的路，而他就光着头站在那儿，采取一种自自然然的礼貌姿势，让她接受时不觉得拘束，他自己这么表示也毫不勉强。他并非一般所谓的跟在女人后边儿的男子——他只是尊敬、维护女性，无论它以何种形态在他面前出现。我还看见他(你别笑吧)护送过在一场急雨中碰到的一个女小贩：他高高举起自己的雨伞，遮住她那破旧不堪的水果篮，不让她遭受什么损失，那么小心周到，那么体贴入微，仿佛她是一位什么伯爵夫人。若是遇见一位老态龙钟的妇人(哪怕她只是一个要饭老太婆)，他给

---

①面包街坡道(Bread Street Hill)，伦敦地名。

②约瑟夫·佩斯(Joseph Paice)，实有其人，兰姆此文中所述的他的恋爱故事和生平轶事也是有生活根据的。

③爱德华兹(Thomas Edwards，1699—1757)，18 世纪的一个作者，佩斯的舅父，曾模拟弥尔顿写给斯金纳的一首十四行诗的形式为佩斯写了一首诗，嘱他要为其家庭传宗接代——但佩斯由于初恋爱人夭折，终身不娶。

④1790 年，兰姆离开伦敦慈幼学校后，曾在佩斯的事务所做见习生，学习簿记工作，熟悉商业生活。因此，佩斯是兰姆一生从商的启蒙先生。

⑤长老会，英国一个基督教派。

她让路的那种客气劲儿，比我们对自己的老奶奶还要恭敬呢。对于这些没有任何骑士保护的妇女们，他就是时代的勇敢骑士，他就是热情爵士[①]或者特里斯坦爵士[②]。对于他来说，在这些憔悴、黄瘦的面颊上，那久已凋谢了的玫瑰仍然灿烂地开放着。

他一生未婚，只是在青年时代曾向温斯坦利老人的美丽女儿苏珊·温斯坦利求爱——但是，他刚刚向她求婚没有多久，这位姑娘就去世了。这使他下定决心、终身不娶。他对我说：在那短促的求婚期间，一天，他向自己心爱的姑娘倾诉了一大堆赞美的话——这本来也是普通的献殷勤的表示——对这种话，到那时为止，她并没有表示厌烦——但是，这一回可不同了。从她那里，他连一般的感谢表示也没有得到。她倒是对他的恭维话表示了怨恨。这个，他又不能归之为任性，因为那位姑娘并不是那种爱使小性的人。第二天，看她心情好一点儿，他才敢问问她昨天为什么态度那样冷淡。她就以她那一贯的直爽态度说道：他向她献殷勤，她本来没有什么不高兴；赞美的话哪怕说得夸大一点儿，她也能够容忍；因为，处在她那种地位的年轻姑娘，自然有权利听到各种各样的恭维话；她想，别人的奉承讨好，只要并非出自虚心假意，她接受下来，也无损于她和大多数年轻姑娘所共同具有的谦卑之心——然而，在这一回，当他还没有向她表示赞美之前，她无意中听见他使用了相当粗暴的语言责骂另一位年轻姑娘，只因她不曾按照指定时间把为他做的一批领带送到家里；因此，她想："因为我是苏珊·温斯坦利女士，一位年轻小姐，一位出名的美人儿，别人又知道我有财产，所以，

---

① 热情爵士（Sir Calidore），英国诗人斯宾塞著名长诗《仙后》中以锡德尼爵士（Sir Philip Sidney）为原型所塑造的一个人物，作为彬彬有礼的典范。

② 特里斯坦爵士（Sir Tristan），是英国古代传说中亚瑟王的"圆桌骑士"中的一员。

我才能从这位向我求婚的文雅绅士嘴里听到这些最最美好的话语——然而，倘若我自己就是这位可怜的玛利·某某(她提一下那个裁缝姑娘的名字)——我也没有能够按照指定的时刻把领带送到你家——尽管为了赶做它们，我熬了半个夜晚——那么，我又能从你这里听到什么样的恭维话呢？——这时候，我作为妇女的尊严支持了我，我想：即如仅仅出于对我的尊重，一位像我一样的姑娘也理当受到更好的待遇——所以，无论什么好听话，如果有损于整个的女性，我都不能接受；因为，说到底，正由于身属女性，我才有坚实可靠的权利和资格听到别人赞美呀！”

在我看来，这位姑娘对她的情侣的这种责难，既显示出豁达大度，也显示出一种正直的思想方式。我有时候想象：我这位朋友一生，对于一切妇女，无论老少美丑一律以礼相待，这种不同寻常的好脾气，其根源大概就来自他那不幸早逝的爱人亲口的及时教训吧！

我希望，对于这些事情，全体妇女界也都能抱着和温斯坦利小姐一样的看法。那么一来，我们就会看到一种对于妇女始终一贯的尊重态度；再不会在同一个人身上出现这种矛盾现象：对于自己的妻子，是礼貌的好典范；对于自己的姐妹，则是冷酷鄙视、粗暴无礼的坏榜样。——一方面，对于自己心爱的姑娘崇拜得五体投地；另一方面，对于同样也属于女性的某位姑母阿姨，或对于同样也是少女但命运不幸的某位堂姐表妹却视为低贱而加以藐视。但凡一个女人，只要女性的尊严受到贬损，那么无论受到贬损的人处于何种地位——哪怕只是她的侍婢，或是她的仆从——，她自己的尊严也一定会因此有所削减的；很可能，当那些与性别可以分开的青春、美貌、利益一旦失去它们的魅力，她就要亲身感受到这种贬损。当一个女子受到一个男子的追求，以及接受他的求爱之后，她首先应当要求于他的，是——对于她作为女性的尊重；其次，才是——对于她的尊重要超过对待任何其他女人。然而，一个女子还是以女性的品格作为自己安身立命的基础吧；那些投其个人所好的献殷勤、赔小心——尽管花样翻新、多多益善——只能是在这个主体结构上面的华美的附件和装饰。因此，一个女子的人生第一课——跟那可爱的苏珊·温斯坦利小姐一样——便是：尊重自己所属的女性。

记往年内殿法学院的主管律师们[①]

我在法学院里诞生，并且在那里度过了一生中最初的七个年头。那里的教堂、大厅、花园、水池，甚至我还要说，那里的河流，——因为，在我小时候，所谓万水之王，对我来说，不就是浇灌着我们这片快乐有趣的土地的这条河流[②]吗？——这些，就构成了我早年的回忆。直到如今，我常常怀着亲切之感反复吟哦的，仍然是斯宾塞提到我们这个地方的这几行诗：

他们来到一个地方，那里高高的砖楼
矗立在泰晤士的宽阔、古老的河畔，
如今，孜孜不倦的律师们在那里居住，
往日，它却是圣殿骑士们[③]的驻地，
一直到他们由盛而衰。[④]

那的确是京城内最高雅的去处。一个乡下人初到伦敦，从人烟稠密的滨河大道或者舰队街，七拐八拐，穿过那些料想不到的林阴小道，一下子转向这里壮丽宏阔的广场，再进入一派郁郁葱葱、充满古趣的幽静所在，那该是何等舒心的变化！尤其是在那一带，三面楼房俯瞰着一大片庭园[⑤]，景色更是喜人、更是开阔；那儿有一座漂亮大厦，

虽说以“文卷”命名，却倒是坚固异常，

它与那叫做哈考特的精巧、古老、饶有奇趣的楼房相对，各具特色；此外还有皇家法庭路那一排充满欢乐气氛的楼房（那是我亲爱

的诞生之地[⑥]），正面对雄伟的泰晤士河——河水拍打着庭园的墙脚，尚未怎么受到那些来往商船的污染，好像刚刚离开了它在推肯南的仙乡水源！[⑦]——一个人能够出生在这样的地方，就是付出一点儿代价也值得了。在那所俨然高等学府似的、具有伊丽莎白时代风格的庭院里，有一座喷水池，不知有多少次，我弄得那喷泉上上下下翻飞，吸引得那些跟我年龄一般大的小男孩们都来看，他们大为惊奇，猜不出奥妙机关何在，把这个怪玩意儿当作魔术，发出一片欢呼！还有那些古色古香的日晷[⑧]，上面铭刻的道德格言业已字迹模糊，仿佛跟自己要测量的时间同样年代悠远了，它们直接依靠那高悬天空的光明之源来昭示时间的流逝。孩子的眼睛细细观察黄昏的暗影怎样悄悄溜出来，渴望看到它那一

---

①此文原发表于《伦敦杂志》1821 年 9 月号，内容记述作者早年在内殿法学院故家所见过的人和景物，其中描写了作者的父亲约翰·兰姆（在文中用的是假名洛弗尔）和他父亲的雇主索尔特律师。

按：伦敦有“圣殿”（The Temple）一地，在舰队街与泰晤士河之间，古时原为“圣殿骑士”（Knights Templars）驻地，从十四世纪起，该地变为律师居住办公及法学生培训之地，实为英国数百年来司法人员的养成所。“圣殿”分为“内殿”（the Inner Temple）与“中殿”（the Middle Temple）两部，分别各为一个法学院。

兰姆一生与内殿法学院关系密切。他的父亲是内殿法学院的主管律师索尔特的亲信佣人，兰姆全家即住在索尔特家中。查尔斯·兰姆于 1775 年在此诞生，直到 1782 年他去慈幼学校上学，七年之间完全在内殿法学院中皇家法庭路 2 号度过。索尔特于 1792 年去世，他家才搬出此地。但兰姆此后仍不断在法学院一带居住，并与这里的熟人往还，直到 1827 年为止。兰姆在这篇文章里主要是回忆他小时候的印象，但也掺进了一部分后来的见闻。

②指泰晤士河。

③“圣殿骑士”，中世纪时欧洲基督教国家的一个武装教派，创建于 1119 年，目的是保护耶路撒冷的圣墓和朝拜者，1314 年解散。

④这段诗引自斯宾塞的《婚礼颂》（“Prothalamion”）第八节。

⑤作者在此处写的乃是内殿法学院的东南角庭院：南邻泰晤士河，东为“文卷大楼”，西为“哈考特大楼”，北为作者故家所在皇家法庭路楼房，中间即为花园。

⑥皇家法庭路 2 号（No. 2，Crown Office Row）。

⑦指泰晤士河在英国格罗斯特郡山区的水源。

⑧日晷（Sun-dial），古时的计时器，利用太阳投射的影子来测定时刻，其圆盘上有刻度，并有一金属小棍垂直立于中心。

向不受人注意、肉眼极难觉察的移动——那是非常微妙的，如同转瞬即逝的一片云霞，或者暗暗袭来的睡梦！

啊，美貌多么像日晷上的针影，
它悄悄溜掉，一点儿痕迹不留。[①]

跟古老的日晷那简朴如圣坛似的构造、那悄然无声发自中心的语言相比，一座时钟，连同它那重甸甸的黄铜和铅做的肚肠，它那惹人生气的一本正经、呆头呆脑的报时方式，显得多么死板呀！日晷竖立在文明人的庭园里，简直就是镇园之神。可如今怎么到处都看不见它的踪影了呢？即使它的正经用处已经被那些设计精巧的新发明所取代，它在启迪道德方面的作用[②]，它的美观，依然是它能够继续存在的理由。它教人要适当劳动，日落之后不可逸乐无度，要戒酒，早睡早起，等等。日晷是原始的钟表，是世界上最早的计时器。亚当在乐园里过日子，怕也离不开它呢。芳香的花草要按时吐芽生长，百鸟要按时啁啾鸣啼，羊群要按时放牧或者归栏，日晷自是最适当的计时工具。牧人“在阳光下将它精致地雕刻出来”；[③]如此消遣日月，他变成了贤哲，在日晷上刻下比墓碑更要动人心魄的铭言。据马维尔[④]所写，花匠有一种妙技，以人工培植园圃时，能把种种花草安排成为一座日晷。他的诗，我要稍稍多引几行，因为，它们像他所有的重要诗歌一样，充满了巧妙的诙谐趣味。在我谈到喷泉和日晷的时候，插进这些诗句还不算多么别扭。而且，他

① 引自莎士比亚的《十四行诗》第104首。
② 指在日晷仪上刻的道德箴言。
③ 引自莎剧《亨利六世》第三部，第二幕第五场。
④ 马维尔(Andrew Marvell，1621—78)，十七世纪英国诗人，曾任弥尔顿的助手。

写的也正是可爱的园林风光：

> 我过的是何等美妙的生活！
> 身边的苹果自己成熟、跌落。
> 一串串的葡萄香气浓郁，
> 把甘美的汁液自己滴进我的嘴里。
> 油桃和桃子中的奇珍
> 自动把自己送到了我的手心。
> 一路行来，脚下被甜瓜绊倒，
> 跌在地上，又缠住了花花草草。
> 同时，从这小小的愉快，
> 心灵又进入幸福的境界。
> 心灵，就像是海洋，
> 任何物类都找见自己的形象；
> 但它又凌驾在这一切之上，
> 创造出更遥远的世界、另外的海洋；
> 它灭尽了绿阴下的幻影——
> 那只是一颗稚嫩的心做的梦境。
> 靠近喷泉滑溜溜的池边，
> 倚着一株果树，那根上生满苔藓，
> 我脱下身上的汗衫，扔在一旁，
> 灵魂儿就溜进了树枝丛中徜徉——
> 它栖栖枝头，像鸟儿一样自由鸣啼，
> 擦一擦，拍一拍它那银色的翅翼；
> 准备好，再向远方翱翔，

羽翼上下翻飞，光影明灭无常。
高明的园丁啊，技能何其娴熟，
用花花草草，你绘出了一幅崭新日规图！
温和的太阳从那高高的天空
走完这充满芳香的黄道十二宫①——
日影移动，那蜂儿采蜜孜孜不倦，
像我们一样，它也把时间精密计算。
这样甜蜜、这样有益身心的时光，
不用芳草鲜花，又拿什么衡量？②

京城里，人工喷泉正在迅速消失。大部分不是自己干掉，就是给人用砖堵住了。然而，说不定什么地方还剩下一个，像在南海公司后边那个草木葱茏的小小角落里，那道喷泉就为那座死气沉沉的大楼带来了清新活泼的气氛。往日，林肯法学院③广场上还有四个带翅膀的小男孩石像，模样天真、淘气，在那儿任着性子玩儿，嘴里吐出一道道清清的水流——那时候，我也差不多跟他们一般大。可是，现在这些石像已经无影无踪，连水池也填平了。别人对我说：风气变了，那一套都是小孩子的玩意儿。既然如此，为什么不保存下来，让小孩子们高兴高兴呢？我想，律师也有做小孩子的时候嘛。这些雕像至少可以对他们提醒一下。为什么一切都得带出大人气、大人样儿呢？难道全人类都变成大人了吗？难道儿童就不存在了吗？难道那些最聪明、最优秀的人们完全失

---

① 黄道十二宫，原为古人假定太阳在天空中运行一周的位置，此处借用来代表园丁用花草造成的日晷刻度。
② 引自马维尔的名篇《花园》。
③ 伦敦的四所法学院之一。

去了童心，对于童年时代的魅力丝毫无动于衷了吗？那些石像样子特别。但是，至今仍在那个地方匆匆来去、喋喋争辩的那些头戴直挺挺假发的活人[①]样子就不奇怪了吗？他们那些争吵不休、喷沫四溅的辩论，怎能像被炸掉的那些小天使嘴里所喷出的清凉、喧腾的水流那样令人爽快，那样纯洁无害？

最近，他们把内殿法学院大厅的大门、图书馆的正面都改建为哥特式[②]，使它们跟大厅的主体建筑一致，因为原来两者的风格是不同的。可是，原来大门上的飞马又弄到哪里去了？那是多么有气派的标志！而且，文卷大楼里那些富有意大利风格的关于美德的壁画——它们把寓言的意味最早暗示给我——又是被谁挪走了呢？这些东西的下落，他们得向我交代清楚——我太想念它们了。

自然，那里的草坪尚在——过去，我们称之为散步场；可是，往日行走在那草坪的小道上、凛然不可侵犯的脚步，再也看不见了！如今，这里成了一条平凡、卑俗的路。然而，往年那些律师们把这里看作只能由他们独占的神圣领地——至少，上半天必须如此。别人不得到这里来对他们推推搡搡。他们那神气，他们那服装，都表明：他们，才是这个散步场的主人。你从他们身边走过，得把间隔留得大大的。但是，跟他们的后继者，我们可就能平等相处了。譬如说，杰——尔[③]的眼睛里总闪动着调皮的表情，好像随时要开口说句笑话，逗得陌生人都想跟他斗斗嘴。可是，谁又敢跟托马斯·

---

①指法官、律师。

②哥特式，西欧的一种建筑风格，盛行于十二到十六世纪，特点为尖角拱门、以扶壁支撑的扇形拱顶、格子花窗和群柱等。

③指杰吉尔(Joseph Jekyll)，1795年成为内殿法学院的主管律师，以富有风趣著称，与兰姆的朋友乔治·代厄尔是朋友。兰姆曾把自己的《伊利亚随笔续集》赠送给他。

也跟他们差不多大

考文垂[①]随便套交情呢？——他的身材魁伟，脚步重甸甸地，像一头大象，长着一副四四方方的狮子脸，走起路来坚定果断，分寸不让，一往直前，简直是一根活动的大柱子——下级的人见他害怕，平级和上级的人见他头疼，他走到哪里，小孩子都溜光；他一露面，小孩子就吓跑了；他们躲着他，像躲着以利沙的一头熊[②]。他吼一声，像打雷，不管他高高兴兴跟他们说话，或是骂他们，他那声调都吓人。他说话本来就叫人害怕，再加上从他那两个威严的大鼻孔里还冒出一股一股鼻烟的黑雾，更是把空气弄得阴沉沉的。他吸鼻烟，不是一次捏一小撮，而是把手伸到他那老式背心的大大的口盖下边，一抓一大把——他那背心是红彤彤的，上装外套是粗鼻烟熏成的暗黑色，点缀着衣服的原色和其他的小零碎儿，再加上老式的金黄色铜扣子。他在草坪上踱来踱去的时候，就是这么一副样子。

有时候，在他身边可以看到一个温文尔雅的身影，那就是忧郁而彬彬有礼的塞缪尔·索尔特[③]。他们本是同龄人，但他们两人之间的相同之处仅仅是同年而又同是律师而已。在政治上，索尔特是辉格党[④]人，考文垂却是忠实的托利党员。考文垂脾气粗鲁尖刻，一提起他这位同事

① 考文垂(Thomas Coventry)，1766 年起为内殿法学院的主管律师，并担任过南海公司的副总裁。

② 以利沙，古希伯来先知。《旧约·列王纪下》第二章："以利沙上伯特利去。有些童子从城里出来，戏笑他。……他就咒诅他们。于是有两个母熊从林中出来，撕裂他们中间四十二个童子。"

③ 索尔特(Samuel Salt)，内殿法学院的主管律师，查尔斯·兰姆的父亲约翰·兰姆的雇主。兰姆一家即住在索尔特在皇家法庭路 2 号的寓所。兰姆之父是他的亲信佣人，兰姆之母为他管家、烧饭，兰姆姐弟可到他的书房看书。索尔特介绍兰姆到伦敦慈幼学校上学，后来可能还介绍他到东印度公司做事。索尔特死于 1792 年，对兰姆父母有少量遗赠。因此，对于兰姆全家以及兰姆本人的早年学习和一生道路，索尔特都是一个有重要影响的人物。

④ 辉格党(the Whiggs)和托利党(the Tories)是从十七世纪末形成的英国统治阶级的两大政党，到十九世纪三十年代，前者改名为自由党(the Liberals)，后者改名为保守党(the Conservatives)。

的政治伙伴，常常发出讽刺的吼叫，然而，这些就像炮弹打进羊毛堆里，总是又被生性温和的索尔特轻轻驳回。索尔特是轻易不会发脾气的。

有人说，索尔特是非常聪明的人，还说他对于法律顾问的业务极为熟练。可我怀疑他学问有限。凡是遇到根据遗嘱或者其他原因所引起的疑难财产案件，他一般都是略略嘱咐几句，统统交给他那手脚麻利的小个子佣人洛弗尔[①]，洛弗尔再凭着他那天生的非凡判断能力，马上替他处理掉。说来叫人难以相信，索某种种才干之名其实是靠着他那庄重的神气为他赢得的。他生性羞怯；一个小孩子提个问题，就能把他难倒——而且，他脾气又懒散拖拉到了极点。然而，人们偏要夸他勤奋异常，真是没有办法。他自己一个人出去，总叫人不放心。穿礼服去赴宴会，他总忘记佩剑——那时候，上流人是时兴佩剑的——或是忘掉服饰上别的什么不可少的物件儿。在这种时候，洛弗尔总是盯住他，给他提示一下。在某种场合不该说的话，他总要偏偏说出去。譬如说，在苦命的布兰迪小姐[②]被处决的那一天，他要到她的一个亲戚家去吃饭；——洛弗尔非常担心，生怕他到时候迷迷糊糊、心不在焉，在他出门之前，特别嘱咐他千万不要提到她的事情。索尔特老实答应了。可是，在人家客厅里刚刚坐下四分钟，客人们正等候通知开饭，谈话刚一

---

①洛弗尔(Lovel)，此文中使用的一个假名，实指作者之父约翰·兰姆(John Lamb)，其早年经历，主要资料只有这篇随笔，其晚年景况在兰姆书信中有所提及。1792年7月，索尔特死，老兰姆的境遇开始衰落。1796年9月，兰姆的姐姐玛利于疯病发作中杀死了母亲。经此惨剧，全家遭受巨大打击，查尔斯挑起了家庭重担，老兰姆则从一个性格快活的人变成了一个衰残的老人，于1799年去世。

②布兰迪小姐(Mary Blandy)，一位律师之女，由于她要继承一万英镑的遗产，一个已有妻子的叫克兰斯同(Cranstown)的海军军官图财向她求婚，她父亲不答应，该军官交给她一包砒霜，将她父亲毒死。布兰迪小姐被捕。在审讯时，她说她不知那是毒药，但仍于1752年被处绞刑，该军官却逃避了惩罚。

中断，他就站起身来，向窗外瞅一眼，拉拉自己袖口的褶边(这是他的习惯动作)，然后发话道：“这是个令人沮丧的日子，”接着又说：“我想，布兰迪小姐这时候大概已经受过绞刑了吧?”——这一类的例子是层出不穷的。然而，当时有些大人物还是觉得，不仅在有关法律的问题上，而且在立身处世的种种普通琐事和难题上，都应该向索某请教——这完全是风度的力量。他从来不苟言笑。在妇女界他也很走运——他是常被太太小姐们祝酒的名人，据说还有一两位女士为他害相思病死掉——我想，这大概是因为他不跟她们闹着玩儿，不去讨她们的好，甚至也不对她们一般地献献殷勤吧。他相貌文雅，一表人才，可是，在我看来，他缺乏在女人面前充分表现自己的气派。而且，他的眼光也没有神采。——不过，苏珊·皮——[1]可不这么想。一个寒冷的黄昏，有人看见这位小姐，在六十岁的高龄，独自一人在伯——德路[2]哭泣，泪珠儿噗嗒嗒落在路面上，因为她这位朋友在那天去世了——四十年当中，她怀着一种无望的感情，一直追求着他，这种热情，岁月不能扑灭，也不能减少；甚至就连对方那早已决定、慢慢实行、旷日持久、毫不动摇的独身生涯，也打消不了她那藏于心底的宿愿。温柔的苏珊·皮——小姐，如今你大概已经跟你那好朋友在天上相会了吧?

托马斯·考文垂是那一姓的贵族家庭里的一名幼子。他的青年时代在困境中度过——这使他早早养成了以后一直保持着的极度俭省的习惯；所以，东一笔收入，西一笔外快，到我认识他的时候，他已经成了四五十万英镑的财主——从他脸上的神气、走路的样子看起来，也

---

① 即苏珊娜·皮尔逊(Susannah Peirson)。索尔特去世时，遗赠给她一部分藏书、钱财和一只银墨水壶——希望“读书和思考能使她生活得更安适”。

② 伦敦伯特福德路。

真像是拥有这么高身价的人。可是，他却住在舰队街律师会馆的抽水机院[1]对面的一所光线暗淡的房子里。如今，这所房子正由法律顾问杰某[2]住着——他在那里苦苦打熬自己，出于何种原因，则非我所知。考某在北克雷本来有一所舒适的别墅，但是，到了夏天，他顶多在那里住上一两天，到大热天的月份里，宁肯待在这所潮湿、狭窄、像一口井似的宅院里，站在窗口，像他自己说的，“整天瞧着那些女仆们汲水。”我想，他这么深居简出，必有缘故。“其中大有韬略在焉。”也许，他觉得这样他的财产更安全一点儿。他这屋子看起来就像一只结实的箱子。考某是个小气人——不过，与其说他是一个悭吝人，不如说他是一个敛财手——即如他算是悭吝人，也不是像埃尔威斯[3]那样的拜金狂，他们把悭吝人的名声败坏了，因为，如果缺乏坚持不渝和目标单一这些可敬的优点，要想成为悭吝人也是不可能的。对于像考某这样的地地道道的悭吝人，我们尽可憎厌，但是，要鄙薄他恐怕也不那样简单。因为，正由于他把每一个小钱都省下来，他才能够多次舍弃钱财，而且那样大手大脚，使得我们这些漫不经心的施舍者只好望而却步，远远落后了。考某生前，一次就为盲人捐出了三万英镑。[4]他的日常用度是严格控制的，但他招待客人时总保持着一位绅士的身份。对于哪些客人来、哪些客人去，他心中有数，但他从不让他那厨房里的灶火熄灭。

在这方面和其他一切方面，索尔特都跟他恰好相反——他不知道自己到底有多少钱，他那家底也刚刚勉强维持住他的身份，而他又生性

---

① 抽水机院(Pump Court)，在内殿法学院内。

② 此人不详。

③ 埃尔威斯(John Elwes 1714—89)，英国的一个有名的富而鄙吝的人，死后，伦敦的一个报纸编辑为他写了一部传记。

④ 可见，这位考文垂是“为富而仁”的人，不可一概否定。他在1782年还将一万金镑的股票捐给伦敦慈幼学校。

疏懒，向来不肯为增进收入而动动脑筋，要不是有几个忠实可靠的人在他身边，他非大大倒霉不可。洛弗尔为他经管着一切。他自己一个人担任着他的书记员，忠仆，服装师，好朋友，“唤醒记忆者”[①]，引路人，钟表，会计兼出纳。他做什么事，都跟洛弗尔先商量，做了错事首先怕他要来劝诫。他把自己的一切几乎全交到他的手里——幸好，这是世界上顶顶纯洁的一双手。他简直把自己作为主人应受尊敬的权利也放弃了——但是，洛弗尔一刻也没有忘记自己是一个仆人。

我认识这个洛弗尔。他是个再吃亏也改不了老实脾气的人。而且，还是个耿直人。为了维护被欺压的人，他敢“打出手”，既不考虑自己跟人家地位悬殊，也不管对手有多少人。一天，有一位上流人向他拔剑出鞘，他空手夺剑，拿剑柄把他揍了一顿。因为，这位佩剑者侮辱了一位妇女——凡遇到这种事，处境再不利，洛弗尔也非出头干预不可。到了第二天，他也许会脱下帽子，谦卑地站在这个人面前，求他原谅自己，因为，只要不牵涉到更大的问题，洛某对于身份是谨记在心的。洛某是个非常麻利的小个子，长着一副像加里克[②]那样表情活泼的面孔，还有人说他很像加里克(对这一点，我有他的一幅肖像为证)；他很有点儿写讽刺诗的才能——在这方面，仅仅次于斯威夫特和普赖亚；[③]——凭着他那天赋之才，还会用泥或巴黎塑胶捏出头像来，令人叫绝；还会旋制打牌版，诸如此类室内的小玩意儿，他做得极好；跳跳四对舞，打

---

① 提醒他该做或不该做什么事。

② 加里克(David Garrick，1717—79)，著名英国演员，曾任伦敦祝来巷剧院经理，死后葬于西敏大寺。

③ 老约翰·兰姆曾经出版过一本薄薄的《杂诗集》(“Poetical Pieces on Several Occasions”)，据学者说，其中描写了他做仆役的生涯，也写到他的家属，其中不乏幽默风趣，但要说这些诗“仅次于斯威夫特和普赖亚”，不免是溢美之词，“不过，(兰姆的)孝心可嘉”。按：普赖亚(Matthew Prior，1664—1721)，英国诗人。

打保龄球，他也同样在行；调和混合甜酒，在全英国同阶层之中没人赶得上他；说句双关话，出个花点子，数他最俏皮——总而言之，他一肚子装的都是调皮、新奇的想头，要多少有多少。此外，他还是一位钓鱼之友，正是艾萨克·沃尔顿[①]先生所高兴选来跟自己一同垂钓的那种性格豁达、精力充沛而又忠实可靠的伙伴。我见到他时，他已年纪衰迈、半身不遂，处于脆弱人生可悲的最后年月——只是“当年此人的可怜遗存”，——然而，即使在这个时候，只要一提起他那心爱的演员加里克，他眼里就立刻闪出光彩。他说，在加里克演的角色当中，以贝斯[②]演得最好——“在整整一出戏里，他几乎一直都在台上，像一只蜜蜂那样忙个不停”。他还时时谈起自己的生平往事，谈到他还是一个小男孩的时候怎样从林肯市[③]来到京城里做仆役，他妈妈在分别的时候哭了，可是，几年不见，等他穿着漂亮的新制服回去看她，她又为此感谢上帝，简直不敢相信眼前这个人真是“自己的乖儿子”。然后，激动心情平静下来，他也哭了，这时候，我多么希望，在这令人悲悯的第二次童年时代[④]，能有一位好妈妈在他眼前，好让他把自己的头埋进她的怀里。好在，我们大家共同的大地母亲不久就仁慈地将他揽入自己的怀抱里了。

考文垂和索尔特在草坪上散步的时候，彼得·皮尔逊[⑤]也往往参加进来，三人一路。当时，他们并非挽手而行，“像当今那些身材魁梧的

---

① 沃尔顿（Izaac Walton，1593—1683），英国著名的写钓鱼的散文名著《垂钓名手》的作者。

② 英国白金汉公爵（George Villiers，second duke of Buckingham，1628—87）所写笑剧《排演》中的一个人物，在剧中的角色是剧作者和舞台监督。

③ 兰姆父亲的原籍在英格兰东部的林肯郡林肯市。

④ 即俗话说的“老变小”时期。

⑤ 皮尔逊（Peter Peirson），1800 年成为内殿法学院的主管律师，1792 年兰姆到东印度公司做事，他是保荐人。上文提到的苦恋着索尔特的苏珊是他的妹妹。

钓鱼之友

三巨头们那样招摇过市”，而是将双手背在身后，以保持尊严；至少也要将一只手背在后边，另一只手里拿着手杖。皮某是个慈祥的人，但他引不起人的好感。光看他脸上的表情，就不能说他快活，至少可以说他怎么也快活不起来。他的面颊上没有血色，简直可说是苍白。他的神情不讨人喜欢，像我国那位大慈善家[①]一样（只是不像他那样总是愁眉不展）。我知道，他做过好事，但他到底是何等样人，我说不清。跟这几位同年龄而地位较低的是另一个怪人——戴恩斯·巴林顿[②]，他魁伟结实，膀大腰圆，走路的样子（我认为）模仿着考文垂——尽管如此，他那上司的威严派头他还是学不来。不过，凭着他是一个马马虎虎的古物收藏者，又有一个弟弟做主教，他总算混得不错。只是，有一年他管钱的账目交上去审查，律师们一致否决了其中这么一笔开支：“项目：本人做主，支付园丁艾仑二十先令，为购置药物毒杀麻雀。”除了他，还有老巴顿[③]——跟他脾气相反的一位快活人，每当律师要在议院的法律事务室里开宴会（相当于大学里的校友会餐），预定菜单的事都由他负责——那些不太讲究美食的同事们吃得相当满意。关于他，别的我就不知道了。——然后，还有里德和托平内[④]——里德脾气好，有风度——托平内脾气好，人瘦，爱说俏皮话，拿自己的长相开玩笑。托平内只是瘦一点儿，但沃利[⑤]可说是单薄得弱不禁风了。好多人大概还记得他（因为他是属于比较晚近的人）以及他那奇特的步法，即每走三

①据说，指一个叫约翰·霍瓦德的富人，他脸色蜡黄，兰姆对他有反感。

②巴林顿（Daines Barrington），当时内殿法学院的另一主管律师，他有一个弟弟做主教。

③指托马斯·巴顿（Thomas Barton），主管律师。

④指约翰·里德（John Reade），主管律师。托平内（Richard Twopenny），当时在法学院居住的知名人士，很瘦。

⑤沃利（John Wharry）。

步，向上跳一下，如此循环不已，成为习惯。前三步并不用力，就像小孩子刚起步那样，但还要再用力地跳一下，步子之小，跳跃之大，犹如一英寸与一英尺之差。这种特殊花样，我不知道他从哪里学来，又是如何引起。我只知道它既不雅观，也不比平常走路更快，我想，可能因为他身架太单薄，才那样走——也是一种保持身体平衡的办法。托平内常常笑他瘦，见面称他“精干老弟”，但沃利可不爱开玩笑。他脸上总带出一副凶相。我听说，只要一有什么事情惹他生气，他就狠狠掐他那只猫的耳朵。这个时期里的人物，还有杰克逊[①]——即人称百事通的杰克逊。在当时，五花八门的学问，他比谁知道得都多，在法学院里那些文化不太高的人们当中，他可说是一位培根长老[②]。我还记得一件滑稽事：有一天，厨师再三道歉、彬彬有礼地请教他：在伙食账上，牛屁股骨头该怎么写。因为人们认为，世上凡人知道的事，他无所不知。他立刻告诉他：写为“牛臀骨”就是了，还讲出一大篇解剖学上的道理，既证明他的权威，又让管伙食师傅又一次增长了学问，然后高高兴兴走了[③]。——还有，铁手明盖[④]，我几乎把他忘了。不过，他的时代要晚一点儿。由于某次事故，他失去右手，安一只铁钩代替，使用得相当熟练。看见他这只铁手的时候，我年龄还小，说不出那究竟是假手还是真手。只是我心里感到的惊奇，我还记得。他这个人说起话来大吵大嚷，

---

① 杰克逊（Richard Jackson）。以上二人为主管律师。

② 培根长老，指英国中世纪的著名哲学家罗杰尔·培根（Roger Bacon，1214？—94），反对经院哲学，主张以经验为哲学研究的基础，实际上是英国近代哲学的开创者。关于他，有一个民间传说，说他曾经制造出一个能说话的铜头。因此，英国民间把他当作一个无所不知、无所不能的人。

③ 此处原文以英文中表示牛臀骨的两个单词 edge-bone 和 aitch-bone 进行谐音的文字游戏，在译文中处理为以上两句。

④ 明盖（James Mingay），法学院主管律师。

我把这也看成了权力的标志——有如米开朗琪罗的摩西像[①]脑瓜上的那两只角。——最后，还有那位至今(或在不久之前)仍穿着乔治二世时代[②]服装走来走去的马塞里斯男爵[③]——这就结束了我关于往年内殿法学院律师们的这些零星回忆。

离奇古怪的形象，你们究竟消失到什么地方去了？倘若像你们那样的人现在依然存在，为什么对我来说就再也不存在了呢？你们本是些无可名状、叫人半懂不懂的幻象，理性何必插进来，撕碎那遮掩着你们的超自然的若明若暗的薄雾？在我幼小时的眼睛里看起来，你们构成了关于法学院的一部神话，为什么经我一写，竟显得这么寒伧可怜？在我小时候，我还看见过神哩，他们是些“身披斗篷的老头子”[④]，在地面上走动。哪怕往古偶像崇拜的幻梦全部消失——哪怕传说寓言中关于仙子精灵的荒唐呓语也都烟消云散——在小孩子的心中永远喷涌着一孔天真烂漫、健康无害的迷信的源泉——在小孩子的心中，夸张想象的种子一直生机勃勃地萌芽、滋长——从日常平凡的事物中引发出不可知、不平凡的东西。那片小小的乐园里充满了光明，而大人们的世界却总在理智和物质的暗夜中折腾不休。只要世界上还有童年，只要童年时代的梦境还能再现，想象就不会张开它那圣洁的翅膀从大地上飞逝而去。

跋　语

我对于索尔特那温柔的亡灵有所误解。这是太相信童年时代的错

---

①指意大利大艺术家米开朗琪罗为西斯廷礼拜堂所作的摩西像。

②英国国王乔治二世的在位期间为1727—60年。

③马塞里斯男爵(Baron Maseres)，数学家，1774年起担任法学院主管律师，1801年时，兰姆的住所与他相邻。

④引自《旧约·撒母耳记上》第28章。

误印象和自己不可靠的记忆力所造成的结果。但我坚决声明：我的确一直认为他是一个单身汉呢。实际上，这位先生——兰·诺·[1]告诉我说——在年轻时结过婚，但婚后第一年，夫人就死于产褥，为此他陷入深深的悲痛，后来似乎一直没有完全恢复过来。这么一来，就给这位脾气谦和腼腆的人赋予了一种性格之美，而他对于文静的苏珊·皮——小姐的拒婚(唉，要是能使用一个温和点儿的字眼儿多好！)，也得从一个新的角度上来看待了！从今以后，再也别把伊利亚的记叙文章当作真实可靠的记录了。它们不过是事实的影子——并非真实存在的事物——或者说，只停留在历史事实的边缘和近郊。伊利亚可比不得兰·诺·——那样公正的历史学家，他这些不成熟的回忆录付印之前，应该先请那位先生指正一番才好。可是，那位可敬的副财务主任——他对于往昔和目前的东家都得尊重——看到伊利亚这种有失体统、信笔挥洒的写法，恐怕是要大惑不解的。这位好先生可能还不知道，在我们这个临文不讳的年头，杂志上言论有时能出格到什么地步；说不定，连这些杂志的存在他也根本没有梦想到——因为，长期以来，在此类刊物中他仅仅知道有一个《绅士杂志》[2]，而他阅读这本神圣的月刊，又以刊登乌尔班先生[3]讣告的那期为最后极限。但愿该杂志那些充满不高明的溢美之词的专栏，不依靠他的名声，还能长远地流传下去！在此同时，今天法学院的律师们啊，你们要厚道地对待他，因为

---

① 指兰德尔·诺里斯(Randal Norris)，曾任内殿法学院的副财务主任，是兰姆一家的熟人。
按：索尔特年轻时曾与考文垂勋爵的女儿结婚，妻子因难产而死。因此，他和本文写到的考文垂是姻亲。

②《绅士杂志》（“The Gentleman’s Magazine”），1731 年由凯夫创办，约翰生博士是其赞助者和撰稿人。

③ “乌尔班”（Sylvanus Urban）是《绅士杂志》主编凯夫（Edward Cave，1691—1754）写文章时所使用的笔名。

他自己就是一个最最厚道的人。倘若一旦他疾病缠身——现在他还算精神矍铄、老当益壮——就请多多关照他吧，要想一想，“你们自己也会老的”[①]。但愿法学院那古老的标志和纹章——飞马，永远腾跃！但愿那些来来的胡克和塞尔登们[②]，为你们的教堂和法律事务室不断增光！但愿——倘若没有更加美妙的歌手——那些小麻雀不被毒死，仍在你们那庭园里蹦蹦跳跳！但愿那脸色娇艳、衣饰洁净的托儿所阿姨能够得到许可，把她照管下的那些活泼调皮的小宝宝带进你们那堂皇典雅的花园里兜兜风，当你们从一旁走过，她免不了还要羞羞答答地向你们行一个可爱的弯膝礼，使你们不禁想起了自己的青少年时代！当你们在气派高雅的地坪上踱来踱去的时候，但愿这一代的小伙子们也偷偷看着你们，正像往年那些老一代的知名人士在这庭园中散步时，童年时代的伊利亚也曾呆呆地盯着他们，带着那样盲目崇拜的眼光！

---

① 引自莎剧《李尔王》第二幕第四场第194行。

② 胡克(Richard Hooker，1554？—1600)，塞尔登(John Selden，1584—1654)，均为英国法学家，曾在法学院任职。

饭前的祷告

吃饭要做祷告，这种习惯大约由来久矣。远古时候，人类处于狩猎时代，吃饭是非常靠不住的事，一顿饱饭更是了不得的造化；所以，吃个肚儿圆乃是一种意外的福分，好像老天格外开了恩。枵腹多日，一旦碰上运气猎到手一头鹿、一只山羊，自然要大喊大叫、高唱凯歌运回家去——这个，可能就是如今饭前祷告的萌芽吧。要不然，那就难以理解，在生活中我们本来还有别的许多恩物，许多好东西，只需悄悄享用便可，而为什么对于得到食物——吃上一顿饭——偏偏就要举行一番特别的感恩仪式呢?

说实在话，一天当中，我想祈祷一番表示感谢的事情，除了吃饭以外，不下一二十件。要作一次愉快的散步，要在月光之下漫游，要和好友相会，解决了一个问题——我都希望举行个什么仪式才好。对于那些精神食粮——书籍，为什么不可以做做礼拜呢? 譬如说，读弥尔顿之前，祷告一番——读莎士比亚之前，祷告一番——读《仙后》[①]之前，诚心诚意、规规矩矩举行一次礼拜仪式。但是，既然大家约定俗成，规定这种祈祷仪式只能在进餐之际使用，我也只好仅仅根据个人在饭前祷告中的体会略抒己见；至于原来打算在整个人类生活领域中扩大使用的那一大套带哲理性的、富有诗意的、甚至多少有点儿异教气味的祈祷全书[②]，也只好推荐给那些聚会既无定所、人数亦复寥寥的耽于空想的，拉伯雷式的[③]基督徒了。

穷人在自己的餐桌旁，孩子们对着自己淡而无味的食物祝祷一番，那自有一种美感。在这种场合之下，感恩祈祷显得格外庄严。穷人坐下吃饭的时候，正因为不知道明天是否还能吃上一顿饭，所以对当下这顿饭有一种幸福之感；而这一点，有钱人无论怎么装也装不像，因为那种没有饭吃的概念，除非偶尔看到什么激进的理论，根本不可能进入他的头脑。食物维持肉体生存——这种根本目的，他们几乎想也不想。面包，对于穷人，是他每天赖以生存之物——实实在在的当天的食粮。而有钱人的饭菜却是四季不断的。

在吃粗茶淡饭之前，先来祷告一番，是再恰当不过的了。因为，要吃的东西引不起人的食欲，人的头脑才有自由驰骋的余地，去想那些与饮食无关的事情。人面对一盘子简简单单的萝卜炖羊肉，尽可以一边衷心感谢上天的恩惠，感恩不尽，一边从从容容地去沉思关于吃饭的圣典教规。在他面前摆的食物如果是鹿脯、甲鱼之类，他那忐忑不安的心情要是如实坦白出来，恐怕就颇不适于感恩祈祷了。我曾在阔人家里的餐桌旁就坐(自然是作为一个稀客)，当美味的汤菜摆上桌面，香气扑鼻，客人们馋涎欲滴，简直不知该吃什么才好，还要举行祷告，真叫人觉得不合时宜。这时候，你正想狼吞虎咽、大嚼一番，插进来一个宗教仪式，实在多此一举。嘴里流着口水，还要嘟嘟囔囔地念赞美歌，只能说是一种目的的混乱。实际上，贪图美食的欲火早已压倒了那斯斯文文的虔诚信仰的火焰。在身边冉冉升起的只是一派充满异教情调的酒气肉香，那虔诚的祷告早被饕餮之神半途夺去、据为己有。由于食物过分丰盛，超出需要，人在目的和手段之间失去了平衡之感。赐予者被他所赐予的礼物所掩盖了。要说表示感谢，自己先就觉察出惊人的不公平：感谢什么呢——难道就因为自己多得吃不完，而许多人还在挨饿吗？这简直成了赞颂神的错误。

---

①《仙后》(“The Faerie Queene”)，英国诗人斯宾塞(Edmund Spenser，1552？—99)的著名长诗。

②指上文说的对于生活中种种乐趣的“感恩祈祷”。

③拉伯雷(François Rabelais，1494？—1553)，著名法国人文主义作家，他的《巨人传》(“Gargantua”，“Pantagruel”)以内容和文风放诞恣肆著称。

我看得出，就连嘴里念着感恩祷文的主人自己也仿佛对于这点感到别扭。我还看得出，牧师和别人也都有点儿不好意思——他们觉察到：同时并存的某些情景亵渎了这庄严的祷告。主人用他那装出来的虔诚的腔调在几秒钟之内刚把祷文念完，马上恢复了平常说话的声音，给他自己或给邻座的人斟酒分菜，好像急于摆脱使他内疚的某种伪善之感。这不是说主人是伪善者，也不是说他没有诚心诚意做祷告，而是说，他从内心深处感到了：在他面前摆的这满桌丰盛的食物，跟他所主持的这一场平平静静、诉诸理性的感恩祷告，实在太不相称啦。

我听见有人叫道：怎么，你想让基督徒们一上餐桌，就像猪似地，对那至高无上的赐予者连个谢字也不说，就拱到食槽边上大吃吗？非也。我想使他们坐上餐桌的时候真像基督徒一样，而不要像猪。不过，当他们食欲正旺、按捺不得，定要拿从东方到西方四处找来的珍馐美味来填塞他们肚皮的时候，我希望他们暂缓祷告，不如推到一个更好的时节，等他们食欲满足了再说；再不然，等到饮食有所节制，菜肴不甚丰盛，那时理智抬头、真心铭感，从良心里发出的微弱呼声才能为人倾听。贪图吃喝，饮食过量，总非感激上帝的正当理由。我们从书上看到：耶书仑[①]吃得太胖，就乱踢乱跳不安分。维吉尔最了解哈尔匹[②]的脾气，所以，在他笔下，这种大吃大嚼的怪物，嘴里说出的绝非感恩的祷告，而是诅咒的预言。也许，我们心里觉得感谢的，只是有些食物吃起来比别的东西更可口，但那不过是一种下作的、低级的感激心理。因为，饭前祷告的根本目的在于营养，不在口味；在于每日的面包，不在佳肴美餐；在于生存之所必需，不在满足这臭皮囊的贪欲。我很想知

---

① 《圣经》中人名，见《申命记》第 32 章第 15 节："耶书仑渐渐肥胖、粗壮、光润、踢跳奔跑，便离弃造他的神，轻看救他的磐石。"

② 哈尔匹，希腊神话中的鸟身女面的怪物，贪食而不知饱。

道，伦敦商会牧师在宴会大厅里主持饭前祈祷时的心情如何，究竟能不能保持泰然自若，因为他很清楚：他在祷告结束时说出的最后一个虔诚字眼儿——那，非常可能正是他所宣扬的圣名——就等于发出信号，让那一大群早已迫不及待的贪食之徒，像维吉尔写的鸟身怪物一样，一齐扑向餐桌，发疯似地狂吃滥饮，把那对于上帝的感激之心一下子抛到九霄云外！（如果真的感激，就应节制饮食才是。）这时，弥漫室内、诱人恣意享受的酒香肉气，搅乱了圣洁的祷告；在这种污染之下，主人家自己的虔诚信仰只要不被乌云遮盖、黯然失色，也就算是很不错了。

对于盛馔罗列、饮食无度的最尖锐讽刺，要算是在《复乐园》[①]里所写的魔鬼在旷野中为引诱耶稣而摆出来的那桌席面了：

> 一席盛宴五光十色地摆下，
> 盘碟中珍馐美味纷然杂陈：
> 无论那追捕的走兽、狩猎的飞禽，
> 都经过烧烤、烹煮、或加上香料熏蒸，
> 做成了菜肴；还有海中鱼、岸边虾，
> 以及大河小溪的水族——为了罗列它们
> 淘干了庞图斯、鲁克连湾以至非洲沿岸的海水。

我敢说，在魔鬼看来，这么一桌山珍海味，即使没有什么感恩祈祷来领路，也满可以吃下肚里去了。这意思好像说：魔鬼做东请客，仪式

---

①《复乐园》（“Paradise Regained”），弥尔顿的长诗，共四卷。国内有朱维之译本。下引诗见该诗第二卷340—347行。

只好从简。——恐怕诗人写到此处，在礼数上也有点儿照顾不周。他究竟是想到了古罗马的花天酒地的生活①，还是他剑桥时代②的大会餐了呢？谁也说不清。摆出这么一桌盛宴，如果要诱惑一下希里奥伽巴拉③倒更为合适，因为它很像是哪个城市里的厨房所烹调出来的，而那些伴随的零星小吃对于那场神圣、玄妙的幻景来说更显得不伦不类。还有，那位魔鬼厨师所召唤来的一大串调味品也跟他那位饥饿的客人的简简单单的需要太不相称。搅乱了别人梦想的人最好能从人家的梦想中得到一点儿启发。那么，在那忍饥挨饿的上帝之子④的朴素想象中到底出现过什么样的筵席呢？——他是做过梦的：

——他的食欲常常化为美梦，
其中有肉，有酒，都是恢复精力的可口妙品。⑤

他在梦里又吃些什么呢？——

在梦幻中，他⑥站在基立溪⑦畔，
只见一只只乌鸦用尖嘴叼着食物
一早一晚向以利亚那里运送，
严命在身，贪嘴的鸟儿不敢把那食物触动；

---

①罗马帝国的贵族以生活骄奢淫逸而出名。
②弥尔顿曾在剑桥大学读书并获得硕士学位。
③罗马皇帝，生活奢侈放荡，公元222年被部下所杀。
④指耶稣。
⑤引自《复乐园》第二卷264—265行。
⑥指耶稣。
⑦《圣经》中地名。在这段诗里耶稣所梦见的是古希伯来人以利亚的事迹，见《旧约·列王纪上》第17章和第19章。

还见过那位先知仓皇出奔，
逃入沙漠，在一棵罗腾树[①]下
昏昏睡去；当以利亚一觉醒来，
发现身旁的炭火上摆着自己的晚餐，
有一位天使叫他起身用饭；
熟睡后，再吃上一顿饱饭，
他才安然撑过了四十天；
——这样，他[②]有时与以利亚同吃同喝，
有时候，又与但以理[③]共享菽水之餐。[④]

弥尔顿对于这位神圣的饿汉的梦想，构思得实在太巧妙了。那么，照你看来，这两场梦中的宴会，究竟在哪一次举行所谓感恩祷告最合适、最恰当呢?

理论上说，我并不反对感恩祈祷；但实际上我认为(尤其在吃饭以前)它们显得有点儿别扭、有点儿不合时宜。我们的理性常常是软弱无力的，只有在这种或那种欲望的刺激下，它才会振奋起来，从事那保存和延续种族的伟大工作。那些欲望本身，若从一定距离之外、怀着感激之心加以回顾，自然也是正当的幸福——但在欲望炽烈的那一时刻(贤明的看官当会明白我的意思)却恐怕最不适于做出感恩的表示。只有教友派[⑤]的信徒们做事沉稳、胜过我们，倒很有资格举行此种感恩序祷。他们在吃饭前的那种默默无语的祈祷方式，我常暗中赞叹，特别因为看

① 罗腾树，“小树名，松类。”
② 指耶稣。
③ 但以理，古希伯来先知。
④ 这段诗引自《复乐园》第266—278行。
⑤ 教友派主张生活朴素、和平安静。

到他们在祷告之后用菜饮酒的样子并不像我们那样胡吃海塞、贪图口腹之乐。他们既不暴食暴饮，也不好酒贪杯。他们吃东西，就像马儿吞下切得细细的干草，神气冷冷淡淡，态度安安静静，吃相干干净净。他们从来不在自己身上留下油污和汤水。但是，当我看到一位公民在吃饭的时候戴上围嘴和领圈儿，我绝不认为那是什么神圣的袈裟。

在吃食方面，我跟教友派态度有所不同。说实话，对于饭食的品种花样，我可不是漠不关心的。像那油腻滑嫩的鹿脯，就决不可以不动声色地吃下去。我看不惯有的人把它一大口一大口地往嘴里塞，做出一副食而不知其味的样子。这种人在大事情上口味如何，我认为值得怀疑。还有人自称爱吃碎牛肉馅，对这样的人，我也出于本能地躲得远点儿。跟相面似地，从一个人吃东西的口味，可以看出他的性格。老柯[①]认为，一个人如果不爱吃苹果馅饼，就不可能是一个心地纯洁的人。这个，我说不了，也许他对。不过，说实话，由于儿童时代的天真烂漫早已消失，我对于那些纯洁无害的食品是一天一天愈来愈不感兴趣了。种种的蔬菜对我全部失去了兴味。只有芦笋似乎还能唤起一点儿缠绵柔情，我至今未能舍弃。烹饪方面出现了什么扫兴的事，譬如说，饭时回家，盼着有滋有味地吃一顿，碰上的饭偏偏无滋无味，我总是沉不住气，要发牢骚的。奶油没有化开——这是最平常的厨房事故——能把我内心的平静一下子打乱。——《漫游者》的作者[②]一吃上他所喜欢的食物，就要像畜牲似地发出一种词意不明的哼哼哧哧的声音。请问，把感恩祷告放在这种音乐的前头举行，那合适吗？这位虔诚君子，把他的祈祷推迟一下，放在无需如此慌忙失措而可以静思饱食之恩的时候去进

---

① 指作者好友柯勒律治。
② 指约翰生博士。

行，岂不是要好得多吗？别人爱吃什么，我不想去抬杠，也不会拼上自己精瘦的脸皮[1]去反对那些欢闹和宴会，因为它们也不是什么坏事。不过，这些欢宴，不管多么值得嘉许，它们本身究竟说不上有何雅致可言，虽然吃饭的人竭力想要在祈祷时做得尽量体面，装得一心虔诚、不遑他顾，但他早已欲盖弥彰地把飞吻传送给了席面上的一条大鱼——那，才是他心目中的鱼神，不过，并非藏身于什么特制的神柜[2]之中，而是摆在一只油烘烘的汤盆里。只有对于天使们和孩子们的欢宴，对于卡尔特教派[3]的菜根饭或者更为粗粝的饮食，对于贫寒者那菲薄可怜而又看得万分贵重的简单茶饭，感恩祷告才是一曲美妙动人的序歌。但是，在那些饱食终日而仍然放纵口腹之欲的人们的珍馐杂陈的宴席上，举行感恩祷告只能造成一种格格不入的气氛，时间既不恰当，情调也不和谐；其实，叫我看来，在这种场合，要找什么音乐伴奏的话，儿童故事里说的诺顿那个地方猪弹的风琴[4]倒挺合适。而且，在宴席上，我们一坐就是那么久，一心一意留神眼前的菜，动起手来，刀叉交错，只顾把那些好吃的东西（那本是大家公有）往自己这边儿扒拉——在这当儿，哪里还能拿出适当体统来进行什么感恩祷告呢？要说感恩是因为我们捞到手里的菜超出自己的本分，那就意味着在所取不义之外又加上了一层伪善的外衣。正是因为隐隐约约意识到了这一事实，所以，在许多餐桌上所进行的饭前祈祷都是冷冷清清、无精打采。即使在那些把饭前祷告看得和餐巾一样必不可少的人家，谁没有看到人们常常提出那个从未解决的问题，即：谁来念祷文？——在这个时候，这家的主人，来

---

① 兰姆长的是一副瘦长脸。

② 据《旧约》，非利士人崇拜鱼神。神柜，指古希伯来人的圣物“约柜”。二者水火不容，故鱼神不可放在神柜之中。

③ 一种主张严格苦修的天主教派。

④ 有一句英国古谚说在诺顿那个地方猪会弹风琴（据考证是误传）。

访的牧师，以及那人望稍次而仍属年高德劭之辈的某位客人之间，就该客客气气互相推来推去，都想把这种目的暧昧、令人尴尬的任务从自己肩膀上卸掉。

一天傍晚，我与属于卫理公会[①]不同宗派的两位牧师一道喝茶，而且还得到了介绍他们二位互相结识的光荣。但是，第一杯茶尚未斟下，一位牧师先生先一本正经地向另一位发问道：他是不是要说点儿什么？看来，按照有些教派的规定，就连吃杯茶也是要短短说一段祷文的。他那位教友一开始还不十分明白他的意思，经过解释之后，也用差不多同样庄严的神气回答说："敝教会对于此种习惯尚无所知"——不管这句彬彬有礼的遁词究竟表示一种礼貌性的默认，或是表示他对于信仰不坚的教友的迁就，那种额外增加的茶前祷告总算是完全免除了。卢西恩[②]倒真可高高兴兴描写一下他那时信仰同一宗教的两个教士，如何彼此客客气气，都想把供奉祭品或者撤销祭品的光荣推到对方身上——与此同时，上帝在他们头顶徘徊，张大了鼻孔，等待着享受香火，却像脚踏两条凳似的，看见两位祭司尽在那里谦让不休；忍着饥饿的上帝，晚餐落了空，最后只好失望而去了。

当此之时，倘若祷告过短，定被认为缺乏虔诚；太长了，又难免要被责为不切实际。所以，我并不完全赞成我那位滑稽的老同学查·瓦·列·[③]的警句般简练的祷告方式。他是一个以妙语双关出名的活宝，每逢吃饭时大家逼他做祷告，他总是调皮地向饭桌上瞟一眼，先问一句："在座的没有牧师吧？"然后，才意味深长地祝告道："感谢上——帝！"不过，那时候，在我们学校里使用的古老的祷告方式，在我看来

---

①卫理公会，基督教新教的一个派别。

②卢西恩(Lucian)，公元二世纪的一个希腊讽刺作家。

③指兰姆的老同学查尔斯·瓦仑丁·列·格来斯，在校时性格调皮滑稽。

也不完全恰当：晚饭前，我们得先对着饭桌上那枯燥无味的面包干酪说上一大段开场白，把我们被赐予的粗糙饭食跟宗教在我们想象中所提供的许多令人肃然起敬、大得不得了的好处统统联系起来。怎奈时也不当。我记得，我们一边说着感谢上天赐给我们"美好的食物"，一边看着面前的饭食，固执地把这句话从卑俗方面加以理解，认为就是要让我们尝点儿荤腥——后来，有人提起一个传说：据说，当年在我们慈幼学校[1]的黄金时代，学生们每顿晚餐都能吃上冒热气儿的大块烤肉，可是，后来某位笃信宗教的恩公认为这些小孩子的仪表比他们的嘴巴更值得可怜，因此把肉菜换成了校服，于是——至今思之，犹有余悸焉——就取消了羊肉，只发给我们长裤。

① 指兰姆的母校———伦敦基督慈幼学校。

第一次看戏[①]

在十字庭院[②]北头矗立着一座正门，就建筑而论颇有与众不同之处，可惜地位衰落，如今只能派一个印刷厂大门的用场了。看官，倘若你年纪尚轻，也许还不知道这座破旧的大门原来是加里克的祝来剧院[③]正厅的入口——它，就是那所古老剧院的孑遗。每当我从这里走过，自己进这座门第一次看戏的那天晚上的情景就重现眼前，而算一算，四十年的时光已经流逝了。记得那天下午，雨下个不停。看戏的条件(大人和我一样)是：雨停才能去。我趴在窗口，直盯着院子里的水坑，心扑地跳，因为大人告诉我：水坑不起泡就表示雨停。我记得，一看见水珠最后迸溅了一下，我是何等高兴地马上跑去报告。

我们是拿着我的教父菲——[④]送来的免费优待券去看戏的。他在霍尔本街[⑤]费瑟斯通大楼拐角处开了一家油店(如今字号叫戴维斯)。菲——身材高大威严，爱说大话，派头高过他的身份。那时候，他跟喜剧演员约翰·帕尔默[⑥]有交情，连走路的样子、举止态度仿佛都模仿着他；自然，说不定帕尔默的风度倒是从我教父这儿学去的，那也完全可能。谢立丹[⑦]也认识他，还来拜访过他。谢立丹年轻时，他第一个妻子——那美丽的玛丽亚·林利从巴斯[⑧]的一所寄宿学校跑出来跟他私奔之后，他们首先来到我教父在霍尔本的住所。那天晚上，他偕同他那情投意合的伴侣到来的时候，恰好我父母也在场——当时正四人围桌打牌。所以，从这两方面的交情来说，无论哪一方面都可以表明：我教父随时都可以从当时的祝来巷剧院弄到一张优待券。我还听他说：多年来，他一直每天晚上给那个剧院的乐队席和各个通道供应灯油，而他所得到的唯一报偿就是谢立丹大笔一挥、亲自签署、慷慨赠予、不值几文的许许多多的这样的小纸条——能如此，他也就心满意足了。因为，在我教父看来，能与谢立丹成为莫逆之交——或者只是一厢情愿的莫逆之交，要比金钱更为贵重。

菲——是一位绅士派头十足的油店老板：他说话夸夸其谈，待人又彬彬有礼。再平常不过的事情，让他一说，总要卖弄一番口才。有两个拉丁字，他经常挂在嘴边——油店老板一开口就说拉丁文，听起来多么新鲜！——可是，后来我多少有了一点儿学问，就看出他的破绽。原来，这两个拉丁字，准确地说，本是 vice versa⑨，但是经他竭力简化，或者说英语化的结果，竟念成了 verse verse⑩——对这个，我小时候听起来尽管肃然起敬，在我已能直接阅读辛尼加和瓦禄⑪的今天，可就不敢恭维了。但是，依靠他那威严的风度和这种混念一气的拉丁文，他竟在教区内获得了圣安德鲁斯教堂所授予的最高的(虽说也是短促的)荣誉。

---

①此文最初发表于《伦敦杂志》1821 年 12 月号，记作者对五六岁(1780—1 年)时初看戏印象的回忆。

②伦敦过去小地名。此院现已不存。

③即伦敦祝来巷剧院(Drury Lane Theatre)，始建于十七世纪初，以后屡经改建，成为伦敦的重要戏剧演出场所。著名演员加里克(David Garrick，1717—79)在 1747—76 年间曾担任该剧院经理。

④兰姆的教父名叫弗兰西斯 · 菲尔德(Francis Field)。

⑤伦敦街名。

⑥约翰 · 帕尔默(John Palmer)，当时伦敦的一个演员，死于 1798 年。

⑦谢立丹(Richard Brinsley Sheridan，1751—1816)著名英国戏剧家，生于一个演员之家，代表作有《情敌》、《造谣学校》等。他在 1772 年与一个女歌唱演员林利小姐(Miss Linley)相爱，为此曾与情敌决斗。二人私奔到法国结婚，然后又回英国。他 23 岁时根据这一经历写成《情敌》一剧，为其成名之作。谢立丹自 1776 年起继加里克担任祝来巷剧院经理，直到 1809 年该剧院失火焚毁为止。

⑧巴斯(Bath)，英国西南部地名，在索默西特郡。

⑨vice versa〔'vaisi 'vəːsə〕，拉丁文，意为：反之亦真，反过来也是如此。

⑩上文的讹读，将两个双音节词都读成单音。实际上，这位先生为了转文而乱念一气，他并不懂得拉丁文。

⑪辛尼加(Seneca)，公元一世纪的罗马哲学家。瓦禄 (Varro)，罗马作家，死于公元前 28 年。

他这个人已经去世了——我写这么几句对他表示怀念，不单单为了我最初看戏时他送来的那些优待券（那些小小的灵符——那些小小的钥匙，表面看来微不足道，却为我打开了比天方夜谭还要神奇的乐园！），而且也因为根据他遗嘱中的眷顾，我才得到了可以称为我自己的唯一的一块地产——它，坐落在赫特福郡，在那大路附近的风光旖旎的普克里奇村[①]。当我远道而去享有这笔财产，站在自己的土地上，馈赠者那仪表堂堂的姿态又突然出现在我眼前；于是，（此时的得意心情，何必再隐瞒呢？）我在我那四分之三英亩、当中还有一所宽敞宅院的地产上，高视阔步，走来走去，心里想道：苍天之下，迄于此地中心，一切悉属于我矣。后来，这笔地产转到了更精明的人手里——也只有土地经营家才能将它加以重建。

在那年月里，剧院发的有正厅优待券——后来，不知哪个煞风景的经理把优待券取消了，真是该死！——拿到一张优待券，我们就去了。记得，我们还在门口等了很久——唉，什么时候能够再做一次这样的等待者才好！——我说的不是现在剩下的这道门，而是在这道门和内部的另一道门之间等待——还听见了水果的叫卖声，那是戏园里不可缺少的伴唱。根据我回忆中的印象，当时剧院里卖水果的女贩子流行的叫卖声是：“买橘子！买糖果！买张戏报吧！”——“买”字要念成“卖”。我们走进去，迎面是绿色的幕布，在我想象里，它遮着一片天空，那是立刻就要展现的——我紧张地、屏声息气地等待着——在罗氏[②]版的莎士比

---

① 据学者考证，菲尔德家确曾将一块地产于 1812 年转赠给兰姆，而兰姆又于 1815 年将此地产作价五十镑转售另一个姓格列格的人。

② 罗（Nicholas Rowe，1674—1718），英国戏剧家，曾编订过一部莎士比亚全集，于 1709 年出版。

亚全集《特洛勒斯和克莱西达》[①]一剧前面的插图上，我看到过类似的场面，即：有戴阿米德在场的营帐一场——而以后，只要见了那幅插图，我总想起那天晚上看戏的感受。那时候，突出在正厅后座上面的包厢里坐满了衣饰讲究的贵妇人；伸延到地面的壁柱上涂着一种闪闪发亮的东西，我不知道那是什么，仿佛柱子被裹在玻璃中间，根据我那朴素的幻想判断起来，好像是糖——然而，在我想象昂奋驰骋之中，它失去了卑俗的性质，看起来又像是某种华贵的糖果。最后，乐队席里灯光一亮——“美丽的曙光女神”[②]出现了！第一次铃声响了。它还要再响一次——但我熬不住了，只好闭上眼睛，把脸埋进母亲怀里，听天由命。第二次铃声一响，幕布拉开——那时，我不过六岁——演的戏是《阿尔塔克塞尔西斯》[③]。

我稍稍知道一点儿世界史——特别是古代史——而戏里演的是波斯宫廷。这是往古历史的一瞥。但我对戏里的情节并不感觉兴趣，因为我不懂那里边的意思——可是，我听见戏里提到了大流士[④]的名字，我也就走进了但以理[⑤]的时代中去。我的全部身心都沉醉在梦幻中了。漂亮的服装、庭园、宫殿、妃嫔公主在我眼前一一出现。我还不知道什么叫演员。看戏时，我觉得自己就在佩塞波里斯[⑥]，台上波斯人信仰的带

---

①《特洛勒斯和克莱西达》，莎士比亚根据古代希腊传说而写的剧本，描写特洛伊王子特洛勒斯爱上祭司的女儿克莱西达，二人结合；后克莱西达又入围城的希腊军中，接受了希腊军官戴阿米德的追求；最后，伤心的特洛勒斯被希腊将领阿契利斯所杀。文中所说，是该剧第五幕第二场。

②这是这出歌剧开始曲里的一句话。

③《阿尔塔克塞尔西斯》（“Artaxerxes”），英国作曲家阿恩（Thomas Augustine Arne，1710—78）所写的歌剧，内容为古代波斯故事。

④大流士，公元前521—485年间的波斯王，被称为大帝，率军与希腊作战，失败。

⑤但以理，《旧约》中的一个先知，在《但以理书》中提到了大流士，因此他们大致同时。

⑥佩塞波里斯，古波斯首都，纪元前330年被希腊军队占领、破坏。

着熊熊火焰的偶像[①]，使我也几乎变成了一个拜火教徒。我看着，心里肃然起敬，觉得这一切所表示的绝不止是天然的火焰。这完全是一场迷人的梦。从那以后，除非在梦中，我再也没经历过那样的快乐。——接着，演《哈利昆入侵记》[②]。记得在这出戏里，有几个地方法官一下子变成了可敬的老太婆，这个我也当成了天公地道的历史事实；还有，那个裁缝把自己的头端在手里走来走去，在我看来，这也是毫不夸张的事实，就像关于圣但尼斯[③]的传说一样。

我被人带去看的下一出戏是《庄园的女主人》。对于这出戏，除了布景，我记忆里只留下非常模糊的印象。接着看的是一出哑剧，叫做《卢恩的幽灵》[④]——现在想来，这是关于当时去世不久的里奇的一个讽刺性节目——但是，我那时候太实心眼儿，不懂得什么叫讽刺，只觉得卢恩是一个像卢德[⑤]一样年代久远的古人——他是花衣小丑的祖师爷——他把板条做的短剑（又叫木笏）一代代传下来，一直传了无数代。我看到这位远古的花衣小丑从他那寂然无声的坟墓里走出来，身上穿着由一片片白补丁凑成的颜色凄惨的长袍，看上去好像是一条死去的虹鳟鱼。我心里想：花衣小丑死了以后，大概就是这么一个样子。

---

①古代波斯信奉拜火教。

②《哈利昆入侵记》，加里克编的一出哑剧，描写哈利昆（一种身穿杂色衣服的滑稽丑角）侵入莎士比亚的领域，失败，莎士比亚又恢复主权。据考证，此哑剧与《阿尔塔克塞尔西斯》同台演出的时间为1780年12月1日。

③圣但尼斯，法国的保护圣者，传说他被斩首后，还站起来捧着自己的头走了两英里地——这自然是无稽之谈。

④卢恩（Lun）是英国哑剧演员里奇（John Rich，1682？—1761）的艺名。里奇曾先后担任伦敦新剧院和修道院花园剧院的经理，于1728年演出盖伊（John Gay）的《乞丐的歌剧》（“The Beggar's Opera”），大获成功。时人云：这个戏使里奇开了心，使盖伊发了财。里奇被认为是“英国哑剧之父”。

⑤卢德，又称卢德王（King Lud），古代不列颠人的神，传说他是伦敦城墙的最初修建者。

很快，我又看了第三出戏——这就是《世情》[①]。看这个戏的时候，我肯定是一本正经地坐在那里，像一位法官。我还记得，好太太韦思福特[②]那几次装模作样的歇斯底里大发作，都像庄严的悲剧激情一样使我深受感动。然后，看的是《鲁滨孙历险记》。在这出戏里，鲁滨孙，黑奴星期五，还有那头鹦鹉，都像小说里一样真实可信。——这些哑剧里的小丑和傻瓜的表演，现在，在我脑子里连一点儿印象也没有了。但我相信，在那时候我是不会嘲笑他们的，正像在我那种年龄，对于法学院的古老的圆顶教堂（那简直是我一个人的教堂）内部各处的那些张口惊视、咧嘴而笑的石雕头像，我也绝不会想起要嘲笑它们一样——因为，在我看来，那些头像都充满了虔诚的意义。

这些戏，我都是在一七八一到一七八二年间看的，那时候我正是从六岁到七岁[③]。以后，隔了六七年（在学校里不许看戏），我才又走进剧院的门。往年看《阿尔塔克塞尔西斯》那个晚上的印象记忆犹新，我又看戏，希望还能获得同样的感受。然而，一个人从六岁到十六岁，比起他从十六岁到六十岁，那变化更大。在那一段时间里，我失去了多少东西！当我六岁时，我什么也不知道，什么也不懂，什么也不会分辨；可是，我对一切都感到新鲜，对一切都喜爱，对一切都觉得惊奇——

"在不识不知之中，我受到了培育。"[④]

---

①《世情》（"The Way of the World"），英国剧作家康格利夫（William Congreve，1670—1729）所写的喜剧。

②韦思福特夫人，《世情》中的人物。剧中男主人公米雷贝尔假装向韦思福特夫人求爱，其实是以此为手段追求她的侄女密拉曼特，因此引起种种纠纷，不断使得韦思福特夫人大大生气。

③兰姆最初看戏的时间，实际上是1780—1781年间，因为1782年他已七岁，到慈幼学校上学了。

④此语引自英国散文著作《垂钓名手》（Walton："The Compleat Angler"）。

离开法学院故家的时候，我是一个有爱心的人；再回来，我却变成一个理性主义者。旧日的景物依然，但那象征的寓意，那相关的联想，却无影无踪了！——绿色的帷幕不再是隔断两个世界的帐幔，它一旦拉开，那已逝的时代，那“先王的幽灵”，[①]就出现在我们眼前——而变成了几幅绿色呢绒，它的作用不过是把观众和另外一些人暂时隔开，然后再让这些人走出来做戏。那些灯光——乐队席的灯光——不过是一种制作粗糙的装置。第一次和第二次的铃声，在以往仿佛像是杜鹃的鸣啼，是影影绰绰、飘飘悠悠的音符，是由一只看不见、猜不出的手所发出的通知——此时看来，那仅仅是舞台提词员照章摇铃而已。连演员也不过是脸上涂了油彩的一伙男女罢了。我曾经认为这是他们出了什么毛病，其实，毛病全出在我自己身上——在于这仿佛几个世纪似的短短六年当中我身上所起的变化。另外，那天晚上看的只是一出平平无奇的喜剧，这对我也是一种幸运，因为，这么一来，在我心里总隐隐然怀着一种说不清道理的希冀，所以，不久之后，当我初次看到西登斯夫人[②]演的伊萨贝拉，才立刻感到那样真诚强烈的激动。此时，对比和怀旧都退避三舍，完全为台上的演出所吸引——从此，剧院里有了一套崭新的剧目，看戏对于我才又成为最大的赏心乐事。

---

① 此语引自莎剧《哈姆雷特》。

② 西登斯夫人（Mrs. Sarah Siddons，1755—1831），著名英国女演员，她曾在1782年10月演出文中所说的《伊萨贝拉》一剧的主角。

梦幻中的孩子们

（一段奇想）

小孩子们爱听关于长辈的故事，想知道他们做小孩子的时候到底什么样；这样，可以驰骋想象，对于他们从未见过、只在大人们传说中听过的某位老爷爷、老奶奶进行一番遐想。正是出于这种心情，不久前一天晚上，我的一双小儿女偎在我的身边，听我讲他们曾外祖母菲尔德[①]的故事：她住在诺福克郡的一所大宅子里（那可比他们和爸爸住的房子要大上一百倍），那个宅子恰好又是（至少，在那一带乡间，大家都这么相信）他们最近念过的歌谣《林中小儿》[②]里那段悲剧故事的发生地点。不管怎么说，那一双小兄妹，他们那狠心的叔叔，还有那红胸脯的知更雀[③]，整个故事都原原本本雕刻在那大厅壁炉面的嵌板上，清清楚楚，一点不差。可是，以后来了一位煞风景的阔佬，把那块雕花嵌板拆下来，换上另一块时新样式的大理石壁炉面，这么一来，什么故事都没有了。听到这里，艾丽思脸上做出一副像煞她亲爱的母亲那样的表情，那么温柔可爱，简直说不上是责怪了。然后，我接下去说，他们的曾外祖母菲尔德信教多么虔诚，为人多么善良，如何受到人人敬爱，虽然她并不是那所大宅子的主人，只是受人之托代为看管，因为主人在邻郡买了一所更时新更讲究的宅院[④]，也就在那里定居，而把老宅子交给了她（所以，在某种程度上，她也可以说是这所旧宅子的主人）；然而，她在那里居住时的神气，就像那宅子属于她自己似的，只要她活着，总要让它多多少少还保持着大门大户的气派；自然，那宅子后来还是破败了，

梦幻中的孩子们

眼看就要倒塌了，它那些古老的装饰部件统统都拆了下来，运到主人的新宅院里，重新安装起来，但是看起来很别扭，仿佛什么人把他们最近参观过的那些古墓葬从大寺[⑤]中搬走，竖立在某位贵妇人的金碧辉煌的客厅里。听到这里，约翰笑了，好像说："真蠢！"我接着又说，曾外祖母死的时候，方圆多少里的人都来参加葬礼，穷人们全来了，也有些绅士，向她的亡灵致敬，因为她是一位善良、虔诚的人——她是那么虔诚，全部诗篇[⑥]，嘿，还有大半部《新约》，她都能背得下来。听到这里，小艾丽斯吃惊得摊开了她的一双小手。然后，我告诉他们：曾外祖母个子高高、身材挺直、风度娴雅，在她年轻的时候，大家说她跳舞跳得最好——听到这里，艾丽斯那小小的右脚不由自主地做了一个轻快的动作，我把面孔一板，她才停止——我刚才正说，在全郡里，数她跳舞跳得最好；可是，一种叫作癌症的残酷疾病袭来，使她痛苦得弯下了腰；可是它并不能把她那愉快的心情也压下去，不能使她屈服，她在精神上仍然屹然挺立，因为她是一位善良而虔诚的人。然后，我又说：她总是独自一人睡在那所寂静的大房子里一个寂静的房间里；她说有人半夜里看见两个小孩子的幽灵[⑦]沿着她房间旁边的那道长楼梯上上下下滑来滑

---

①兰姆的外祖母玛利·菲尔德，在英国赫特福郡的布莱克斯威尔为一家姓普鲁默的地主当了五十年管家。本文说的诺福克郡，是作者的虚构。

②《林中小儿》，是一首英国古代歌谣，叙述诺福克一个绅士死后，财产由他的一双小儿女继承。他们的叔父为夺取财产，派两个打手杀害这两个小孩。其中一人不忍，杀死同伙。两个小孩留在森林中，终于又冷又怕而死去。

③歌谣中提到两个小孩死后，红胸的知更雀衔树叶把他们的尸体覆盖。

④地主普鲁默在离布莱克斯威尔约四英里处吉尔斯顿有一所新宅院，全家住在那里，老宅交给兰姆的外祖母看管。

⑤指伦敦的西敏大寺，为英国许多名人埋葬之地。

⑥指《旧约》中的《诗篇》。

⑦据普鲁默家庭传说，在十七世纪时他们家有两个小孩子失踪，因而有文章里的"幽灵"之说。

去；但是，她说，“那两个天真的小东西”不会伤害她的；不过，那一阵，尽管晚上有女仆跟我睡在一起，我心里还是很害怕，因为我可不像曾外祖母那样善良而虔诚——然而，我也从来没有亲眼看见过那两个小孩子。听到这里，约翰把他的眉头大大舒展开来，竭力做出一副勇敢的样子。然后，我说她待我们这些外孙子、外孙女们又是多么好，一到节日假日就叫我们到那个大宅子里去住，尤其我常常一个人在那里一连几个钟头盯着那十二个恺撒[①]，也就是十二座古罗马皇帝的胸像出神，看来看去的，那些古代的大理石头像仿佛又活了，而我也仿佛跟他们一同变成了大理石雕像；我在那所很大的宅院里到处跑来跑去，从来不知道什么是疲倦；在那许多又大又空的房间里，有破破烂烂的帷帐，有随风飘动的墙幔，还有橡木雕花嵌板——上面的涂金却快要剥落光了；我常常在那座古旧的大花园里玩儿，那个花园简直让我一个人独占了，除非偶尔碰上一个孤零零的老园丁——那园子里，油桃和桃子就垂在墙头上，我碰也不去碰它，因为那是禁果，只有偶尔摘下一个两个，因为我更爱在那神气忧郁的老水松树或者枞树中间跑来跑去，从地面上捡起几颗红浆果，几只球果，那些球果是只中看、不中吃的——要不然，我就随意躺在嫩草地上，让自己完全沉醉在那满园芳香之中——要不然，我就在橘子园里晒太阳，晒得自己暖洋洋的，一边想象着自己也跟那些橘子、那些菩提树一同生长、成熟起来——再不然，我就到那花园深处的鱼池旁边，去看那些鲦鱼穿梭般地游来游去，说不定还会发现一条很大的梭子鱼，阴阴沉沉、冷冷清清地停在深水之中，一动也不动，好像对于那些小鱼们的轻狂样儿暗中表示鄙夷——我更喜爱像

---

①恺撒，在这里指罗马皇帝的称号。罗马帝国的最初十二个皇帝的胸像（复制品），是过去有钱人家房间里的装饰品。

这样无事忙的消遣，而对于那些桃子呀、油桃呀、橘子呀，以及诸如此类吸引着小孩子的平平常常的水果香味，连闻也不去闻它。听到这里，约翰悄悄地把一串葡萄又放回到碟子上，这串葡萄艾丽斯刚才也看在眼里了，约翰正在盘算着怎么跟她一块儿分吃，可是此时此刻又不大恰当，所以两个人就决定还是把它放回原处为是。然后，我略略抬高声音说，虽然他们的曾外祖母菲尔德对外孙子外孙女们全都喜欢，但特别疼爱的还是他们的约翰伯伯①，因为他是那么漂亮、那么活泼的一个小伙子，简直可以说是我们这一伙当中的国王；他从来不会闷头闷脑孤零零地待在一个角落里，像我们当中有的人那样，而在他还是一个跟他们一般大的小鬼的时候，不管抓住一匹多么烈性的马，也敢纵身跳上马背，叫它驮着自己一个上午跑遍半个郡，去追上那些外出行围的猎人——当然，他也爱那所古老的大宅子和那些花园，只是他的精力太饱满了，那高高的院墙是无论如何也把他关不住的——后来，他们的伯伯长大成人，一表人才，气度轩昂，人人看了人人夸，他们的曾外祖母菲尔德自然尤其爱他；我又说，我小时候脚跛，他常常把我背起来——因为他比我大几岁，——背着我走好多英里，因为我脚疼，走不得路；我又说，后来他脚也跛了，而我呢，（我恐怕）碰上他痛苦、烦躁的时候，对他可不那么体谅，而过去自己脚跛、他对自己多么体贴的事情，也记不那么清楚了；可是，他一死，虽然不过刚刚死了个把钟头，就叫人觉得他好像已经死过很久很久了似地，因为生死之间的悬隔是太大了；他死了以后，我一开始觉得还能够忍受得住，可是后来这件事一回又一回地在我心头萦绕；尽管我没有像别人那样又是哭又是伤心（我想，要是我死了，他一定会哭的），我还是整天想他，到这时候我才知

① 查尔斯·兰姆的哥哥叫约翰，死于1821年。

道我是多么爱他。我既想念他对我的友好，我也想念他对我发过脾气，我盼望他能再活过来，哪怕两个人吵架也好(因为我们过去吵过架)，也不愿意再也见不着他，由于失去他而心神不安，就像他，他们可怜的伯伯，被大夫截肢[①]以后的心情那样。——听到这里，孩子们哇地一声哭了，问我他们臂上那条小小的黑纱是不是为约翰伯伯而佩戴的；他们抬起头来，求我别再讲伯伯的事了，还是给他们讲讲他们去世的亲爱的妈妈吧。于是，我说，在整整七年当中，有时候满怀希望，有时候灰心丧气，然而我没有间断地追求着艾丽斯·温——顿[②]；我用小孩子们所能听懂的话，向他们解释少女的羞羞答答、左右为难、婉言谢绝都是什么意思——这时，我扭头一看，过去那位艾丽斯的眼神却突然从小艾丽斯的眼睛中活灵活现地显露出来，我简直说不清究竟是哪一个艾丽斯坐在我的面前，也说不清那满头亮闪闪的金发到底是她们之中哪一个人的；我兀自凝眸细看，眼前两个小孩子的模样却渐渐模糊起来，向后愈退愈远，最后，在那非常非常遥远之处只剩下两张悲伤的面容依稀可辨；他们默默无语，却好似向我说道："我们不是艾丽斯的孩子，也不是你的孩子，我们压根儿就不是小孩子。艾丽斯的孩子们管巴特姆[③]叫爸爸。我们只是虚无，比虚无还要空虚，不过是梦幻。我们仅仅是某种可能性，要在忘川[④]河畔渺渺茫茫等待千年万代，才能成为生命，具有自己的名字。"——于是，我恍然醒来，发现自己安安静静坐在单身汉

---

①据考证，约翰·兰姆并未截肢，这是作者的艺术夸张。

②兰姆少年时代有一个女朋友叫安·西蒙斯，后来她嫁给一个叫巴特姆的当铺老板，兰姆为此一度精神失常。艾丽斯·温特顿是兰姆在文章里为自己的早期恋人所起的假名。

③巴特姆，即前注中的当铺老板。

④忘川，犹如中国迷信里说的"阴阳河"。据希腊神话，人死后，走到忘川，饮其水就忘却生前的事。

的圈手椅里，刚才不过是睡梦一场，只有那忠实的勃莉吉特[1]依然如故坐在我的身边——而约翰·兰——（又名詹姆斯·伊利亚[2]）却永远地消逝了。[3]

---

①勃莉吉特，是兰姆在文章里为他姐姐玛丽所起的假名。

②詹姆斯·伊利亚，兰姆为他哥哥约翰所起的假名。

③兰姆一生未婚，何来儿女？此文中的一双小儿女，不过是作者一场幻梦而已。这篇随笔，是作者由于哥哥约翰死亡而触发了对于外祖母、哥哥、早年恋人的怀念，自传与幻想、事实与虚构交织一起而写出的一篇至情至性之文。文章虽妙，作者的苦心也可以想见。

海外寄语[①]

（致新南威尔士州悉尼市巴·菲——先生信）

亲爱的老菲——

当我想到，处于你所移居的那个奇异世界里，要能见到从你诞生的国度里的一封来信，该是多么快慰的事，但我竟对你长期保持沉默，不免常常感到内疚。然而，再一想我们之间相隔的距离，真要动手写信，可又大费斟酌。光是隔在我们当中的那一派浩渺的烟波，就沉甸甸地压在心头。难以想象，我这随意涂写的几行文字怎能跨越这么一片大海？就连巴望着自己的思想能够维持这样长久的生命，恐怕也是一种妄想吧。这仿佛是给后代人写信似的，我不禁想起罗夫人[②]书里的一个题目：《艾尔坎德自冥士致斯特赖芬书》。要传送这样的问讯，怕只有考利笔下的邮递天使[③]才办得到吧！我们从龙巴德街寄出一个小包，不出二十四小时，坎伯兰的朋友就能收到，而且小包还是新崭崭的。这像通过一根长长的喇叭管说悄悄话一样简单。但是，假定从月亮上放下一根管子，你在这一头，那个“人”在那一头，跟那位有趣的“通天人士”交换一次对话，需要长达太阳三次公转的时间，那么，你再想攀谈，也不大方便吧，当然，你距离那远古的幻想——柏拉图设想过的月中人[④]——比我们在英国的人来说要近上几个巴拉桑[⑤]，那也说不定。

书简一道，通常话题有三，即：报消息，叙感情，讲笑话。在讲笑话这一项，我包括了一切非严肃性的话题；再不然，话题本身是严肃的，但我用开玩笑的方式把它们说出来。——那么，还是先谈谈消息吧。说到消息，我想，最要紧的条件就是真实。然而，我又凭着什么来保证我现在当作真实情况寄给你的消息，不在半路上莫名其妙地变成谎言呢？譬如说，此刻——在我写信的现在——我们共同的朋友老普正在写着东西，健康状况良好，在社会上享有盛誉。你听了十分高兴——这也符合交友之道。可是，当你读信的时候——在你收信的现在——他也许已经坐了牢，要受绞刑——这，按常理来说，恐怕就打消了你听说他身心健康时的喜悦，至少把它大大减轻了。又譬如说，今天晚上，我要去看戏，跟芒登⑥一同开心一笑。——记得你说过，在你们那个该死的岛上，至今还没有戏园子。你自然要舔一舔嘴唇，羡慕我有福气。可是，你只要稍稍动一动脑筋，就能自己纠正了这种抵触情

---

①《海外寄语》（原题："Distant Correspondents"）发表于1822年，是一篇以书信形式写的随笔。收信人、兰姆的朋友巴伦·菲尔德（Barron Field，1786—1846），原是兰姆的母校药剂师的儿子，其兄与兰姆在东印度公司同事，本人曾与兰姆一起为亨特编的《反光镜报》写过文章，因而与兰姆成为朋友。1816年，菲尔德到当时英国殖民地澳大利亚的新南威尔士州悉尼市担任法官（他的本行是法律），1819年出版了一本《澳大利亚诗坛初果集》（"First-Fruits of Australian Poetry"），其中有《袋鼠》等描写澳大利亚风土人情的诗歌。兰姆曾为此书写过评论。兰姆于1817年8月给菲尔德写过一信。这篇文章是五年后他在那封信的内容基础上重新加工写成的。在十九世纪初，澳大利亚不似今日之开化，菲尔德担任法官，自然接触不少盗窃犯罪刑事案件，在与兰姆通信中提及，兰姆在他这封回信中也多次谈到盗窃问题，因为朋友之间互开玩笑，口气不免夸张。另外，兰姆身在英伦，对远隔万里的澳大利亚并不了解，或出于好奇，或出于玩笑，在文章里作了种种悬测。这些只可存疑，不足凭信，请读者注意。

②罗夫人，即伊利莎白·罗（Elizabeth Rowe，1674—1737），写有一本书，题为《生死之交：死者写给生者的二十四封信》。

③考来的《光颂》一诗中有句云：
"让一位邮递天使与你一同出发，
那么地球上的目的地也能和他同速到达。"

④这个典故引自弥尔顿的一首诗《关于亚里士多德所领悟的柏拉图的理念》（原为拉丁文，库伯译为英文），其中写到古代人想象中的人类原祖——一个可以在宇宙内各个星球之间自由翱翔、无所不在的理想人——他有时候也居住在月球上。

⑤巴拉桑，古波斯长度之名，约等于三英里半。

⑥芒登（Munden），当时一位喜剧演员。

绪。因为，当你看信的时候，已经到了1823年[1]，又是一个星期天的上午。——这种时态混乱，这样严重违犯语法的双重现在现象，对于一切邮件来说，在某种程度上都是不可免的。不过，假如你住在巴斯或者迪瓦齐斯[2]，我要给你捎信说我在今晚可以享受上面说的那种愉快，尽管在你接信时我这种欢乐享受早已成为过去，但是，在这一两天之内——你自然也会明白——我内心总还能留下一点儿余兴、一点儿回味，那么，这件事使你心里觉得不大高兴，总还有情可原——而这个，也差不多正是我想要达到的结果。然而，事情过去了十个月，你对我妒忌也好，为我高兴也好，就如对于死去的人所表示的喜怒一样，都一点儿不起作用了。而且，更叫人作难的是，假话也不敢乱编，怕的是在一趟航程之中假话竟然变成事实。大约三年以前吧，我开过一个天大的玩笑，骗你说：威尔·韦瑟罗尔[3]娶了一个使女做妻子！记得我还一本正经向你请教：我们该如何对待她？——因为，对老威的妻子是绝不能不理不睬的。对于这个问题，你作了同样一本正经地回答；你还体贴地说：在这位太太面前，最好少提文学方面的题目，同时又不可过于唐突地按照她的所知程度去谈论地毯之类的事情；你审慎考虑而又不肯妄下断语：提到仆人、烤肉叉、拖布这些话题的时候，话该怎么说才算合乎礼貌——在谈话中，有意撇开这些题目，比起漫不经心地提一下，是不是在面子上显得更不好看？另外，当着韦瑟罗尔太太的面，对于我们家的女仆贝吉该采取一种什么样的态度——究竟对于贝吉还像平常一样该骂就骂，这才显出自己的高雅派头并以此表示对于老威太太的尊敬呢，还是应该对贝吉格外彬彬有礼，把她当作一个品格高尚的

---

① 这篇书信体随笔发表于1822年。
② 英国地名。
③ 不详。可能是兰姆杜撰的人名。

人，只是由于命运的作弄，这才屈居人下？我记得，你当时以一位法学家的一丝不苟态度，结合着一位朋友的体贴心情，向我陈述：这种处境，从双方来说都相当尴尬。对于你这些严肃正经的论辩，我心里暗自好笑。可是，当我正为了蒙混住远在新南威尔士的你而自鸣得意的时候，魔鬼，大概因为忌妒非他嫡系子孙的撒谎者吧，要不然就是学我的样子办事，竟在英国教唆咱们的老朋友真的结了婚——而这个，原来不过是我凭空编出来哄你开心的。现在，威廉·韦瑟罗尔真跟科特雷尔太太的使女结婚了。说真话，老菲——，你也明白：我说的新闻，到你那里就变成了历史——所以，我不愿写，也不想看。除非预言家，谁也别想在这样天各一方的通信中能保证讲的都是实话。只有两位先知才能互报可靠消息——写信人（哈巴谷[①]）的此刻也就是收信人（但以理[②]）的现在——然而，你我可又不是什么先知。

那么，再说说叙感情吧。这也好不了多少。这道菜，尤其需要趁热端上，或者用暖盘送出去，你的朋友才能差不多跟你一样趁热享受。要是让它慢慢地凉下来，它就变成了毫无味道的冷菜。我常常笑那位已故的坎——爵士[③]的一种怪念头。他好像曾经旅行到了日内瓦附近，在某个偏僻地方发现了一个一派青葱、绿意盎然的角落，那里有一棵柳树或者别的什么树，它奇状异形而又楚楚动人地悬垂在一条小河的水面上——也许悬垂在一块岩石上——这倒无所谓——总之，那么幽寂，那么闲静，这位爵爷历尽烦躁不安的生涯之后，正处于一个心灰意懒的时刻，再加上旅途劳顿，那景致一下子就吸引住他的心，他觉得自己一

① 《旧约》中的两个先知。
② 《旧约》中的两个先知。
③ 指坎梅尔福德男爵（Baron Camelford，1775—1804），曾在海军中任职，迭迭与人冲突，最后死于决斗。

旦谢世，此地便是最好的埋骨之所了。这种心情自然是完全可以理解的，而且，这也显示出了他性格中非常可爱的一个方面。然而，这种刹那间的思绪一旦真要变成实际行动，他的遗骸，根据遗嘱中写明的处置办法，真的要从英国千里迢迢地运过去，除了一些不可救药的感情用事者以外，谁会不提出这么一个疑问，即：难道他爵爷不能在萨利，在道尔塞特，或者在德文郡[①]，找到一个同样偏僻的地方，同样富有浪漫情调的角落，在河边找到一棵青枝绿叶依依低垂的树，同样能代表他生前的遗愿吗？想一想吧，要把感情这东西运走，把它装箱钉好，交船托运，向海关申报（这样稀罕的货物恐怕要使海关人员大吃一惊的），然后，再吊进船舱。想一想吧，像它这么一种质地脆弱的东西，竟要被那些穿着油布雨衣的莽汉一面说着粗鲁的笑话、一面抓来抓去、抛上抛下，舱底里的盐渍渍的污水又把它浸湿，结果，它就好像一块光亮的丝绸，被揉搓得不成样子了。想一想吧（水手们对于温情之类的东西是怀有某些迷信的），说不定它会遭到大难，被一阵狂风卷去，落在一条表示友好的大鲨鱼旁边，（圣哥塔德[②]的神灵啊，保佑我们千万不要看到这位发明家以与其目的如此相悖的方式被安葬！）只是侥天之幸，才没有进入大鱼肚子里去大团圆。接着，再看它如何靠岸——在里昂，对吧？——我没有地图——扛在四个脚夫肩上冲来撞去——在这个城里打个尖儿——在那个村里歇口气儿——在这里等等护照，在那里等等许可证；在这个地区要恭候长官审查批准，在那个村镇要敬待教会同意放行；最后，它虽说到达了目的地，但不仅累得精疲力竭，而且变得面

①萨利，道尔塞特，德文，都是英国郡名。

②圣哥塔德，海上遇险者的保护神。

目全非[1]，从一种轻松活泼的感情，一变而为狂妄的自傲或者庸俗无聊的矫情了。所以，我担心，老菲——，我们的种种感情，拿水手的话来说，能“经得起海浪考验”的，实在少得可怜。

最后，说到那些轻松的趣谈——它们，在数量上虽然微不足道，穿插在友人书信当中，自不失为闪闪发光的微粒子——不过，我也担心，那些双关语、俏皮话的作用范围恐怕极为有限。它们不光是不能打成一捆运往海外，就是把它们用手捧着从这间屋子送到那间屋子怕也不成。它们的生命力，正如它们的诞生，仅在瞬息之间。它们那短暂存在所赖以维持的土壤，乃是由旁观者们所构成的文化氛围——它们那微妙难言的诞生，就像尼罗河里的细黏土一样，既离不开那具有母亲般容受力的河水，也离不开父亲般的太阳。听了双关俏皮话，人的耳朵里在片刻之间有一种忽聆妙音的感觉，你无法把它的那种妙趣转达给别人，正如你无法把一个吻寄出去。——有时候，你不是也曾试着把昨天说过的俏皮话再说给另一位先生听吗？结果如何？——不光他耳朵里听起来不新鲜，你自已嘴里说的时候就觉得不新鲜。它不抓人。就像在一家乡村小酒店里拿起了一张两天前的报纸，尽管过去没看过，见到这种老掉牙的玩意儿你还是生气，觉得简直是侮辱。这种货物，还是尽快出手。俏皮话和对它的赏识必须同时并存。一方面是闪电，另一方面就是炸雷。稍有间隙，两者的联系就戛然中断。一句俏皮话说出口，朋友的脸上就像镜子似的，马上有所反映。假如他那可爱的面孔要拖延两三分钟才能做出反应(更不必说要等上十二个月了，亲爱的老菲——)，谁有那个耐心去慢慢端详他那光光的脸蛋儿？

---

①在这一段里，作者先把“感情”比喻为船上的货物，然后又比喻为一个人(开始生气勃勃，最后憔悴不堪)。

你现在居住的地方，我无从想象。我竭力去猜它是什么样子，结果只想起了彼得·威尔金斯的岛国[①]。有时候，我觉得你仿佛住在盗贼出没的地狱里，还看见狄奥仁尼斯[②]在你们当中窥探，手里打着他那盏永不熄灭而又白白亮着的灯。在这时候，要是能看到一个好人，你一定愿意拿出任何代价吧？我们这些人什么样儿，你怕早就忘了吧？告诉我，你们那些悉尼人都干些什么？难道他们成天都在偷盗吗？天哪，财产再多，也禁不起这样的掠夺呀？还有那些袋鼠——你们那里的土生动物——它们可仍还保持着纯朴的原状，未被欧洲风气所污染吗？它们那短小的前爪，简直像天生下来就是为学会做扒手而使用的——不过，真要去掏人家的腰包，那两只小爪子怕是先天不足、太不够用了吧？但是，一旦受到追捕，它们那一双麻利的后腿跑起来，可就像你们那个殖民地里最高明的旅行家一样快了。——我们在万里之外，听到不少关于你们那里的极离奇的故事。请问：你们那里的青年勇士[③]真的是六指人，算不清诗歌音步吗？——那样子一定很奇怪，但也无法可想。不会算音步，也不必惋惜，因为，如果他们真要做诗，多半也只能成为剽窃家。盗窃者的儿子辈和孙子辈，究竟能有多大区别？这种污点传到哪一代才能消失呢？到第三代或者第四代，你们能洗得清白吗？——我要提的问题很多，可是只怕坐上海船往特尔菲神殿[④]跑上十

① 英国作家巴尔托克的传奇小说《彼得·威尔金斯历险记》（Robert Paltock："The Life and Adventures of Peter Wilkins"，1751），描写主人公威尔金斯航海到了南极地带，船只失事，到了一个岛国，岛上居住着一种有翅膀的飞人，威尔金斯与其中一个美丽的女飞人结婚，等等。

② 狄奥仁尼斯是古希腊的犬儒学派哲学家。据说他曾在白天提着灯寻找一个好人。

③ 指澳大利亚的本地土著青年。

④ 特尔菲，指古希腊时在特尔菲建立的太阳神阿波罗神殿，人们都往那里寻求神示、占卜解疑。

趟，也远远不能消除我所有的疑问呢。——你们用的大麻，可是自己种的？——你们那里的国民，除了干那种营生，还有什么主要的职业？我想着，你们的锁匠当中或许能出几位大资本家。

现在，我不知不觉跟你聊起天儿来，就像当年我们同住在法学院内以抽水机出名的黑尔庭院①里，两个人隔窗互道早安时那么随便。你为什么要离开那个安安静静的角落？——我又为什么要离开那里？——那儿还留下四棵瘦仃仃的榆树，它们那烟灰色的树皮曾是滑稽田园诗人们②吟咏的主题，从那些树皮上我生平第一遭捡到了一批瓢虫。我的心干涸了，就像干旱的八月里的一口泉水，当我想起隔在我们当中的茫茫空间——我的信从英国发出，经过如此遥远的海路，不等送到你的手里，它就变成了一派陈年老话。然而，这么谈着；我想象你听见了我的话——头脑里玩弄着空幻的臆测——

> 唉！大海把你送到了
> 遥遥他方的喧腾海岸。③

归来吧，不要等到我变成了老头子，你连认都认不出了。归来吧，不要等到勃莉吉特拄上拐棍儿才能走路。当你慢悠悠住在那里的时候，那些在你离去时尚是小女孩儿的人已经变成了不苟言笑的家庭主妇。那位一朵花儿似的温——小姐④（你一定记得她吧？）昨天来看望我们——成了一个满脸皱纹的老太太。你过去认识的熟人当中，每年都

---

①黑尔庭院，伦敦内殿法学院中的一个院落，兰姆全家在1809—17年间在此居住，菲尔德从1809年在此学习法律，所以他们是近邻。

②指兰姆和菲尔德自己。

③引自弥尔顿《黎息达斯》一诗。

④据兰姆自注，这位小姐叫萨莉·文特尔——但可能是杜撰的人名。

有人去世。从前，我还想着死神大概已经精疲力竭了，所以，我周围才有这么多身子硬朗朗的朋友们像铁壁铜墙似地把我保护起来。可是，前年春天，詹·怀——[1]去世，打破了我的幻想。从那时候起，这个专门制造分裂的家伙就大忙特忙起来。因此，要是你不快点儿回的话，我或者我的亲朋好友怕就难以活着欢迎大驾归来了。

① 指兰姆的朋友詹姆斯·怀特(James White,1775—1820)，曾出版《约翰·福斯塔夫爵士亲笔书信集》(“Original Letters of Sir John Falstaff”，1796年出版)。

扫烟囱的小孩礼赞

我一见扫烟囱的就觉得高兴——可是，要明白——我说的不是什么扫烟囱的大人——扫烟囱的老头没有什么趣儿——我说的是那些稚嫩的生手：黑黑的污垢遮不住他们那花儿盛开似的年华，脸蛋上还残存着母亲给他们洗洗涮涮的痕迹——他们与曙光一同来临，甚至比曙光来得还要早一点儿，他们为了找活儿而发出的幼弱呼声，听起来就像是小麻雀唧唧喳喳的啼叫①；他们惯于日出之前就钻入高空干活，这在我看来则更像是清晨的云雀。

对于这些影影绰绰的小不点儿，这些满身污垢的小可怜儿，这些漆黑一团的小天真——我常怀着一片同情的眷念。

我尊敬这些我们本国土生土长的小黑人——这些小鬼，像牧师似地②身穿黑衣大摇大摆，可一点也不装模作样；岁末的凌晨，在那砭人肌肤的寒气里，他们高踞在烟囱顶端，以此为小小的讲坛，向人类进行一场关于坚忍不拔的说教。

我小的时候看见他们操作，感到一种多么神秘的喜悦！眼见得那么一个丝毫不比我大的小孩子，也不知靠着什么门道，竟钻进了那地狱的入口③——我想象着，他如何一边前进、一边探索那一个一个黑暗而令人窒闷的洞穴，那让人毛骨悚然的阴曹地府！——我战战兢兢地想道："这时候，他怕已经从人间永远消失了！"——忽听得他看到光亮时发出的一声微弱呼喊，我才精神一振——然后，我急忙跑出门外(心里多么高兴！)，正好瞅见那浑身漆黑的神童又平平安安地出现在眼前，挥动着他所使用的工具④，就像在被攻克的城堡上挥动一面胜利的旗帜。我好像还记得，有人告诉我说：某天，有一个扫烟囱的小孩不学好，人家把他放在烟囱口上，让他手拿刷子指示风向。这种景象真有点可怕，倒像是《麦克白斯》里那一句古老的舞台说明里说的：“幽灵出现，为一头戴王冠之小儿，手拿树枝。”⑤

看官，当你早起散步，碰见这些小家伙当中哪一个，最好给他一个便士。给他两个便士呢，更好。要是赶上大冷天，干他这种苦营生本来不易，再加上他那两双脚又生了冻疮(这可不是什么希罕事)，那么，这就对你那仁爱之心提出了更高的要求——你得拿出六便士才好。

有一种合成饮料，其主要成分据我所知乃是一种名叫黄樟⑥的芳香木材。这种木头煮一煮，掺上牛奶和糖，做成饮料，据某些品尝者说，风味远在中国名茶之上。有位里德先生不知从何年何月起在舰队街⑦路南开了一家店铺，专门出售这种“有益健康，包君满意”的萨露普汤⑧——据他宣称，全伦敦只此一家，别无分店。你走路快到大桥街⑨的时候，定能看见这个独家经营热饮店——阁下口味如何，非我所知，但说到我自己，虽对里德先生的精明能干不无敬意，但他这种素负时誉的混合饮料我一向不敢沾唇；由于我这谨小慎微的嗅觉不断向我悄悄提醒，尽管却之不恭，贱胃对它只有敬谢不敏。自然，我也看到不乏饮馔口味高雅之士把这种饮料大口大口地喝进肚皮里去。

这种饮料到底投合了哪一部分器官的特殊需要，我说不清，但我看

---

①在英语里，扫烟囱孩子的叫喊“扫呀！”(sweep！)和鸟叫的唧唧啾啾之声(peep)谐韵，声音相近，故有此语。

②牧师身穿黑袍，扫烟囱孩子也穿黑衣。

③“地狱的入口”，指烟囱的入口。

④指扫烟囱的刷子。

⑤引自莎士比亚《麦克白斯》，第四幕第一场。

⑥黄樟，树名，其根、皮含芳香挥发油。

⑦舰队街，伦敦街名。

⑧萨露普汤，用黄樟皮或其他芳香植物加味做成的热饮料，从前在伦敦摊头出售。

⑨大桥街，伦敦街名。

出来：扫烟囱的小孩往往对它嗜之如命——也许，这些乳臭未干的徒工口腔里（根据解剖标本）经常长出烟垢结石，而这种饮料中一星半点的油分（黄樟木稍稍含油）可以将其略加稀释、缓解；也许，造物主有感于她在这些幼小的受难者的命运中掺入了过多的苦辛，因此特地叫大地长出黄樟树，算是赐给他们一点点带甜味儿的缓和剂。——怎么说都成，反正无论别的什么滋味、什么气息的饮料，都比不上萨露普汤能使扫烟囱小孩这样提神鼓劲儿。哪怕身无分文，只要碰上这种热饮，他们总要垂下他们那黑黑的小脑袋凑着去嗅一嗅那袅袅上升的热气，那快慰之情，不亚于某些家畜，譬如说猫儿，发现一小枝缬草[①]，就凑上去呜呜地叫。这一类交感力的作用，连哲学也无法完全说清。

里德先生夸口说他开的是独家经营热饮店，这话不算毫无道理。但是，我愿提醒看官，倘若阁下起居有常，早早就寝，那么大概还不知道：里德先生早已有了一批热心的追随者，他们在黎明前的街头露天摆摊，向那些地位卑下的顾客们兜售这种芳香饮料。在那更深夜静之时，既有浪荡之徒半夜里灌足了黄汤，正在跌跌撞撞回家，也有粗手粗脚的工匠刚下床铺、早早开始了他那一天奔忙劳碌的生活，人行道上，两极相逢，争先抢道，吃亏的往往是醉汉一方。到了夏天，这时辰正当厨房里火熄烟灭、冷锅清灶，我们这花花京城千门万户里正送出极其难闻的气味。浪子一心想来上一杯可口的咖啡，好驱散一夜里积攒下的胸中闷气，但却闻到萨露普汤的呛人气息，他喃喃骂着走过去了；那工匠呢，却闻香止步，喝上一口，对这气味芬芳的早点赞美不止。

萨露普汤——这是卖花女子的心爱之物——这是赶早市的园丁的嗜好，他在拂晓时分把还冒着水气的卷心菜从哈默史密斯运往修道院花

---

①缬草，植物名，其根茎可制镇静剂。

园那里鼎鼎大名的果菜市场[1]——它也是身无分文的扫烟囱小孩不但嗜好而且常常心向往之、求之不得的东西。因此，假如阁下偶尔碰见他对着阵阵香气面色暗淡地在那里出神，最好请他喝一大盆热饮(这不过破费你一个半便士)，再请他吃一片薄薄的牛油面包(再费去你半个便士)——那么，阁下烟囱里由于你慷慨滥用[2]而积存过多的烟垢一旦得到清除，厨房的火苗便可轻轻松松、冉冉升起——那么，也就不至有煤灰落下，染污了阁下那精心烹制的昂贵菜汤——更不会由于偶一不慎、火星蔓延，霎时间“烟囱失火！”的怪叫从这条街传到那条街，惊动附近十个区的救火车统统轧轧啦啦开来，既打搅了阁下的安静，又破费了阁下的钱财。

我生性脆弱，最怕人当众扫我的面子，而街上那些缺调少教的市井闲人看见一位绅士偶然失足跌倒，或者袜子上溅了点儿泥浆，偏要嘲笑呀，揶揄呀，得意洋洋闹个不休，真叫人恼火。可是，碰上一个扫烟囱的小孩拿我开心，我却能忍受，简直可以高度宽恕。前年冬天，我和往常一样沿着奇普赛德大街[3]急急忙忙向西行走，一不小心滑倒，摔了个仰面朝天。我爬了起来，心里又痛苦、又羞愧——尽管外表上老着脸皮，装得像没事人一样——可是，抬头一看，一个扫烟囱的小机灵鬼正冲着我调皮地龇牙一笑。他站在那儿，用他那黑黑的指头向我指指点点，让大伙儿瞧，特别是让一个贫穷妇人瞧(那大概是他妈妈)；在他看来，这件事太可笑、太有趣儿，笑得他眼泪都从那红红的眼角里流出来了，他那眼睛是因为平时常哭，再加上烟熏火燎，才变得那样红红的；

---

①修道院花园，伦敦地名，其中有果蔬花木大市场。

②慷慨滥用，指这家主人用煤浪费，使煤白白化为煤烟，积存在烟囱内，长久不扫，则容易造成火灾。

③奇普赛德，伦敦的一条东西大街。

然而，在万般凄苦之中，他那眼睛里还是闪耀出一点儿得之不易的快活的光芒，甚至连霍加斯[①]——不过，霍加斯怎么会把他漏掉？他在《向芬琪莱的游行》[②]里已经画了一个向着卖馅饼小贩咧开嘴笑的扫烟囱小孩——街上的这个孩子站在那儿，就像他站在画里一样，一动不动，好像这件滑稽事要永远存在下去似地——在他的欢笑中包含着最大的快活、最小的恶作剧——因为，一个纯正的扫烟囱小孩的嬉笑里是丝毫不含恶意的——只要一个上流君子的体面能够容忍得了，我情愿站在那里，做他的嘲笑对象，一直站到深夜。

本来，按道理说，我对于所谓白生生一副好牙齿的吸引力，是无动于衷的。每两片玫瑰色的嘴唇构成一只宝盒，大抵总要装着如此这般的珍宝。但是(请女士们恕我直言)，这些宝贝还是愈少拿出来卖弄愈好。高贵的女士们和先生们若向我露出他们那尊齿，在我眼里不过是亮出来一些小骨头块儿。然而，我得承认，若是一个地地道道的扫烟囱小孩向我张开嘴展示一下他那雪白发亮的牙齿，我会感到这是一种破格的礼貌，即使他是为了想出出风头向我卖弄一下，我也觉得这是一种可以容许的少爷脾气。它像是

夜空上一片乌云
翻卷出它那银白色的衬里。[③]

它仿佛是某种绵延未绝的贵族遗风，象征着昔日繁华，暗示着贵胄

---

①威廉·霍加斯(1697—1764)，英国著名画家和版画家。《向芬琪莱的游行》是他作的一幅油画。

②威廉·霍加斯(1697—1764)，英国著名画家和版画家。《向芬琪莱的游行》是他作的一幅油画。

③引自弥尔顿《考玛斯》一诗。

出身——也许，这一派蒙眬幽暗[①]，以及他们那黝黑皮肤和凄惨装束所构成的双重黑夜[②]之中，倒隐藏着什么纯正的血统、尊贵的家世，那来自渺茫难寻的远祖和式微已久的门第。这些小小苦人儿早在稚弱童年就能习艺，我担心，怕也大大助长着秘密的婴儿拐带现象。从这些双亲不明的小孩子身上常常可以看出教养和礼仪的萌芽——这明明暗示出某种强制性的收养[③]（否则，就不可解释）。就在如今，仍有许多高贵的拉结[④]还在为她们失去的孩子而号啕痛哭。这也证明着上述事实。关于小孩子被仙女拐带的种种故事可能掩盖着某种可悲的内情。蒙塔古少爷[⑤]得以找回，不过是绝无仅有的一个幸运的例证，而其他许许多多孩子则身陷污垢之中，永无解救的希望了。

一两年以前，有一个扫烟囱小孩失踪，虽经千方百计查找，也找不到下落。后来，一天中午，却在阿伦德尔城堡[⑥]里，在公爵的锦帐之内华贵的床榻上偶然把他发现（霍华德家族的这一邸宅特别以床帐华贵吸引游人，因为已故的公爵大人是精通此道的行家）——在那精美绝伦、绣着星形冠饰[⑦]的大红帐幔笼掩之下，他躺在两条被单中酣然入睡，那被单比维纳斯催眠阿斯坎纽斯[⑧]的怀抱还要洁白、还要轻柔。这个小东

---

① “这一派蒙眬幽暗”，指扫烟囱孩子所过的悲惨生活。

② “双重黑夜”，指扫烟囱孩子的脸和皮肤既被煤烟熏黑，身上穿的又是黑色衣裳。

③ 强制性的收养，指人贩子或扫烟囱的把头将小孩子拐走，强迫他做养子并剥削他扫烟囱的劳动收入。

④ 拉结，在此指失去爱子的母亲。据《旧约·创世记》：雅各娶拉结后，生子约瑟，约瑟后被他哥哥们卖给埃及人为奴。

⑤ 据传说，十八世纪的蒙塔古夫人（Lady Mary Wortley Montagu，1689—1762）的儿子爱德华小时逃学，被人骗走做了扫烟囱孩子，后被熟人发现，又将他领回家去。

⑥ 阿伦德尔城堡，英国贵族霍华德家族的邸宅，在萨赛克斯郡。

⑦ 星形冠饰，指贵族的族徽，图案为一带有星形尖角的小冠。

⑧ 阿斯坎纽斯是罗马传说中英雄伊尼亚斯的儿子，而伊尼亚斯据说是爱神维纳斯的儿子，因此阿斯坎纽斯就是维纳斯的孙子。

西，在那些纵横交错的华贵烟囱里迷了路，不知从哪道壁孔落入这间豪华的卧室；他在黑暗中长久摸索，早就累了，一见房间里那种陈设，再也禁不住甜蜜睡眠的诱惑，于是，他悄悄钻进被单，黑黑的脑袋一贴在枕头上，就像是这家贵族的小少爷似地睡着了。

这，就是游人们在那座城堡里听说的故事。——我听了，一个念头油然而生：这个故事似乎恰好证实我刚才暗示过的意思。如果不是我想入非非，那么，在这桩事件里肯定有某种高贵的本能在起着作用。想想吧，像他那样身份的可怜孩子，无论感到多么疲劳，他怎敢随随便便掀开公爵床上的被单，不慌不忙地躺进去、睡下来？因为，事先不会没有人告诫他，这么做会遭到什么惩罚，何况，房间里明明铺着炉边小毡，还有地毯，尽可躺倒便睡，而且这已经大大超过他的想望了。——试问，如果不是某种出自本性的巨大力量在他内心涌现（这是我所坚决主张的），激发着他，他又怎么可能做出这一惊人的行动？毫无疑问，诱引着这一出身贵族的小孩子的（我想，他肯定是一位贵族小少爷），乃是一种尚未形成充分自觉的关于他自己幼年时代的回忆，那时候，他常常躺在这样的被单里，受他的母亲或保姆的抚爱，现在呢，他不过是重新又躺进了他小时候的"襁褓"或者休息之处。——除非根据这种前生存状态（我对它如此称呼）的脉脉情感，对这件事我实在无法解释，因为，不管按照别的什么理论，都只好说：这个小孩子的这一场不合时宜的睡眠未免太大胆、太出格了。

我那生性快活的朋友吉姆·怀特[①]，对于这种人生变化无常的现象

---

①吉姆·怀特，即詹姆斯·怀特（1775—1820），兰姆的朋友，二人合写过一部滑稽作品《福尔斯塔夫爵士书信集》（1796 年出版）。

像是这家贵族的小少爷似地睡着了

深有所感，一心想把这些可怜的换来儿们[①]受屈辱的命运稍稍加以改变，每年为扫烟囱的孩子们举行宴会，他自己既做东道主，又当招待员。这是一次隆重的晚餐，每年圣巴塞洛缪集市[②]一开始，就在斯密斯菲尔德[③]举行。请帖在一周前发给在首都[④]及其四近的扫烟囱工头，限定只许他们那一行的小孩子参加。偶尔也有稍大一点儿的扫烟囱小伙子闯进来，大家向他和和气气地眨眨眼，也就算了，但主要的客人还是小孩子。只有一个倒霉蛋，仗他穿了一身黑，也混到我们的宴会里来，幸亏老天保佑，根据种种迹象，及时认出他不是扫烟囱的，（黑糊糊的不见得都是煤烟）[⑤]群情激愤，把他哄走了，正如不穿礼服的人理当被赶出结婚筵宴[⑥]。不过，大致说来，宴会是在极为融洽的气氛中进行。地址选在集市北边许多栅栏[⑦]之间的一个方便地点，一方面离那闹市不太远，时时有令人愉快的喧哗声传来；另一方面也不在路口，没有闲人伸进头来大张着嘴乱瞅。七点左右，客人到齐。在那些临时借用的小小客厅里，摆出三张餐桌，桌布不算考究但却结实耐用，每个桌上有一位漂亮主妇[⑧]端着一平锅煎得吱吱发响的香肠，在那儿主持餐政。一闻到香气，这些小坏蛋的鼻孔都张得大大的。詹姆斯·怀特是首席招待员，

---

①换来儿，原指民间传说中由仙女换到凡人家的丑孩子，在此指被拐骗扫烟囱的孤儿。

②圣巴塞洛缪集市，指过去一年一度在圣巴塞洛缪节（8月24日）举行的集市。

③斯密斯菲尔德，伦敦地名，肉市所在地。

④首都，指伦敦。

⑤黑糊糊的不见得都是煤烟——对于英国谚语“闪光的不见得都是金子”的滑稽模仿。

⑥《圣经》典故。《马太福音》第22章里耶稣讲的寓言说，一个国王设下婚礼筵席，客人坐满，有一个客人没有穿礼服，被认为不配参加婚礼，赶出门外。

⑦栅栏，在此应指畜棚。

⑧漂亮主妇，在此是滑稽的玩笑话，看下文可知。

管第一桌；我，还有我们那可靠的朋友比戈德[①]通常管另外两桌。好，你就想想吧，孩子们爬呀，挤呀，都抢着要上第一桌——因为，就连花花公子罗切斯特[②]最胡闹的时候也没有我这位好朋友此刻这样兴头十足，表演出种种滑稽可笑的样子。宴会开始前，他先对客人光临表示感谢，然后走到正站在那里一边煎菜、一边焦躁，一半念诵、一半咒骂"这位先生"[③]的厄修拉老太婆身边(她在三位主妇当中长得最胖)，搂住她那胖腰，照她那纯洁的嘴唇上接上一吻，以示敬意，这一下子，全场发一声喊，那声音简直能把苍天震破，几百张欢笑的嘴巴一齐露出了雪白的牙齿，猛然一亮，使黑夜大吃一惊。啊，看着这些被煤烟熏得黑黑的少年们一面吃着甜美可口的食物、一面听着他那殷殷勤勤的甜言蜜语，叫人真是高兴！——他特为那些幼小者挑出一些最好吃的小块儿，而把一段段长一点儿的香肠留给大一点儿的孩子——他一见哪个小家伙正在不要命地狼吞虎咽，就叫他停住，说是那块肉没有煎好，"不配让上等人吃，还得再回回锅把它煎得黄黄脆脆的"——他劝一个小孩子吃片白面包，又请他尝尝面包上的软皮，不过他提醒大家千万当心，别把牙齿碰破，因为那是他们最宝贵的世袭财产，——他彬彬有礼地给客人们倒淡啤酒，派头就像倒上好的葡萄酒似地；一边倒酒，一面亮出酿酒厂的牌子，发誓说要不是买来了这种好酒，他绝不敢请他们来做客，还特别建议大家在喝酒之前先把嘴揩揩干净。然后，我们就祝酒——一祝"国王陛下"，——二祝"黑色袍服"[④]——这个词儿，不

---

① 比戈德，指兰姆的朋友约翰 · 范维克。
② 罗切斯特伯爵(1647—80)，王政复辟时期英国国王查理二世的狎友，出名的浪荡子。
③ "这位先生"，指詹姆斯 · 怀特。
④ "黑色袍服"，在此指扫烟囱孩子所穿的黑衣，并代表他们这一行业。(同时也影射牧师的黑袍，引起滑稽联想。)

管懂不懂他们听了觉得很好玩儿、很得意；——然后，是不可缺少的最高祝词："愿和平的毛刷[①]取代武功的桂冠！"这些，加上其他几十种祝词，都是他站在桌子上说的；每次祝告之前，必先来一句："先生们，请赏光允许我——"什么什么。他这些奇谈妙论，那些客人们虽说并不真正明白，只是模模糊糊地有点儿意会，可对这些小孤儿们来说，也就算是极大的安慰了——他们不断把冒热气的香肠乱七八糟地往他嘴里塞（在这种场合是不兴拘拘束束的），大家全都欢天喜地——可以相信，这也就是整个宴会当中最有趣味的一个节目。

> 黄金般的少年，娇艳的姑娘，
> 同归黄土，像扫烟囱的一样。[②]

詹姆斯·怀特业已作古，这些晚宴也随之戛然中止。他一死，这个世界（至少说，我个人的世界）的一半乐趣都被他带走了。那些往日受他盛情款待的小客人们还到那些栅栏之间寻寻觅觅，然而，斯人已不可见，只好责怪圣巴塞洛缪节日面目全非，而为斯密斯菲尔德增光的盛事从此也就永远消逝了。

---

①毛刷，在此指扫烟囱的工具，也指画家的画笔，一同代表和平的事业。
②引自莎士比亚剧本《辛白林》，四幕二场。

关于京城内乞丐减少一事之我见[①]

社会改革，是消除当代弊患的赫库力士[②]巨棒。现在，它像一把大扫帚似地高高举起，要以它那无孔不入的威力，把京城内那些破衣烂衫、招摇过市、看了叫人头疼的要饭花子统统扫荡一空。所有那些破布袋、旧背囊、烂提包——所有那些讨饭棍、狗儿、单拐、双拐——那整个的叫花子帮，带上他们那一铺摊儿破行头，在这沉重打击之下，急急忙忙离散。从热闹的十字路口，从大街小巷转弯拐角之处，乞丐一行的保护神，“哀叹着，被遣送走了”。

如此这般大动干戈，向某一类人宣告不容分说的挞伐，或曰整肃运动，敝人未便苟同。因为，从这些乞丐身上，未必不能吸收一些好处。

乞丐，代表着济贫救困的最古老、最体面的方式。他们直接诉诸我们共同的天性，感动着纯真的心灵，不像专靠着某教区、某社团个别同胞或一部分同胞的反复无常的慈善心过日子的人那样惹人讨厌。乞丐受到的周济不会惹人眼红，给多给少全凭自愿。

他们虽然哀哀无告，自有一种庄严神气，正像一丝不挂的人，比起身穿仆从制服的人来，更接近于真正的人。

大人物倒了霉，对这一点都会有所体会：狄奥尼秀斯[③]做国王下了台，变成一位教书先生，我们对他除了藐视，还会有什么感情？即使凡代克[④]把他的尊容画下来，让他挥动戒尺以代王笏，难道能像他画的瞎了眼的伯里萨利乌斯将军[⑤]伸着手乞讨一枚小铜板那样，在我们心中引起崇高的同情和悲悯的敬意吗？还有什么比这个更富有庄严、悲怆的道德教训？

传奇中提到的那位瞎眼的乞丐——美丽的贝西的父亲[⑥]——他的

故事，不管在拙劣的谣曲中经过多么鄙俚的传唱，在小酒店的招牌上经过多么粗糙的描绘；仍有某种光辉灵魂的火花从他那褴褛的外衣之下闪现出来——这位高贵的康沃尔伯爵(这才是他的真正身份)，为命运所嘲弄的著名人物，逃离开他的君主的不公正判决，往日的一切都被剥夺净尽，他席地坐在别德纳尔开满鲜花的草地上，他那比花儿还要娇艳的女儿陪伴在他身边，为他那身穿破衣烂衫的乞讨生涯增添了光彩——假如说，这一双父女不曾沦落到这步田地，而是开了一家小铺，或者站在一张三英尺高的案子旁边缝缝缀缀，那么，他们在人心目中的形象还能像这样动人吗?

无论在口头传说或是在史乘记载之中，乞丐总是和帝王相反相成的。当诗人和传奇作家们(那可爱的马格丽特·纽卡塞夫人⑦如此称呼他们)要把命运的错讹非常尖锐、非常动人地描写出来，他们若不把主人公一直写到破衣烂衫、提囊要饭就决不罢休。下降的深度正说明了跌落的高度。如果写得不上不下，只能叫人反感。要沦落就一落千丈，倒霉到底。李尔王一被赶出宫廷，就得褫其华衮，让他“听任风吹雨

---

①1818年，在伦敦成立了一个“行乞禁止协会”，作为会旨的铭言是“仁慈滥用，即成坏事”。该会每年发表公报，夸耀自己揭穿了多少乞丐的骗局。英国下议院还成立了一个特别委员会，对行乞者采取严格措施。这些事引起了兰姆的反感，于1822年发表了这篇文章。

②希腊神话中的力大无比的英雄。

③指古希腊时代叙拉古(地名)的僭主小狄奥尼秀斯，于公元前367年做国王，后因无道被赶下台，到科林斯靠办学教书为生。

④凡代克，荷兰画家。

⑤伯里萨利乌斯，罗马皇帝查士丁尼一世(482—565)手下的将军，曾被诬告失势。据说，他被剜去双眼，沦为乞丐，在街头行乞时高叫：“给伯里萨利乌斯一个铜板吧！”凡代克以此为题材画一幅油画。

⑥英国有一首民间谣曲，题为《别德纳尔草地上的乞丐女儿》，叙述一位伯爵在战争中失明，后和他美丽的女儿贝西一同行乞为生。

⑦兰姆所推崇的十七世纪英国女作家。

打”，克莱西达[1]一旦失去王子之爱，就得身佩铃铛和讨饭钵在街头乞讨——这时，她伸出的苍白的手臂不再洁白如玉，而是带着麻风病的白癞，向行人哀哀告怜。

卢西安[2]式的文士们对这一点很了解。他们要对大人物表示无情藐视的时候，总是使用颠倒法，写亚历山大大帝[3]在阴间补鞋子，写色密拉米丝女王[4]在阴间洗脏衬衫。

民歌里大唱特唱，某位高贵的国君拒绝了一个面包店老板的女儿的爱情。可是，当我们念到那首“故事千真万确的歌谣”，说是柯菲图亚国王[5]向一位乞丐姑娘求婚，那内容跟我们的想象不是倒挺合拍吗?

赤贫，贫民，穷人，都是表示怜悯的字眼儿，但这种怜悯包含着鄙视之意。可是，谁也不会去鄙视一个乞丐。因为，贫困总还是相对的，每一等级的贫困都可能被比它略强一点儿的“相邻等级”所嘲笑。他那点儿微薄的收入一下子就能算个清清楚楚。他那以贫困自居[6]的理由简直荒唐。他那打算积攒一点儿什么的可怜企图简直可笑。随便哪一个穷伙伴都敢盛气凌人地拿出自己略大一点点儿的钱袋把他比下去。穷人在街上见了穷人，只要自己的境遇稍微好一点点儿，就要不客气地亮

---

①克莱西达是传说中特浴伊一个祭司的女儿，先与特洛伊王子特洛勒斯相爱，后又变心爱上胜利的希腊军中的戴阿米德，最后伤心的特洛勒斯被杀。这一传说曾为许多作家(包括薄伽丘、乔叟、莎士比亚在内)写成小说、剧本。后来十五世纪的苏格兰诗人亨利森将这一传说加以发展，写了一部叙事诗，说克莱西达变心爱上戴阿米德后，被戴阿米德所厌弃，失去美貌，且染上麻风病，变成一个乞丐。

②公元二世纪的希腊讽刺作家。

③色密拉米丝，传说中的古亚述女王。拉伯雷在《巨人传》中曾以讽刺的笔法写到亚历山大大帝在地狱中补袜子，色密拉米丝女王为乞丐捉虱子。

④色密拉米丝，传说中的古亚述女王。拉伯雷在《巨人传》中曾以讽刺的笔法写到亚历山大大帝在地狱中补袜子，色密拉米丝女王为乞丐捉虱子。

⑤英国一首古代歌谣中说有这么一位国王爱上一位乞丐姑娘，并与她结婚。

⑥意思说，他自己仅仅是“贫困”而不是“赤贫”、一贫如洗。

对方的老底儿，而阔人在旁边走过，对于他们不分彼此都加以嘲笑。然而，乞丐却不会受到这种恶意比较的侮辱，因为谁也不想跟他比钱袋大小。他根本达不到比较的等级。他不在衡量财产的范围之内。他，就像一条狗、一只羊，明明白白表示着自己一无所有。没人笑他强充阔气。既不会有人说他得意忘形，也不会有人骂他假装谦恭。没人在路上跟他争抢先后，也没人跟他争地位、比高低；更不会有什么阔邻居千方百计要侵占他的房产。不会有人告他的状，也不会有人跟他打官司。假如我不是像现在这样的一位无牵无挂的自由绅士的话；我既不愿做阔人家里的仆从，也不愿做一个听人指挥的小军官，更不愿做一个寄人篱下的穷亲戚，而出于我这豁达大度、脾味不俗的禀性，我倒宁肯做一个乞丐。

破衣烂衫，本是穷人的耻辱，对乞丐来说，却是他的官服，他那一行的优美的标徽，他所享有的特权，他的正式礼服，他在公共场合露面时理所当然的装束。他穿的衣服从来不算过时，也没人怪他一瘸一拐的、既不雅观、又不时髦。没人要求他一定得穿宫廷丧礼服。在服色上他百无禁忌，什么颜色的衣服他都敢穿。他的服装又是永远一样，比教友派的装束更少变化。世界上，只有他可以不必考虑仪表。人生浮沉，与他无干。他吃定了乞讨这一碗饭。土地、股票的行情对他毫无影响。农业、商业的兴衰对他也不会有丝毫触动，顶多不过改变一下他的施主。没人求他作保，也没人找他的麻烦，盘问他的宗教或者政治信仰。他才是宇宙间独一无二的自由人。

叫花子，是咱们这个大城市的奇景，是它的名胜。失去了他们，就像失去了伦敦的叫卖声一样，我会觉得受不了。不管哪个街口上，要是没有个把要饭的，就显得美中不足。他们，如同那些唱小调的歌手，都是街头上少不了的人物；他们那五颜六色的穿着打扮，就像商店的招牌一样，装点着这古老的伦敦。他们是活生生的寓言剧，寓意画，备忘录，警世的箴言，无言的说教，儿童的启蒙读物，——他们站在街头，拦住那熙来攘往、奔流不息的市民人群，向他们发出一声有益的警告：

——看啊，

那穷困潦倒、一无所有的求乞者！

首先，我怀念那些瞎了眼的老乞丐——在时髦人想到整顿市容以前，他们通常在林肯法学院[①]的庭园墙外坐成一排，抬起他们那残损的眼球，竭力要捕捉住一丝怜悯的光芒，可能的话，还想捕捉住一线光明，他们那忠实的导盲犬蹲在他们脚边，——如今啊，他们究竟流落到了何方？从这里的新鲜的空气、 温煦的阳光之中，他们究竟被赶进了什么样的阴暗角落？也许，他们已被关入了哪个残破的济贫院的四堵墙之内，忍受着双重黑暗的惩罚，在那里，没有小铜子儿丢下来的叮咚之声安慰他们那丧失一切人生之乐的痛苦，也没有那些过路人热热闹闹、纷至沓来的脚步声唤起他们内心的希望！那些弃置无用的讨饭棍，如今靠在何处？有谁喂养他们那些狗儿？说不定，圣 · 勒——[②]地方的济贫委员已经下令，把那些狗全部打死？再不然，在某某教区的温和的伯——[③]牧师建议之下，已经把它们捆起来装在麻袋里，丢进泰晤士河了吧？

愿那位最最富有古典风格，同时又最最富有英国风味的拉丁文学者，那性格随和的文森特 · 伯恩[④]灵魂安息！——他那首绝妙的诗歌，

---

①林肯法学院，伦敦培养司法人员的机构之一。

②这是兰姆所虚构的两个人名。

③这是兰姆所虚构的两个人名。

④伯恩（Vincent Bourne，1695—1747），以拉丁文写作的英国诗人。此处引用的这首诗由兰姆从拉丁原文译成英文。

穿着打扮五颜六色的乞丐们

《狗的墓铭》，描写的就是人和四条腿动物的这种亲密联盟，亦即人狗之间的友谊。看官，请读一读吧，然后再判断一下，这种大家业已见惯的景象，既然能够引起如此亲切动人的诗意，那么，它在一个繁华的大都市里，对于每天在通衢大道上那些来来往往的过路人的道德观念，究竟是有害还是有利：

长眠于此的是我，穷苦的伊卢斯[①]的忠实的狼狗，
生前我每日里为我那瞎眼的老主人引路，
做他的向导和卫士；在我为他效劳期间，
棍棒，他完全可以不必使用；如今呵，
他只好拄着棍走在大街头、十字口，
战战兢兢，择路而行；但是，在往日，
只要有我那友好的牵绳安全的指引，
他尽可放心大胆地前进，一直走到了
他那粗糙的石头座位，那里
正是潮水般的行人密集汇合之处——
于是，从早到晚，他对着行人大声哀叫，
痛诉他那暗无天日的苦境。
这哀诉并不算白费，因为不定什么时候
总有心地厚道的好人丢下来几个铜子儿。
我呢，服服帖帖躺在主人的脚边，
虽说睡着，可没有睡死；只要稍有动静，
我就两耳乍竖，心儿提起，以便

---

①乞丐之名。

从他那亲切的手心里舔下一些面包屑
以及他分给我的那一份儿残羹冷炙，
直到黑夜催着我们筋疲力尽地回家，
这才结束了漫长一天、沉闷乏味的求乞生活。这，便是我的日常生涯，我的生存方式，
最后，衰老和缠绵的疾病向我袭来，
把我从我那失明的主人身边拆散。
然而，美德善行不应该一朝淹没，
也不可由于岁月流逝而在默默无闻中遗忘，
伊卢斯垒起这一座用草皮覆盖的小小坟头，
求人马马虎虎竖立了这块粗劣的石碑，
在碑上刻下这首短短的诗文，
以表彰求乞者和他的狗儿的美德，
纪念他们持续终生的亲密友谊。

几个月来，我这一双视力不好的眼睛竭力搜寻，但是再也看不到大家熟知的那个人物，或者说那个残缺不全的人物的影子——往常，他那漂漂亮亮的上半个身子坐在一把木制的轮椅里，在人行道上灵巧地转动，飞快地前进——这使得本地市民、外国人和小孩子都叹为奇观。他体格强壮，有一副水手似的红扑扑的脸色，头却裸露着，任凭风吹雨打、烈日曝晒。这是个天生的奇人，科学界考察的对象，无知者眼里的怪物。小孩子见到这么一位彪形大汉竟会变得跟自己一般高，瞪大了眼睛看他。普通的残疾人碰见这位下肢不全的大力士，看到他那强壮结实的身躯、精神勃勃的气概，定会感到自惭形秽。街上的人，很少不对他刮目相看。他在

1780年骚乱[①]中一场横祸里失去了下半身，从那时起就成了匍匐在地面上的矮子。他好像是由大地所生，一个安泰[②]似的人物，直接从他亲近的土壤中吸收着生命的活力。他是一尊硕大的残躯，像额尔金雕像[③]一般美好。那本该滋养他那被夺去的双腿的造化之力，并未白白流失，而是浸进了他那上半身的各部分，结果，他就成为这么半个赫库力士。一天，我走在路上，忽然，好像要发生地震似地，听见一阵雷鸣般的怒吼，我眼光向下一望：原来是这位低矮的巨人正在大声呵斥被他那奇特的形象吓得惊跳的一匹高头大马。看那架势，他似乎要用他那巨大的身材把冒犯他的那头四条腿的畜牲压个粉碎，方才解气。他好像是一个半人半马怪所留下的半截人身子，马身子的那一半儿早在一场血战中被拉庇坦人[④]砍掉了。他在大街上不停地挪动，好像说，别看他只剩下这半截身子，他照样能对付着过日子。他高高地仰起面孔，望着苍空，一脸快快活活的神气。这样转着木椅在街上要饭的营生，他一直干了四十二年，直到两鬓斑白，可他仍然精神饱满，不减当年，不肯抛弃这自由自在的户外生活，到济贫所里去受拘束，因此，为了惩罚他这种顽梗不化的态度，把他关进一所(名字就带着嘲弄意味的)感化院里，让他慢慢改过自新。

像这样的一种日常景象，难道应该当作一种公害，动用法律手段来消除吗？其实，它在一座大城市里，对于那些行人来说．说不定倒是一种不唯有益而且动人心弦的现象哩！在咱们这里，既然有这么多叫人看得目瞪口呆的展览物，博物馆，供应品(假如把这一切五光十色的景致

---

①指1780年在伦敦由乔治·戈登勋爵发动的一次骚乱，目的是要求议院取消1778年的一项救济天主教徒法案。

②希腊神话中的英雄巨人，地母之子。

③英国额尔金勋爵收藏的希腊雕像，后藏大英博物馆。

④希腊神话中传说的一个曾与半人半马怪作战的民族。

完全去掉，那还有什么大城市可言？它还有什么叫人留恋的地方？）难道就容不得一个并非天生而成、而是事故造就的畸形人物吗？即使说，在他流动乞讨的四十二年当中，这个人千辛万苦攒起了一笔钱，而且他还拿出了一二百镑（据谣言所传）留给他的孩子，那又该怎么样呢？他害谁了吗？他骗谁了吗？固然，那些施主掏出了几个小铜子儿，可是，他们也见识过这个奇观了。即使说，他在整整一天当中遭受日晒、雨淋、霜冻，——把他那笨重的身躯非常辛苦、非常吃力地在街上挪动来挪动去，——然后，到了晚上，他到某个残疾人俱乐部，正如一位牧师向下议院的一个委员会所提出的控诉里郑重其事说的那样，去吃上一盘热乎乎的青菜炖肉，那又该怎么样呢？——他对儿女的一片舐犊之情，理当塑像纪念，而不应受鞭笞之罚，而且，那起码可以把有人说他夜晚纵酒狂欢之类的夸大毁谤否定掉了吧！——仅仅为了这个，或者为了上述的那一点理由，难道就应该剥夺去他自己选定的、不仅无害而且有益于世道人心的生活方式，在他白发苍苍之年却将他判为身强力壮的无业游民而收容拘留吗？

想当年，有一位约里克[1]，其人不耻与残疾人同桌共餐，不但向他们表示祝福，而且，唔，还为他们拿出一点儿钱来，表示要和他们交交朋友。“当今之世，如此人物难再得矣！”

关于要饭能发大财的种种传说，总有一半（我这样认为）是出于那些吝啬鬼的诽谤。有一件事不久前在报上大大谈论过一通，并且据此对于慈善事业作了种种推论。一位银行职员意外接到一项通知：有一个名字陌生的人赠给他五百镑的遗产。原来，这位职员每天早上从派卡姆[2]

---

①指英国十八世纪作家斯特恩（Laurence Sterne， 1713—68）。
②伦敦地名。

（或其附近某个村庄）的住家往办公处去的时候，半路上走到南瓦克[①]，碰见坐在路边要饭的一个瞎眼的老乞丐，总是照例往他那帽子里丢进一枚半便士的小钱——这已经成为他二十年来的习惯。那个心地善良的老乞丐只能从说话声音里辨认出这位每天给他钱的恩主；当他离开人世的时候，就把自己所收到的全部施舍（大概积攒了半个世纪吧），统统留赠给这位在银行做事的老朋友。这个故事，究竟是劝人把同情心和小铜板都锁进自己的钱袋，不要向要饭的瞎子施舍呢，还是提供了一个关于正当施舍和受惠不忘的美好寓言呢？

我有时候巴不得自己就是那位银行职员。

我似乎看见了那受人之惠、感念不已的可怜老头子——在阳光下，他仰起面孔，眨巴着一双失明的眼睛……

对他，我能闭紧钱袋、分文不出吗？

也许吧——当我身上没有零钱的时候。

看官，不要让那些冷酷无情的字眼儿，什么“欺骗”呀，“冒充”呀，把你吓住——施舍就施舍，什么也别问。只管把你的面包撒在水面上吧。说不定（像这位银行职员一样），你款待了天使。

即使那一副苦相是装出来的，也不要心如铁石、一毛不拔。你就破一回财吧。一个可怜巴巴的人（至少外表看来如此）来到你的面前，求你接济，不必再去盘问他：他说的那“七个幼小的儿女”是否到底真有其人？何必为了省一个小铜板去刨根问底，把那不愉快的事实真相翻腾出来。相信他的话吧，没有错儿。即使他并不是他冒充的那个拖儿带女的一家之主，你还是不妨打发他，因为（你可以作如是想）你总算接济一个穷极无聊的光棍汉了。当他们装出满面愁容，带着乞讨时常用的

---

①伦敦地名。

哭腔，找到你头上的时候，你就把他们当作演员好啦。你去看戏，演员演着这一套，你不也得出钱吗？何况，这些穷人向你做出的苦相，究竟是装的还是真的，你自己也说不清楚。

论烤猪

人类，据我的朋友老曼[①]好心好意读给我听又为我讲解的一部中国抄本书[②]里说，在最初七万年里茹毛饮血，把生肉从野兽身上活活撕下来、咬下来就吃，跟如今阿比西尼亚人的办法一模一样。他们的大圣人孔夫子在他那部《春秋》[③]第二章里毫不含糊地提到一个人类的黄金时代，对这个时代称之为“厨丰”[④]，照字面的意思就是“厨师的节日”。这部抄本接着还说，烤肉，或者不如说烧肉(我认为它出现得更早)的技术，是人在无意之中发现的，经过如下。一天早晨，养猪人何悌[⑤]按照惯例，要到树林里给猪采集橡果，就把小屋交给他那傻乎乎的大儿子宝宝照看。宝宝跟那些和他同年龄的小孩子一样爱玩火，把火星子溅到一捆干草上，草马上烧起来，愈烧愈大，把他们那所小小的宅院统统烧着了，最后化为一片灰烬。不光烧了茅屋(你可以想象，那不过是大洪水[⑥]以前的一间凑凑合合盖成、非常简陋的小屋)，大大要紧的是，刚刚生下的一窠漂漂亮亮的小猪；整整九只，也都烧死了。根据记载，从非常遥远的古代，中国猪在整个东方一直被尊为珍贵的食品。宝宝吓得要死，倒不是为了烧掉了房子，因为那种房子，他父亲和他只要拿上几根树枝，花上一两个钟头，随时就能很容易地重新盖起来。他害怕，是因为烧死了小猪。面对着一具还冒着烟儿的小猪尸体，他着急地绞着手，寻思着该怎样向他父亲交代才好，这时，突然有一股他过去向来没有闻到过的气味窜入他的鼻孔。这是从哪儿来的？——自然不会来自被烧掉的房子——那种气味他早就闻到过——因为，这个倒霉的玩火少年，由于粗心大意而酿成的类似事件，这当然不是头一回。而且，这一点儿也不像他过去熟悉的什么药、什么草、什么花儿的气味。同时，好像有了一种什么预感，口水顺着他那下嘴唇一个劲儿地往下淌。他怎么想，也想不出个所以然。于是，他弯下身子，摸摸那只小猪，看看还有没有一点儿活气。手指头被烫了一下，他赶快把指头缩到嘴边，傻里傻气地吹。几小片烧焦的碎猪皮碰巧粘在他的指头上，这么一来，他一辈子头一回(也是人类开天辟地头一回，因为在他以前谁也没有体会过)——尝到了脆猪皮的味道！然后，他在猪身上再摸一摸。这时候不那么烫了，可是他由于习惯，又舔了舔手指头。慢慢地，他那迟钝的头脑弄清了事情真相：原来，发出香气的是那只小猪，尝起来味道那么美的也是那只小猪；于是，他完全沉醉在这新发现的快乐之中，将那烧熟了的小猪连皮带肉一大把一大把地撕下来，狼吞虎咽地只管往自己嘴巴里塞——这时候，他父亲手里掂着打人的棍棒，穿过余火未熄的檩椽走进来了，一看家里这个样子，手里的棍棒跟下冰雹一般不停地打在那个小坏蛋的肩膀上，可是宝宝就像被苍蝇叮了几口似地，连理也不理。他肚子里头所感到的极大满足使他对于身上别处的疼痛完全无动于衷了。不管他父亲怎么打，也无法使他丢开那只小猪；直到他把

---

①指作者的朋友曼宁(Thomas Manning)。曼宁原是剑桥大学的一位数学教员，1799年与兰姆相识，遂成好友。曼宁于1803年到巴黎学习中文，1807—16年间曾在中国广州居住，为东印度公司所属的一个工厂担任医生，并曾到过北京和中国内地，于1817年回到英国。

②据兰姆的文集编订者考证，兰姆这篇文章所根据的原始材料，并不是曼宁所谈的什么中国古抄本，而是1761年在意大利莫地那出版的一部题为《猪赞》的诗集，另外还有其他材料，都提到烤肉起源于牲畜被烧死后为人发现可食。当时在欧洲，这是流传颇广的说法。兰姆知道这个传说，加上从曼宁那里听说的关于中国的零星而不准确的知识，加以滑稽的想象，写成这篇文章。(根据兰姆写给曼宁的书信来看，兰姆对中国的了解很少——自然，在将近二百年以前，这并不足怪。)

③按兰姆的英文原文直译，这部书叫做《尘世盛衰》，指的似乎是《春秋》。

④原文为Cho-fang，应是“厨房”二字的英文谐音。但作者解释为“厨师的节日”，似乎又是“大脯”之类的节庆。遂暂译“厨丰”，以资兼顾。

⑤原文Ho-ti。

⑥指圣经传说中远古时代世界上曾发生的大洪水，见《旧约·创世记》第6至9章。

那只小猪吃个一干二净，他对于自己的处境才有点儿明白。于是，父子之间就进行了如下这么一场对话。

“你这野小子，你吞下去的是什么？因为你那该死的胡闹，把屋子烧了三回，你还嫌不够吗？你这该杀的，还要吃火，吃——我说，你往嘴里塞的是什么东西呀？”

“啊，爸爸，小猪，小猪，来尝尝吧，烧死的猪可好吃哪！”

何悌听了，吓得耳朵里嗡地一响。他咒骂他的儿子，也咒骂自己生了这么一个儿子，竟然吃烧死的猪。

宝宝的嗅觉在这个早晨磨炼得特别敏锐。他立刻又扒拉出一只小猪，一撕两半儿，使劲儿地硬把小半个塞进何悌的双手里，大声说：“吃，吃，吃烧猪吧，爸爸，你先尝一口——啊，老天爷！”——他一边这样粗野地喊叫，一边尽往自己嘴里塞，也不怕噎死。

何悌把这种该死的玩意儿抓在手里，浑身关节都在打颤，他心里犹豫着，究竟要不要把儿子当作一个违天悖理的小怪物处死；这时，烧脆的猪皮把他的手指烫了一下，正像烫过他的儿子一样，而他也同样把手指放到了嘴边，因此也就尝到了烧猪的滋味；这时，虽然他故意地咧咧嘴、皱皱眉头，其实心里清楚那味道丝毫不差。最后（原抄本写到此处有点儿啰嗦），父子二人就坐下来不停地大吃特吃，一直把那一窝小猪全部吃光，一个不剩。

宝宝受到严格命令，不许把秘密泄露出去，不然的话，那些街坊邻居肯定要把他们当作一对邪恶的坏人用石头砸死，因为他们竟敢改变上帝赐给他们的规规矩矩的食物。尽管这样，奇奇怪怪的流言还是传开了。有人看出来；何悌家的茅屋不断被火烧坍，比往日更为频繁。从那时起，他们家一直闹火灾：有时大天白日突然起火，有时夜里起火。只要母猪一下崽，何悌家的房子就一定烧得火光冲天；更值得注意的，何悌不但不为此责罚他的儿子，而且看来对他反而更加宽纵。后来，他们受到了监视，那骇人听闻的秘密终于被发现了，于是，父子二人都被传讯到了北京(那时只是一个不大的巡回审判开庭城市)去接受审问。人证俱在，那种惹起公愤的食物也送上了法庭，但在判决之前，陪审长请求把据以控告罪犯的烤猪肉拿到陪审席上审查。然后他摸一摸，陪审员们也都摸一摸；他们的手指都给烫了一下，正像宝宝和他父亲被烫过一样，而且，由于天性使然，他们一个个也都把手指伸到了嘴边；于是，不管什么人证物证，也不管法官明明白白的指控，——而且，也使得法庭上所有的人，包括市民、外乡人、记者和一切旁听者全都大吃一惊——陪审团既不离开席位，也不开会商量，就一致作出了“无罪”的裁决。

那位法官是个滑头的家伙，对于这种明明显显不合法律手续的决定装糊涂默许，一退庭他就悄悄想办法，连拿钱买带白要，把那些小猪全弄到自己手里。不出一两天，法官老爷的公馆就着了火。而且，火灾事故飞快地蔓延，四面八方只看见着火冒烟儿。这个地区的劈柴和生猪大大涨价。保险公司纷纷关门大吉。一天一天地，人们盖的房子愈来愈简陋，到后来简直叫人担心：建筑这门学问恐怕不久就要在人间失传。这样，点房子烧猪的习惯就流传下来了，直到随着岁月的流转(那部抄本书如此写道)，某位类似我国的洛克[1]那样的大贤人出世，这才发现了：猪肉也好，别的什么动物的肉也好，要想烹制为食品(或者，用他们的说法，烧熟)，无需乎把一所房子全部烧掉。于是，开始发明了粗笨的铁丝烤肉架。挂在绳子上或铁叉上烤肉的办法，在一两个世纪以后也出现了，不过在哪朝哪代我可说不清。人类的那些最有用、最彰明较著的

① 洛克(John Locke，1632—1704)，英国哲学家，著有《论人类的理解力》等书。

技艺，那部抄本在结束时写道，就是这样一步一步慢慢地发展起来的。

上述记载，不必盲目地信以为真。但是，也得承认：如果为了烹饪方面的目的，需要进行类似点火烧房这样的担风险（尤其在那个时候）的试验，那么，烤猪也许可以算是一个正当的理由和借口。

在所有的美味佳肴之中，我坚决认为，只有烤猪才是最最鲜美可口的——它是美食之最。

我指的可不是你们所谓的小肥猪——即介乎小猪和肉用大猪之间的那些玩意儿——那些呆头呆脑的半大猪——而是那幼小稚嫩的乳猪——不足一个月——尚未在肮脏的猪圈里被带坏——那从动物的始祖起代代相传的污点，即色欲之丑恶表现，尚未在它身上显露——它的嗓音尚未破裂，介乎尖细的童音和憨粗的闷音之间——可以说是那呼呼噜噜的喉音的一种轻柔的前奏，或者叫：序曲。

这样的乳猪只有用文火焙烤。我自然知道，咱们的老祖先把它们统统泡在水里煮了吃——可是，那么一来，就把外面那层皮儿白白糟蹋了！

什么滋味也比不上那爽口的、黄褐色的、细心照拂着、烤得既不过火、名字也恰如其分的“脆皮”——它引诱着牙齿去咬破那一层酥酥脆脆的薄皮儿，好享受那美妙的盛馔——连同那粘糊糊、油腻腻的……啊，千万别把它叫做脂肪——那是长在皮下的一种无法用言语形容的珍馐——雪白的脂肪开放出的娇嫩的花朵——在含苞待放之际加以采集——在嫩芽初吐之时加以收割——还处在初生的天真无邪之中——这是由幼猪的纯洁养分所汇聚而成的精华——说是瘦肉，又不算瘦肉，而是一种肉食中的吗哪①——或者不如说，肥中有瘦，瘦中有肥，

① 吗哪，原为《旧约 · 出埃及记》第16章所载的“天降的粮食”，在此比喻为“饮馔神品”。

请求把烤猪肉拿到陪审席上审查

肥瘦相间，互相融合，形成一种浑然一体的饮馔神品。

瞧他那正在烤着的样儿——他在那里乖乖接受着的好像并不是什么火燎燎的灼热，而是一种使他神清气爽的暖和气儿。看他在那串绳上一圈儿又一圈儿地转得多么均匀！现在，他烤好了。看，在这般幼年，他还是很重感情的，他那一双漂亮的眼睛哭得红彤彤的——像光闪闪的果冻——像亮晶晶的星星。

再看他现在多么温顺地躺在盘子里，躺在他那第二次的摇篮之中！——难道你愿意让这个天真的小东西长成为一头粗野难驯的壮猪吗？到那时候，他十有八九会变成一个贪食之徒、邋遢鬼，一头桀骜不驯、人人憎厌的畜生，沉溺于种种肮脏勾当之中而不能自拔——然而，现在他却交了好运，一下子从这些罪恶当中被抢救出来——

> 罪恶尚未将他沾染，忧患尚未催他衰老，
> 死亡就及时来临，把他亲切照料——①

在回忆之中，他总是余香宛在——绝不至于做成咸肉，一股腥臭使人倒胃，让村夫咬一口骂一句——也不会被塞进臭烘烘的腊肠，让运煤的苦力囫囵囵地一口吞下——进入美食家的肚子，总算有了一个漂亮的墓穴——有了这么一个葬身之地，也就可以死得心满意足了。

他是各种风味食品之冠。凤梨当然很了不起，不过她②有点儿太超脱凡俗——这种享受，即如不算罪过，也跟犯罪差不多，良心脆弱的人最好自觉避免——因为，对于凡夫俗子来说，她那味道太夺人心

---

①引自柯勒律治《为一个婴儿写的墓志诗》。
②作者在这里把凤梨(即菠萝)拟人化了。

魄，人的嘴唇若是挨近她，就会受伤，就会脱一层皮——像爱人的吻，她会螫人的——她给人的美妙享受太强、太狂，因此那种滋味也就跟痛苦非常接近了——但一般人不欣赏她——她跟食欲毫不相干——一个肚子饿得咕咕叫的人不如拿她换上一块羊排骨，倒还挡饥。

小猪——现在让我把他颂扬一番——不光能使得那些口味高、爱挑肥拣瘦的人称心如意，也能引起一般人的食欲。身强力壮的人固然可以拿他大吃特吃，身体虚弱的人对他温和适口的油水，也能克化得了。

不像人类这样具有多重性格，一大堆美德和恶习混作一团，莫名其妙地交织一起，要想分个一清二楚，就得担待风险；小猪——却是一身纯洁无瑕。在他身上，没有哪一部分比哪一部分好一点儿或是坏一点儿。他尽着自己那小小的力量，对各方面都尽量有所补益。在一切盛馔之中，只有他是来者不拒的。他是大家都可享用的食品。

我这个人，在生活中享受到什么美食佳品，一向总爱大大方方给朋友一份儿（虽然这样的朋友寥寥无几），毫无吝惜之意。我敢说，对于朋友的兴趣、爱好以及适当的满足，我就像对于自己一样关心。我常常说："馈赠者，所以使远人亲近也。"野兔，雉鸡，鹧鸪，家鸡（那"温驯的田园之鸟儿"），阉鸡，千鸟，腌制的野猪肉，成桶的牡蛎——我都是随手接来、随手送人。我高兴让朋友的舌头先来尝尝这些鲜物。然而，凡事适可而止。我们不能像李尔王那样"献出一切"。[①]对于烤猪，我可分寸不让。在我看来，假如将这么一种可以说是命中注定、恰恰适合我的口味的天降珍品（在友谊或者别的什么借口之下）轻轻推出

---

①引自莎士比亚的剧本《李尔王》。原指李尔王把他的王权全部分给他的两个女儿。

门外、转送他人，那对于把美味赐给人类的上帝来说简直是忘恩负义，只能说明感情上的麻木不仁。

我想起在上学时所遇到的这样一次使我良心不安的事件。我那位善良的老姑妈[1]，每当我在家过完假日要回学校的时候，总要往我口袋里塞上一块甜点心或是别的什么好吃的东西。一天傍晚，她给我一块刚从烤炉里拿出、还冒着热气的葡萄干蛋糕，打发我上路。我往学校去的半路上(那时正走在伦敦桥上)，有一个头发花白的老乞丐向我行礼致敬(今天看来，他肯定是个骗子)。我身上一个便士也没有，没法周济他，于是，出于一种以自苦为荣的好胜心理，或者说，出于一种小学生心目中的少爷派头，我大手大脚地把一大块蛋糕全都送给他了！就跟处于同样情境的人一样，我大步向前走去，心里飘飘然，感到某种自满自足的安慰。可是，还没有走到桥头，我的感情就恢复了正常，我突然流下眼泪，想起我多么对不起我那好姑妈，竟把她给我的好礼物送给一个从未见过面的生人，而且，说不定还是一个坏人哩。接着，我又想，姑妈一定在那里高高兴兴想着我——我自己，而不是别的什么人——正吃她做的那块香喷喷的蛋糕——可是，再见面的时候，我该怎样告诉她：我多么坏，竟把她给我的好礼物轻轻丢掉了——于是，那块加香料的蛋糕的香气儿又回到我的记忆之中，我还想起了我曾经多么快活、多么好奇地看她做着这块蛋糕，想起了她是如何高高兴兴地把它放进烤炉，而最后我的嘴巴竟连一口也没有吃上，她又该多么失望——想到这里，我只好责骂自己的那种冒冒失失的慷慨好施精神，那种滥用的伪善的慈悲心，最重要的是，对于那个狡猾的、不干好事的、花白头发的老

---

①指作者小时照料他的“海蒂姑姑”(Aunt Hetty)。在《三十五年前的基督慈幼学校》一文里也写到了他这位姑妈。

骗子，我永世再也不想见他的面了。

我们的老祖先在把小猪这种稚弱的动物当作献祭的牺牲品时，那办法是非常讲究的。如同我们听到别的什么古老风俗一样，我们从书里也读到过：小猪，是要用一把禾束抽打而死的。现在，这种体罚的时代已经过去了，不然的话，倒是可以研究一下（仅仅从哲学的观点来看），这种加工过程究竟能否把小猪肉这种本来已经非常柔嫩可口的东西弄得更加鲜嫩、更加甜美。这就像紫罗兰可以再加加工，变得更为美好一样。所以，对于这种办法的残忍之处我们尽管可以指责，对于它那精细之处却也未可厚非——因为，说不定它还能增添某种风味。

想当年，我在圣欧默斯[①]听过大学生们的一场辩论会，题目是这样一个假说："设若由鞭打致死（一曰笞刑拷打）之猪肉风味绝佳，较之吾人所能想象该动物以其他方式死亡，更可增加味觉之快感，吾人果可以采取此种办法处死该动物乎？"辩论双方旁征博引，说笑打趣，观点各不相让。结论如何，我忘记了。

烤小猪的调味品需加考究。当然，猪肝、猪脑可以撒上一点儿面包屑，再少放一点香味清淡的鼠尾草叶子。但是，厨师太太，我求求你，凡属洋葱之类，一概免用。如果你口福不浅，愿意吃烧烤阉猪全牲，往它们身上撒满青葱，在它们肚皮里塞满辣味呛人的大蒜，都没关系，因为阉猪肉本来就腥气冲天，哪怕你把一大片种植园的青葱大蒜全都用上，也休想压下它那怪味儿——然而对于乳猪，你可要小心，因为他是柔嫩的动物——是食品中的精英。

---

① 指当时法国的一所天主教大学——法国耶稣会士学院。不过兰姆并未去过那里，这里的叙述又是他的杜撰。

一个单身汉对于已婚男女言行无状之哀诉①

我，身为光棍汉，曾经花了不少工夫记录下那些已婚男女的毛病，为的是看一看他们所说的我由于坚持独身而失去的至高无上的快乐到底是怎么一回事——这，对我来说，也是一种安慰。

我的意思并不是说，夫妻反目、吵吵闹闹给我留下了多么深刻的印象，加强了我孑然一身、独来独往的决心；因为这种态度乃是我在很久以前出于实质性的考虑早就采取了的。到结了婚的人家去串门儿，常惹我生气的倒是另一种相反的过错——就是说，他们夫妻之间感情太好。

要说我是为了他们感情太好而生气嘛——这还不能把我的意思说清楚。况且，人家两口感情好，招惹我什么啦？他们既然自愿离开人群，充分享受伉俪之乐，就表明人家把两个人卿卿我我泡在一起看得比全世界都更重要。

我抱怨的是：他们总把这种燕婉私情不加掩饰地摆到表面儿上来，不害臊地在我们单身汉面前炫耀卖弄；你一来到他们中间，马上就会从他们的间接暗示或者公开声明当中得到启发：他们之间的感情，你是没有份儿的。本来嘛，有些事不必明说，谁也不会见怪；挑明了，倒惹人讨厌。假如一个人碰见他认识的一位容貌不美、衣着朴素的姑娘，马上向人家贸贸然声明：因为她既不漂亮，钱也不多，所以没法儿娶她；那么，为了这个人的无礼，该拿脚踢他。不过，既有机会见面，又能提出婚姻之事，却从不觉得有必要一试，这本身也就把意思暗示出来了。不说出来，人家照样明白，明理的姑娘也绝不会为此大闹一场。同样，一对夫妇也没有权利用语言以及跟语言差不多一样清楚的表示向我通知：我不是那位太太的意中人，不是她所选择的配偶。我知道我不是，这就完了；用不着别人对我没完没了地提醒。

夸耀自己在知识上、财产上的优越，已经够叫人生气——不过，这些总还带有一定的缓和条件。向我卖弄的知识，也许能使我增广见闻；阔人家的宅院、图画、园囿、花圃，我至少还能享受一点儿暂时使用之权。但是，人家向我夸耀结婚的幸福，对我可就一点儿好处也没有了——它从头到底纯粹是无报偿、无条件的侮辱。

婚姻，究极说来，乃是一种垄断，而且还是一种容易招人妒忌的垄断。凡是独占了什么特权的人，多半都很滑头，他们尽量不让那些没有他们幸运的邻居们看见他们捞到手的好处，这样也就不致引起人们对于他们的权利发生怀疑。然而，这些垄断了结婚权利的人，却把他们那特权之中最最惹人反感之处偏偏摆到咱们眼前来。

最叫我感到不是滋味儿的，莫过于在一对新婚夫妇脸上所流露出的那种十分得意、完全满足的神气——女方的脸上尤其明显。它向你表示说：她的终身已定，你不要再抱什么希望了。诚然，我不该再抱什么希望，就连幻想也不该有。但是，这种事情，像刚才说的，只要彼此心照就行了，根本不必表示出来。

有的看法虽说事出有因，仍然叫人不能不生气：譬如说，那些结了婚的人认定我们这些未婚者啥也不懂，因此就对我们把架子摆得十足。我们承认：光棍汉不能不和三朋四友往来，没法像结婚成家的人那样安心精研专业之奥秘[2]——然而，他们的傲慢自大并非到此即止。一个单

---

① 这篇文章最初发表在伦敦刊物《反光镜》1811 年第 4 期，后来又发表于《伦敦杂志》1822 年 9 月号。

② 关于结婚之利弊，自古以来，言人人殊。从学术、文化、艺术史上看，有相当一些思想家、文学家、艺术家是一辈子没有结婚的（且不说中国的和尚尼姑、外国的修士修女——他们的禁欲苦行是另一回事），似乎抱独身主义者才更好“安心精研专业之奥秘”。但一般来说，人总是要正常结婚，才能比较安心地生活和工作。关于这个问题，鲁迅 1928 年 4 月 9 日致李秉中信里有几句话，说得最为切实，有兴趣的读者可以参看。

身汉在他们面前，哪怕对于一个很小的题目敢于略抒己见，马上就会被他们笑为根本没有资格，不如免开尊口。最可笑的，我认识一位年轻女士，刚结婚不到半个月，只因在关于如何用最恰当的方式为伦敦市场养殖牡蛎这个问题上，我不幸与她意见相左，她竟然狂妄地冷笑一声，向我问道：像我这么一个老光棍儿，怎有资格在诸如此类的问题上冒充内行？

刚才说的还不算什么，等这些人一有了孩子（他们总是要有孩子的），他们摆出的那副神气就更不得了啦。我想了想：小孩子又算什么稀罕物儿？——每一条街上，每一道死胡同里，到处都有小孩子，——而且，人愈是穷，孩子也就愈多，——人只要结了婚，一般来说，总要托上天之福，至少生出来这么一个不值钱的小玩意儿，——这些小孩子长大了，往往不成器，走上邪道，一生遭穷、受辱，甚至说不定上绞架，使得父母的一片痴心化为泡影；——所以，打死我，我也说不出，人生下小孩子，有什么可骄傲的？如果小孩子是小凤凰，一年只生一只，那倒还有可说。可他们又是这么平平常常——

在这种时候，她们在丈夫面前那种居功自傲的样儿，我就不说了。她们爱怎么着就怎么着吧。可是，咱们又不是她们的天生臣民，干吗就应该向她们献出香料、没药、瓣香[①]，向她们顶礼膜拜，以表钦羡之意，——我不明白。

“婴儿之生也，犹如巨人手中之箭，往往脱弦而出。”——我们的祈祷书中对于妇女安产礼拜所指定的一段祷文[②]里如是说，说得太妙

① 这些都是敬神所用之物。

② 指妇女生产、母子平安后的祈祷。祷文采用《旧约 · 诗篇》第127篇。但兰姆略有改动。

了。我还要补充一句：“凡是箭囊里装得满满当当的男子，福气实在不小啊！”不过，他那些利箭千万别向着我们这些手无寸铁的可怜人发射，不要伤害我们，不要把我们射穿。我曾经全面考察，这些利箭都是一箭双头，各有两个分叉，其中总有一个是要伤人的。譬如说，你走进一家儿女成群的宅院，要是你对于那些孩子们不理不睬(也许，那时你正在想着别的什么事情，对于他们那些天真烂漫、亲亲热热的话语没有听见)，好了，你就被看成一个脾气古怪、难以对付的人，一个讨厌孩子的人。要是你觉得孩子们特别逗人喜爱，——要是你为他们那乖巧的模样儿所吸引，正打算认认真真地跟他们在一起闹一闹、玩一玩，好了，大人一定会找一个借口把他们支走，说什么“他们太吵闹，太聒噪人，某某先生不喜欢小孩子”。反正，不管用哪根箭头，这支箭一定把你刺伤。

对于这种小心眼儿，我倒能原谅；要是他们不高兴，我不跟他们那些小家伙在一起玩，也没有什么。可是，非要无缘无故地让我爱他们，——不加区别地爱那么一大家八口、九口，十口人，——爱所有那些好宝宝， 因为他们全都是那么可爱，——我可觉得没有道理。

俗谚云：“爱我，就得爱我的狗。”——这，我知道；可真要实行起来，并不是那么好办，特别是当这只狗被人唆使着向你扑过来，为了好玩儿又是逗你、又是咬你的时候。不过，对于一只狗，一件小东西，或者什么非生物，例如一件纪念品，一块表或者一枚戒指，一棵树，再不然，和一位出远门的朋友告别的地方，我都能尽量想法儿去爱，因为我既然爱他这个人，也就爱上了凡是能够使我想起他的一切——只要这种东西本身微不足道，容许人的想象赋予它以任何色彩。但是，小孩子都有真正的性格，都有自己的本性——他们，就其自身而言，要么可爱，要么不可爱，而我就根据自己所看出他们或此或彼的特点而决定喜欢他们或是讨厌他们。一个小孩子的脾性非同小可，不能被当成仅仅依存于他人的附属品，并因之决定其为可爱或者可厌——他们靠着本身的资质，像其他男人女人一样，与我并存世间。啊！你可能要说，那样小小的年纪怎不逗人喜爱，——稚弱娇嫩的童年时代是那样叫人入迷。不错。正因为如此，我才对他们精挑细拣。我知道，在世界上一切事物当中(那些能生儿育女的俏佳人也包括在内)，只有小孩子才是最可爱的。但是，某一事物的整个品种愈是可爱，人们也就要求它自身具有特别可爱之处。一朵雏菊跟另一朵雏菊比较起来，可以不分彼此；但是，一朵紫罗兰就得色彩艳丽、香味淡远。——所以，对于妇女儿童，我总是特别苛求。

最糟糕的还不是这个。在她们埋怨人们怠慢了她们之前，起码得允许人家和她们接近吧。所谓接近，自然意味着访问、交往。可是，如果在男主人结婚以前，你跟他早就是好朋友，——如果你不是作为女主人的亲眷跟他们来往，——如果你不是跟在她的衣裾后边儿溜进他们这个家，而是在他还没有考虑向她求婚之前，你们已经是多年知交的好朋友，——那么，你就看吧，——你那立脚点靠不住了，——不等一年十二个月过完，你就会发现你那位老朋友对你的态度渐渐冷了、变了，最后总找茬儿跟你绝交。在我的朋友当中，凡是结过婚而他那坚定友谊还值得我信赖的，几乎全是在*他结婚以后*才和我交上朋友的。对于这种友谊，她们可以有限度地容忍——但是，倘若男主人竟敢不事先取得她们同意就缔结什么神圣的友好同盟，——哪怕这件事发生在他和她相识之前，——那时候，今天这一对夫妻还没有见过面，——这在她们是绝对不能容忍的。天长日久的友谊，往昔可靠的交情，都必须呈报到她们的办公室，经过她们盖章批准，方能生效，犹如新国王登基，一定要收回往日通行的货币，——这些货币本是前朝铸造，那时候，他不但还没有在人间降生，别人连想也不会想到他，——统统打上新的印记，铸上他的权力标志，才得准许在世面流通。你不妨想一想，像我这么一团生了锈的破铁块，再经过这么一回炉，一般来说会遭到什么样的命运。

为了扫掉你的面子，使你慢慢失去她们丈夫的信任，她们使用了很多办法，其中之一就是：不管你说什么，她们总是带着大惊小怪的神气笑你，仿佛说你这个家伙莫名其妙，纵然能说几句趣话，终究不过是个怪物。为了达到这种目的，她们特别把眼睛瞪得大大的，——男主人本来对你一向言听计从，从你的谈吐中看出你不是个庸庸之辈，虽说在见解和态度上有点儿别致，他也不以为怪；可是，经不住太太瞪来瞪去，他也开始起了疑心，不知你到底是不是一个活宝——打光棍儿那些年月来往一阵倒还没啥，现在要带到太太小姐们当中却殊为不妥。——这就叫做“瞪眼法”，是她们最常用的对付我的办法。

还有一种，叫夸张法，或曰反讥法，就是说：她们一旦看出丈夫对你特别好，而且要动摇他由于长期敬重而对你产生的这种感情并不是那么容易的事；那么，好了，不管你说什么话、做什么事，她们总是对你大捧特捧，捧得特别过分；那位好丈夫一听，明白了这完全是为了讨他的好，于是，对于他自己由于太老实而欠下的人情债也就感到厌倦，他的心意冷淡下来，对你的一片热忱降低了再降低，最后变成不冷不热的友好态度——即“分寸适当的好感，彼此安心的交情”，这恰好投合她的心意，因为这种关系，她可以与丈夫一同维持，用不着勉强。

另外，还有一种办法(为了使自己称心如意，她们使用的办法不知道有多少)：她们常常做出天真烂漫、傻乎乎的样子，故意曲解她们丈夫对你有好感的根本原因。譬如说，她丈夫敬佩你品德高尚——这是拧紧你们友好链条的铆钉；为了把它拆断，她就凭空乱说什么你的谈话一点也不生动尖锐，还叫道：“亲爱的，我记得，你不是说你这位朋友，某某先生，是一位大才子吗？”再不然，如果男主人对你有好感，是因为他觉得你说话风趣，因而对你在德行方面的小小瑕疵就马虎一点儿，不去斤斤计较。可是，万一叫她抓住一点毛病，她非大声宣扬不可，说：“这，亲爱的，就是你说的那位品德端正的某某先生吗？”有一位好太太，我曾经斗胆劝她几句，因为像我这样的她丈夫的老朋友，她并没有给予应有的尊敬。可是，她干脆回答我说：结婚以前，她常听某某先生谈起我，曾经怀着极大的渴望一识尊颜，然而一见面却大失所望，因为根据她丈夫的形容， 在她印象中我应该是一位风度翩翩、身材高大、好像军官模样的人(她的原话如此)，不料我本人的真正面貌却恰好相反。这话说得倒也干脆。如果不是为了客气，我真该反过来问问她：在看待朋友的个人才干上，她跟她丈夫大不相同的这种衡量标准，到底是从什么地方拣来的？因为，她丈夫的身量大小跟我的个子要多么接近就多么接近；他站直了才五英尺五英寸高，我比他还高出半英寸呢；而且，他的神色、相貌，也都跟我一模一样，并没有流露出一点点赳赳武夫的气概。

从以上可知，我莽莽撞撞到他们家去串门儿，受到过一些什么样的屈辱。这类例子不胜枚举，下面我只提一提那些结了婚的女士们常犯的一种失礼之过，即：对待客人好似丈夫，对待丈夫倒像客人。我的意思是说，她们对待我们熟不拘礼，对待丈夫倒恭谨备至。譬如说，不久前一天晚上，在苔丝达西亚[①]家里，已经到了我平常吃晚饭的时间，她还让我再等两三个钟头，因为她焦急地等着某某先生回来，而当他还没有到家的时候，她宁肯让牡蛎放凉，也不肯去尝一尝，以免丈夫未归，此

① 苔丝达西亚，色拉西亚，是兰姆对两个朋友的妻子所起的拉丁文假名。

举于礼有亏。这恰好把礼貌的要点弄颠倒了。因为，礼貌之所以发明出来，目的在于当我们感到自己不像另一个人那样受到某位同胞垂青和尊重时，把我们那种不自在的感觉加以转移。这不过是在大事上当仁不让地有所偏爱，只好在区区小节上拼命客气一番，稍稍予以弥补，以免引人嫉恨而已。因此，苔丝达西亚应该不管她丈夫无论怎样催着开晚饭，也要把那牡蛎留下来等我来吃，这才算严格按照礼节办事。至于太太们对丈夫需要遵守的礼貌，在我看来，只要做到风度端庄、举措适度，也就足够，不必殷勤得太过分了。为此，我要对于色拉西亚[①]助长她丈夫暴食暴饮的行为提出抗议。因为，我在她家餐桌上正津津有味地吃着一碟黑樱桃的时候，她突然把那个碟子端到桌子另一头给了她丈夫，却推过来另一碟没什么了不起的醋栗，劝我这个可怜的光棍汉把它吃掉。另外，我无法原谅的肆意侮辱，还有——

算了，对于我所认识的这些结了婚的男男女女，我不必再使用拉丁文代号一一细说了。只请他们在做人的礼貌方面改进一下吧，不然的话，总有一天我要把他们的真名实姓全公布出来，让那些肆无忌惮冒犯我的人知道知道我的厉害。

---

① 苔丝达西亚，色拉西亚，是兰姆对两个朋友的妻子所起的拉丁文假名。

故伊利亚君行述[①]

某友人作

可怜的伊利亚先生近几月来健康日益下降，终于神归大化。正如他的遗愿，他总算能够活着看到自己的生平著作汇成一集出版。但是，从今以后，《伦敦杂志》上再也见不到他的踪影了。

昨夜十二点整，他那有点儿疯疯癫癫的灵魂逝此以去，圣新娘教堂的钟声将他连同旧年一起送走。当那悲哀的颤音传入他的朋友泰勒和赫西[②]的餐厅，正在那里高高兴兴迎接又一个元旦来临的全体客人立即停止欢闹畅饮，陷入一片沉默。贾纳斯流下了眼泪。脾气温和的普罗克特小声嘟哝说他想写一首挽歌。阿仑·坎宁安对于他本族同胞所受的委屈慨然不予计较，发愿要为死者写一篇内容丰富、态度友好的回忆录，不亚于他那《里德尔·克罗斯故事》。[③]

说实在话，他现在去世正是时候。他文章里的那一点幽默味儿(如果那里边真有什么幽默味儿的话)差不多已经耗干了。一个幻影[④]能有两年半的活头，时间也不能算短。

现在，我可以放心大胆地直说：在我听到的对于我这位亡友作品的反对意见中，有不少并非无稽之谈。首先，我承认，这些文章写得粗糙——只是一批未经琢磨的急就之作——再披上一层古老句式、陈旧词藻的华丽外衣，显得矫揉造作、令人生厌。不过，它们要不是这样写，也就不能算是*他的*文章了。因为，一个作家，与其硬要装出一种和自己格格不入的所谓自然风格，还不如在自己所喜爱的古色古香情调中保持一点儿自然的风味。有人说作者写这些文章不过是自我标榜，其实他们并不了解：当他好像在讲自己的时候，实际上(从历史事实来说)讲的常常是别人的事。例子不必多举，譬如说，在他的第三篇随笔里，他用第一人称的口气(这是他爱用的手法)暗暗透露出一个乡下孩子远离亲友来到伦敦后的凄凉景况⑤——这就与他个人的早年经历恰好相反。假如，将自身与他人的悲欢交织在一起——将自身化为许多人，又将许多人融合在自身之中——就算是自我标榜的话，那么，巧妙的小说家一直都在让他的男主人公和女主人公出面讲说他们自己的事，岂不也成了最大的自我标榜者了吗？然而，并没有人如此责怪他。而且，情感丰富的戏剧家又如何避免同样的错误呢？因为在人物热情洋溢的台词掩盖之下，他往往不受责难地吐露出自己内心深处的情感，含蓄地说出自己的经历。

我这位故世的友人在许多方面可说是一位奇人。不喜欢他的人一定恨他；原先对他有好感的人后来也变成了他的仇敌。原因在于：他在别人面前说话太欠考虑。他总是话到嘴边就说，既不看时候，也不讲场

---

①此文原载《伦敦杂志》1823年元月号。兰姆从1820年8月起，以“伊利亚”的笔名每月为《伦敦杂志》撰写随笔，1823年初集成《伊利亚随笔》一书出版。此时兰姆对“伊利亚随笔”不想再写下去，就在《伦敦杂志》上发表了这篇《伊利亚行述》，宣布“伊利亚”这个人已经去世。接着，兰姆又发表“讣告”，他的朋友也接连发表“悼文”、“挽诗”，开了一阵玩笑。但随笔写作欲罢不能，《伦敦杂志》对于伊利亚的“死讯”又加以否认。到1833年《伊利亚随笔续集》出版，这篇“行述”经过删节印在《续集》之前作为序言。

②泰勒(Taylor)和赫西(Hessey)是《伦敦杂志》的出版者。

③这里所提到的几个人都是当时和《伦敦杂志》有关的几个作者，“贾纳斯”是温因赖特(T. G. Wainewright)的笔名，普罗克特(B. W. Procter)后来写过兰姆的传记，阿仑·坎宁安(Allan Cunningham)是苏格兰人，而兰姆在《不完全的同情》一文中说过他和苏格兰人合不来，故本文中有曾使坎宁安的同胞受委屈的话。《里德尔·克罗斯故事》是坎宁安在《伦敦杂志》上连载的作品。

④指兰姆发表随笔时采用的假名“伊利亚”以及这个真假杂糅的人物形象。从1820年8月到1823年元月，“伊利亚随笔”在《伦敦杂志》陆续发表，等于这个“幻影”生存了两年半。

⑤指兰姆在《三十五年前的基督慈幼学校》中以第一人称自述的口气介绍了他的好朋友柯勒律治小时候到伦敦基督慈幼学校读书的经历。

合。在严正的宗教家看来，他是一个自由思想者，而自由思想者又把他当作一个顽固的信徒，否则，就说他言不由衷。[①]对于别人他莫测高深；我相信，就是他自己对于自己也未必始终完全了解。他太爱使用那种危险的冷嘲口吻说话。他播下了暧昧不明的言词，收获的却是明明白白，毫不含糊的憎恨。他爱拿一句轻松的笑话去打断人家严肃正经的谈话；然而，倘能遇到知音，也未必就认为他是瞎说一气。但那些说起话来喋喋不休的人都恨他插嘴。他那无拘无束的思想习惯，加上他那期期艾艾的口吃毛病，使他绝对成不了演说家；因此，他似乎就横下了一条心，只要有他在场，谁也休想在这方面出风头。他个子矮小，相貌平常。我有时候看见他处于所谓上流人士中间——在他们当中，他是一个陌生人，只好一声不响地呆坐，被人当作怪物——；然后，不定什么倒霉原因惹恼了他，他结结巴巴说出一句莫名其妙的双关俏皮话——如果听懂了，也不能说它毫无道理——好，在那一整个晚上，别人对他的性格就形成了一种偏见。不管谈言微中，或是话不投机，对他自己当然都无所谓。可是，这么一来，就十有八九弄得全场的人都变成他的敌人。他的想象力超过他的口头表达能力，哪怕他最巧妙的即席谈话也总带着勉力为之的样子。他曾受人指责，说他总是装出一副滑稽模样，其实他不过竭尽全力，要把自己那些可怜想头清清楚楚说出来罢了。他挑选朋友，只看对方表现出来的突出个性特点。——因此，在他的交游之中，有学问的人寥寥无几，真正的文人学士简直没有。他的朋友大部分是些无恒产的人，而且，由于这样的人一般来说最讨厌有固定收入的君子人（哪怕只有中等收入），因此连带着把他也看作一个大大

① 据兰姆的好友赫兹利特说，兰姆在他人面前的言谈举止“因人而异”，如果别人对他有某种成见，他就按照这种成见表现自己，而且尽量夸大，达到荒谬地步，使人目瞪口呆乃已。——对于这种脾气，我们自然未便苟同。

的守财奴。据我所知，这倒是个误会。他那些“知心朋友”，说实在话，在世人眼里都是些在世面上漂泊的褴衣帮，他发现了这些人，被他们的奇异色彩所吸引①。于是，这些寄食者就像芒刺似地粘在他身上——不过，他们倒是些善良而重义气的寄食者。他从来也不怎么愿意跟所谓上流人士打交道。所以，他们当中有些人讨厌他(照他那样，得罪人是迟早的事)，他也无可奈何。要是有人说他对于上流人士的感情体谅不够，他就反唇相讥，问道：那些上流人士在哪一点上体谅过他？在饮食娱乐方面，他自奉俭约，一直过着节省的日子。只是他抽烟太凶，有点儿过了头。据他说，他抽烟，是为了想使得自己的说话能力能够得到缓解。的确，当那亲切友好的烟雾袅袅上升，他那些喋喋不休的漫谈也随着那烟圈儿回旋不已。刚才还发不出声音的韧带此刻松开了，于是，这位口吃者一变而为纵论天下大事的人。

如今，我这位老友谢世而去，我不知道自己究竟应该悲痛还是高兴。他说过的笑话早就失去兴味；他讲过的故事也费人搜寻。他早就感到老年冉冉而至。虽然他自命仍执着于人生，人们早就看出：生之羁绊对他来说已经日益薄弱了。近些天来，我们曾经就此题目交换意见，他在谈话中表示出一种褊狭态度，在我看来，这是和他平日的为人不相称的。我们又曾在夏克威尔②他所谓的乡居附近散步，当地一所职业学校的男女学生见了我们，有的行鞠躬礼，有的行弯膝礼，他觉得他们对他未免太恭敬了。他板着脸咕哝说：“他们大概把我当作来巡察的官长了！”他生怕自己看起来像一个地方上的要人——这种忌讳久而久之变为一种怪癖。但他又觉得自己一天天愈来愈接近于这种人物。被人当

---

①兰姆青年时代在伦敦新闻出版界认识了一些穷文人，这些人又多半是同情法国革命的急进派，上流社会对他们是侧目而视的。

②疑为兰姆所虚拟的伦敦郊区地名。

作肃然可敬的人物，他既然如此反感，对于造成此种身份的老年的来临，他自然要小心翼翼地加以防范。他总是尽可能和比自己年轻的人在一起厮混。他适应不了时代前进的步伐，只好勉勉强强跟在后边。他的生活习惯落后于他的年岁。他太像一个大孩子。那“成人的袍服”[①]套在他的肩上总显得不是那么合身。幼年时期的印象在他心底留下深深的烙印；他对于成人时代无端插入他的生活感到愤慨。这些，自然都是他的弱点。然而，弱点归弱点，它们却为理解他的某些作品提供了一把钥匙。[②]

在他身后留下的遗产不多。这不多的遗产(主要是印度债券)自然要转赠给他的堂姐勃莉吉特[③]。从他的办公桌里，还发现两三篇评论文章，也已交给本刊编辑，不久可望发表，仍然保留着他平时的签名。

他自己毫不含糊地说过：他在一家公事房里任职。我想，东印度公司出口部的先生们或许不致见怪，如果我感谢他们欣然帮我取出他的几件手稿。他们非常热心地向我指出他曾经坐过四十年的办公桌，还让我看那些笨重的大账簿，在那里边他用非常工整的字体密密地写满了数字——按说，跟他那印成铅字的稀稀落落几篇文章比起来：这些才是他真正的“全集”。提起了他，他们好像很有感情，一致夸他是司账好手。他似乎发明过某种记账法，兼有意大利复式账(他们好像这么称呼来着)的精确和德国新账法的简便；不过，这种发现究竟有多大价值，我也说不上来。我常常听他热情地谈到他在办公室里的那些同事，说他能与这些先生们同甘共苦实属三生有幸。据他说，论起见识、谈吐、聪

---

①原文为拉丁文“Toga virilis”，原指在古罗马时男子到十六岁成年时所穿的服装。

②在兰姆的随笔中，对童年时代的回忆占据很大的篇幅。

③勃莉吉特，兰姆在自己作品中为他姐姐玛利所起的假名，身份也改为堂姐。

明和才能来，这些职员要比我交往的那些职业作家们强上两倍还不止呢。他一谈起“往年在东印度公司的日子”，就不禁眉飞色舞：那时候，他结交了伍德鲁夫和韦塞特，彼得·科尔贝(即那位爱开玩笑的科尔贝老主教[①]的后代，虽然尊严地位已非昔比，仍不失为他的一位体面子孙和代表)；还有塔索的译者胡尔，[②]巴特莱美·布朗——他父亲曾把沃尔顿的书进行现代化的改订[③](愿上帝为此赦免他！)；还有那调皮而热情的老杰克·寇尔(那时候大家叫他寇尔王)，坎普和冯贝尔，以及其他一大批出色人物，多得我记不下来，那时候，他交往的还有杰克·伯雷尔(南海公司的那位美食家)，还有他手下的出纳员小艾顿(这位先生个子矮小，大家说他是颇普的“复印本”)[④]；还有海关上的丹·伏依特——他身后留下一批著名的藏书。

好，伊利亚已经去世了，——他又去跟上边说的那些人会面了，——从他笔下所留下来的点滴遗墨也就是我们所能拿出来问世的一切。连篇累牍的作家，身后留下来的东西何其微小！他们一辈子说呀、写呀，可以传世的也不过只有一两句闪光的语言！伊利亚的那些随笔一篇一篇发表时，曾为一些人爱读。单独问世，它们总算渐渐得到了公众的好评。如今，它们汇合在一起，他这些“自己编造出来的傻话”变成了一本书[⑤]，读书界反应如何，那就是出版者所要面临的问题了。

---

①科尔贝主教(Richard Corbet，1582—1635)，曾任牛津主教，性格诙谐。

②胡尔(John Hoo1e，1727—1803)，东印度公司的主要审计师，曾将罗马诗人塔索的作品译成英文。

③指把英国十七世纪散文作家沃尔顿的《垂钓名手》(Izaac Walton：“Compleat Angler”)一书加以改订，使之适于现代读者阅读。

④英国十八世纪诗人颇普(Alexander Pope，1688—1744)是一个出名的矮子，所谓“复印本”，就是说这个小艾顿也像颇普一样矮小。

⑤指兰姆的《伊利亚随笔》一书在1823年元月出版。

穷亲戚

穷亲戚——究其本质乃是一种最无足轻重的人物，一种叫人厌烦的交往，——一种令人反感的亲近，——一种使人良心不安的因素，——这是当你事业兴旺如日方中之时，偏偏向你袭来的一片莫名其妙的暗影，——这是一种不受欢迎的提醒，——一种不断重现的羞辱，——一种度用的靡费，——一种对你尊严的无法忍受的压力，——这是一种成功之中的缺憾，——一种发迹之时的障碍，——一种血缘里的污染，——一种荣耀中的瑕疵，——这是在你长袍上的一道裂痕，——在你欢宴中突然出现的一具骷髅，——这是摆在阿加索克里斯面前的一只陶罐，[①]——这是坐在朝门当中的末底改[②]，——这是躺在你门前讨饭的癞子[③]，——这是一头狮子，恰恰蹲在你的路口上，这是一只蛤蟆，在你的卧室里跳来跳去，——这是在你的眼睛里掺入的一粒尘埃，——在你的圣油里落下的一只苍蝇，——这使得你的仇敌们为之得意，——为此，你却要向朋友们加以辩解，——这是一种可怜无补之事，——收获季节偏来一阵冰雹，——一磅蜜糖之内却加一两酸醋。

一听那敲门声，就知道是他。你心里嘀咕道："这一定是某某先生。"他那剥啄之声，介乎亲昵与恭敬之间，似乎巴望着受到一场款待，而又觉得凄然无望。他进门时笑容可掬——可又忸怩不安。他把手伸出来要跟你握——可又缩了回去。他在吃饭时间似乎漫不经心来访——恰恰碰上座无虚席。他见家里有客，即刻告退——可是禁不住一劝，就又留下了。于是，他坐进一把椅子，而某位客人的两个小孩就被安顿在旁边一张小桌上。一般会客日他是不来的，虽然你的太太带着几分得意的口气说道："亲爱的，某某先生恐怕是要来的吧？"哪些天有生日，他倒从不忘记——只是总要表白一番，说什么他碰巧遇上了这么一个好日子。他声明自己是不吃鱼的，而且桌上的比目鱼也太小了——然而，经不起再三敦促，他只好勉为其难地吃下去一块，把他原来的决心推翻了。他除了葡萄牙红酒本来涓滴不沾——然而，如果别人硬要他尝一下法国葡萄酒，他也只好把剩下的一杯一饮而尽。在仆人们的眼里，这个人是难解之谜——对他不宜过分巴结，可又不得无礼。客人们心里也都纳闷："这一位好像过去在什么时候见过。"人人都在猜测他的身份，多半把他当成一个看风使舵的人。他对你总是直呼教名，以此暗示他跟你姓的是一个姓[④]。他愈是尽量跟你攀亲套近，你就愈感觉到他内心里的忐忑不安。如果他那种亲昵劲儿只用上一半儿，别人或许只当他是一个偶然出现的食客；要不，他的脸皮再厚一点儿，别人也就根本看不出他到底是何许人也。他身份低微，不像一个朋友；架子又大，不同于寄人篱下之士。作为客人，他还不如乡下来的佃户，因为他并不交纳租金——然而，奇怪的是，由于他那穿戴举止，其他客人倒往往把他当作一个佃户。别人打牌，叫他凑一角，他以囊中羞涩为由，推辞了——可是把他抛闪一边儿，他又闷闷不乐。客人们要散的时候，他自告奋勇去叫车——可还是让一个仆人去了。他记得你的祖父，冷不丁地提出一件讨人嫌、不足道的什么故家琐闻来。据说，这回事他早有所知，那时候这个家还不像"老拙今日有幸所见"的这么红

---

① 阿加索克里斯，公元前三世纪时西西里岛的暴君，他的父亲是一个陶匠，对于这种"微贱出身"他不愿回顾，自然避讳陶罐之类的东西。

② 末底改，圣经中的人物，王后以斯帖的养父。当犹太人受到迫害，末底改就身披粗麻布、蒙上灰尘，坐在朝门口表示抗议。

③ 癞子，原文为拉撒路，是福音书中所说在财主门口要饭的乞丐，"浑身生疮"。意译为"癞子"。

④ 姓一个姓，意思说跟主人是本家亲戚。

火兴旺。他爱回忆往日的光景，进行一番他所谓的——大有好处的对比。在祝贺中语带贬刺，他细细盘问你置办家具的价钱，特别可气的是他尽在那里夸你的窗帘买得好。他还发表高见说：新咖啡壶外形虽然美观，究不如往年破茶壶用来方便耳——这一点，请君切记才是。他断言：如今尊家有了自己的马车，自然便当多矣——还请你太太说说到底是否如此。然后，又询问你们家的纹章在小牛皮纸上可曾印好；还说他孤陋寡闻，最近才知君家的标徽乃是如此这般的一种图案[①]。他的回忆都是这样不合时宜；他的恭维之中别有含意；他的谈话惹起你的不安；他坐下来又不肯走；所以，他刚刚挪窝，你就急忙把他坐的那把椅子搬到墙角里，觉得自己身上好像放下了两个包袱那样松了一大口气。

世界上还有一种灾难，叫人更受不了，那就是——女的穷亲戚。对于男的穷亲戚，你还可以想想办法遮丑；但是，对于贫穷的女亲戚，可就简直无法可想矣。对于男的，你可以说："他是个老怪物，穿得破破烂烂，都是装的。其实他的家境比别人想的要好得多。诸位都喜欢在餐桌上有一位怪人做陪客，而他正是这么一个怪人。"可是，女人是从来不肯装穷的。无论哪个女人，绝不会由于任性而在穿戴上有失自己的身份。真相总要泄露，含糊不得。"她明明跟兰家有亲戚嘛。要不然，她干吗总待在他们家里？"很可能，她是你妻子的堂姐妹。至少说，情况八成如此。她的衣着介乎上流妇女和乞丐之间，而前者还明显占着上风。可是，她那低声下气叫人厌烦，她那自惭形秽过分刺眼。有时候，男亲戚成为"主妇之累"，对他的势头倒需要压一压；女亲戚呢——想抬举她也没用。用餐时递给她菜汤，她却求你先让诸位先生用罢再说

① 以上的种种表示，都是旁敲侧击，暗示这家主人是一个暴发户，而暴发户也最怕知情人揭他的老底。

吧。某某先生请求和她对饮一杯；她犹豫了好一阵，还拿不定主意究竟该喝红葡萄酒还是白葡萄酒，最后才选定了白葡萄酒——只因为人家喜欢这个。她对着仆人称“先生”，说什么也不肯麻烦他为自己端着盘子。女管家竟成了她的保护人。她把钢琴叫做键琴，小孩们的家庭教师断然出来纠正她的错误。

戏里的理查德·阿姆莱特先生[①]是一个好例子，说明那种认为“近亲即是好友”的空幻观念能使有志之士陷入多么不利的地位。这位先生跟那位家产巨富的小姐之间横隔着一层荒唐可笑的门第障碍。他的好运气一直被一位老太太的慈祥母爱所打断——她成心捣乱，非把他叫做“我的儿狄克”不可。不过，到了最后，她总算对他所受的屈辱给以补偿，原来似乎一直非把他打下底层才心满意足，终于还是把他捧到了显赫的上层。但是，并非所有的人都像狄克那样能屈能伸。我认识一位实际生活中的阿姆莱特——他缺乏狄克那样嘻里哈啦的脾气，但却实实在在地陷入底层之中。可怜的小威[②]跟我在慈幼学校同年级上学，拉丁文学得不错，是个有出息的小伙子。要说他有什么毛病的话，那就是心高气傲。不过，他那骄傲是于人无伤的，并非由于天性冷酷、把不如自己的人都不放在眼皮底下，而只是防护着自己、不容他人任意贬损而已。那仅仅是把自尊自重的精神加以充分发扬，而对于他人的自尊心，不但不去侵犯，而且还希望每个人也像自己一样把它好好地保持着。在

① 理查德·阿姆莱特（小名狄克），是十八世纪英国戏剧家凡布卢所作喜剧《同谋》中的一个人物。他的母亲是一个卖脂粉和妇女零星用品的小贩，但他为了追求一个富商的女儿，冒充为上校，而他母亲又和这家富商有密切来往，结果闹出种种笑话。最后他和富商的女儿结婚，他母亲资助他一大笔钱。

② 据考证，作者在这里说的“小威”，实际上是他在基督慈幼学校的同学约瑟夫·法弗尔。法弗尔在慈幼学校毕业后，以工读生资格入剑桥大学读书，因不堪歧视，愤而参军阵亡。

这个问题上，他巴不得人人都和他看法一致。我们长成了半大小伙子，在假日常常一块儿外出。我们是一对高个子，穿上慈幼学校的蓝色制服，在街上显得有点儿不顺眼，京里人又爱刨根问底挖苦人，为了避开人们注意，小威总叫我跟他一起走背街，穿小巷，钻死胡同，我不肯，为此我们吵过多少架！后来，小威就带着一肚子这样委委屈屈的心思到了牛津。在那里，庄严神圣而又妙趣无穷的学者生涯吸引着他，卑微的入学身份又刺激着他，使他对于学府发生了强烈感情，而对于世俗社会则怀着深深的反感。他穿上了工读生[①]的长袍（这比慈幼学校的制服更不体面），觉得好像是尼萨斯那件浸满毒液的小衫[②]就紧紧地箍在自己的身上。他感到自己这一身打扮荒谬可笑。其实，在他以前，拉蒂默[③]也曾穿着工读生的袍子意态昂然地走来走去，胡克[④]年轻时不但穿过这种服装，而且以此为荣，还可能带着一种未可非议的气派向别人得意洋洋地夸耀哩！这一贫寒学子，不是藏身于校园的绿阴深处，便是孑然独处于幽室之内，只求避开他人的耳目。他的安身立命之地，一在书籍之中，因为书籍决不欺侮一个好学青年；一在学术钻研，因为学术也不去追问他的家财若干。他做自己书斋的主人，对于书籍王国以外的事统统不管不问。勤奋向学使他精神得到抚慰，愁闷得到排解，因此身体也就得到复元。可是，当他身体差不多完全健康起来的时候，那反复无常的命运却对他进行了第二次更为严重的狠毒打击。在此以前，小威的父亲一直在牛津附近某地干着油漆房屋的微贱营生。这时候，大学里传说要

---

① 工读生，即半工半读上大学的贫寒子弟，他们做一部分校役工作，穿的衣服也和一般学生不同。

② 据希腊神话，半人半马怪尼萨斯临死时，把浸染着他的毒血的衬衫交给赫库力士的妻子，后来赫库力士穿上这个毒衫，终被毒死。

③ 休·拉蒂默（1490—1545），英国主教，曾在剑桥上学。

④ 理查·胡克（1554—1600），英国著名神学家。

动工修建，他把家搬进市内，希望学院的头头们能对他照顾一下，雇他干点儿活计。从此时起，我就在小威脸上看出他似乎暗中下了什么决心，而这种决心后来终于把他从书斋生涯中永远地夺走了。在我们大学里，方帽学士和市井之徒（尤其是市民当中的买卖人）界限划分得极严，不容混淆，若教不明底细的外人看来，那简直苛刻得难以置信。而小威的父亲的脾气又跟儿子截然相反。威老头子个子矮小、忙来忙去，是一个逢人就巴结的生意人。即使儿子在旁边陪着，他碰见随便哪个身穿大学袍服的角色，也都立即脱帽，右脚退后，行一个鞠躬礼，——他一点也不理会儿子对他使眼色甚至公开劝阻，哪怕见了跟小威同斋房的学生，说不定也同样是工读生，都一律点头哈腰，行礼不迭。这种状况自然不能长期继续下去。小威若不离开牛津去换换空气，就得憋闷而死——他选择的是前一条道路。古板的道学家把孝道抬高到一个了不得的程度，大概会骂小威有背为子之责——那就让他去说吧，这种人是不会了解这一场争斗的。反正，我和小威站在一起——在我和他相处的最后一天下午，我们一同站立在他父亲寓所的屋檐之下。老威的房子坐落在从牛津大街通向某个学院后门的那条小巷深处。小威陷入沉思，似乎心情平静下来。我见他情绪好转，胆子也大了，拿他家门前那一幅传道艺师[1]的画像跟他开开玩笑——那是他父亲看到生意渐渐兴隆，特意镶了一个漂亮的框子挂到他那真有点儿堂皇气派的店铺门面上，一方面点缀一下兴旺气象，一方面也是向他那神圣的保护者表示感恩之意。可是，小威抬头看看路加圣像，像撒旦[2]似的，“一眼认出那镶金的招牌，便逃得无影无踪。”次日清晨，一封信留在他父亲的桌

① 据基督教传统，路加，即第三福音书的作者，是画匠艺师的保护者，因此被油漆匠奉为祖师。

② 撒旦，即魔鬼。

右脚退后，行一个鞠躬礼。

上，宣称他已接受某团的委任，即将启航开到葡萄牙去。不久，他跟其他人一起，第一批在圣赛巴斯提安城下阵亡。

谈论这个题目的时候，我一开始并未抱着一本正经的态度，可是，不知怎么回事，谈着谈着，却提起了这件叫人难受的事情。不过，穷亲戚这个话题，本来内容广泛，一说起来，既能联想起喜剧事件，也能联想起悲剧事件，要想分得一清二楚、不相混淆，是颇不容易的。关于这方面，我还留下一些早年的回忆，说起来倒确实不会叫人难受，也不会叫人觉得耻辱。小时候，每逢礼拜六，在我父亲那不算十分讲究的餐桌旁，总坐着一个神秘人物——一位神情忧郁、面貌清癯、身穿简朴的黑礼服的老先生。他少言寡语，严肃极了，我在他面前不敢弄出一点儿声音。而且，我也根本不想吭声，因为大人有话：我对他只能恭恭敬敬，一声不响。为他特别备下一把扶手椅子，别人谁也不能占用。每当他来的那一天，还要摆出一种特别为他做的甜布丁，那是其他日子根本没有的。我想象，他可能是个大富翁。有一点，我倒真正弄清楚了：不知多久以前，他和我父亲在林肯市[①]同学，他家在敏特[②]。我知道，世界上的钱都是在敏特那个地方造出来的——而他，我认为，就是所有这些钱的主人。他的出现还跟关于伦敦塔[③]的可怕念头交织在一起。他好像从来无疾无病，无情无欲。只有一种庄严的忧郁笼罩着他。在我心目中，似乎由于某种不可解说的命运注定，他一出门就得穿上他那套黑色的丧服，永远不得改变；说不定他是每到礼拜六就从伦敦塔里放出来的犯人——某个高贵人物。所以，我常常觉得奇怪，这位客人一到，

---

① 林肯市，英格兰的林肯郡首府。另外，伦敦有一所林肯法学院。作者在这篇文章里把两者混在一起用了（又当地名，又当学校）。作者在随笔中常常采用真真假假互相杂糅的写法。

② 敏特，意为造币厂。

③ 伦敦塔，在古时是英国国王拘禁国事要犯的监狱。

大家都对他恭恭敬敬，只有父亲胆子那么大，谈起了他们年轻时候的事，争论起来，竟敢不断反驳他的话。原来，在那古老的林肯市（正如多数读者所知），居民的住宅有的建在山顶，有的筑在平地。此种明显差别把家住山上和家住平原的学生（尽管他们都在一个学校里求学）截然分为两派，这就在这些年轻的法学家之间养成了相互敌对的习惯。我父亲本是山上派的首领，他到说话这时候仍然坚持说，那些山上少年们（即他自己那一派）无论在本领方面还是胆略方面都要比那些山下少年们（当时如此称呼）高出一筹——而他这位老同学当年乃是后一派的头头。于是，围绕这一题目，多次发生激烈的争执——这时，那位老先生才显露了本色——旧怨重新撩起，有时候简直又要动武（我倒盼望着见识一回）。不过，我父亲不屑于硬要人家承认自己的优势，所以，总是想法儿把话题巧妙地一转，改为赞美那座古老大教堂[①]——对于它，山上居民也好，平原居民也好，都有共同的好感，认为它胜过不列颠岛上所有其他的礼拜堂；既然在这一点上大家能够达成和解、取得一致意见，那么，那些次要的分歧也就不妨搁下不管了。只有一回，我看见这位老先生动了真气，而且我还记得那时候有一个痛苦的念头掠过自己心上："恐怕他再也不会来了吧！"事情是有人劝他再吃一盘儿布丁——这种食品，我刚才说了，只要他一来，就一定要给他摆出来的。他几乎是声色俱厉地说过不吃了，可是我那姑母，一位老林肯人，跟我堂姐勃莉吉特脾气一样，有时在不该殷勤的时候偏偏十分殷勤，说了这么一句叫人难忘的话来劝他："再吃一块吧，比利特先生，你不见得天天都能吃上布丁呀！"老先生当时啥也没说——可是那天晚上一直找碴儿出气，恰好碰上他们两人之间发生了什么争执，于是他就狠狠地说了一句

---

① 指伦敦的西敏大寺（威斯敏斯特大教堂）。

话，这句话使得举座失色，就在此时，我把它写下来的时候还觉得寒心——他说："你这个娘们儿，真是老废物！"约翰·比利特此番当众受辱之后，不久就去世了。不过，在他还在世的时候，我总算有机会看出来：他跟我们家又讲和了；而且，如果我没有记错的话，后来又有一块新做的布丁小心翼翼地端到他的面前，以代替原来惹他生气的那一块。他死于敏特(时为1781年)——在那个地方，他靠着一笔独立的收入，过了很久的在他说来还算舒舒服服的生活。他过世之后，在他那张老式的书桌里找到了五镑十四先令一便士的钱——这是他留下来的，其意若曰：感谢上帝，他总算出得起自己的安葬费，不欠任何人一文钱。这也是——一位穷亲戚。

读书漫谈

> 把心思用在读书上，不过是想从别人绞尽脑汁、苦思冥想的结果中找点乐趣。其实，我想，一个有本领、有教养的人，灵机一动，自有奇思妙想联翩而来，这也就尽够他自己受用的了。
>
> ——《旧病复发》[①]中福平顿爵士的台词

我认识的一位生性伶俐的朋友，听了爵爷这段出色的俏皮话，在惊佩之余，完全放弃了读书；从此他遇事独出心裁，比往日大有长进。我呢，冒着在这方面丢面子的危险，却只好老实承认：我把相当大一部分时间用来读书了。我的生活，可以说是在与别人思想的神交中度过的。我情愿让自己淹没在别人的思想之中。除了走路，我便读书，我不会坐在那里空想——自有书本替我去想。

在读书方面，我百无禁忌。高雅如夏夫茨伯利，低俗如《魏尔德传》[②]，我都一视同仁。凡是我可以称之为“书”的，我都读。但有些东西，虽具有书的外表，我却不把它们当作书看。

在 biblia a-biblia（非书之书）这一类别里，我列入了《宫廷事例年表》、《礼拜规则》、袖珍笔记本、订成书本模样而背面印字的棋盘、科学论文、日历、《法令大全》、休谟、吉本、洛伯森、毕谛、索姆·钱宁斯[③]等人的著作，以及属于所谓“绅士必备藏书”的那些大部头；还有弗来维·约瑟夫斯[④]（那位有学问的犹太人）的历史著作和巴莱的《道德哲学》[⑤]。把这些东西除外，我差不多什么书都可以读。我庆幸自己命交好运，得以具有如此广泛而无所不包的兴趣。

老实说，每当我看到那些披着书籍外衣的东西高踞在书架之上，就禁不住怒火中烧，因为这些假圣人篡夺了神龛，侵占了圣堂，却把合法的主人赶得无处存身。从书架上拿下来装订考究、书本模样的一大本，心想这准是一本叫人开心的“大戏考”，可是掀开它那“仿佛书页似的玩意儿”一瞧，却是叫人扫兴的《人口论》。想看看斯梯尔或是法夸尔[6]找到的却是亚当·斯密[7]。有时候，我看见那些呆头呆脑的百科全书(有的叫“大英”，有的叫“京都”)，分门别类，排列齐整，一律用俄罗斯皮或摩洛哥皮装订，然而，相比之下，我那一批对开本的老书却是临风瑟缩、衣不蔽体——我只要能有那些皮子的十分之一，就能把我那些书气气派派地打扮起来，让派拉塞尔萨斯焕然

---

①《旧病复发》，又名《美德遇险记》，英国王政复辟时期的戏剧家约翰·凡布卢(1664—1726)所写的喜剧，福平顿爵士是剧中一个人物。

②夏夫浓伯利伯爵，即安东尼·阿失来·库伯(1671—1713)，英国伦理学家，著有《关于道德的探索》。

《大伟人江奈生·魏尔德传》，菲尔丁的小说，写一个强盗头子的一生并尖锐讽刺了当时的英国社会。

③大卫·休谟(1711—76)，英国哲学家和历史学家，苏格兰人。爱德华·吉本(1737—94)，英国著名历史学家，著有《罗马帝国衰亡史》。

威廉·洛伯森(1721—93)，苏格兰历史学家。

詹姆士·毕谛(1735—1803)，英国伦理学教授。

索姆·钱宁斯(1704—87)，英国神学家，著有《论罪恶的本性与起源》及《基督教内证管窥》。

④弗来维·约瑟夫斯(37—约98)，犹太学者，著有《犹太战争史》与《犹太古史考》。

⑤威廉·巴莱(1743—1805)，英国神学家，著有《道德哲学与政治哲学》、《自然神学》与《基督教的证据》。

⑥理查·斯梯尔(1672—1729)，英国著名散文家。

乔治·法夸尔(1678—1707)，英国王政复辟时期的喜剧家，爱尔兰人。

⑦亚当·斯密(1723—90)，英国著名经济学家，苏格兰人，主要著作为《原富》。

(按：作者在上面列举了一批他所不喜欢的作者和书，其中包括了著名的历史学家吉本和经济学家亚当·斯密。他这样说，是从一个文学爱好者的个人兴趣出发的；从学术上来说，《罗马帝国衰亡史》、《原富》这样的著作的价值是不能否认的。)

一新，让雷蒙德·拉莱[①]能够在世人眼中恢复本来面目。每当我瞅见那些衣冠楚楚的欺世盗名之徒，我就恨不得把它们身上那些非分的装裹统统扒下来，穿到我那些衣衫褴褛的旧书身上，让它们也好避避寒气。

对于一本书来说，结结实实、齐齐整整地装订起来，是必不可少的事情，豪华与否倒在其次。而且，装订之类即使可以不计工本，也不必对各类书籍不加区别，统统加以精装。譬如说，我就不赞成对杂志合订本实行全精装——简装或半精装(用俄罗斯皮)，也就足矣。而把一部莎士比亚或是一部弥尔顿(除非是第一版)打扮得花花绿绿，则是一种纨绔子弟习气。

而且，收藏这样的书，也不能给人带来什么不同凡响之感。说来也怪，由于这些作品本身如此脍炙人口，它们的外表如何并不能使书主感到高兴，也不能让他的占有欲得到什么额外的满足。我以为，汤姆逊的《四季》[②]一书，样子以稍有破损、略带卷边儿为佳。对于一个真正爱读书的人来说，只要他没有因为爱洁成癖而把老交情抛在脑后，当他从"流通图书馆"借来一部旧的《汤姆·琼斯》或是《威克菲尔德牧师传》[③]的时候，那污损的书页、残破的封皮以及书上(除了俄罗斯皮以外)的气味，该是多么富有吸引力呀！它们表明了成百上千读者的拇指曾经伴着喜悦的心情翻弄过这些书页，表明了这本书曾经给某个孤独的缝衣女工带来快乐。这位缝衣女工、女帽工或者女装裁缝，在干了长长的一天针线活之后，到了深夜，为了把自己的一肚子哀愁暂时浸入忘川

---

① 菲力浦斯·奥里拉斯·派拉塞尔萨斯(1493—1541)，瑞士炼金术士、占星学家和医生。雷蒙德·拉莱(约1235—1315)，西班牙哲学家，神秘主义者。此二人为欧洲中古时代的"奇人"。

② 詹姆斯·汤姆逊(1700—48)，英国诗人，《四季》为其代表作。

③《汤姆·琼斯》，英国小说家亨利·菲尔丁的名著。
《威克菲尔德牧师传》，英国作家奥利佛·哥尔斯密(1730—74)写的小说。

之水，好不容易挤出个把钟头的睡眠时间，一个字一个字拼读出这本书里的迷人的故事。在这种情况之下，谁还去苛求这些书页是否干干净净、一尘不染呢？难道我们还会希望书的外表更为完美无缺吗？

从某些方面说，愈是好书，对于装订的要求就愈低。像菲尔丁、斯摩莱特、斯特恩①以及这一类作家的书，似乎是版藏宇宙之内，不断重印，源源不绝。因此，我们对于它们个体的消灭也就毫不可惜，因为我们知道这些书的印本是绵绵不断的。然而，当某一本书既是善本，又是珍本，仅存的一本就代表某一类书，一旦这一孤本不存——

天上火种何处觅。
再使人间见光明？

例如，纽卡塞公爵夫人②写的《纽卡塞公爵传》就是这么一本书。为把这颗文学明珠加以妥善保存，使用再贵重的宝盒、再坚固的铁箱都不算过分。

不仅这一类的珍本书，眼见得重版再印渺渺无期，就是菲力浦·锡德尼、泰勒主教、作为散文家的弥尔顿以及傅莱③这些作家，尽管他们的著作的印本已经流行各地，成为街谈巷议之资，然而由于这些作品

---

①托比亚斯·乔治·斯摩莱特(1721—71)，英国小说家，著有《兰登传》等。
劳伦斯·斯特恩(1713—68)，英国小说家，著有《感伤的旅行》等。

②纽卡塞公爵夫人，名玛格利特(约1624—1774)，英国女作家，写了一部她丈夫纽卡塞公爵(威廉·卡文迪什)的传记。兰姆对她评价很高。

③菲力浦·锡德尼(1554—86)，英国文艺复兴时期著名诗人，著有《为诗辩护》等。
耶利米·泰勒(1613—67)，英国主教和散文家。
托马斯·傅莱(1608—61)，英国牧师和散文家。兰姆很欣赏以上二人的文章。

本身始终未能（也永远不会）成为全民族喜闻乐见之文、雅俗共赏之书，因此，对于这些书的旧版，最好还是用结实、贵重的封套好好保存起来。我并无意搜求第一版的莎士比亚对开本。我倒宁愿要罗和汤森[①]的通行本。这种版本没有注释，插画虽有但拙劣之极，仅足以起那么一点儿图解、说明原文的作用而已。然而，正因为如此，它们却远远胜过其它莎士比亚版本的豪华插图，原因是那些版画太不自量力，竟然妄想与原文争个高下。在对于莎剧的感情上，我和我的同胞们心心相印，所以我最爱看的乃是那种万人传阅、众手捧读的版本。对于鲍门和弗来彻[②]却恰恰相反——不是对开本，我就读不下去；八开本看着都觉得难受，因为我对它们缺乏感情。如果这两位作家像那位诗人那样受到万口传诵，我自然读读通行本也就心满意足，而不必仰仗旧版了。有人把《忧郁的剖析》[③]一书加以翻印，真不知是何居心。难道有必要把那位了不起的怪老头的尸骨重新刨出来，裹上时髦的寿衣，摆出来示众，让现代人对他评头论足吗？莫非真有什么不识时务的书店老板想让伯尔顿变成家喻户晓的红人吗？马隆[④]干的蠢事也不能比这个再糟糕了——他买通了斯特拉福教堂的职员，得到许可把莎翁的彩绘雕像刷成一色粉白；那雕像的原貌尽管粗糙，却甚逼真，就连面颊、眼睛、须眉、生平服装的颜色也都一一描画出来，虽不能说十全十美，总算把诗人身上这些细部给我们提供了一个唯一可靠的见证。但是，这一切都被他们用一

---

①尼古拉·罗（1674—1718），英国作家和莎剧编订者，他所编辑的莎士比亚全集由当时的出版商汤森先生出版。

②法兰西斯·鲍门（1584—1616），约翰·弗来彻（1579—1625），与莎士比亚同时的两个英国戏剧家，两人合写了一批剧本。

③罗伯特·伯尔顿（1577—1640），英国牧师和散文家。他的《忧郁的剖析》一书，原计划是写一部分析治疗忧郁病的医学论著，结果写成了一部旁征博引、富有文学趣味的散文“杂著”。

④艾德蒙·马隆（1741—1812），英国莎士比亚学者，编有一部莎士比亚全集。

层白粉统统覆盖了。我发誓，如果我那时候恰好是沃里克郡[1]的治安法官，我定要将那个注释家和那个教堂职员双双砸上木枷，把他们当做一对无事生非、亵渎圣物的歹徒加以治罪。

我眼前似乎看见他们正在现场作案——这两个自作聪明的盗墓罪犯。

我有个感觉，直说出来，不知是否会被人认为怪诞？我国有些诗人的名字，在我们(至少在我)耳朵里听起来要比弥尔顿或莎士比亚更为亲切有味，那原因大概是后面这两位的名字在日常谈话中翻来覆去说得太多，有点俗滥了。我觉得，最亲切的名字，提起来就口角生香的，乃是马洛、德雷顿、霍桑登的德拉蒙和考莱[2]。

这在很大程度上决定于读书的时间和地点。譬如说，开饭前还有五六分钟，为了打发时间，谁还能耐心拿起一部《仙后》[3]或者安德鲁斯主教[4]的布道文来读呢?

开卷读弥尔顿的诗歌之前，最好能有人为你演奏一曲庄严的宗教乐章。不过，弥尔顿自会带来他自己的音乐。对此，你要摒除杂念，洗耳恭听。

严冬之夜，与世隔绝，温文尔雅的莎士比亚不拘形迹地走进来了。在这种季节，自然要读《暴风雨》或者他自己讲的《冬天的

---

①莎士比亚家乡爱文河上的斯特拉福，在沃里克郡内。

②克里斯朵夫·马洛(1564—93)，英国戏剧家，写有《浮士德博士的悲剧》等。
迈克尔·德雷顿(1563—1631)，英国诗人。
霍桑登的德拉蒙(1585—1649)，名叫威廉，英国诗人、作家。
亚伯拉罕·考莱(1618—67)，英国诗人。

③《仙后》，英国诗人艾德蒙·斯宾塞(约1552—99)的名著。

④朗斯洛特·安德鲁斯(1555—1626)，英国主教，曾参加著名的詹姆士王《钦定本圣经》的英译工作。

故事》。

对这两位诗人的作品，当然忍不住要朗读——独自吟哦或者(凑巧的话)读给某一知己均可。听者超过一人——就成了开朗诵会了。

为了一时一事而赶写出来，只能使人维持短暂兴趣的书，很快地浏览一下即可，不宜朗读。时新小说，即便是佳作，每听有人朗读，我总觉讨厌之极。

朗读报纸尤其要命。在某些银行的写字间里，有这么一种规矩：为了节省每个人的时间，常由某位职员（同事当中最有学问的人)给大家念《泰晤士报》或者《纪事报》，将报纸内容全部高声宣读出来，以利公众。然而，可着嗓子、抑扬顿挫地朗诵的结果，却是听者兴味索然。理发店或酒肆之中，每有一位先生站起身来，一字一句拼读一段新闻——此系重大发现，理应告知诸君。另外一位接踵而上，也念一番“他的”选段——整个报纸的内容，便如此这般，零敲碎打地透露给听众。不常读书的人读起东西速度就慢。如果不是靠着那种办法，他们当中恐怕难得有人能够读完一整张报纸。

报纸能引起人的好奇心。可是，当人读完一张报纸，把它放下来，也总有那么一种惘然若失之感。

在南都饭店，我见过一位身穿黑礼服的先生，拿起报纸，一看半天！我最讨厌茶房不住地吆喝：“《纪事报》来啦，先生！”

晚上住进旅馆，晚餐也定好了，碰巧在临窗的座位上发现两三本过期的《城乡杂志》（不知在从前什么时候，哪位粗心的客人忘在那里的)，其中登着关于密约私会的滑稽画：《高贵的情夫与格夫人》、《多情的柏拉图主义者①和老风流在一起》，这都说不清是哪辈子的桃色新闻

① 柏拉图主义者，即主张精神恋爱的人，此处用来，有嘲笑的意味。

了。此时此地，还能有什么读物比这个更叫人开心呢？难道你愿意换上一本正儿八经的好书吗？

可怜的托宾最近眼睛瞎了。不能再看《失乐园》、《考玛斯》[1]这一类比较严肃的书籍了，他倒不觉得多么遗憾——这些书，他可以让别人念给他听。他感到遗憾的乃是失去了那种一目十行飞快地看杂志和看轻松小册子的乐趣。

我敢在某个大教堂的林阴道上，一个人读《老实人》[2]，被人当场抓住，我也不怕。

可是，有一回，我正自心旷神怡地躺在樱草地上读书，一位熟识的小姐走过来（那儿本是她芳踪常往之地），一瞧，我读的却是《帕美拉》[3]。——我记得，这是最出其不意的一次荒唐遭遇了。要说呢，一个男子被人发现读这么一本书，也并没有什么叫人不好意思的地方；然而，当她坐下来，似乎下定决心要跟我并肩共读时，我却巴不得能够换上一本别的什么书才好。我们一块儿客客气气读了一两页，她觉得这位作家不怎么对她的口味，站起身来走开了。爱刨根问底的朋友，请你去猜一猜：在这种微妙的处境中，脸上出现红晕的究竟是那位仙女，还是这位牧童呢？——反正两人当中有一个人脸红，而从我这里你休想打听到这个秘密。

我不能算是一个户外读书的热心支持者，因为我在户外精神无法集中。我认识一位唯一神教派[4]的牧师——他常在上午十点到十一点之

---

①《考玛斯》，弥尔顿早期写的一个假面舞剧脚本。

②《老实人》，法国作家伏尔泰（1694—1778）的哲理小说。伏尔泰一生抨击教会的伪善和专制，所以为正人君子所畏忌。所以兰姆才有那种说法。

③《帕美拉》，英国小说家萨缪尔·理查逊（1689—1761）的小说，描写一个年轻女仆被她女主人的浪荡少爷所追求，只身出走，最后终于正式结婚的故事。

④唯一神教派，基督教中的一派，主张神格只能由一个神代表，反对三位一体说。

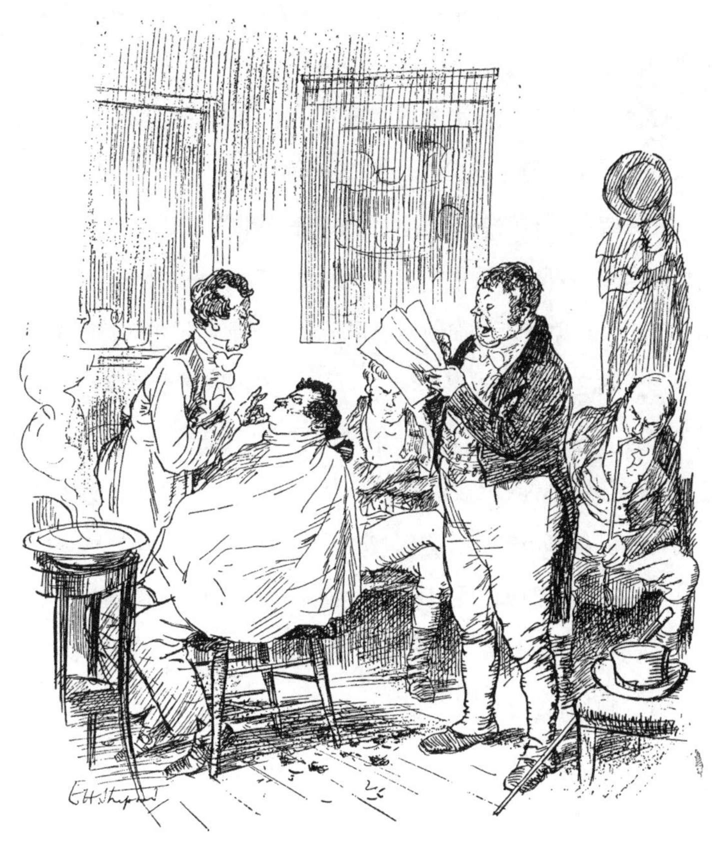

在理发店

间，在斯诺山上（那时候还没有斯金纳大街）一边走路，一边攻读拉德纳[①]的一卷大著。我对他那种远避尘俗、孑然独行的风度常常赞叹，但我不得不承认，这种超然物外、凝神贯注的脾气与我无缘。因为，只要在无意之中瞥一眼从身旁走过的一个脚夫身上的绳结或者什么人的一只面包篮子，我就会把好不容易记住的神学知识忘到九霄云外，就连五大论点也都不知去向了。

还要说一说那些站在街头看书的人，我一想起他们就油然而生同情之心。这些穷哥儿们无钱买书，也无钱租书，只得到书摊上偷一点儿知识——书摊老板眼神冷冰冰的、不住拿嫉恨的眼光瞪着他们，看他们到底什么时候才肯把书放下。这些人战战兢兢，看一页算一页，时刻都在担心老板发出禁令，然而他们还是不肯放弃他们那求知的欲望，而要"在担惊受怕之中寻找一点乐趣"。马丁·伯[②]就曾经采取这种办法，天天去书摊一点一点地看，看完了两大本《克拉丽萨》[③]（这是他小时候的事）。突然，书摊老板走过来，打断了他这番值得赞美的雄心壮志，问他到底打算不打算买这部书。马丁后来承认，在他一生中，读任何书也没有享受到像他在书摊上惶惶不安看书时所得到的乐趣的一半。当代一位古怪的女诗人[④]，根据这个题材，写了两段诗，非常感人而又质朴。诗曰：

> 我看见一个男孩站在书摊旁，
> 眼含渴望，打开一本书在看，

---

①纳撒内尔·拉德纳（1684—1768），英国神学家。

②马丁·伯尔尼，作者的一个朋友。

③《克拉丽萨·哈娄》，英国小说家理查逊的另一部作品，共两卷。

④指作者的姐姐玛利·兰姆。

他读着、读着，像要把书一口吞下，
这情景却被书摊的老板瞧见——
他立刻向那男孩喝道：
“先生，你从来没买过一本书，
那么一本书你也不要想看！”
那孩子慢慢吞吞地走开，发出长叹：
他真后悔不如压根儿不会念书，
那么，那个老混蛋的书也就跟自己毫不相干。

穷人家有许许多多的辛酸——
对这些，有钱人根本不必操心。
我很快又看见另外一个男孩，
他脸色憔悴，似乎一整天饮食未进。
他站在一个酒馆门前，
望着食橱里的肉块出神。
这孩子，我想，日子真不好过，
饥肠辘辘，渴望饱餐，却身无一文；
无怪他恨不得不懂什么叫做吃饭，
那样他就无须对着美味的大菜望洋兴叹。

马尔盖特海上泛舟记[1]

记得我过去说过，我最喜欢在我们的这一所或者那一所大学里[2]度过假期。除此以外，我也向往某些林木繁茂之地，例如在我心爱的泰晤士河岸，亨莱[3]附近的那许多地方。可是，不知怎的，我的堂姐[4]每隔三四个季度总能拉我到某个海滨胜地去一趟。对她来说，经验可以不顾，旧情总难抛弃。有一年夏天，我们在沃尔兴[5]过得非常单调；另一年夏天，在布来顿过得非常无聊；又一年夏天，在伊斯特贝恩过得单调加无聊；然而，此时此刻，我们好像故意苦修苦炼似地，特意来到黑斯廷斯[6]过着枯燥乏味的日子！这都是因为多年以前曾在马尔盖特度过了短短一周快活的假日。那是我们到海滨度假的初次尝试，当时种种情况结合起来，使它成为我一生中最最愉快的一次假期。在那以前，我们俩都没有看见过海，也从来没有一起离开家那么长时间。

马尔盖特的单桅小船，和你那饱经风霜、面色黝黑的船长，我怎能把你忘记！你那简陋的装备尚未换成内河的时髦汽船上那一套阔绰、奇巧的玩意儿。你无须求助于那具有魔力般的煤烟、水汽和沸腾的大水锅，任凭你那漂亮的小船在风浪中径自航行。天风劲吹，你顺流而下；风儿一停，你又静静停泊在洋面上，像一位耐心的水手。你像是处在温室之中，行动纯任自然，毫不勉强；——你可不像那庞大海怪似的汽船，硬给大海安上烟囱和熔炉，拿含着硫磺的臭烟来败坏海洋的空气，简直是一个能把斯卡曼达河水[7]烧干的火神。

我怎能忘记你那人数尽管不多，个个忠实可靠的船员们，他们带着忸怩的样子（而又没有露出一点儿鄙夷的神气）颇费气力地回答着一大堆不在行的问题——那是我们这些来自大城市的人，见到那些奇奇怪怪的航海用具，“这个做什么用”、“那个做什么用”，免不了时时刻刻要向他们提出来的。尤其是那位来自伊斯特奇普[8]的手艺高超的厨师，我能把你忘掉吗？——你这乐乐呵呵的调解人，你在海洋和陆地之间充当了令人欣慰的友好使者，你在我们和水手之间做了庇护的屏障，你为我们这些无知者和和气气地讲解他们的航海本领！——你穿的水手长裤只能表示你是一个半路改行的船员，而你头上的白帽、身上雪白的围裙、加上你在厨房里利利索索干着活计的灵巧手指，都说明你在过去所受到的是内陆上的教育。你真是个大忙人啊，在甲板上一会儿到这里，一会儿又到那里，一刻不闲地干着五花八门的工作，既是厨师，又当船员，又当侍者，又当管家，仿佛你是第二个爱丽尔[9]，像一团火似地到处发出火焰；然而，此外你还要做一桩额外的好事——那可不是为海上风暴再火上加油，而是看到我们由于久居陆地、不惯坐船、一遇风浪颠簸头晕眼花，就抱着同病相怜似的态度给予百般抚慰。当时已是十月下旬，海上狂风大作，冲上船头的波浪迫使我们离开甲板，躲进那密不通风、窄狭闷气，而且（说实在话）气味不好、不那么引人入胜的小舱室里，这时候，你好心地照料我们，拿出了纸牌和提神的饮料，特别是用你那情意恳切的谈话，尽量使得我们舒服、高兴。

---

①本文原题为《在往日的马尔盖特小舟上》（“The Old Margate Hoy”），写作并发表于1823年，记述兰姆在15岁时（1790年）与他姐姐玛利一同从伦敦乘船到海边的马尔盖特度假一周的见闻和感想，并连带发些议论。

②指牛津大学与剑桥大学。

③亨莱，英国地名，在伦敦西北的白金汉郡。

④实指作者的姐姐玛利。

⑤这句话里的沃尔兴、布来顿、伊斯特贝恩和黑斯廷斯都是英国东南隅的海滨城市。

⑥这句话里的沃尔兴、布来顿、伊斯特贝恩和黑斯廷斯都是英国东南隅的海滨城市。

⑦荷马史诗中提到的特洛伊附近的一条河名。

⑧伦敦地名。

⑨爱丽尔，莎士比亚喜剧《暴风雨》中的一个活跃的小精灵。

除了这些，我们在船上还遇见一位乘客，他说起话来真能消除漫长旅程的烦闷，哪怕船走得再远，甚至走到亚速里群岛[①]，他那谈话也可以一直使我们听得又高兴、又惊奇。他是一位像西班牙人那样皮肤浅黑的青年，长得英俊非凡，还带有一副军官模样的自信派头，说起话来滔滔不绝、旁若无人。实际上，他是从那时到现在我所遇到的最大的瞎话篓子。他可不是那种吞吞吐吐、说一半儿留一半儿的编瞎话人(那种角色扮演起来实在难受)——那种人一步一步试探着你的信任程度，你相信多少他才敢告诉你多少，活像是一点儿一点儿盗窃你的忍耐力的扒手——然而，这个人却是在光天化日之下直截了当干着劫掠别人信任的勾当。他可不会在撒谎之前先打哆嗦，而是劲头十足、胸有成竹，一下子就完全取得了你的信任。我猜，他是把同船的人都看透了：马尔盖特一次班船所搭载的普通乘客当中，不会有多少阔人、聪明人、有学问的人。而我们这些人呢，又是在那天从奥得曼伯利街或者瓦特灵街[②]临时凑起来的一群未出过远门的伦敦人(我们的论敌尽可以给我们起个更难听的绰号[③])。在我们当中也许有一两个不是伦敦人，然而，像这样和我一起高高兴兴、和和气气同舟共济的一群伙伴，我又何必分得那样清楚！讲地方观念，也得有点儿通融。这个脸皮厚的家伙，倘若把他在海船上告诉我们的那些荒诞不经之事拿到陆地上去说，我敢断言，他说不到一半，就要引起我们当中大部分人发自良知的反感。然而，我们当时是处在一片新天地之中，周围的一切都是新奇的，在那种时候、那种地点，无论多么怪诞的奇谈，我们都愿意相信。他那些信口瞎编的故事在

① 亚速里群岛，在大西洋中的葡萄牙属岛屿。

② 伦敦街名。

③ 当时，爱丁堡的倾向保守的《黑木杂志》（“Blackwood's Edinburgh Magazine”）曾把兰姆和他的朋友李·亨特称为“伦敦佬流派”（the Cockney School）。兰姆在这里也刺他们一下。

我头脑中的印象，大部分已被时间冲刷得无影无踪；而能够在记忆中留存下来的东西，拿到陆地上写下来一看，都是非常无聊的。据他说，除了其他的奇迹和好运，他曾经做过一位波斯亲王的侍从武官，并且曾经一刀就把骑在马上的卡里玛尼亚①国王的头颅砍了下来。亲王的女儿自然就嫁给了他。我记不清楚，宫廷里究竟发生了什么不幸的政局变化，加上他的夫人谢世，他离开了波斯。然后，他又以魔术师的迅疾，把他自己和我们这些听众送回到英国来。在英国，他运道仍然很好，又赢得上流仕女们的信任。据说(如果我记得不错)，某位伊丽莎白公主②曾经在某种特殊场合下把一盒珍贵的珠宝托他保管——不过，时间隔了这么久，他说的人名和细节我都记不准了，所以，只好请英国皇家的那些金枝玉叶女儿们自己在私下里去查清这个有关她们名节的问题。他讲的那些有趣的奇闻，我连一半也没有记住。但是，有一件事我记得清清楚楚：他在游历中曾经见过凤鸟，并且很有礼貌地劝我们千万不要相信那种世俗谬见，以为世上经过若干岁月只能出现一只凤鸟，因为，他向我们保证：在上埃及③的某些地方，凤鸟可不是什么稀罕物儿。话说到此处，大家都深信不疑、洗耳恭听。他那虚无飘渺的想象力带领我们远远离开这“愚昧的现实”。我们听得呆头呆脑，他说得洋洋得意，直至肆无忌惮——后来，他竟说他曾经坐船从罗德斯岛那巨人像④的两条大腿之间穿了过去——这可实在太出格了。幸亏我们当中有一位有头

① 不详。大约是胡诌的地名。

② 有学者说也许是英王乔治三世的女儿伊丽莎白。

③ 上埃及(Upper Egypt)，指埃及南部地区，包括开罗南郊以南直至苏丹边境的尼罗河谷地，主要为农业区。

④ 据古籍记载，古希腊于公元前250年在罗得岛曾建立一座巨大的阿波罗(太阳神)铜像，来往船只可从它的两条腿间经过。但此巨像已于公元前224年在一次地震中毁掉。

脑、有胆量的年轻人——他，到此时为止，本来也是一直恭恭敬敬听他讲话的，但他不久前刚刚读过一本什么书，这才放大胆子说这位先生一定是弄错了，因为“那座巨像很早以前就已经毁掉了”。对于这种客客气气提出的意见，我们的英雄宽大为怀地做了一点让步，说是“那座雕像的确有一点儿破损了”。这是他所遇到的唯一的一点不同意见，但这并没有使他感到丝毫不安，他的故事还是照样说下去，那个年轻人反而因此听得更为高兴——好像因为他坦然表示让步而对他更加相信。他用诸如此类的奇谈怪论一路上哄着我们，直到我们看见了里库维尔的塔楼[①]——有一位乘客首先认出来，立刻指给大家看；这段海路他过去走过，所以我们就把他当作了不得的航海老手。

我们谈话之时，在甲板一端坐着截然不同的另一个人物。这是一位少年，看来很穷，身体也很弱，但是很有耐性。他的眼光直直地盯着海水，带出一点微微的笑意。我们这里正在大谈的奇闻轶事，即使偶尔零零星星传到他的耳朵里，他也毫不关心。海浪似乎悄悄地向他诉说什么更有趣的故事。他和我们同在一条船上，却不属于我们这群人。开饭的铃声响了，他仍然一动也不动。我们当中有人拿出预先准备好的食品——冷肉和凉拌菜——他却什么也不拿出来，而且似乎什么也不想吃。他只贮存了一块硬面包——这就是他在这一两个白天和夜晚的航程之内的全部干粮，而这种小船又常常要延长航行的时间。我们跟他稍稍接近、厮熟——对此他好像既不企求、也不谢绝——这才知道他要到马尔盖特，希望进入那里的海水浴医院治病。他害的是瘰疬症——这个病看来已经向他的全身蔓延。对于这次治疗，他寄托了很大希望。我们问他：在他要去的地方可有什么亲友？他答道：“既无亲，也

---

① 指在肯特郡的泰晤士河口岸上的里库维尔教堂楼房。

无友。”

像这样有时令人愉快、有时令人悯恻的种种事件，连同初次观赏海上风光，又是正当青春年华，加上外出度假的探险猎奇之感，对于我这个在人口稠密的城市里一连过了好几个月拘拘束束生活的人，在心头留下了美好印象，恰似夏天过去了，还留下它那花香袭人的回忆，好让我在严寒逼人的冬日里去细细品味。

我曾听见许多人向我吐露(我本人当此之际也有类似感觉)，说是他们生平第一次看见海洋，有一种“不满足之感”；现在，我要对此加以说明(为了避免某种不愉快的类比)，不知是否会被人当作是扯闲话？我认为，人们对此通常提出的理由——即：真实的事物往往不能符合人们的期望——还不能把问题深入说明。如果一个人生平第一次看见一头狮子、一只象、一座山，他很可能会感到有点儿失望。因为，关于这些东西的想象在他心目中已经占据了那么重大的地位，它们本身无法一下子把它填补起来。不过，它们跟他原来的概念毕竟还多少有些符合，而且，随着时间推移，还可以有所发展，甚至，(如果可以这么讲的话)，还可以在不断熟悉的过程中扩大它们的影响，逐渐造成一种与期望相当一致的印象。然而，海洋总是给人一个失望。——难道不是吗？对于海洋，不像对于那些野兽或者可以目测其大小的山，我们所指望一下子看到的，并不是什么明确的事物，而是——(我也认为这有些荒唐，但由于想象力的规律使然，恐怕无可避免)那与大地旗鼓相当的对抗者——即整个的大海。这并不是说，我们对自己明明白白这样提出来，但是，我们内心的渴望，不如此就无法满足。我可以假设，有一个十五岁的少年(这正是我那时的年龄)，对于大海，除了书本上的描写一无所知。他第一次来到海上。于是，在他生平，而且是在他生平最最热情焕发的时期，所曾读过的关于海洋的一切记载；他从那些四海漂泊的水手的描述中所获得的一切印象；以及不管是听别人谈的真实航海经历，还是由于阅读传奇故事和诗歌，一律信以为真、藏之于心的印象；——所有这一切意念和形象纷然丛集于他的脑海，迫使他产生种种奇幻的希望。——他向往那茫茫的大海，向往那些航海者，向往那成千上万的海上岛屿，以及那被海浪冲刷的大陆，仰慕大海尽管接纳了普拉塔河或者亚马孙河[①]的滔滔巨流而仍然平静无波、也无任何满溢之感的那种博大胸怀；向往着比斯开湾[②]的滚滚潮水，以及那位水手——他

一连许多白昼，还有许多可怕的夜晚，
驾船绕着好望角，在不断颠簸的波涛中前进；[③]

还想到那些造成舟覆人亡的暗礁，以及“常年被海水激荡着的百慕大群岛[④]”；还有大漩涡和大水柱；想到了沉船，以及被波涛吞没、永沉海底的无数珍宝；想到那些水族和海怪，与它们相比，陆地上一切可怕的动物——

不过是只能吓一吓小孩子的玩意儿，
绝不能与海洋深处的怪物相提并论；[⑤]

---

①南美洲的两条大河。
②比斯开湾，在法国与西班牙之间的大西洋海域。
③引自英国十八世纪诗人詹姆斯·汤姆逊的《四季》一诗。
④在北美洲东方的大西洋中。
⑤引自英国诗人的《仙后》第二部第12章第25节。

还想到赤身裸体的野蛮人，以及胡安·费尔南德斯[①]；想到珍珠和宝贝；想到珊瑚礁，魔岛，以及美人鱼的洞窟——

我并不是说，他非要一下子就看到这一切奇观不可，但是，他一旦处于某种强有力的精神力量支配之下，这些奇闻轶事的幻影就要常常错综复杂地在他心中盘绕；而当真正的海洋猛然在他面前展现，从那毫无浪漫色彩的海岸上望去（而且，很可能又碰上沉闷乏味的天气），除了能看见一片水汪、一衣带水，又有什么？这有什么好玩儿？怎能叫人满意？再不然，他从一条河口坐船过来，海岂不就跟加宽了的河身差不多吗？即使陆地看不见了，眼前也不过只看见一大片单调的水域，根本比不上那笼盖四野的天空——何况，就说天空，天天看，看熟了，不是既不叫人害怕，也不叫人惊奇吗？——所以，处在这样情景之下，哪一个不像《盖比尔》[②]一诗中的查鲁巴那样发一声呼喊：

> 难道这就是大海？这就是一切吗？

我爱城市，也爱乡村，但是，这个令人厌恶的五港[③]却啥也不是。那些低低的小树从那积满尘土、毫无养分的岩石缝中伸出它们那瘦巴巴的枝叶——尽管有些外行人称之为“青青的海滨草木”——真叫我讨厌极了。我想看森林，却只见到一些矮矮的杂树棵子。我迫切需要溪水，渴望看到清清的小河，听见像内地那样的潺潺流水之声。我不能成

---

① 十六世纪的西班牙航海家，发现了在智利以西太平洋的一群岛屿，即胡安·费尔南德斯群岛。

②《盖比尔》，英国诗人兰多（Walter Savage Landor， 1775—1864）所写的长诗，查鲁巴是诗中的埃及女王，女主人公。

③ 五港（Cinque Port）是对黑斯廷斯的另外一个称呼。

天站在光秃秃的海滩上，呆看着海水像一条快死的鲻鱼似地一会儿变成这种颜色，一会儿又变成那种颜色。一抬头，就看见牢房般的甲板室窗口，我真看腻了。要是这样，我还不如回到自己在内地的囚笼里。当我凝望海面，我希望的是到海上去，去漂洋过海。待在甲板室里，就像被铁链子紧紧拴住。我的心向往着海外异域。如果在斯特福郡[①]，我自然不会这样想。但这里并不是我的家。在黑斯廷斯，人不可能有家乡之感。因为，它只是一个暂时驻足之地，只是海鸥、股票商、自称爱海洋的城市太太，以及到海边来撒娇的小姐们这些品类不齐的人、物的会集之所。如果黑斯廷斯的原始面貌不变——它本应该这样保持下来——只是一个正正经经的渔村，零零落落有几家渔民的小屋点缀其间，就像那屏海而立的断崖一样浑朴天成，而且就连那盖房子的材料也是取自那些断崖——那倒还有点儿意思。我不怕跟米设人[②]住在一起，也不怕跟渔家少年甚至走私贩子来往。在这一带，我这么想，干走私这一行的人怕不会少。他们这样的人才跟这个地方相配。我对于走私者还有点儿好感。他是世上唯一公道的贼。他只抢国家的税收——对于这种盗窃，我向来都不那么介意。我既肯同他们一起下海捕鱼，也肯同他们一起去干他们那种不好公开的营生，而且，心里还是相当高兴的。甚至，我也能容忍那些为单调无聊所苦的可怜虫，他们天天在海滩上不断踱来踱去，专门监视他们那些违禁走私的同胞们——说不定还是他们的老乡或本家兄弟——，一见他们的短刀入鞘出鞘就吹口哨示警(这是他们唯一的快乐)——这样，在缉私工作这个委婉名词的掩护下，他们在没有外战时进行着一种合法的内战，以表示他们憎恨秘密输入的荷兰麻

① 英国郡名，在英格兰中部。
② 《旧约·以西结书》中提到的商贾。

布，而热心维护古老英国的秩序。然而，我最反感的是那些城市的游客，他们来到这里，还要诉说他们就像池塘里的鲈鱼或鲦鱼一样，对于大海并没有什么特别兴趣。到了这些地方，我也像一条傻头傻脑的鲦鱼，对于自己，对于别人，都觉得厌烦。大家拥到海边，究竟所为何来？如果说他们对于大海真的喜爱，为什么还要把他们在内地用的东西一古脑儿随身带来？为什么还要把他们那文明考究的帐篷搭在这荒野之上？如果大海真是像他们说的，是“一部具有无穷妙趣的奇书”，他们干吗还要设立那些寒伧的图书室——他们所谓的海上图书馆呢？如果他们到海边来，真像他们希望别人想的那样，是为了想倾听海洋的韵律，他们干吗还要盖起那些愚蠢可笑的音乐厅？这一切都是虚伪的，摆摆空架子而已。他们到这里来，不过是赶时髦，只能糟蹋掉当地的自然风光。我刚才说了，他们大部分是股票交易商；不过，他们当中品类较好的人，我也见过——不定什么时候，某位老式的、正派的公民，出于内心里纯朴的想头，带着妻子和女儿们到这里来呼吸一下海风的轻柔气息。他们哪一天到来，我都知道。这从他们脸上表情就可看出。开头一两天，他们在海滨沙滩上徘徊，捡着海扇壳，觉得这真是了不起的东西；可是，不消一周工夫，就兴意阑珊，这才发现：原来海扇壳里并没有珍珠；这时候——只有在这时候——让我替这些漂亮人物把心里话说出来吧(我知道，他们自己是没有勇气承认的)：他们多么希望不再在这海边游游荡荡，而愿意回到退肯南①的牧场，每个周末在他们久已习惯的绿草坪上散步！

对于那些自以为热爱那汹涌狂暴的海洋、对它入迷的游客们，我想问他们一句：如果海滨的纯朴居民，在他们那彬彬有礼的垂询鼓舞下，

---

①退肯南，伦敦西南的一个地名，为十八世纪一些英国名流居住的地方。

呼吸一下海风的轻柔气息

觉得在他们两者之间业已产生某种可靠的共鸣，因而大胆进行回访，也到伦敦去观光一番——他们究竟作何感想呢？想一想吧，这些渔民背上他们的打鱼工具——就像咱们带着城市用品到海边去一样，那会在洛兹伯里激起怎样的轰动！在“奇普赛德[①]的小姐们和龙巴底街[②]的太太们”当中引起何等的狂笑！

我相信，凡是在内地生、城里长的人，都不会把沿海地方当作自己真正的、毫不勉强的休养生息之地的。造物主，如果不打算叫我们做水手或流浪汉，总是吩咐我们老老实实待在自己家里。带盐味的海水似乎只能使人性情烦躁。到了海边，我的脾气还没有在自己本乡本土轻柔的河水旁边一半那么好。我愿意把海鸥换成天鹅，愿意常常看到一只小燕子在泰晤士河的两岸间飞来飞去。

① 伦敦的街名。
② 伦敦的街名。

病体复元①

前一时，一场颇为严重的、叫做神经热的病症使我困居斗室动弹不得，而且恢复缓慢，绵延数周之久，脑子里除了这个病以外，再也无法考虑任何与它不相干之事。因此，看官，在这个月份就别指望我像健康人一样写什么文章了。我只能向你谈一点儿病人的幻觉。

而且，身患疾病，状况也不过如此。因为，所谓害病也者，难道不就是一个人在大白天躺在床上，拉下帐子，堂而皇之地白日做梦；而且，把太阳关在屋外，以便完全忘掉阳光下所发生的一切，除了自己脉搏的微弱跳动以外，对于人生的一切其它活动全然无知无觉吗?

病人独卧床榻，亚赛王侯。看他躺在自己的床上，君临一切，不受约束，只由着性子为所欲为，多么像一个国王！他任意摆弄自己的枕头，把它翻过来摔过去，抛过去又扔过来，用拳头捶打它，再把它弄平，简直爱把它捏成什么样就捏成什么样——只随着他那阵阵作疼的脑子里不断转着什么念头来决定。

他辗转反侧，方向转变得比政治家还要快。他一会儿全身平放，一会儿屈身而卧，一会儿斜歪在床上，一会儿又横躺在床上，头脚各搭在床的一边——可也没有谁责怪他二三其德。在那四面床帐之内，他可以独行其是——那就是他的“领海”。

人一病倒，他在自己心目中就非同小可了！——他一下子成为他自己独一无二的关心目标。只顾自己、不管别人，变成了他的本分。对他来说，那就是天经地义。除了养好病，他啥也不必去想。门里、门外，不管发生什么事情，只要那两扇门不呼啦啦地响，都跟他无关。

不久以前，他参与了一场诉讼案件——这场官司关系着他的一位至亲好友的成败。他本当跑遍全城为这位朋友到各处奔走疏通，催一催证人，给律师鼓鼓劲儿。因为，案子昨天就该开审。然而，此刻他对于这次判决却完全漠不关心，仿佛那是远在北京打的一场官司。屋子里正有人说什么悄悄话，本来不想让他听见，却被他无意中听见几句，这才明白昨天法庭上的情况不妙，他的好友败诉了。但是，“好友”和“败诉”这两个词儿，他听起来就像陌生的方言土语似地，丝毫无动于衷。他现在什么也不想，只想着如何使病痊愈。

在这全神贯注的考虑之中，又包含着多少奇奇怪怪的心事呵！

他把疾患当作坚韧的铠甲，把病苦当作僵硬的皮革，将自己牢牢地裹缠起来；而将自己的同情心像陈年佳酿似地固锁深藏，专供个人享用。

他躺在那里，唉声叹气，发出呻吟，想起自己吃苦受罪，觉得肝肠痛断——他深深地可怜自己，甚至流下了眼泪，也不以为羞。

他一直在计划着怎样让自己好受一点儿，钻研着那些小小的策略和减轻痛苦的办法。

对于自己，他关心到了无微不至的地步，他在想象中把身上疼痛难受的地方划出了一个个特殊的部位。有的时候，他像是对于从身上拆下的某个部件一样，专门对于他那正在疼痛的头部——对于那在整夜里无论打盹也好、醒着也好，脑子里总像有一块木头堵着似的隐隐钝疼，或是对于那仿佛不把脑盖打开就无法取掉的明明白白的一块痛处，都加以细细思量。有的时候，他又可怜起自己那长长的、细细的、粘湿湿的

① 此文写作并发表于1825年7月。在这年3月29日兰姆从伦敦东印度公司退休。但他退休后健康状况不佳，于这年初夏患了一次严重的精神衰竭病。此文即是在他大病初愈时所写，描述他患病时的心情，虽以幽默夸张的口吻写出，但可以想见他病中的苦境，因为他在自己害病的同时还要担心他那有精神病的姐姐玛利的状况。

手指头。总之，对于自己的周身上下，他全都怜惜；而病床可以说是人道和温柔心灵的培训之所。

他只能自己同情自己，而且本能地感受到这个角色谁也不能替他扮演。至于他这一出小小的悲剧是否有人观看，他倒并不在乎。只有见到了那位每天按时催他喝肉汤、吃补剂的老护士的面孔，他才有点儿高兴。他高兴看见那张面孔，乃是因为它是那么不动声色，也因为他可以对着它任意喊叫，就像对着一根床柱。

对于尘世上的事务他一概不知不觉。他不了解世上的人都在干些什么、忙些什么——对这个，他只剩下了一点点模糊的印象，那还是当医生每天来查诊的时候，而且，即使在这个时候，他从医生那忙碌表情上的皱纹也察觉不出世上还有其他许许多多的病人，而只能想到自己才是*患病者*。至于这位好人小小心心地收好他那微薄的诊金，生怕弄出一点儿响声，悄悄从这个房间溜走，以后究竟还要赶往哪一家焦虑不安的病床旁边去——那就不是他此刻所能考虑的事情了。他能想到的，只是明天这个时刻这位大夫还要到他这里来。

家里的人说三道四、飞短流长，对他丝毫不起影响。有人悄悄咬耳朵说话，对于他倒是一种安慰——那表明家里的生活照常进行，虽然他并不清楚究竟发生了什么事情。他是不应知道任何事情，也不应思考任何事情的。仆人们在远处的楼梯轻轻地上上下下，好像踩在天鹅绒上面似的——这既能让他听得见周围的动静，又不必过分操心，仅仅蒙蒙眬眬地猜一下他们干些什么就行了。了解得太详细对他是个负担——揣测一下，他精神上还承受得住。听得门环低沉而轻轻地响动一下，他无力地睁开了眼睛，但是，连“谁呀？”也不问一声，就又把眼睛闭上了。笼统地想一想毕竟还有人前来探问自己，他感到有点儿得意，可是他并不想知道来探病的到底是哪一位。在自己家里肃静无声之中，他大模大样地躺卧，意识到自己的无上权威。

人害了病，能享受到君主似的特权。那些看护你的人走起路来悄没声息，安安静静地侍奉你，简直只用眼神、没有动作。可是，等你的病略有好转，看吧，还是他们这些人，对你的态度可就变得漫不经心，出出进进一点儿不讲礼貌，关门时砰地一下，开门就让它大敞着——所以，你不能不承认：从卧病床褥（叫我说，这该称为高踞宝座）到病体康复、稳坐在圈手椅中，简直等于尊严下降，跟王位被废黜差不离儿。

一旦病体复元，人退回到昔日的处境，不久前他在自己和家人眼里所占的那种地位又到哪里去了呢？

病房，他行使王权的场所，他的接见厅，他躺在那里本来可以随心所欲发号施令——却一下子变成了一间平平常常的卧室。现在，那整整齐齐的床铺显得小气而且呆板。它天天都得铺成那个样子。哪比得上前不久那样：床铺像海面似的波浪起伏、沟沟洼洼，那时候，铺床乃是经过三四天的周期才能举行一回的隆重仪式——病人痛苦而且烦恼地给人从床上抬出去，被迫接受他那为病苦所耗损的身体毫不欢迎、唯愿免除的整洁和体面；然后，他又被抬上床，再躺三四天，重新把床铺折腾得一塌糊涂——床单上每一道新的凹沟都表明着某次身体姿势的变换、某次焦躁不安的翻身、某次想躺得舒服一点儿的历史记录；恐怕就连那皱缩了的皮肤也不如那被揉搓得皱皱巴巴的被单更能说明病苦折磨人的事实真相。

那些神秘的叹息——那些呻吟——正因为我们不知道它们是从什么隐藏着巨大痛苦的洞穴里发出来的，所以令人闻之肃然生畏——如

圈手椅

今全都沉寂了。列尔纳毒箭[①]所造成的剧痛如今业已消除。疾病之谜业已解开。受苦受难的英雄又变成一个平凡的人物。

病人那自尊自大的残梦也许还偶有遗存，因为那位护理人员还零零星星到家里来看一看。然而，跟别的一切同样，连这个人也变了！他现在一来，只谈新闻——只扯闲话——只说轶闻琐事——就是不提治病。难道他就是不久前来的那位先生吗——那时候，他好像是被大自然派来执行某种庄严任务的使者，让大自然在病人和残酷的病魔的争斗之中充当一位高超的调解者。——可现在呢，哼，简直成了一个普普通通的老太婆。

这个人一去不来，我也就失去了那使得害病可以让我摆摆排场的一切东西——那使得全家鸦雀无声的魔力——那从内室深处都能感到的沙漠般的寂静——那无声的服侍——那用目光表示的探问——那温柔体贴得无以复加的自我关怀——那病苦以它那独一无二的目光对自己本身的凝神注视——世俗杂念，统统排除——病人，对他自己来说，便是整个的世界——便是他一个人的剧场——但是呵，

他如今一下子缩小成为一粒微尘！

病体复元，犹如疾病的浪潮刚刚退落，人处于一片湿漉漉的沼泽地里，还远远没有像站在坚实土地上似地达到身心康泰的地步，然而，亲

① 据希腊神话，大力士赫拉克利士（即罗马神话中的赫库力士）用箭射死多头毒龙海得拉之后，箭头因沾毒血而有剧毒。后来，这些箭传给一个叫菲洛克特提斯的力士，当他随希腊人出征特洛伊途中，误受自己的毒箭所伤，创伤极重，被同伴抛置在列姆诺斯荒岛上，受苦多年。后因作战需要，奥德赛又到荒岛找到他，治好他的箭伤，带他到特洛伊。最后，菲洛克特提斯用箭射死了引起特洛伊战争的祸首巴里斯。

爱的编辑先生，尊简却送到舍下——要我写一篇文章。我想，这是在“死亡关头”上索稿呀，但是，死也不是那么容易的事——这句俏皮话说来可怜，它倒也使我的心情轻松下来了。这时候要稿，虽然看来不合时宜，却也使我和那些被我一度遗忘的人生琐事又接上了关系；这是一次平凡而又亲切的呼唤，使我从那飘飘忽忽的病态、从那独自冥想的梦境中脱离——说实在话，在那种荒谬可笑的状态中我也待得太久了，所以，不管对于定期杂志、君国大事，国家法律、文坛消息，我统统都麻木不仁了。如今，臆想病患者肠胃里的那一股浊气已在消散；过去，我在想象中为自己扩大占领了一大片地盘——因为，患病者总在一个人想他的病苦，结果就在心目中把自己看成一个多么不得了的人物——现在，它已缩小到一个巴掌那么大；不久之前，我曾经自命为一个了不起的巨人，现在，我又恢复了自己本来的面目——即：贵刊的这么一位身材瘦小单薄、位卑言轻的小品文作者。

天才并非狂气论[①]

有一种看法：大才子(用我们现代的说法，叫做天才)必然带有一定的狂气——实际情况远非如此，正相反，我们发现：那些最有天才的作家都是精神最健全的人。莎士比亚会是一个疯子吗？——这种事连想一下也是荒唐的。

凡是大才大智——在这里主要指的是诗才——都表现为各种官能令人惊叹的均衡发展。而疯狂却是某一种官能不平衡的发展或过分的滥用。考莱[②]提起他的一位诗人朋友，如此写道：

> 造物主赋予他那样强大的智力，
> 他能把世上一切事物都一一辨析；
> 他那判断力简直像高悬天际的明月，
> 浩瀚无垠的海水涨落都能加以调节。

误解的根源乃是因为对于诗人诗兴勃发时所进入的那种意气昂奋的状态，一般人在自己的亲身经历中找不出可以与之相比的东西，只有在做梦和发高烧的时候仿佛有那么一点类似，因此也就认为诗人也不过是在那里做梦或者发一阵儿狂热而已。其实，真正的诗人哪怕在做梦的时候也是清醒着的。他并没有像着了魔似地被他的诗材所支配，而是牢牢地控制着它。他漫游在伊甸园[③]的圣林里，就像在自己家乡的小路上散步一样自由自在。他高蹈于九天之上，却并未因之如痴如醉。即使身处地狱，足踏着燃烧的火灰，他也毫不灰心丧气；即使穿过天外的混沌界和“黑夜的古国”[④]，他依然毫不为难、得意翱翔。甚至，即使暂时让自己处于“心灵失调”的严重混沌状态，他心甘情愿地与李尔王一同发疯，或者与泰门[⑤]一同厌恶人类(这也算是一种疯病吧)，然而，不管他发疯也好，厌恶人类也好，都不是毫无控制、任意泛滥的——尽管看起来他似乎完全甩掉了理智的缰绳，实际上他并未甩掉——他自有保护神在他耳边悄悄密语，有善良的臣仆肯特[⑥]向他提出清醒的劝告，还有那正直的管家弗莱维斯[⑦]向他推荐友好的决策。当他看起来最不近人情的时候，倒是反映出了人生的真谛。即使他召唤起一些超出自然界领域的、可能存在的生命，也总要使它们服从大自然的普遍规律。有时候，他看起来好像完全背弃和脱离了大自然，其实他那样做恰巧绝妙地表达了造物主的意志。他所虚构出来的族类服从着他的意图；他作品里的妖魔鬼怪接受他的亲手调教，正像普洛丢斯[⑧]所率领的那群野性的海怪。他驯服着它们，赋予它们以血肉凡躯的属性，这使得它们自己也大为惊讶，就像海岛上的印第安人被迫穿上了欧洲人的服装。凯里班和那些女巫[⑨]，也像奥赛罗、哈姆雷特和麦克白一样，都具有自己性格发展的规律(虽然那是一种与我们不同的性格)。在这一点上，大才子和小才子是截然不同的。如果小才子对于自然的事物或者真实的存在稍稍偏

---

①此文原发表于1826年5月，主旨在批评那种认为“天才即是狂气”的“世俗偏见”。例如，十七世纪英国作家、诗人德来登就有这么两句诗，说：

“大才子都和疯狂结下了不解之缘，
两者之间很难划出一条清楚的界线。”

兰姆这篇短文即针对这种见解而写的。

②考莱(Abraham Cowley，1618—67)是兰姆所欣赏的一位英国诗人。下面引的四句诗见于他写的《威廉·哈维先生之死》一诗。

③伊甸园，即《圣经》里提到的“乐园”。

④此语引自弥尔顿《失乐园》第一部第543行。

⑤李尔王，泰门，莎士比亚悲剧中的著名人物。

⑥肯特伯爵，李尔王的忠臣，曾因忠言谏劝李尔王而被斥逐，但后来仍化装保护不幸的老国王。

⑦弗莱维斯，泰门的忠实管家。

⑧普洛丢斯，罗马神话中的海神之子，掌管海里的种种怪物。

⑨凯里班，莎剧《暴风雨》中的丑陋的怪物；女巫，指莎剧《麦克白》中预言麦克白命运的那三个女巫。

离那么一点点，他们就迷失了自己的方向，也失去了自己的读者。他们笔下的幽灵不受任何规律约束，他们笔下的幻象都像是一场场噩梦。他们不是在创作，因为创作意味着塑造完整的形象。他们的想象力不是积极的——因为积极的想象力能使得某种事物活跃起来并且具有一定的形态——而是消极的，像病人做的梦那样。他们写的，不是什么超自然的东西，或者在我们已知的自然事物以外补充了些什么东西，而是违背自然的东西。如果事情到此为止，如果这种精神错觉仅仅是在处理超自然的题材时才显露出来，即使它脱离了自然规律，甚至达到荒诞不经的程度，他们的判断力总还有可以原谅的理由——然而，即使是在他们眼前发生的现实日常生活，若教哪位小才子一写，好了，他愈加违背自然，比起威瑟[1]在什么地方曾提到的那位“最最疯狂的”伟大天才还要表现得矛盾百出——这，才叫做与狂气结上了不解之缘。二三十年前，曾经流行过莱恩[2]出版的一套长篇小说，那就是当时为整个妇女读书界所提供的贫乏可怜的精神食粮，直到后来有一位具有慧眼妙手的天才作家[3]出世，这才把那批无补于读者的空空洞洞的玩意儿赶出了文坛。现在，我们要请任何一位知情者想想那些小说里的既不可能发生又互不连贯的大大小小事件，那些性格前后矛盾的人物或者不算人物的人物，那些书里写的那种第三流的爱情纠纷，其中的主角是某位葛兰达莫尔爵爷和利沃斯小姐，而场景变来变去，总离不开巴斯[4]和伦敦邦德大街这两个地方——当他读着这些东西的时候，是否觉得他的脑子被搅得乱哄哄的，他的印象是迷迷糊糊的，连时间和地点的概念也弄得乱七

---

① 威瑟(George Wither，1588—1667)，十七世纪的英国诗人和政论作家。

② 莱恩(William Lane)，十八、十九世纪之交的英国出版商，他办的“密涅瓦出版社”出过一批内容低劣的带感伤情调的小说。

③ 据学者说，指的可能是司各特(Sir Walter Scott)。

④ 巴斯，英国地名，在索默塞特郡。

八糟？——恐怕在他心里引起的这种糊糊涂涂的梦幻之感，是他在读斯宾塞[①]所描绘的仙境时绝不会碰到的。我们刚才提到的那些小说里，只有人名和地名才是人们熟悉的，而人物既不属于这个世界，也不属于其它任何可以想象出的世界；其中只有一连串没完没了的缺乏目的、或者虽有目的却无动机的活动——可以说，我们在自己熟悉的散步场上碰上了一群幻影，或者叫做只有姓名的怪物。而在斯宾塞那里，我们遇到的人物名字明明都是虚构的，也绝对没有什么可靠的地点，因为《仙后》中的人和东西都不提他们“何所自来”；然而，他们的内在本性，他们的言行规律，我们都很熟悉了解，觉得自己的脚是踏在实地上。小才小慧之徒把实际生活写成了梦幻；而伟大的天才即使描写最离奇的梦幻，也使它具有日常生活事件中那样的庄重适度之感。作者究竟通过什么样的探索精神过程的巧妙办法才取得这样的效果，我们不是哲学家，说不清楚。但是，只提一下《仙后》中关于玛门[②]的洞窟的那个奇妙的插曲吧：财神先以一个最下作的守财奴的外貌出现，又变成一个金银匠人，然后成为全世界一切金银财宝的主宰之神——而且，他还有一位女儿，叫做“野心”，全世界的人都向她下跪，想博得她的青睐——还写到赫斯皮里狄斯的苹果[③]，坦塔卢斯的水池[④]，还有彼拉多[⑤]也在那

---

①斯宾塞（Edmund Spenser，1552？—99），著名英国诗人，下文所提到的情节见于他的长诗《仙后》第二部，其中写到盖翁爵士去到财神的洞窟，财神以天下金银财宝引诱他，并愿把女儿“野心”许配给他，均被他拒绝。

②玛门，《圣经》里的财神之名。

③据希腊神话，赫斯皮里狄斯（意为“黄昏的女儿们”），为晚星之女，居于遥远西方，守护着一棵金苹果树。

④据希腊神话，坦塔卢斯因犯罪被罚站在一个水池中，当他口渴要喝水时，水即退落。

⑤彼拉多，古犹太的罗马官吏，应犹太大祭司和长老们之请，将耶稣处死，判决前为自己摆脱罪责，“就拿水在众人面前洗手，说：流这义人的血，罪不在我，你们承当吧。”（《马太福音》第27章。）

水里洗自己有罪的手，虽则徒劳无益，并非毫无缘故——我们一会儿到了财神窖藏财宝的洞穴，一会儿又到了独眼巨人们的锻铁炉①，既置身于宫殿，又置身于地狱，简直像处在一场漫无头绪、变化无常的幻梦之中；然而，我们一直又是意志清醒，看不出也不愿看出这一切都是虚妄的——可见：诗人，即使在表面上看来极端违反常规的时候，其实仍有一种潜在的健全意志始终在指引着他的笔端。

如果只说这一插曲是对于人的心灵在睡梦中的种种想头的摹写，那还是远远不够的。在某种程度上，也许可以说是一种摹写——但那又是一种什么样的摹写呀！假定我们当中最富于浪漫幻想的人，在某个晚上做了一夜极为离奇动人的梦，早晨醒来，让他运用自己清醒着的判断力把自己的梦境重新组合起来，试试看吧。当他的判断力在睡梦中处于被动状态之时，看起来既是变化不停而又首尾一贯的景象，一旦置于冷静考察之下，就显得那么不合情理而又杂乱无章，而我们竟会这么容易地为它所蒙混——尽管是在睡梦之中，竟把妖怪当作神祇——真叫人觉得害臊。然而，在上述那一段变幻莫测的插曲中，尽管每一部分都像最最狂热的梦境那样妄诞恣肆，我们在清醒时的判断力仍然觉得它们自然合理。

① 据希腊神话，独眼巨人们（Cyclopes）为众神之王宙斯锻造霹雷。

退休者

自由之神，虽然姗姗来迟，终于对我垂念。

——维吉尔[①]

在繁华的伦敦市，我是一个小小的职员。

——奥·基福[②]

看官，如果你命里注定，将一生中的黄金岁月，即光辉的青春，全部消磨在一个沉闷的写字间的斗室之内；而且，这种牢房似的生涯从你壮盛之时一直要拖到白发苍苍的迟暮之年，既无开释，也无缓免之望；如此度日，忘却了世上还有所谓节日假日，即使偶尔想起，也不过把它们当作童年时代特有的幸福而神往一番；——这样，也只有这样，你才能体会到我现在获得解脱的心情。

自从我在闵兴巷[③]坐到写字台前办公，到如今已经有三十六个年头了。刚开始，我才十四岁，正是贪玩的时节，在学校里每隔不久就能有很多假期；可是，一下子每天要到账房里上班八个、九个甚至十个小时，这个变化实在太悲惨了。然而，时间有时能让人无论对于什么事情都习以为常。因此我也慢慢安下心来，正像野兽经过顽强挣扎终于安于囚笼生活一样。

不错，星期天可以归我支配。可是星期天作为一种叫人虔心做礼拜而定下的制度虽则十分可敬，然而，正因为如此，要把星期天当作消遣解闷的日子却很不合适。尤其是一个城市的星期天，在我觉得总带着那么一种阴郁的气氛，空气中总有那么一种压力。这时候，伦敦街头上平日所有的那些欢乐的叫声、乐曲声、唱小调的歌手以及那些嘤嘤嗡嗡、喊喊嚓嚓、热热闹闹的市声，都一下子无影无踪了。而那些没完没了的钟声却使我烦闷，那些关门闭户的商店也叫我讨厌。在平常日子里，人们哪怕信步踱过不算热闹的市区，一眼也能看到不少赏心悦目的东西。像书报呀，图画呀，那些光彩夺目、叫人看也看不尽的小摆设、小玩意儿呀，以及商人们为了招揽生意而精心陈列的时新杂货呀，等等，这些，一到星期天就统统不见了。这时候，平常可以自自在在闲逛的旧书摊也没有了。闲人走在街上，再也看不到那些心事重重的面孔，可以供他边走路边欣赏，因为看着别人那种公务在身的样子，想想自己还能忙里偷闲，也是一种乐事。然而，在星期天的大街上，除了能够看到那些解放了的徒工和小商人的一副副不高兴（顶多半忧半喜）的面孔，此外什么也看不到；要不然，不定在什么地方碰上个把请假外出的使女——她每周六天做苦工，由于积习使然，简直丧失了享受自由的能力，不知道怎样才能高高兴兴把这一个没着没落的闲日子打发掉。这一天，就是那些郊游的人也不见得能过得多么舒服。

除了星期天，我在复活节和圣诞节各有一天假日，到了夏季，还给我整整一周时间，我可以去到赫特福郡④故乡的原野上兜兜风。这是一桩莫大的恩典，一年一回。我正是靠着这一点指望，熬过了一年年漫长的岁月，忍住了囚禁般的日子。然而，当那一周果真来到眼前的时候，平日在远方闪现的美妙幻影难道真的来到我身边了吗？倒不如说，为了匆匆忙忙地寻求消遣，想方设法充分享受这些假日，我反而把自己弄得筋疲力尽、心烦意乱了呢。哪里才有安静，哪里才有应有的休息呢？我

---

①维吉尔（公元前70—19），罗马大诗人。

②奥·基福（1747—1833），英国演员和剧作家。

③闵兴巷，伦敦地名，过去为经营殖民地出产的茶、糖、橡皮等货物的交易中心。

④赫特福郡，在伦敦以北，作者的外祖母在此郡的布莱克斯威尔为人当管家，作者小时曾在该地居住。

还没有尝到它是什么滋味，它就不见了。于是，我又坐到写字台前，一周一周计算着，捱过五十一周枯燥乏味的日子，直到那一周假日再度来临。尽管如此，只要它能再来，这种前景总算在我那暗淡的幽禁生活中投下了一线光明，而如果连这一线光明也没有，我刚才说过，我那奴役似的生涯可就简直无法忍受了。

尽管我恪遵规章，向不缺勤，我却常有办事力不从心之感(或者说是某种幻觉)。近年来，这种感觉与日俱增，终于形之于外，在我脸上流露出来。我的体力和精神都不济了。我时刻担心要发生一场危机，它一旦到来，我是断难招架的。我白天上一天班，到晚上睡着了还在上班，梦见的都是写错了事由、算错了账目以及诸如此类的事。我惊醒过来，心中兀自害怕。我已年过半百，眼见得并无任何解脱之望。我这个人似乎与写字台结成一体了，连我的灵魂也变成了木头。

有时候，我们公司里的同事见我满脸苦相，不免拿我开开玩笑。然而我怎么也未想到，这事竟引起了雇主们的注意。上月五号(这个日子我将永志不忘)，公司的副经理莱先生突然把我叫到一边，开门见山，以我脸色难看之事垂询，还单刀直入追问原因。在质问之下，我只得老实承认自己健康不佳，并表示担心有朝一日恐怕不得不向他告个长假。他当然说了几句话对我慰勉一番——事情也就到此为止。此后一周之内，我心里不住熬煎，觉得自己吐露了真相有欠慎重，这么干无异于授人以柄，对己不利，真是愚蠢之至，瞻念前途只有斥退回家了。整整一周就这么过去——我相信这实在是我一生当中最苦恼的一周。到了四月十二日傍晚(大约八点左右)，我离开写字台正要回家，却接到通知，叫我去到平日避之唯恐不及的后院办公室听候全体经理召见。我心里嘀咕：好，时辰到了；这真是咎由自取，他们一定是通知我，公司不需要我来办事了。到了那里，莱先生见我那副担惊受怕之状，笑了笑，我看在眼里，这才稍释重负。下面的事，更叫我吃惊：最年长的经理博先生开口向我发了一番宏论，说是我长期服务，克尽厥职，年深日久，成绩昭著(我心里想：怪哉！他怎么知道的？我自己从来不敢那么想)。接着，他又说人到一定年龄，退休实为方便之计(听到此处，我心里猛然一跳)，然后问我家底如何——在这方面我倒略有积蓄的。最后，他提出了方案，而另外三位经理也庄严表示首肯，说是我已尽心竭力为公司做了事，现在可以拿到相当于平时薪水三分之二的养老金退休。这真是再好没有的办法！我现在记不清当时自己在且惊且感之中到底回答些什么，总而言之，我接受了这个方案。于是，他们告诉我，从那一时刻起，我就算脱离了公司的职务。我结结巴巴说了句什么，鞠了一躬，正当八点十分我就回家——这一回，是永远地回家了。这桩天高地厚的恩典，是世界上那个最最慷慨大方的公司，亦即鲍尔德罗、梅里韦瑟、波桑葵和莱西公司[①]所赐给我的，感激之情不容我听任他们的大名湮没无闻：

“愿诸位百代流芳！”

开头一两天，我感到晕头转向，不知如何是好。我明白自己交上了好运，但是由于心慌意乱，还无法品尝它的滋味。我东走西逛，以为这就叫幸福，然而心里清楚这还不是。我此时的处境，恰如一个犯人，在老巴士底狱[②]关了四十年，突然放了出来。我不知道该拿自己怎么办。这光景仿佛是从有限的时间进入了永恒，因为把一个人的时间完全交给

① 作者实际上是在伦敦东印度公司当职员，这四个人名是作者杜撰的。
② 巴士底狱，1789 年以前关政治犯的巴黎监狱，毁于法国革命。

他自己来支配，这也可以说是一种永恒。我觉得现在自己手里的时间多得简直无法处置。我像一个缺乏时间的穷汉，突然暴发，拥有一大笔收入，变得家财不赀——我需要一位好管家、好监督人，替我管住这些时间财富。说到此处，我要提醒一下那些黾勉从公、孜孜到老的人们，在未曾掂算一下个人财力之前，切不可轻易抛掉平日赖以安身立命的差事，因为那样做包含一定的危险。我对此是有点体会的，不过在财源雄厚方面我颇为自信。当开头几天那一阵眼花缭乱的狂喜过去之后，我进入了一种自自在在、安安静静享福的境界。现在既然天天放假，我就不慌不忙；且把有时当无日。如果我实在闲得无聊，我就出去走一走；但是，现在我不像过去在短暂假日里那样，为了充分利用假日，整天走来走去，一天走上三十英里。如果遇上烦闷的日子，我就用读书来排遣。不过，现在我不像过去那样了，从前由于时间不属于自己，只好在冬夜烛光下发狠苦读，把脑筋和眼睛都累坏了。现在我散步，读书，或者涂写几句(像现在这样)，都随自己兴之所至。我用不着去寻求快乐，而让它自己找上门来。我现在像某一位先生，他

> 生在沙漠中的绿洲，
> 让岁月悠然来临。①

“岁月！”你也许会叫起来，“那个退了休的老傻瓜还能有什么盼头？他自己也说过：他已经年过半百了！”

从名义上说，我的确度过了五十个年头。可是，如果你从这五十年当中刨掉那些并非为了我自己，而是为了别人而耗去的岁月，你就可以

---

①英国剧作家托马斯·米德尔顿(1570—1627)的诗句。

看出我现在还是个年轻小伙子哩。因为只有一个人自己能够完全支配的时间，才能理直气壮地称为他自己的时间；而其余的时间，尽管在某种意义上可以说是让他度过了，却只能叫做别人的时间，并不属于他自己。所以，我那可怜的余年，长也罢短也罢，对我来说至少应该乘上三倍。我今后的十年(如果我能活那么久的话)等于我过去的三十年，这是按照规规矩矩的比例法来计算的。

当我初享自由之乐，便有一些离奇的幻觉萦绕心间，至今流连不已；其一就是对于自己曾经在账房里办公总有一种恍如隔世之感，而难以想象那仅是昨日之事。那些我曾经年复一年、日日月月密切往还的经理、职员们，一旦分手，就好像成了隔世之人。罗伯特·霍华德勋爵[①]在他一个悲剧中有一段精彩台词写到朋友之死，可以引来说明这种幻觉：

斯人方才离去，
来不及为他把泪滴；
生死悬隔，
好似千年已消逝，
永恒中时间无从算计。

为了清除这种不尴不尬的感觉，我不得不偶尔回到公司一次两次，乘便再会一会我那些还在繁忙事务中讨生活的旧日文案之交、笔墨伙伴。然而，不管他们对我如何殷勤接待，我们往日相处中的那种亲密交情是无论如何再也恢复不起来了。我们还像从前那样开两句玩笑，但我

① 罗伯特·霍华德(1626—98)，英国王政复辟时代的戏剧家。

觉得这些玩笑开得了无意趣。我过去使用过的写字台，我挂帽子的木橛，现在都被另一个人占用了。虽然明知这也是必然之事，我却不能释然于怀。我那些忠实的老伙伴们，你们昔日曾与我同甘共苦三十六载，用你们的笑话、用你们的滑稽谜语来慰藉我那坎坷不平的职业生涯，我离开你们的时候，如若不是带着某种悔恨心情的话，但愿魔鬼把我抓去！——如若我没有悔恨，真是没有心肝的畜牲！唉，到底我过去的生活真是那样坎坷不平，还是因为我自己不过是一个胆小鬼呢？哼，现在后悔也来不及了。而且，我也知道，我的这些感触不过是人到这种地步都会有的错觉罢了。尽管如此，我内心仍然痛苦不安。我现在把自己和他们之间的联系纽带狠心地一刀两断了。至少说，这总有点不太礼貌吧。要让我完全安于这种与人隔绝的状态，那是需要相当一段时间的。再见了，老伙计们，若蒙不弃，不要好久，我还会一次又一次来看你们。再见了，那表情冷淡、爱挖苦人而又重交情的老契！那脾气温和、动作迟缓而又有绅士风度的老多！那热心快肠、爱做好事的老普！还有你，冷森森的大楼，派头十足的证券交易所，真不愧是往日达官富商出入的深宅大院；你那迷宫似的曲廊，你那不见太阳的暗幽幽的写字间——在那里，一年当中倒有半年是用蜡烛代替着阳光；再见了，你这冷酷无情、损害了我的健康的衣食父母！在你那里，而不是在一个什么流动书商的冷冷清清的书摊上，保存着我生平的"著作"！正像我退休一样，让那些比阿昆那斯[①]的身后遗稿还卷帙浩繁、而价值也比其毫无逊色的对开本大账簿，堆在你那结结实实的架子上，好好休息吧！我的毕生衣钵是留在你那大楼里面了。

从初接通知到如今，半个月业已过去。在这期间，我觉得自己是在

---

①托马斯·阿昆那斯（约1225—74），意大利圣多明各教派的僧侣和神学家。

走向某种安静的生活，但还没有到达目标。我虽然夸口说自己享受到了宁静，实际上不过差强人意而已。这时，刚退休时的忐忑不安尚未消尽，心里有一种飘飘然的新奇之感，病弱的眼神还未能适应那灿烂夺目的阳光。说真话，我还眷恋着旧日的生活，好像自己身上不披枷带锁就过不了日子似的。我像一个卡尔特教派[①]的修士，一直按照森严的戒律苦熬苦炼，突然一场革命把我从斗室中推了出来，又回到茫茫人间。现在可不同了。我觉得自己从来都是自己的主人，爱上哪儿就上哪儿，爱做什么就做什么，这对我来说是当然的事。白天十一点，我走在邦德大街上，觉得似乎在以往岁月中自己每到这个时辰都在那里闲逛。我信步蹓到索荷[②]在书店里泡，仿佛自己是一位积有三十年经验的藏书家，这不是什么新鲜事，不值得大惊小怪。有时，整个上午我对着一幅名画出神，难道我不是一向如此吗？鱼街山近况如何？万恰吉街如今尚在否？古旧的闵兴巷，在以往三十六年当中，我每天从你那里走过，磨光了你的路石，到如今，在你那永世长存的燧石路面上，又响起了哪一个筋疲力尽的小职员的脚步声？现在我常去常往之地却是派尔麦尔——我的鞋底简直把那条繁华大街磨下去一层。正当交易所办公之时，我偏去参观额尔金雕像[③]。我毫不夸张地说，我现在处境的变化可以比作进入了另一个世界。时间似乎停止不动了。我忘记了季节的更替，也忘记了哪一天是几号或星期几。然而，在过去我习惯于把每一天加以仔细区别，其标准在于它是否是外国邮件到达之日，在于它与下一个星期天距离之远近。以往，在我感觉之中，星期三和周末之夜各有不同的情调。对于每一天，我都有某种特殊的敏感，它影响着我在那一天的食欲、情绪等

① 卡尔特教派，一个戒律极严的天主教派。

② 索荷，伦敦一个区名，往日曾是名流居住之地。

③ 大英博物馆的一批希腊雕刻，原为额尔金爵士所购赠，故名。

等。星期天，当我享受那一点可怜的娱乐时，第二天的上班以及接踵而来的五个沉闷的工作日，像幽灵一样沉甸甸压在我的心上。现在，竟是何人行法力，居然把黑人洗成白色？昔日“黑色的星期一”[①]如今安在哉？现在，每天都是一样了。就说星期天吧，在往日由于它给我带来的飘忽无常之感和急于及时行乐之念，早就多次证明它不过是一种倒霉的、不成其为假日的假日——现在它更是地位下降，与平常日子无异了。现在我可以放心到礼拜堂去，哪怕从星期天抽出一大段时间，我也毫不可惜。我不管干什么都有了时间。我可以去看望生病的朋友。我可以把一个公务繁忙、心急火燎的人迎头拦住，为了气气他，故意向他发出邀请：乘此大好五月晨光，何不与鄙人到温莎一游，以作竟日之乐乎？卢克莱修[②]式的快乐，就在于摆脱尘嚣、冷眼观察那些可怜的苦工们在茫茫人海中挣扎，烦恼不安，忧心忡忡；他们像磨坊里的马，沿着一条永世不变的磨道转圈子，然而，劳苦如此，所为何来？人生在世，总不嫌自己时间太多，也不嫌自己要做的事太少。假如我有一个小儿子，我就要给他起个名字，叫做“无事干”。——我什么也不让他干。因为我实实在在认为，人一旦事务缠身，便失其性灵。在沉思默想中度日，这才是我衷心向往之事。但愿上天开恩，来一场地震，把那些该死的纺纱厂一口吞没，把我那张破木头写字台也捎带打入地下，叫它——

与魔鬼一同沉沦。[③]

---

①到了星期一，学生要上学，职员要上班，不得自由，故咒之为“黑色的星期一”。

②卢克莱修（约公元前96—55），罗马诗人和哲学家。

③引自《哈姆雷特》第二幕第二场。

信步蹓到索荷在书店里泡

我的身份已经不是某公司的职员某某。我成了退休的大闲人。如今，我的出入之地乃是那些林木错落有致的公园。别人开始注意到我那无牵无挂的脸色，悠闲自在的举止，以及步履倘佯、漫无目的、游游荡荡的样儿。我信步而行，不管何所而来，亦不问何所而去。人们告诉我说：某种雍容华贵的神态，原来和我种种其他方面的禀赋一向被埋没不彰，如今却脱颖而出，在我身上流露出来了。我渐渐有了明显的绅士派头。拿起一张报纸，我只看歌剧消息。人生劳役，斯已尽矣。我活在世上应做之事已经做完。昨日之我，是为他人做嫁；从今往后，我的余年将属于我自己了。

巴巴拉·斯——[①]

1743或者1744，究竟哪一年我记不清了，只记得在11月14日的中午，钟声刚敲响了一点，巴巴拉·斯——，按照她一向准时的习惯，登上那又长又曲折的楼梯，这楼梯中间夹有几处转弯不大方便的平台，一直通向办公室——确切一点儿说，是通向一间摆着一张写字台的包厢，在里边坐着老巴斯戏院[②]（在看官之中，还记得这个戏院的人大概不多了）的司账员。在我们英伦全岛，直到今天仍然流行着这么一种规矩：演员们都是在礼拜六领取他们每周的薪水。巴巴拉应得的仅仅是一个戋戋小数。

这位小姑娘刚刚长到十一岁；但是，在她自己眼里，她在戏院里可是个重要人物，再加上她诚心诚意地要拿她那小小的收入来贴补家用——这就使得她在走路时、举动中带出了一副大姑娘的神气。你见了，至少会认为她比她那实际年龄大五岁。

不久前，她只是被雇用在合唱队里唱唱歌，再不然，什么场面里缺少儿童演员，让她凑个数。但是，经理看出来这孩子具有一种超乎她的年龄的勤奋和灵巧，在近一两个月里把扮演正正经经角色的任务也交给了她。受此重用之后，巴巴拉的那种得意劲儿，你就可以想见了。她演的小王子亚瑟[③]已经惹人掉下了眼泪；她演的约克公爵，带着小孩子的任性挖苦了理查王；而到她扮演威尔斯亲王的时候，又该由她来斥责这种放肆无礼的行为[④]。她也满可以在莫尔顿[⑤]的那幕凄恻动人的尾声中逼真地扮演那个大孩子，可惜那时候《森林中的孩子们》那出戏还没有编出来。

很久以后，这位小姑娘变成了老太太，我看到过她扮演小角色的几份台词，每一份两三页，都是由当时的提词人用粗拙的字体抄出来的。

要是为那些年龄大的悲剧女演员抄词儿，他肯定会抄得更细心、更清楚。尽管如此，巴巴拉还是把这些让一个小孩子使用的、草草涂写、污渍斑斑的台词全部保存下来。在日后声誉鼎盛之际，她把这些台词用贵重的摩洛哥皮装订起来，每一个节目，每一个小角色的台词，都订成一本书，还带着精巧的扣子，洒上金粉——看一看，真是赏心悦目。她按照当初发给她那时候的原样，把它们小小心心保存下来，哪怕连一个墨点也不抹掉、也不改动。对她来说，这些都是极可宝贵的、牵动感情的纪念。这些就是她的事业的开端、初步、基础——正是沿着这些小小的台阶，她一步一步前进，一直达到尽善尽美的境界。她说："难道能让橡皮或者浮石把这心爱的一切都擦掉吗？"

我并不急于开始讲故事——实际上，我也简直没有什么故事可讲——所以，我只想提一提她关于那一段有趣的时期的一次谈话。

在她去世以前不久，我曾经同她谈论过，一个伟大的悲剧演员在表演当中到底体验到多少真情实感。我冒昧提出：最初，这些演员当然是有真实感情的，要不然，怎么能那样强有力地召唤起别人内心的感情？

---

①兰姆在这篇文章里，用"巴巴拉·斯维特"这个名字做掩饰，写出他所认识的一位女演员凯利女士（Miss Frances Maria Kelly，简称 Fanny Kelly）小时候初进剧团当演员时的一段轶事。对此，兰姆自己写过："巴巴拉·斯——这个名字掩盖着凯利女士早年的经历，这段优美动人的轶事是她亲自对我讲的。"凯利女士本人在 1875 年给《兰姆全集》的编订者肯特（Charles Kent）写过一封长信，肯定了这一点，详细叙述了当时发生的事件经过，并说明兰姆的文章并非全照事实直录，而是对真人真事进行了一些改动。可知本文是兰姆以凯利的经历为主要依据并在细节上进行了艺术加工的作品。

②过去伦敦的一个剧院。

③亚瑟，莎士比亚历史剧《约翰王》中的小王子之名，其王位被叔父约翰王所占，其母康丝丹斯借助法国之力图谋夺回亚瑟王权，失败，小亚瑟被约翰王俘获、死去。

④约克公爵，理查王，威尔斯亲王——莎士比亚历史剧《理查三世》中的三个人物。

⑤莫顿（Thomas Morton，1764？—1838），英国剧作家。

然而，经过多次重复表演，这些感情总不免大大地走了样子，因此，到后来，演员就只好依靠着对于往日激情的回忆来代替当场的真情实感了。她愤然驳斥这种看法，即：一位真正伟大的悲剧演员对于观众产生了那样强烈效果的演出，竟可能降低为一种纯机械性的行动。她非常巧妙地避免拿自己的经验做例子，只是说：很久以前，波特夫人扮演伊莎贝拉的时候（我记得话是这么说的），她常常扮演她的小儿子，当那位令人难忘的女演员伏在她的身上朗诵那一段撕裂人心的对白时，她就清清楚楚感觉到一滴一滴热泪滚落下来，而且（用她那强烈感人的语言来说），简直把她的脊背都烫痛了①。

她说的究竟是不是波特夫人，我记不清了，反正那是当时一位大名鼎鼎的女演员。名字无关紧要，但是那灼热烫人的眼泪，我可记得真真的。

我一向爱跟演员们交往。我说不清，在我生平某个时期，究竟是不是因为我口吃（这种毛病已经剥夺去我登上圣坛的权利）②，我才没有选择演戏作为自己的职业——因为，尽管我还有某些其他缺点，但在演员行里，那些缺点往往是不算一回事的。不管怎么说，有一回我曾经荣幸地（无论到什么时候，我都要这么说）与凯利小姐③同桌共餐。我跟利斯顿先生④在一起认认真真地打过一局惠斯特牌。我还跟脾气乐乐呵呵

---

① 波特夫人，不详。据学者考证，这里叙述的乃是凯利女士个人的经历：她和著名悲剧女演员西登斯夫人（Mrs. Siddons）曾经同台演出莎剧《约翰王》，西登斯夫人饰康丝丹斯，凯利演其子小亚瑟，当前者演到悲痛高潮时，眼泪滴湿了凯利的领子。

② 兰姆在伦敦基督慈幼学校读书时学业优秀，本应在毕业时升入剑桥大学深造，但因有口吃毛病，未能上大学——因当时慈幼学校规定，保送上大学的学生必须担任牧师。

③ 即本文故事的生活原型凡妮·凯利。

④ 利斯顿，当时一位喜剧演员。

的查尔斯·肯布尔太太[①]在一块儿聊过天。我又跟她那多才多艺的丈夫像一对好朋友似地谈过话。我还曾被赏光与麦克里迪先生[②]进行一次高雅的对话；此外，还在马修斯先生[③]的演员画像收藏室里开过眼界——热心肠的主人，为了酬答我对于老一辈演员的一片仰慕之忱(他对他们自然也敬仰之至)，陪着我再细看一遍，而且，除了他那些第一流的珍藏品，还为我提供了画像作者所无法提供的东西，即：那些旧时代演员的声音笑貌和生动的表演动作。那些用古老色调所绘制的、半褪色的多德、帕森斯和巴德利[④]的画像，一经他的点染，全都复活了。只有埃德文[⑤]，他无法使他复活。我还跟——共进过晚餐。——不过，这么说起来，我简直像一个浮浪子弟了。

刚才，我打算要说的是——在老巴斯戏院，而不是在戴蒙德戏院，小巴巴拉·斯——来到了司账员的办公桌旁边。

巴巴拉的父母本来是家境优裕的。据我所知，她父亲曾经在城里开过药房。可是，后来他那生意倒闭了——至于原因呢，有一些，我从自己身上的脆弱毛病就能猜个差不多[⑥]；另外有些事情，怕只能说是有些人生来命苦、处处倒霉，这是不能归咎于个人行为不谨的。事实上，他们一家正濒临着饿死的危险，这时候，戏院经理来了——他在这一

---

①肯布尔(Charles Kemble，1775—1854)，英国著名喜剧演员。

②麦克里迪(William Charles Macready，1793—1873)，英国演员，曾任伦敦修道院花园剧院和祝来巷剧院经理。

③马修斯(Charles Mathews，1776—1835)，英国喜剧演员，曾任剧院经理，收藏了一批演员画像。

④巴德利(Robert Baddeley，c. 1732—94)，十八世纪英国演员。

⑤埃德温，不详，与上文中多德和帕森斯当同是十八世纪英国演员。

⑥据凯利自己在给兰姆全集编者肯特的信里说，她家穷下来，是因为她父亲为了摆阔气、生活奢侈，结果欠债无力归还。他为躲债，一走四年，而全家的生活负担落到他的九岁女儿、小演员凡妮的身上了(凡妮九岁即当演员养家，不是像本文里巴巴拉十一岁当演员。)

家人日子好过的时候认识他们、敬重他们——，把小巴巴拉领到他那个剧团里。

在我方才谈到的那个时候，巴巴拉那菲薄可怜的收入乃是全家唯一的生活来源——包括两个小妹妹的抚养费在内。某些令人痛心的景况，我只好用一层纱幕加以遮掩。我只提一件事：她在礼拜六拿到一点儿钱，到星期天才能有指望(一般说来，也是唯一的机会)使得全家吃上一顿肉。

我再说一件事：有一天，她扮演某个儿童角色，作为剧中人，她得吃一只烧鸡(哈，巴巴拉好开心呀！)；可是，那天晚上，上这道美餐的那个喜剧演员滥用了自己的丑角身份，竟往盘子里撒上了好大一把盐(唉，这又让巴巴拉多么伤心！)；她把一大块鸡肉塞进嘴里，又不得不哇地一声把它吐出来；一方面，因为戏演砸了好不羞愧，另一方面，这一顿美餐多么想吃而没有吃上，又好不难过；她那小小的心眼儿里憋着一泡眼泪，暗自抽抽噎噎，心都要碎了，最后终于泪如雨下，才算把心里的委屈哭了出来——只是，台下的那些酒足饭饱的观众们看到此处，都摸不着头脑，不知道这是什么意思。

这就是那位令人赞叹、饿着肚子的小姑娘——她站在司账员雷文斯克罗夫特老头子的面前，等着发放她礼拜六的报酬。

雷文斯克罗夫特这个人——除了她，我还听戏剧界许多老人说——最不适合管账。他心里无数，随手发钱，又不记账，到周末了，一结算，如果发现钱亏空了一镑左右，他就说：谢天谢地，总算亏得不太多。

巴巴拉每周的薪水只有半个几尼[1]。可是，一马虎，他丢进她手心里——整整一个几尼。

---

①几尼，英国旧金币名，在十九世纪初值27先令，后为金镑所代替。

巴巴拉轻轻地跳着走开了。

一开始，她自己完全没有觉察到这种失误——上帝明鉴，雷文斯克罗夫特自己也绝不会发现的。

但是，当她走下那空空无人的楼梯，走到第一个平台，她觉得自己手里捏着的那块金币似乎比往常的要格外沉重一点儿。

想一想，她该多么为难吧！

她生来是个规矩孩子。从父母以及周围人那里，她并没有接受什么不良影响。不过，他们也没有对她进行过什么教育。穷人家里被煤烟熏黑的小屋本来也不是传授道德哲学的学宫。这个小女孩绝无邪念，但是，可以说，她心里也没有什么固定的主张。她听说过诚实好，可从来也没有想到这跟自己有什么关系。她想：诚实，只是那些男男女女的大人们之间的事。她不懂什么叫做诱惑，对于诱惑要准备反抗，她连想也没有想过。

首先，她情不自禁地要回到老司账员那里，向他说明他的疏忽。可是，他脾气马虎，加上老糊涂，要让他弄明白出了什么事，还真不容易哩。想到这一点，她心里猛然一亮。而且，这么大一笔钱！一想，明天全家的餐桌上比平常要大得多的一块肉就出现在眼前，她那可爱的眼睛闪着光彩，嘴里流出了口水。可是，雷文斯克罗夫特先生是那么善良和气，一向在暗中帮她的忙，就连她演那些小角色，有些还是他去推荐的。然而，这个老头子又是出名的大富翁。据说，光在这个戏院，他一年就拿五十镑。想到这里，脚上没穿袜子也没穿鞋的两个小妹妹的模样又出现在她的眼前。她再看一看自己脚上穿的整洁、雪白的棉布袜子，那是因为她在戏院做事，不可缺少，妈妈只得从家用中拼命节省，为她置办的。她想：要能让两个可怜的小妹妹也穿上鞋子袜子，那该多开心呀！——那么一来，她们就能陪她来看看排戏，因为，由于她们穿戴窝囊，过去一直不让她们到戏院里来。——这么想着想着，她走到了第二个楼梯平台——就是说，从上边数第二个——因为，往下边去，还要走过一个平台。

这时候，德性帮了巴巴拉的忙！

那忠贞不贰的良友惠然光临——据她告诉我说：在那一时刻，某种不属于她自己的力量——某种超乎推理的理性——在她眼前闪现——于是，身不由主似地（她说她一点儿也不觉得自己的脚在走动），她发现自己又退回到方才离开的那张办公桌旁，她的小手被握在雷文斯克罗夫特老人的手心里——他，在默默无语之中收回了退还的财富——就这样坐在那里（心地善良的人哪），不知不觉时间一分钟一分钟过去——那，对她来说，真像是焦虑不安的几百年。但是，在那一时刻过去之后，她内心里感受到一种深沉的宁静。从此，她懂得了诚实的宝贵。

她在戏院里做事，无怨无尤。一两年后，她的两个小妹妹不但脚上穿上了漂亮的鞋袜，连前途也有了希望；全家又过上了好日子；她自己呢，也松了一口气，再不必站在楼梯平台上自己跟自己讨论道德信条了。

她还对我说：当时，看到那老头儿把多发的钱又装回衣袋里，表情冷冷淡淡的，她觉得非常惊奇，简直有点儿懊丧，因为，那笔钱在她自己心里曾经引起了那么痛苦的斗争。

她的这段轶事，我是在1800年听已故的克劳福德夫人[①]亲口对我谈

---

① 克劳福德夫人（Anne Crawford，1734—1801），英国女演员，曾在霍姆的《道格拉斯》一剧中扮演伦道夫夫人。
兰姆在原文此处加了一条小注，云："这位夫人在娘家姓斯维特，后来三次结婚，改姓丹塞尔、巴利和克劳福德。我认识她的时候，她叫克劳福德夫人，而且第三次做了寡妇。"但兰姆文集的一个编者在作者注又加了一条按语："兰姆所加这条注文是故弄玄虚，此文讲的是凯利女士的故事，只是在细节上有所改动。"

的，当时她已六十有七(谈话不久，她去世了)。有时候，我斗胆认为：她在表演感情冲突时所具有的那种撕裂人心的力量——在这方面，有人认为，她甚至和西登斯夫人比起来也毫无逊色(至少，她在扮演伦道夫夫人时便是如此)——追本求源，应该归功于她在少年时代的这一次思想斗争。

友人落水遇救记[①]

山泽女仙啊，你们到哪里去了，当无情的深渊淹没了你们的宠爱的黎西达斯？[②]

我什么时候也没有经历过比这个更离奇的事情：两三周以前，一个礼拜天的上午，我那老朋友乔·代——[③]驾临伊斯灵顿[④]寒舍见访，告辞出门之后，他没有向右拐上他来时走过的那条小路，竟然拿着手杖，在大白天正晌午，偏偏大步向前，一直走进了从我们门前流过去的河水之中，立即消失得无踪无影。

即使在薄暮时分，出现这种景象，就够吓人了；何况是在这光天化日之下，亲眼看见自己的一位宝贵的朋友做出这等纯属自我毁灭的行动，真使我一时之间完全丧失思维能力。

我忘了我怎样又恢复了自己的行为能力。反正，我是迷了，乱了。似乎有某个精灵，而不是我自己的意志，刮起一阵旋风，把我送到了出事地点。在那里，我记得只看见有一副慈祥的、白发苍苍的头脸在水面上闪着银光，旁边还有一根手杖指向上方（平时挥动手杖的手却不知藏在何处），像是要探测一下那高高在上的苍空。说时迟，那时快，我立刻就把他扛上了肩——我扛着他，肩上压着的这个人，比伊尼亚斯[⑤]肩上的乃翁还要贵重。

说到这里，我不能不提一下形形色色过路人的那份儿热心快肠——他们，虽然来得有点儿太晚，没赶上参加从河里救人的壮举，但还是成群结队蜂拥而来做好事，对于如何使得落水者恢复知觉，七嘴八舌提出了忠告，有人说要往他身上搽盐，有人又说不能搽盐。在此众说纷纭、莫衷一是之际，病人却是命悬一线、危在旦夕。当此时也，一位比别人稍有头脑的先生突然灵机一动，提出来总该请个医生才是。这条意见，尽管卑之无甚高论，而且，说实话，人人也都明白，可是，在那千钧一发之际，在我耳朵里听起来真像是天上的神仙开了口。因为，原先的那些瞎张罗——我自己也没有少费力气——其实丝毫无用。此刻，大家惶惶然莫知所从。

这时候，来了一位独眼龙大夫(没打听到他的尊姓大名，我只好这么叫他)。这是一个满脸严肃的中年汉子——他，没有上过大学，拿不出毕业文凭向人卖弄，只是把大部分宝贵时间用来在那些落水者身上做试验——在一般人眼里看起来，这些不幸的同胞们的生命火光早已熄灭、永远消失了。不管有人因为暴食暴饮撑得背气，或是有人拿一根绳子自寻短见，造成了不体面的呼吸堵塞，他都自告奋勇提供服务，绝不

---

①此文发表于1823年，讲的是兰姆的朋友代尔的故事。乔治·代尔(George Dyer，1755—1841)，儿时为伦敦慈幼学校学生，后在剑桥大学上学，毕业后先当教员，后在伦敦做雇佣文人，为出版商做审稿、校对等文字苦工。他写过诗文，写过一部《剑桥大学史》(“History of the University and Colleges of Cambridge”)，但大部分时间是钻在图书馆里为出版商的一大套141卷的古希腊罗马丛书找资料、抄原文、搞校订，为此把眼睛用坏(后来终于失明)，甚至两根手指都因繁重的抄写工作而累得不能屈伸了。代尔是一个心地善良、性格单纯的书呆子，眼睛极度近视，脾气非常马虎，一专心想事情，动不动就走神儿，陷入迷迷糊糊的状态。他的朋友们(包括兰姆、赫兹利特、亨特这些著名作家)又爱他，又笑他。这里写的就是他的一件有名轶事：约在1823年11月，他到伊斯灵顿的兰姆住所访问，告别出门之后，不知怎么一迷糊，没有走在路上，竟穿过路去，只顾往前走，掉进兰姆家对面的一条河(名叫新开河)里，经兰姆等人抢救，才算没有淹死。事后，兰姆在给朋友的信里写到这件事，又写了这篇文章，以开玩笑的口吻记述此事，并且夹杂着发了一通议论，还驰骋幻想，想象一下代尔的九死一生的脱险可能在天上地下引起什么样的波动。

②引自弥尔顿《黎西达斯》一诗。

③乔治·代尔的简称。

④伊斯灵顿，伦敦镇名，兰姆曾在此处的柯尔布鲁克路居住，新开河流经门外。

⑤据罗马诗人维吉尔的史诗《伊尼依德》，特洛伊被希腊军队攻陷时，英雄伊尼亚斯把他的父亲安契昔斯背在肩上逃出城外。

放过机会。不过，尽管他对于这些陆地上的气绝病号，并非谢绝不管，但他的本行业务主要却在水边——为了开业方便，他明智地把自己的住所安置得靠近上述河流的开阔之处，在那里的“米德尔顿头像”旅店[①]里，他高踞在小小的望楼之上，日日夜夜侧耳倾听，细细打探，可有什么淹死者的遗骸漂流过来——这么做，据他说，一方面是为了能够及时赶到出事现场，另一方面也是因为在这些不幸的时刻他一般开给病人服用、同时自己也喝上一口的烧酒，从这些普通旅店里就能弄到，不必远求于那些药店里的瓶瓶罐罐。他的听觉由于经常使用，已经练到那样灵敏的程度，据说，他能在半弗隆[②]以外听见有人跳水的声音，并且还能分辨出那究竟是偶然事故，或是有意自杀。他获得的一枚奖章悬吊在他的衣服上——那奖章本来是暗棕色的，但戴得时间太久，而且他又常在夜里下水，结果变成跟他那职业恰相适应的黑色[③]了。他以“大夫”身份出现，正因为左眼失明格外引人注目。他的治疗方法——除了先用毯子把病人严严实实裹起来，再对他的身体使劲儿摩擦一番——不过是一大杯纯法国白兰地酒，掺上一点儿水，烧得滚烫滚烫，只要病人禁得住就行。如果碰上哪位病人脾气怪、不肯吃药（我的朋友便是如此），他就以身作则，亲自尝一尝，表明药性无害。再没有什么行动比这个更体贴更动人了。病人眼见自己的医疗顾问同自己携手共进汤药，自然信心增添。医生既然把自己开的药水吞进肚里，还有什么脾气乖拗的病人不愿下决心把它一口喝干？总之，这位独眼龙先生是一个又厚道又聪明的人。他那菲薄的收入本来连他自己的生存也

---

① 米德尔顿（Sir Hugh Middleton）是修掘新开河的工程师，因此在河边的这一旅店以他的头像命名。
② 弗隆，英国长度名，八分之一英里。
③ 意谓他的职业专救淹死的人，不吉利。

不足以维持，他还恨不得把这一点儿钱全都用来拯救他人的生命——谈到他自己的报酬，他非常客气，我费好大劲儿才强塞给他一个克朗[1]，作为他把乔·代——这么一位无法估价的人物的生命救活、交还给人类社会的代价。

在惊恐忙乱平息下去之后，再看一看这一切对于这位可爱的迷糊人在神经上所产生的影响是很有趣的。看起来，这件事对他是一次大大的震动，把他那漫长而清白无罪的一生中所经受过的一次又一次上天佑护之恩，都从他的记忆里唤醒起来了。他端坐在我的床上——我这床迄今为止一直是光秃秃、没有任何陈设，从此以后，为了它曾为他提供这具有回春之力的安眠，我要不惜破费，给它挂上贵重的帐幔，使它成为柯尔布鲁克[2]最华丽的床榻——他坐在我的床上，大谈特谈他自己过去经历的惊险遭遇——在幼年时代，因为保姆粗心，因为冰冷的水桶和沸腾的水壶——做小学生贪玩时节，又因为在果园里胡闹以及树枝猛然折断——后来，在楚平顿[3]，因为从天而降的飞瓦；在朋布鲁克[4]，又因为沉重无比的大厚本书——此外，还因为熬夜用功引起的可怕的失眠症——因为贫穷和对于贫穷的恐惧，以及他那博学的头脑里的种种痛苦的悸动。说着说着，他突然唱了起来——唱的都是很早以前的老歌儿，零零星星，东一句、西一句——还有感谢上天救命之恩的赞美诗片断，这些，从儿童时代以来早被忘得一干二净，只因此时他的心变得像小孩子的心那样娇嫩，才又在脑际浮现——因为，颤抖的心，当回顾新近的遇险得救之时，也像一颗天真的心处于切迫的危险之中一

---

①克朗，英国钱币名，值五先令。
②柯尔布鲁克，兰姆所居住的伊斯灵顿镇街名。
③楚平顿，不详，当为地名。
④朋布鲁克，剑桥大学的一个学院之名。

样，往往会产生一种自我怜悯的柔情——对于这个，我们不好轻易称之为懦弱。莎士比亚笔下的那位好人休爵士[①]，在决斗之前，就曾经突然大发怀念巴比伦之幽情，嘟嘟哝哝吟唱起清浅的河水来了。

休·米德尔顿爵士的河水[②]啊，你几乎把一位什么样的光辉人才淹没在你的洪流里！你那清清的流水，虽然两个世纪以来一直保护着京城居民的身心健康，假如一下子把这位人间奇才冲走，恐怕你也赔不起吧？那么，你这冒牌的河流——人造的流水——可卑的水道，从今以后就只好与那些流动不畅的人工沟渠并列为伍了！难道就是为了这个，我小时候，在那位阿比西尼亚旅行家[③]的探险事迹鼓舞下，曾经步测安姆威尔的溪谷，勘查你的源头，探访你的河水走向——从赫特福郡[④]的一派绿野一直波光粼粼地流向恩菲尔德[⑤]那精心培育的园林！你这里既没有天鹅——也没有水上仙子——又没有河神——难道说，你看中了我这位朋友的白发苍苍的慈祥容颜，所以想把他吞没之后，好让他做你这条河的保护神吗？

倘若他掉在剑河[⑥]里淹死，那倒说得上是相得益彰。可是，你这儿有柳枝在他那水中墓穴上面轻轻飘拂吗？——再不然，因为你除了那个呆板的“永世常新”的名字[⑦]以外没有什么名号，所以你打算把我这

---

①休爵士，即休·爱文斯爵士，莎士比亚喜剧《温莎的风流娘儿们》中的一个人物，文中所述见该剧第三幕第一场11—22行。

②即指新开河——这是一条人工河。

③指布鲁斯（James Bruce，1730—94），英国探险家，曾勘查尼罗河源，并于1790年发表游记。

④赫特福，英格兰郡名。

⑤恩菲尔德，伦敦附近镇名。按：新开河系于1609—13年间开掘修成，从赫特福郡流向伦敦。

⑥剑河，英格兰河名，剑桥以它得名，代尔曾在剑桥上大学，因此兰姆这样开玩笑。

⑦新开河早在十七世纪就修成，但一旦用了这个名字，再也不能改变，所以“永世常新”。

位高贵朋友卷走，从此就可以称为“代尔河”了吗?

你那美德懿行如此宏大，
岂可被浊浪卷去，埋葬于烂臭的水泡之下? [1]

我坚决主张，乔治，你要不戴上一副合式的眼镜，千万不可出门——大白天也不行——特别当你正在沉思冥想的时候。对你那种迷糊劲儿，大家一直包涵着，可现在你竟然迷糊得连你身体的存在也成了问题。我们可不能让你随着亚里士多德飘飘悠悠走进了欧里普斯海峡[2]。嘿，老兄，你写过那么多小册子，主张洒水即为洗礼，如今你到了这把年纪，难道突然要改宗浸礼会[3]教徒吗?

这次可怕的事故之后，我一连几个晚上脑子里只想着水。有时候，我跟克拉伦斯[4]做一样的梦。又有一些时候，我梦见基督徒[5]身子向下沉落，还一面向他的好兄弟“希望”(也就是我)大声呼叫：“我陷进了深水之中；巨浪淹没了我的头顶，波涛埋住了我的全身。细拉。”我眼前还出现了巴利纽鲁斯[6]突然把船舵松开——我大喊救人，已经晚了。接着出现的是叫人伤心的行列——那些自杀者的面影——他们决意投水身亡，却被人救起；于是，凄凄惨惨、慢慢吞吞走过来长长的一列不

---

①引自克里夫兰(John Cleveland)写的一首悼念爱德华·金(弥尔顿的剑桥同学，淹死)的诗歌。

②据传说，亚里士多德在晚年因为想探测海洋潮汐规律未成，投身于欧里普斯海峡而死。

③浸礼会，基督教派之一，主张在行洗礼时必须全身浸水。

④克拉伦斯，莎士比亚历史剧《理查三世》中的一个人物，他被关在狱中，做了一个梦，梦见被人推入海里。

⑤基督徒，英国宗教小说《天路历程》中的主人公；“希望”是书中另一个人物。下文“细拉”是《圣经·诗篇》表示歌唱休止的一个词儿。

⑥维吉尔史诗中伊尼亚斯的引航员，在航海中睡着，松开了船舵，跌入海中。

大高兴的受恩者，他们那浅蓝色的头发梢上还挂着一条条像绳子似的水草：他们像勉强接受治疗的麻风病人——他们是冥王府里的半截子臣民——从坟墓门口又夺回了入门费——从阴阳河摆渡者手里赖掉了船钱。领头的是阿利翁[1]——说不定就是乔·代——吧？——他身穿烧焦的长袍，怀抱着竖琴和还愿的花环，独自向前走去，但是麦克昂[2]（也许是霍斯博士[3]）突然把那花环抢走，准备献给严峻的海神。然后，出现了阴森森的忘川河水[4]——那些在阳世里身子仅仅浸得半湿的人，来到这里的码头边，还得把全身淹没，正像奥菲莉亚[5]两次扮演她那沾泥带水的死亡场面一样。

毫无疑问，我们之中倘若有人走近了冥界的边境（就像我那位朋友刚刚经历过那样），里边总会有所知闻的吧。有人倘在死神的大门上敲一两下，在那宫殿里怕也要引起不小的轰动。那面目狰狞的死神，看到他的俘虏多次为现代科学所抢救，一定会从此醒悟，要对坦塔鲁斯[6]发点儿善心。

乔·代——即将光临冥府的消息一旦明白宣布，在那极乐下界中一定会引起一场波动。那些已故的名流雅士、正人君子——古希腊罗马的诗人、历史学家——一定会从他们那缠绕着常春花的座位上站起

---

①据传说，阿利翁是希腊所属莱斯博斯岛的一个抒情诗人，演唱极为动人。一次，在航海途中，船上水手为图财要杀死他，他在临死前演唱一曲，吸引一群海豚来听，他跳到一只海豚背上被驮走，因而脱险。

②麦克昂，在特洛伊之战中希腊军中的医生。

③霍斯博士（Dr. William Hawes，1736—1808），英国落水者救济会的创办人。

④忘川（Lethe），希腊神话传说中的“阴阳河”，死者饮了此河之水即忘记生前的一切。

⑤奥菲莉亚，哈姆雷特的女友，因其父为哈姆雷特所杀，发疯投水而死。

⑥坦塔鲁斯（Tantalus），希腊神话中的一个人物，因犯罪被罚在阴间永远忍饥受渴，他在水池中口渴要喝水时，池水立即退落；他在果园里伸手要摘果子时，风即把果树枝吹到一边。

身来，为了他们这一位不知疲倦的评注家完成一半、中途撤手的心爱工作，给他戴上不朽的花冠。对他，马克兰[①]正翘首期待——蒂里特[②]正盼望和他见面——还有他没有来得及在尘世见上一面的那位出身于彼得厅[③]的温雅可爱的抒情诗人[④]，也带着新奇的神情准备迎接他；最后，还有那位性情温和的艾斯丘[⑤]先生，即：我们这个善良的慈幼生[⑥]的早年恩公（他要是能保护他一辈子该有多好！）——此时也从医神殿里自己的神圣席位中殷切渴望地微微向前屈身，迎接这位新来者——此人在少年时代像一棵幼枝嫩芽的树苗，他自己生前具有先见卓识，曾经给予培育浇灌；如今，此人年高德劭，他又准备欢迎他跻身于那些无忧无虑的死者行列之中。

---

① 马克兰（Jeremiah Markland，1693—1776）英国古典学者。

② 蒂里特（Thomas Tyrwhitt，1730—86），英国学者，主要贡献为编订乔叟的《坎特伯雷故事集》原文。

③ 彼得厅，剑桥大学的一个学院之名。

④ 指英国十八世纪诗人格雷（Thomas Gray，1716—17）。格雷曾在剑桥大学彼得厅学院读书。

⑤ 艾斯丘（Anthony Askew，1722—72），伦敦慈幼学校的校医，本人也是古典学者。代尔在慈幼学校上学时，曾向他借书，受他照看。

⑥ 指代尔。

三十五年前的报界生涯[①]

看官，这是三十多年以前的老话了。有一天，但·斯图尔特[②]告诉我们说：他不记得在自己一生中什么时候特意走进过萨默西大楼[③]的展览厅。偶尔，他也许曾经护送一些要去参观的妇女穿过马路；可是，他自己从来不想走进那个大楼，虽然，在那时候，《晨邮报》的社址也是设在如今这个地方——它那以金色圆球装顶的大门正对着我国美术家每年进行展览的陈列中心。有时候，我们也巴不得能够像但尼尔那样自我克制才好。

现在，先说说但·斯·这个人吧。在我们眼里，他要算一位脾气极好的编辑了。《晨纪事报》的佩里[④]也同样举止文雅，并且颇有一点儿宫廷贵族的味道。老斯却坦率直爽，是个十足的英国人。当年，我们就为这两位先生写稿子。

考察恒河之源，为一条巨大河流探索出它那最初的水花翻滚的源头，是一件令人快慰的事：

> 以圣洁的虔敬心情，走近那些岩礁，
> 在那儿流动着古老歌曲中驰名的河流。[⑤]

我还记得清清楚楚：上学时，读了那位非洲探险家[⑥]关于尼罗河早期源头的勘察游记，我们激动之余，在一个美好的夏季节日（当时，在慈幼学校，我们称之为“全日假”），太阳一出，连吃的东西也没有带齐，就出发去考察新开河[⑦]——即：米德尔顿所开凿的那条河——的源流，要一直追踪到安姆威尔[⑧]一带丰美草地中的滔滔奔流的水源，那是我们在书里读过的。我们勇气百倍地上路，单枪匹马地探索——

萨默西大楼的展览厅

因为，事关发现的尊严，顶顶要紧的是：除了我们自己，这次探测绝不能向任何学生透露一点儿风声。在霍恩赛那些繁花似锦的地方，在碧草如茵的小径上，希望鼓舞着我们，在令人迷惑的弯道上转来转去，穿过了无尽无休的、简直没法儿通过的盘折小路，但是，那河水好像故意躲着我们，不肯把自己那微贱的出生之地向我们暴露。后来，我们筋疲力尽，饿得要死，太阳也快落山了，我们只好在托腾南附近的布威斯农场旁边一屁股坐了下来，打算走完的路程只走了十分之一——这时候，我们才伤心地看出来：探险家的艰巨事业绝非我们这些嫩肩膀所能承担得起。

一位旅行家为了查勘某条大河，一直要追寻到一小片浅浅的泉水，这样如饥似渴的好奇心，自然令人振奋，但终究无法超过一个读者的那种不怀偏见的欣赏态度——他，在研讨一位成名的文学家时，要一直

---

①此文最初发表于1831年10月号《英国人杂志》，1833年收入《伊利亚随笔续集》，内容写的是作者个人在1801—4年间在伦敦报界的经历。在这段时间，兰姆曾先后为伦敦的《阿尔比翁报》、《晨纪事报》、《晨邮报》撰稿，其中既有为了挣点外快贴补家用的目的而写的当时流行的滑稽小文章，也有表明当时作者的急进思想倾向的讽刺小品。对这种种经历，作者在本文中进行了回顾。

②但尼尔·斯图尔特（Daniel Stuart，1766—1846），1795—1803年间的伦敦《晨邮报》主编。（1803年，该报转售于他人。）《晨邮报》社址与萨默西大楼隔路相对，故文中云云。

③萨默西大楼（Somerset House），在伦敦河滨大道（the Strand），当时皇家美术学会常在此举办展览。

④佩里（James Perry，1756—1821），当时伦敦《晨纪事报》主编。兰姆在1801年夏曾为该报写稿。

⑤引自苏格兰诗人阿姆斯特朗（William Armstrong）《保健之道》（“The Art of Preserving Health”，1744）一诗。

⑥指英国探险家布鲁斯（James Bruce，1730—94），他曾探察埃及尼罗河源，于1790年发表《旅行记》（“Travels”）。

⑦新开河（The New River），英国东南部从赫特福到伦敦的一条人工河，于1609—13年间开凿。

⑧新开河的河源所在地，在赫特福郡。

追溯到他羽翼尚未丰满时的习作，那些不成熟的试笔，像作为《伊尼亚斯纪》之序曲的《蚊虫》[①]，或者约翰生博士为他踩死的那只小鸭子而作的墓铭诗[②]。

想当年，每家晨报都要雇一个笔杆子，每天专写一组滑稽短文——这在报社中是不可缺少的一员。老斯给这类稿子的报酬是一段笑话六便士——在那时候，这算是高价钱了。当天的街谈巷议、流言蜚语，特别是入时打扮，都可以充作文章材料。一篇短文，篇幅不得超过七行，也可以再短一点儿，但一律都得带点刺儿。

我在老斯的报纸上见习着趣闻主撰人这个职务。在这个节骨眼儿上，太太小姐们正时兴穿肉色的，或者，确切点儿说，穿粉红色的长筒袜子——这么一来，我的名声可就一下子打响了。马上，我就被认为是这方面的"一把高手"。嘿，关于红颜色的五光十彩的变化差异，我想出了多少说法儿呀！——从那明明白白的、说俗说滥了的维纳斯之花[③]，直到"坐在众水之上的女人"身上穿的火红的衣裳[④]，我都想到了。顺便，还把脚脖儿也评论了一番。像本记者这么一位规规矩矩的文人，处在如此这般场合，既要接触这么一个微妙的话题，又不能超越一定界限，真仿佛一方面老是接近某种"不大正经的东西"，一方面又像一位高明的杂技演员走在一条钢丝上，不断在礼数与非礼之间保持平衡，稍有一丝一毫偏离正轨，就要落个身败名裂——他翱翔在光明与

---

①《伊尼亚斯纪》是罗马大诗人维吉尔的杰作。传说他在早期曾写过一首题为《蚊虫》（"The Gnat"）的短诗。

②据说，十八世纪英国著名作家约翰生博士在三岁时踩死了一只刚生下的小鸭子，并为它作了（口述）一首墓铭诗。

③玫瑰。

④见《新约全书·启示录》第17章，"坐在众水上的"、"穿着紫色和朱红色的衣服"的女人，指古代的巴比伦。

黑暗之间，或者说，穿过那一派飘飘渺渺、若明若暗的境界；在这场把戏中，就像奥托里古斯[①]一样，对于那些翘首以待的观众，一直拿这句话来搪塞：“啊哟，饶了我吧，好人儿！”但是，我们那个时候最最得意而且至今一想起仍然觉得像搔着痒处一样忍俊不禁的一招儿，乃是在谈到红袜子时，我们宣告：随着阿丝特利亚[②]的飞逝，“最后一位女神抛离尘世而去了！”我们还说：贞静女神飞升上天、向人间最后告别之际，她那羞怯的红晕在她的脚背上猛然一闪。——这，可说是我们想出的最大的花点子，在那些日子里被认为算得上妙文。

但是，时兴趣闻笑谈的风尚，像世上的一切事物一样，冷落下去了；与此同时，那曾经使我们文运亨通的时髦打扮也很快过了时。不出两三个礼拜我们那些可爱的女同胞的尊脚又以晶莹雪白为尚，使得我们这些小文人一下子失去了立足之地。自然，后来妇女界又想出了另外一些新花样，然而，在我看来，它们哪一个也比不了红袜子这样意味深长，能唤起种种奇思妙想，又无意义单调之弊。

有人说过：要是一个人每天必须强吃下六块带十字的圆面包，接连吃上两个礼拜，再好的胃口也要撑得倒掉。可是，我们每天得写出六则笑话，并且不是只写上两个礼拜，而是要一口气写整整十二个月，这是一种更难受的差事。“人出去作工，劳碌直到晚上。”[③]——这句话的意思，我想，应该是说：人的工作是从早晨某个合情合理的时间开始的。但是，我们在京城里，本职工作已经占去了每天从上午八点到下午五点的所有时间；而晚上的几个小时，在我们当时的年龄来说，照例是只玩

---

① 奥托里古斯，莎士比亚剧本《冬天的故事》中的一个喜剧人物，游民，下面引的是他唱的一句歌词。

② 阿丝特利亚(Astraea)，希腊神话中的贞洁的正义女神，在“黄金时代”居于人类之间，后因人变坏，遂离开人类飞升天上，成为“处女星座”。

③ 引自《旧约全书·诗篇》第104篇。

儿不干活的；因此，不言而喻，我要想靠编几段趣闻笑话来挣一点外快，好满足自己除面包干酪之外的其他一切需要，每天能够腾出来的也只有那么一点儿时间了，确切地说，(既然我们听人说过所谓“无人地带”，)这段时间该叫做“无人时间”，因为，这段时间里人们是不应起床而该睡觉的。说得再明白一点儿，指的就是早上起床后的一小时或者一个半小时之内的时间，那时，再有天大的事情，他们也得等着吃早饭。

唉，每天早上，在夏天，是五点或五点半，若在天色晦暗的冬季，则稍稍晚一点儿，天刚露出曙光，头还阵阵地疼，我们就不得不起床，实际上在床上怕只睡了四个钟头——因为，小羊睡觉的时候，我们还不能上床去睡，而我们起床的时间却常常比云雀还要早——在往日那个不像如今这样柔懦无丈夫气的时代中，和所有的年轻人一样，我们到了更深夜半，跟好朋友临别之际，爱在一起热热闹闹喝上一杯——我们所尊奉的可不是那水汪汪、冷冰冰、无血色、酒气不沾的宝瓶星座[①]——我们可不是只喝清水的圣巴细尔教派[②]信徒，也没有在阿古山得过什么学位——我们是纵酒的凯普莱特家族[③]，是爱吃喝快活的哥儿们——可是呵，像刚才说的，我却不得不早早起床，酣睡被中途打断，又不能吃早饭，只蒙蒙眬眬记得曾经喝过一杯红茶提神——只为那可恶的娘姨老太婆已经敲门，不得不起来，她还仿佛幸灾乐祸似地宣告一句：“该起床了！”——我常常恨不得把她那皴裂的手剁下来，挂

---

①宝瓶星座，天文名词，主水。

②圣巴细尔教派，一种苦行教派，信徒以清水为饮料，故有作者下文之对比发挥。但兰姆此语双关，又指他的朋友、戒酒主义者巴细尔·蒙塔古(Basil Montagu)。

③凯普莱特，莎士比亚悲剧《罗密欧与朱丽叶》中的一个家族名，与蒙塔古家族互相仇视。兰姆如此说，是和他的朋友蒙塔古开玩笑。

在我的住室门外，以为像她那样无端打断人家睡眠者之戒——

维吉尔歌唱道：夜幕之降临是轻松适意的，沉重的头落在枕头上也觉得快慰；但是，他接着又说："假如你想敛足奔向上方"，可就不那么容易了[①]——何况一起床还得编出一组带刺儿的笑话——这真是"苦差"、"难事"。

埃及的工头[②]也想不出像我们所从事的这样的苦役。再凶的老板也不会实行这样的暴政，如我们所曾经受过的。一天写半打笑话(礼拜天还不算)——看来似乎算不了什么！在我生平，一天内所写的笑话曾经两倍于此数，视为理所当然，而且并不要求礼拜天歇工。可是，在那时候，笑话是从脑子里自自然然想出来的。然而，万一脑子想不出来，硬要在外边寻找，那可就像叫大山自己走到穆罕默德这边来一样——

看官，请你试一下吧，哪怕只试上短短一年也好。

粉红色的长筒袜子，并不是每周都时兴的；一般来说，不惟没有什么红袜子，而且往往只有一些粗粗直直、不易处理的题目，要靠那些话题，万难把人逗笑——那简直像是一张不会发笑的脸，或是一块打不出一滴水的火石。可是，任务摆在那里，制砖的数目已经定了，不管有没有材料，你都得完成。读者就像贝尔神庙中的那头凶龙[③]，眼巴巴地在那儿等着——你得喂它——它等着自己每天的口粮——而我们和但尼尔一起[④]，天公地道地说，也确实尽了一切力量去满足他，而且几乎

---

①引自《伊尼亚斯纪》第6篇，第126—9行。

②见《旧约全书·出埃及记》第5章：在埃及做苦役的以色列人要求回国，法老(埃及国王)就命令工头虐待他们，不给他们草(制砖材料)，却逼迫他们照数交砖。

③引自希伯来《不经之书》("The Apocrypha")中《贝尔和龙》一篇。

④指上文所说的《晨邮报》主编但尼尔·斯图尔特；同时又指希伯来先知但以理。

把他的肚皮撑破。

当我正为《邮报》勉强挤出一点儿笑料，而且被所谓“轻松写作”的苦差折腾得痛苦不堪的时候，我的老同学鲍勃·艾仑[①]也在那里绞尽脑汁为《圣言报》干着同样的差事。其实，罗伯特并不怎么在文章的滑稽上下功夫。他那些小文章只是稍微写得活泼一点了就是啦。后来，他那满不在乎的劲头发展到了这么一种地步：一条消息，而且往往不是什么重要消息，也被他当作一则笑话拿出来，蒙混他的雇主。姑举一例：“昨日上午，记者漫步走下斯诺坡道[②]，不期竟与市议员汉弗莱先生相遇。尤可欣慰者，该高贵之议员先生健康良好，气色甚佳，较之吾人平日所得印象殊无逊色，云云。”——这位在斯诺坡道上与作者邂逅相遇的先生，由于走路、举动样子特别，常常被当时在报上写小文章的文人当作嘲弄的对象；所以，我这位朋友也想跟别人一样刺他一下。这次奇遇之后，我在霍尔博恩[③]遇见了艾仑。他谈起这回事，高兴得笑出了眼泪，还为这件事次日见报后的预期效果而笑个不住。可是，我那时候一点儿也不明白这到底有什么可笑，而且，就是等他那大作用铅字印了出来，我也没有看出来它究竟妙在何处。那天上午，如果他不碰见那位市议员，而碰见别的什么东西，恐怕倒还好些。因为，不久，他的职务就被解除了，理由是他那个时期的短文写得没有意思。平心而论，刚才提起的那段文章，一开头的口气倒能引起读者的好奇心，文章的情调，或者说寓意，还带有一点儿人情味和睦邻的感情；但是，那结尾却与开场白中堂而皇之的暗示根本无法呼应。后来，我在《真正的不列颠人》、

---

①罗伯特·艾仑，兰姆在伦敦慈幼学校的老同学。“鲍勃”是“罗伯特”的昵称

②伦敦街名。

③伦敦地名。

《星报》、《旅行家》[①]的版面上发现过我这位朋友的手笔——但是，他又接连地被这些报纸解雇了，老板们都表示“对该员不拟继续录用”。要识破他那一套太容易了。每当笑话说不下去，无话可说了，他总要写出这么两句话：“一事并非众所周知：当铺中之三枚篮球，即是伦巴底[②]之古老武器。伦巴底人乃是全欧洲最早之放债者。”——在谱系考证方面，鲍勃真比大英纹章院[③]解释得还要清楚。

在每家晨报中正式任命一个滑稽文章作者的制度早已废止了。现在，编辑们要么自己编笑话来凑数，要么干脆什么笑话也不要。想当初，埃斯特牧师，还有托珀姆[④]，首先在《世界报》上创立了《趣闻栏》。博登[⑤]是当年最红的短文作者，接替倒霉的艾仑为《圣言报》写稿子。可是，像我刚才说的，趣闻笑话的风尚已经过去了。如今，在西登斯夫人的传记作者[⑥]身上，我们很难看出任何痕迹，表明在本世纪初，他那快活的奇思妙想曾经使得全城读者为之迷醉。即使本文作者曾开风气之先的生花妙笔——如像关于阿丝特利亚的简练比喻——在今日看来就会被人认为陈旧过时了。

对报界的回忆，还是一口气说完吧。由于报纸产权转移，我也从《晨邮报》社转到了设在舰队街前拉克斯特罗博物馆里的《阿尔比翁报》社。这真是一次叫人伤心的变化呀！从那有紫檀木写字台和银墨水

---

① 当时伦敦的三家报纸之名。

② 伦巴底，意大利北部地名，古时为一日耳曼民族之名，曾建有伦巴底王国。伦巴底人以善于理财闻名。

③ 负责管理贵族的谱系、族徽。

④ 托珀姆(Edward Topham，1751—1821)，伦敦《世界报》的创办人，埃斯特(Charles Este)是他的助手。

⑤ 博登(James Boaden，1762—1839)，伦敦《圣言报》的主编，并写了一部著名演员西登斯夫人的传记。

⑥ 博登。

壶的漂亮公寓里迁入了另一个办公处——不，这简直不能叫做办公处，只能叫做巢穴，刚刚从死去的妖怪占领下夺了过来，所以其中还仿佛妖雾弥漫——从那忠君爱国且风流文雅的中心一下子搬进了粗野卑俗并煽惑民心的乱源！在这阴暗的小屋里，那狭窄的四堵墙容不下一个编辑和一个微贱的短文作者同时挤在一起工作，而勇敢无比的约翰·芬威克[1]（即伊利亚文章里叫做“比哥德”的那个人）就坐在这里执行他那新的编辑任务。

老芬，自己身无一钱，也差不多把熟朋友口袋里的钱全部掏光，从一个叫做洛弗尔的人那里（自然是赊购）把《阿尔比翁报》的编辑权、财产权和它所拥有的其他一切权利、名分，统统、全部买到自己手里——关于这个洛弗尔，我什么也不知道，只知道他曾经因为犯下了对威尔斯亲王[2]的诽谤罪而被罚带枷示众。这家报纸本来是一桩毫无希望的事业，从创办之日起就一直衰微不振，到这时候只能靠着百把个订户勉强撑持着——老芬却下了决心，一上阵就要用它把英国政府拉下马，然后，我们两个再靠着这个自然而然发迹出头。在七八个礼拜之中，这位入迷发痴的平民政论家四处挪借七先令的和更小一点儿的钱币，来交付印花税，因为，对于具有这种政治倾向的报刊，税局天天催逼税款，是绝不容许拖欠的。我不能在上流文坛混一口饭吃，只好把自己的小小才能附属于这位朋友的凄凉可怜的命运。这时，我们的工作就是写文章鼓吹造反。

对于往日热情的回忆——这，是我们在少年时代为法国革命点燃

① 约翰·芬威克（John Fenwick），兰姆的好朋友，一个穷文人，生平穷困潦倒，有急进思想，曾任伦敦《阿尔比翁报》编辑，不久该报被迫停办。他以后因经济困难，举家赴美，不知所终。

② 英国王储。

起来的狂热激情所留下的全部遗存（如果我们在那个时代是误入歧途的话，走错路的也不光是我们，还包括了如今被当作正人君子的某些人在内）——而并非此时的什么共和主义倾向——帮助了我，在那家报纸存在的整个期间，采取一种大声疾呼支持老芬的真挚的政治狂热的写作笔调。我们的意图是曲折透露，而非直接建议，可能发生的国王退位。断头台，斩人斧，白厅的审判法庭[①]，都用华丽的曲笔加以遮掩——像贝斯[②]说的，从不把那回事明白说出来——哪怕总检察官眼光再尖，也看不出这些转弯抹角的话语中所包藏着的祸心。当然，我们有时候想起在斯图尔特手下所干的那种更像体面绅士的差事，也不禁喟然而叹。但是，主人变了，差事总是要跟着变的。此时，据一位在财政部供职的先生后来告诉我们说，有一两篇短文在他们那个机关里已被特别标上了记号，准备提请有关司法官员注意——偏偏在这个节骨眼儿上，幸乎？不幸乎？我写了一首针对詹·麦——什爵士[③]的讽刺小诗——当时他正要动身前往印度，如老芬所宣称的，去享受他变节之后的赏赐（这且不必细说了）——不料诗发表出来，触犯了另一位爵爷，或者，用他素日爱听的称呼斯坦厄普公民[④]的高尚的感觉，这一下子害得老芬失去了从支持我们的最后一位保护人那里得到最后一点儿资助的希望；报社解散，帝国法官对我们不屑理睬了，我们虽然平安无事，可心里还在怄着

---

①1649 年，英王查理一世于伦敦白厅被斩首处死。此句所云，即指此事，并隐喻革命行动。

②伯宁汉所作喜剧《排戏》中的主要人物。下文“那回事”，指革命。

③指麦金托什爵士（Sir james Mackintosh，1765—1832），英国哲学家，于 1791 年发表《保卫法国》（“Vindiciae Gallicae”）一书，拥护法国革命，后又一反初衷，反对法国革命，并受英国统治者重用，到印度做官。1801 年夏，兰姆在《阿尔比翁报》上发表了一首对他尖锐揭露讽刺的诗，直斥他为“犹大”（叛徒），报纸因而封门。

④指斯坦纳普勋爵（Lord Stanhope，Charles，1753—1816），曾于 1795 年在英国上议院一人投票反对干涉法国革命，而被人称为“斯坦厄普公民”。

气。正是在这个时候，或许比这略早一点儿，但·斯图尔特向我们作了那么一番奇怪的自我表白，说是在他一生中“从来不曾特意进入萨默西大楼里去看过展览会”。

古瓷器

对于古瓷器，我怀有一种女性似的偏爱。每访问一个高贵人家，我首先要看他们的瓷器柜，然后再看他们的藏画。对于这种偏好的次序，我也说不出个道理来，只能说人们各有所好，但因年深日久，也就记不清它到底是怎么形成的了。什么时候别人第一次带我去看戏、第一次去看展览，我都记得清清楚楚；可是，那些瓶瓶罐罐盘子碟子等瓷器究竟是在什么时候开始进入到我这想象世界中来的呢，我可就一点儿印象也没有了。

我最初见到一只瓷茶杯，看见上边那些样子奇奇怪怪、有男有女的小人儿，就觉得有点儿喜欢（难道现在会讨厌吗？），虽然他们画得既不合章法，又不讲透视，好像不受任何因素限制，只是没着没落地在那儿飘浮着。

现在，我很高兴，又见到了这些老朋友——他们身量未变，不受远近法的影响——在你我的眼里看来，他们似乎是在半空中悬着；然而，礼貌周到的画家为了防止这种荒唐可笑的误会，特意在这些人的凉鞋下面抹上一笔深蓝色，而我们出于礼貌，就该把这块蓝色领会为“坚实的土地”。

我很喜欢这些带着女人似的面孔的男人，以及那些（如果可能的话）更加带着女人表情的女人。

这一件上，画着一位彬彬有礼的中国官员端着托盘向一位女士敬茶——二人相离有两英里之遥。大概距离愈远，表示尊敬愈甚吧！另一件上，还是这位女士，也许是另外一位（因为在茶杯上的人物千人一面），正待扭扭捏捏地走进停靠在安静的花园小溪这一边的一只彩船；但是，她那只脚，如果我们按照它那翘起来的角度计算的话，却要恰恰落在小河那一边的开满鲜花的异国草地上，离这边的河岸要有一弗隆（八分之一英里——译者）那么远呢!

在远方——如果在他们这个小天地里，还能算得出远近的话——可以看到马、树、塔，歪歪斜斜，好像在跳着农村圆舞。

这一件上，画着一头牛，一只抬头蹲着的兔子，所占面积相同——也许，在那美丽的中国，天空特别明亮，事物看起来就是这般模样。①

昨天晚茶时分，我和堂姐把最近买的一套精美的蓝色古瓷茶具第一次拿出来使用。我们一边品着熙春茶②（这种茶，我们这些习惯守旧的人一直爱在下午饮用，并且不掺杂别的什么花样），我一边把瓷器上的优美杰作向她一一指点。同时，我也忍不住说道：近几年，我们的情况真是好转了，所以才有闲钱来买这一类赏心悦目的小玩意儿——话说到此处，突然袭来一阵感伤，勃莉吉特把眉头皱了起来。我立刻发现她脸上笼罩着一层忧郁的暗影。

“我倒巴不得，”她说道：“我们手头紧的那些美好日子要是还能再回来该多好。我自然不是说我愿意受穷，而是说在生活中存在着某种小康状态”——她话一说开，就漫聊起来——“我认为，在那种状态中我们倒过得幸福得多。如今咱们钱花不完，买件东西不算啥。可在从前，买什么东西都是一件大事。每逢想买一件花钱不多的小小奢侈品，（唉呀，我费多少口舌才能劝得你答应下来！）早在两三天以前咱们就得辩论一番：一个说行，一个说不行，掂算来，掂算去，还要想好这笔开支出自哪一项，哪一项用度可以省去，钱正好一般多。买一件东西，

---

①这几段说出中国的写意画在一个外国人眼中的印象。
②中国绿茶的一种。

先掂算过钱的分量，那东西才真值得买。”

“有一套棕红色的衣服，你一直穿在身上，破得露出了线，你的朋友们都骂你不知害臊，你还记得吗？——这么寒伧，全都是因为在那个深夜里，你从修道院花园[①]的巴克书铺[②]拖回来的那部对开本的博蒙特与弗莱彻戏剧集[③]。你可记得：对这部书，咱们看在眼里，有好几个礼拜，才拿定主意要买，一个礼拜六晚上才最后下了决心，你从伊斯灵顿[④]家里出门的时候已经快夜里十点，直担心时间太晚了——书铺的老头子嘟嘟囔囔地给你开了门（因为他就要上床睡觉了），端着一支微光闪烁的小蜡烛，在他那些积满灰尘的宝贝书堆里找出了那部老古董——你把它往家里搬，可真费了劲儿，可是心里还想：哪怕它再重上一倍，也不嫌沉！——把书交给了我——然后，咱们动手检查书的完好程度（你称之为“校勘”）——我说，到天亮再把散页修补修补吧，你心急，不肯等，我就拿出糨糊来，连夜粘粘补补——想想这些，穷人不也有自己的穷快活吗？自从咱们有了钱，生活上讲起了阔气，如今你穿上了整整齐齐的黑礼服，还时常仔仔细细刷来刷去，可是你过去身穿破衣、意气洋洋的那种纯朴的自豪感，现在还能剩下一半吗？——当时，你那套墨绿色旧衣服，本来在四五个礼拜以前就破得不能再穿了，可是买那部对开本古书花了十五个（或者十六个）先令——这在那时候我们心目中是一笔不得了的大数——你心里过意不去，特意穿上破衣服，镇定一下自己的良心。现在，你想买什么书都买得起，可是，我再也不见你给我买回来什么有意思的古书。”

---

① 伦敦地名，为蔬菜花果市场，又有剧院，自然是一个热闹去处。

② 当时的一个旧书店。

③ 英国伊丽莎白时代的两位戏剧家，合作写了一批剧本。兰姆曾买到他们的一部对开本戏剧集（1647 年版）。

④ 伦敦地名，在兰姆姐弟当时住所附近。

“有一天，你回家来，左一个抱歉，右一个对不起，原来你花了几个先令买下一幅根据列奥纳多[①]作品复制的版画——咱们给它起个名字，叫做《金发白皙的美人》。[②]那时候，你看看买来的画儿，想想花掉的钱——想想钱，再看看画儿——做穷人不也是别有一番乐趣吗？如今，你没事儿就去逛科尔那吉画店，[③]列奥纳多的画儿不知买了多少张。可是，又该怎么样呢？”

“你可还记得：往年，一到节日，咱们就高高兴兴去恩菲尔德、陶工棒、沃尔桑[④]各处远足旅行吗？——现在，倒是有钱了，可是节日呀、娱乐呀都不知跑到哪儿去了。——那时候，我带一只手提篮，把咱们一天的吃食都装上，有好吃的冷羊羔肉和凉拌菜——玩到晌午，你就四处打听，找一个差不多的人家，可以进去，吃咱们自己准备好的食物——别的钱不花，只买一点儿淡啤酒，那是少不了的——还要看看女房东的脸色，推测一下她肯不肯为咱们铺上一块桌布——艾萨克·沃尔顿[⑤]写他出外钓鱼，在可爱的丽河[⑥]两岸上遇到不少善良好客的女主人，咱们也盼着能碰上这么一位——有时候咱们碰上了厚道人，有时候人家对咱们不是那么欢迎——可是咱们还是你对我笑笑、我对你笑笑，照样有滋有味地吃自己的家常便饭，就连垂钓者的鳟鱼别墅[⑦]也不去羡慕。如今，咱们很少出去玩儿，偶尔外出一天，总有一段路要坐车——还要住进漂亮旅馆，叫上最好的饭菜，花钱多少根本不去争

---

① 即意大利大画家达·芬奇。

② 这幅画的本名叫做《娴静与虚荣》。

③ 当时一个意大利人在伦敦开的画店。

④ 英国地名，恩菲尔德在米德尔塞克斯郡，沃尔桑在伊塞克斯郡。

⑤ 沃尔顿(Izaak Walton，1593—1683)，英国散文作家，代表作为《垂钓名手》（“Compleat Angler”），还写了几篇著名的传记。

⑥ 伦敦附近的一条河名。

⑦ 即《垂钓名手》一书的主人公居住的地方。

论了——过去旅行，尽管会受到什么样的待遇自己说不准，欢迎不欢迎要看人家的高兴，可是那种乡村便餐的风味，现在是一半儿也尝不到了。”

“现在，你是有了派头了，不坐在戏院的正厅池座，就不肯看戏。但是，你记得吗？往年，看《黑克珊之战》，看《加莱的陷落》，看班尼斯特和布兰德夫人演的《森林中的孩子们》[①]，咱们坐在什么地方？——那时候，好不容易挤出几个先令，咱们才能在一个季度里看上三四回戏，坐的是一个先令一张票的楼座[②]——那种座位，你总说带我去不合适——可是，谢谢你，你终究还是把我带去了——正由于不好意思，倒更是乐在其中——因为，幕一拉开，思想一下子就被阿尔登森林中的洛萨琳、伊利里亚宫中的维奥拉[③]吸引过去了，谁还顾得去想自己在戏院里坐在什么位子上？以及，坐在什么地方究竟意义如何？你爱说，要与众共享看戏之乐，最好的位子就是便宜的楼座——不常去戏院的人，看一次戏才觉得兴味无穷——在楼座里一同看戏的人，由于多半没有读过剧本，对于舞台上的表演当然就得格外专心地观看——因为，一个字听不清，剧情就要中断，他们没法儿填补。那时候，咱们就拿这些话来安慰自己的自尊心——而且，尽管以后在戏院里再贵的位子我也坐了，可是，我问问你：在楼座上看戏那一阵，我作为一个妇女，不是也没有受到过什么不够关心、不够体贴的待遇吗？自

---

① 《黑克珊之战》、《加莱的陷落》和《森林中的孩子们》，是当时在伦敦上演的剧目；班尼斯特和布兰德夫人是当时的演员。

② 楼座的票比较便宜。

③ 洛萨琳，莎士比亚喜剧《如愿》中的女主人公，阿尔登森林是该剧的主要场景。
维奥拉，莎士比亚喜剧《第十二夜》中的女主人公，伊利里亚是该剧的主要场景。

一到节日

然，拥进大门，顺着狭窄的楼梯往上挤，那是够乱的——可是，即使在那种场合，对于妇女礼让的习惯也还是受到尊重，并不比咱们在其他入口所遇到的情况要差——而且，稍稍作一点儿难，最后终于挤进那小小的、舒服的座位上看戏，才更体会到来之不易！现在，咱们要看戏，付了钱，进去就是了。你还说，再进楼座，你就没法儿看戏了。可是，我深信，在那个时候，咱们看，也看得真真的；听，也听得清清的——不同的是，咱们看戏的眼力什么的，我想，已经随着咱们的贫穷一同失去了。”

“往年，草莓一上市，买的人还不多，咱们要吃就吃——趁豌豆还是鲜物，晚饭时来一碟儿尝尝，款待自己——这才叫享受。可是，现在咱们过日子，谈得上什么享受？如果偶尔想款待一下自己，就是说，吃两样稍稍超出自己收入能力的好菜好饭，那就觉得好像要做什么任性的坏事；偶尔一时高兴，买了一件彼此都喜欢的廉价奢侈品，你我之中准有一个人连忙道歉，把两人备占一半的罪过责任都由他单独承担——其实，刚才我所谓的享受，不过是说，咱们把用度略微放宽一点儿，比现今穷人过日子稍稍多花一点儿钱也就行了。要是照这么理解，人尊重尊重自己并没有什么不好。因为，尊重自己才能给人暗示如何尊重别人。可是，咱们现在——据我理解——从来也不知道尊重自己。这一点，只有穷人才能办到。当然，我指的不是那些精穷的人，而是像咱们过去那样，刚刚免于匮乏的人。”

“我知道，你想说什么。你想说：到年终收支相抵才是一件大大高兴的事。——过去，每年到了十二月三十一日晚上，咱们就算账，绞尽脑汁寻找超支的原因——碰上了糊涂账，你就耷拉着脸，做出一副苦相，竭力想弄清楚：咱们在这笔账上为啥花那么多钱——在那笔账上又为啥没有花这么多钱——明年说什么也不能再花这么多钱——可是算过来算过去，只看见咱们那一点儿小家当不断减少——尽管如此，你还是制订着这种方针、计划，那种折中方案；大谈着此后何种开支可以削减，何种用度可以免掉；用你那随青春而俱来的希望，加上你那爱笑爱闹的脾气（这种脾气，到如今你也没有改掉），把咱们的亏空统统大包大揽起来；所以，最后，咱们还是高举起'斟得满满的酒杯'（引用你所称道的快活诗人科顿先生[①]的话），把'即将来临的一年'欢迎到咱们家里来。现在，每到旧年年底，咱们倒是不必算账了——与此同时，新的一年能给咱们带来的美好希望也失去了。"

勃莉吉特平时难得开口，现在她滔滔不绝地说起来，我再三踌躇，不知该怎样才能打断她的话头。不过，听她讲到我们阔气了云云，我感到好笑，因为那仅仅是她那一厢情愿的幻想所产生的一种错觉，实际上我们每年不过只有几百镑的可怜收入。"诚然，"我开口说："在过去手头紧的时候，咱们的日子过得倒更高兴。可是，我的老大姐，那些年咱们可比现在年轻呀。如今咱们收入宽裕，对此怕也只好将就了；因为，倘若把多余的财物全都抛入大海，那对咱们并不见得会有多大好处。至于说到你我相伴度日、历尽艰辛的往事，那自然是值得怀念的。在那些日子里，咱们同甘共苦，相依为命。假如，咱们过去也像你现在抱怨的这样钱多得花不完，那么，你我姐弟之间也就不可能会有多年来这样的情谊。可是，咱们的身心抵抗力，以及环境压抑不住的那种蓬蓬勃勃的春青朝气，已经消失了。人到衰暮之年，充裕的财产便是一种额外补充的青春，尽管无补于大局，可它怕也就算是你我最大的指望了。过去，咱们走路；今天，就得坐车，就得比你所津津乐道的那种收入不多的美

① 科顿（Charles Cotton，1630—87），英国诗人和作家。兰姆很欣赏他的一些情调轻松愉快的诗。他还写了《垂钓名手》的续篇，并出版一部蒙田随笔的英译本。

好往日过得略好一点儿，躺得稍舒服一点儿，这样做是理智的。然而，话又说回来，假如那些日子真的还能再来——你我还能一天步行三十英里——班尼斯特和布兰德夫人还能重新年轻，再登舞台；你我还能重新年轻，再去看他们演戏——假如花一先令在楼座看戏的美好的往日还能再来——这一切，我的老大姐，如今早已化为幻梦了——而且，此时的你我，可以不必偎近这铺着地毯的炉边，坐在这华贵的沙发上安安静静谈话，而重新回到那狭窄的楼梯上，让那些穷得不能再穷的下层观众推过来、挤过去、碰碰撞撞——再听见你那忧急的尖声喊叫——直到费尽千辛万苦，爬到楼梯最高一层，这才蓦地看见楼下那一派灯火辉煌、欢腾热闹的剧场尽在眼底，还听得你柔声地说出一句：'感谢上帝，总算平安无事！'——假如这一切还能重新出现，我倒真愿意拿出比克利萨斯王[①]或者据说那个犹太阔佬罗某某[②]拥有的财产还要多的金钱，多得足够填塞起一个无法探测的万丈深渊，好作为交换的代价。至于此刻，还是请你欣赏一下在这瓷器上蓝蓝的夏季别墅里这位娉娉婷婷、弱不禁风的娇小的夫人，以及这个滑稽的中国小听差——他将一把足有床罩那么大的伞盖打在这位太太的头顶上。”

---

① 公元前六世纪的吕底亚国王，以豪富闻名。

② 指罗斯柴尔德——十九世纪欧洲的犹太大富翁。他的家族所开的银行当时遍及西欧德、奥、法、英、意等国。

酒鬼自白[①]

从古到今，劝人勿饮烈酒本来是那些自己对酒涓滴不沾的雄辩家们洋洋得意的话题，而且也引起了那些只会喝水的论客们的大声喝彩。不幸的是，他们的话对那亟待挽救的受害者本人又往往收效甚微。然而，饮酒之害却是世所公认，纠正之道也很简单：戒掉就是。没有什么力量能够强迫人违背自己的心愿举杯痛饮。戒酒，就像一个人不偷盗、不撒谎一样容易。

呜呼！手要捞摸东西，舌头要作假见证，毕竟不是出自人天性的爱好。这些行为，对于他们自己原是无可无不可之事，一旦幡然悔悟，便可毫无怨言地丢掉。所谓“一天不偷，手指发痒”不过是一种夸张说法；而说谎者的舌头虽然惯于散布有害的谎言，其实也同样能够滔滔不绝地大谈有益的真理。然而，一个人一旦与白酒结下了不解之缘——

唉，我写下这个字眼儿，要请刚正的道德家且慢动怒。阁下神经健全，头脑果断，肝脏也托天之福无病无灾，请你先了解一下这个玩意儿的厉害，那么，在你那责难之中也许会流露几许同情和谅解。对一个潦倒不堪的人，不要再踏上一只脚。他既已陷入这种绝望境地，声名狼藉，也不必硬要他弃旧图新，因为那就像要使拉撒路从死里复活一样[②]，没有奇迹，断难办到。

改过自新一旦开始，习惯了也就好了。问题是，这个开始太可怕了。开头的那几步不像是爬山，倒像是从火焰中穿过去——那可怎么办呢？全身必须经受的强烈变化，是如我们想象中有些昆虫在成长中所经历的那种形态变化——那又怎么办呢？而且，所要经历的变化过程只有活剥皮才可以相比——又怎么办呢？一个弱者，在这样的斗争中败退下来，又怎能同顽固坚持其他恶习不改混淆起来，因为那些习惯不同于酒瘾，并不会引起某种身体上的迫切需要，使得受害者全部身心都处在它们控制之下。

我知道，有一个人处在这种状况，他曾试过一下，在一天晚上滴酒不沾——其实，对他来说，那害人的汁液早已失去它原来的蛊惑，他也早知道它不但不能减轻自己的苦闷，而且只能使它加深，——然而，在那剧烈斗争的时刻，由于身心痛苦交相煎迫，为了摆脱那种烦躁不安的状态，他竟然急得大喊大叫，甚至发出了哀号。

我还犹豫什么，干脆招认算了：我说的这个人就是在下自己。我无需乎向别人哭哭啼啼认错。因为，在我看来，每个人的行为都不定在哪个方面偏离开纯粹理性。我给自己带来了苦恼，我只对我自己负责。

我认为，有些人体质特别好，他们头脑健全，肠胃像铁一样结实，无论如何纵酒，也于他们无伤；对于他们来说，白兰地(我见过有些人喝起白兰地就像喝葡萄酒一样满不在乎)，至少，葡萄酒，灌得再多，也不要紧，顶多使他们脑子稍微有一点儿迷糊，不过，他们大概从来也不会多么清醒。对于这些酒豪，我这篇文章等于白写。因为，他们看了，会笑话我这个孱头，在酒量上比不过他们，就只好劝告他们：这种比赛实在危险。所以，我的话只能说给另外一类大不相同的人，他们是些有神经质的弱者，在与人们交往中，必须喝一点儿酒，这才能把自己

① 这篇文章原是兰姆应朋友之请为一本劝人戒酒的文集所写，其中内容虽也有作者个人的一些影子，但整个来说，写的并非真人真事，而是一篇文学创作。然而，1822 年英国的有保守倾向的刊物《每季评论》，出于派别情绪，以这篇文章为借口，说兰姆本人就是酒鬼。因此，兰姆将它在《伦敦杂志》上再次发表，并以编辑的口气加上按语，说明：文内的酒鬼，乃是作者多年观察酗酒之害后，综合概括的一个人物；作者本人虽对喝酒之害也有一定体会，但文内的描写是大大提高、夸张了的。

② 据《新约全书 · 约翰福音》第 8 章，有一个叫拉撒路的人病死，耶稣行奇迹，使之复活。

的精神人为地刺激一下，提到周围人一般的高度。我们这些人喝酒的秘密就在于此。这一类人顶顶要紧的就是必须逃避饮宴作乐的酒桌——如果他们不愿意一辈子自暴自弃的话。

十二年以前，我刚满二十六岁。从离开校门到那个时候，我常常离群索居。朝夕良伴，主要是书；即有一二好友，也像我一样，属于爱读书、不喝酒的这一种脾气。我每天早早起床，按时睡眠；我有理由相信，上帝所赐给我的种种才能，并不曾由于弃置不用而衰退。

在这个时候，我交上了另外一些朋友。这些人爱吵爱闹，夜里不睡觉，见面就抬杠，常常喝得醉醺醺的，但外表上好像是些极有才华的人。我们到了后半夜还兴高采烈地泡在一起说俏皮话，或者说，硬找些俏皮话来说。我脑子里的所谓奇思妙想，自然比我那些朋友们要多。他们对我喝彩捧场，我也就以滑稽家自居。其实，再也没有人比我更不适于担任这么一个角色了，因为，除了每逢要说什么，我常常苦于词不达意之外，我还天生就是一个结巴磕子！

看官，假如你具有我这样的天生缺陷，你立志要干别的什么都行，可千万别想卖弄伶牙俐齿。要是你的舌头不说话就痒痒，特别是一见眼前摆出好酒一瓶、干净的玻璃杯几只，马上觉得一连串不同凡响的念头袭上心间，总想进行一番俏皮的谈话，这时，你千万不可屈服，要像面临着一场大灾大难那样立即逃避。要是你克制不住你那想象的能力（或者说，被你误认为想象力的某种内心感受），就把它排遣一下吧，让它在其它方面发挥出来。譬如说，写篇随笔，写篇人物记，描述一桩事物，——然而，千万不要像我这样，泪流满面地在这儿写忏悔录。

成为朋友们的怜悯对象，仇人们的嘲弄目标；受陌生人怀疑，被傻瓜们呆看；你说不出俏皮话，人家说你这个人呆头呆脑；你明知自己沉闷无聊的时候，别人又夸你简直妙趣横生；动不动被人叫起来进行即席滑稽表演，尽管事先精心准备一番也拿不出来；受别人鼓动做什么事，做完了，只惹人看不起；被唆使着去引人发笑，一旦目的达到，却给自己招来了憎恨；为人提供愉悦，自己倒被人不怀好意地侧目而视；吞咽下那摧毁生命的酒浆，让它化为轻松的呼吸，以便逗引那些无聊的听众一笑；为了狂欢的夜晚，而以痛苦的早晨作为抵押；浪费掉无穷的时间，收回的却仅仅是那点点滴滴、微不足道、勉勉强强的称赞，——这一切，便是我插科打诨、拼命喝酒所得到的报偿。

时间，能把这种仅仅靠着杯中物来结合的交情一下子解除；时间对待我，比我自己的趣味和眼力更加仁慈，终于使我睁开了眼睛，认清了我原先那些朋友的所谓品性。此刻，他们当然已经消失得无影无踪了，但是他们所传给我的坏毛病，他们灌输给我的恶习，仍然存留在我的身上。我那些朋友们通过这些恶习还附在我的身上，只要我对他们稍有不忠诚的表示，他们就要对我大大地报复。

那时以来，我结交了一批新的伙伴，他们那高尚的品德不仅藏之于内，也为人所共知。虽然与他们相识偶尔对我也有不利影响，但是此事如果重新考虑，我还是拿不定主意，自己究竟能否鼓起勇气，不惜以失去益友为代价来远避有害的影响。这是因为与他们交往之时，不久前和那些旧友酒食征逐、乌烟瘴气的印象还记忆犹新，只要这些新交于无意之中提供一点点燃料，就足以将我那往日的嗜欲之火点燃起来，变成一种新的不良癖好。

他们并不好酒贪杯，但是，这一位由于职业上的习惯，那一位由于乃父之遗风，都吸上了烟草。魔鬼真是想出了再巧妙不过的圈套，把一个已经走上新路的悔罪者又抓了回去。这时的转变，从把液体的火焰[①]

①酒。

大口大口地吞进肚里，变为将枯燥无味的烟雾[①]一股一股地从嘴里喷吐出来，倒有点儿像是糊弄一下魔鬼。但是，跟他打交道可不是好玩的。跟魔鬼做实物交易，我们只有吃亏。我们想拿一种新缺点来抵消一种老毛病，他却叫我们上当，使我们加倍倒霉。结果，烟草这个白色魔鬼又招来了七个比他更凶的恶魔。

一开始，我只是一边抽烟，一边喝点儿啤酒；后来，一步一步发展，先喝淡葡萄酒，再喝浓葡萄酒掺水，再喝混合甜酒，然后，是那些变魔术一般合成的种种饮料，它们，在混合酒的名义之下，隐藏着大量的白兰地或者其他害人的烈酒，而掺的水却愈来愈少，后来简直跟不掺水差不多，最后则干脆一点儿水也不掺了。——然而，向看官一一细述这些过程未免不大礼貌。我所陷入的这个地狱的内幕，说起来都令人生厌。

假如我再谈一谈我跟烟草的关系，说一说我好像对它宣过誓效忠似地，甘心为它所奴役，辛辛苦苦为它服务，各位看官一定不信、不听。还有，每当我下决心要把它戒掉，总有一种负恩的感觉油然而生；它好像跟我有某种私人交谊，可以像一个老朋友似地向我提出这样那样的要求。还有，在读的书里偶尔提到了吸烟，譬如说，在《约瑟夫·安德鲁斯》[②]里看到亚当斯牧师就着客店的壁炉抽了一口烟，或者，在《垂钓名手》[③]里看到那位皮斯卡托在他那叫做“钓徒圣殿”的优雅房间里先要抽一袋烟、才进早餐——这，一下子就会把几个礼拜戒烟的成果给打破了。还有，一旦戒烟，半夜里在道路上行走，总觉得有一只烟斗在

---

①烟。

②英国作家菲尔丁写的一部小说。

③英国散文作家沃尔顿的代表作。书中的主人公叫皮斯卡托(意为“渔夫”)，“钓徒圣殿”是他的住室之名。

眼前晃动，一切逼真，不容我不信，——它那烟汽儿袅袅上升，它那馥郁的香味儿令人安然思睡，它所产生的千百种微妙的性能支配着人的感官，凡此都引起我痛苦的感觉。从它发出了红红的亮光直到它渐渐熄灭下去，它对我所产生的作用先是从迅速的安慰化为消极的轻松，然后又转入烦躁和不满，最后则变成纯粹的痛苦。直到如今，尽管它的一切可怕的真相、全部的秘密对我来说都已暴露无遗，我仍然感到为它牵引，无力自拔。——它深入到了我的骨头缝里。

那些不惯于检查自己的行为动机，算计一下那习惯的链条究竟是由多少根钉子铆紧的，或者不曾受到过如此顽固的习惯约束的人，对于我刚才说的话，或许不敢相信，认为那描绘夸张太甚。然而，许许多多不幸的人，从本性来说并非无心向善，但却不顾朋友直言相劝、老婆哭哭啼啼、世人纷纷责难，一味把自己拴在烟斗和酒壶之上，受它们束缚，试问，这比起奴役来又有什么区别呢？

我曾看过一幅临摹考莱琪奥[①]的版画，画面上有三个女子服侍一个身子被紧紧捆绑、坐在一棵树下的男人。色欲，正对他施以抚慰；恶习，把他钉在一根树枝上；在这同一时刻，憎恶又把一条蛇按在他的腰间。他的脸上微微露出欣喜之状——那与其说是表示他感觉到了眼前的欢娱，还不如说他在追思已逝的过去；无精打采地享受着邪恶的快乐，完全失去了为善的能力；一种西巴利斯人[②]似的柔弱，对于奴役俯首帖耳的顺从；意志的发条，像一只散了架的钟表，完全停了摆；罪恶与苦难同时并存，或许，尚未犯罪，苦难就先来临，行动之前，悔恨便已产生。——所有这一切，都在这一瞬间表露无遗。看到此处，我对

---

① 考莱琪奥（Antonio Allegri da Correggio，1494—1534），著名意大利画家。

② 西巴利斯（Sybaris），古希腊在意大利南部的一个属地，该地居民以享乐腐化出名，因此，“西巴利斯人”就成为腐化堕落者的同义语。

于画家这种惊人的本领不由衷心敬佩。然而，离开那里，我又落下泪来，因为，我禁不住想起了自己的处境。

在这方面，要想改变怕是无望的了。我陷溺得太深了。然而，我这个身陷深渊的人，万一说话还有人听，我就要向那些一只脚刚刚踏进这可怕的洪水中的人们大声疾呼。特别是青年人，因为他们对于初次沾唇的酒，就像生命一开始所见到的种种景象，或者刚刚进入一个新发现的乐园，总是觉得妙不可言。要是他能够看一看我现在的悲惨状况，要是他能够明白：一个人眼睁睁看着自己跌下万丈悬崖而束手无策，——眼见得自己走向绝路而又无力阻止，而且清清楚楚意识到这种灾难全是由他自己一步一步招引来的；他感觉到自己身上的一切优良品性已被此种恶习荡尽，又未能忘情于以往别样的日子，然而，却也只能扮演着自戕自毁的可怜角色——这一切是何等的可悲。要是他再能看一看我这狂热的眼神，它由于昨夜酗酒而烧得红红，而且还在灼热地渴望今晚将这蠢事重新表演一回；要是他能从这死亡的深渊中听出我每时每刻都在用愈来愈微弱的声音发出的“救命”呼喊，——那就足以使他将那闪闪发光的饮料泼在地上，不管它如何泡沫四溢、香气诱人；他就该把牙关咬紧，

绝不松开，
不让酒精那个魔鬼从牙缝中溜过。

说得好，但是（我仿佛听见有人反驳道），既然戒酒像你试图劝说我们时说的那么美妙，既然清醒的头脑给人带来的种种安慰比你细细描写、深深悔恨的那种酒后亢奋状态要强得多多，那么，什么障碍也没有了，你何不和你劝人不可沾染的坏习惯一刀两断；原来的美好日子既然

如此值得珍惜，你何不把它重新再找回来呢?

找回来！——啊，我多么盼望能够回到自己的青春岁月，那时候，只要从那清清的泉水中喝上一口，就足以消除炎炎夏日和青春活力在我血液中所搅动起来的全部内热；我多么渴望把你再找回来，你纯洁的元素[①]，孩子们以及像孩子一般圣洁的隐士们[②]的饮料！在睡梦之中，我有时还仿佛觉得你那凉爽得沁人心脾的清流从我这热得发烫的舌头上滑过去。然而，一觉醒来，我对它却喝不下去。往日，能使天真少年精神振奋者，如今却只能使我厌恶，使我萎靡不振。

那么，在完全戒酒和足以致人死命的过度纵酒之间，就没有什么中间办法了吗? 看官，为了你好，为了不让你把我的遭遇再亲自体验一番，我只有痛心地向你说一句可怕的真话：没有，我想不出来。按照我的酒瘾(且不说那些酒瘾没有我大的人——对于他们当中的某些人，上述劝告或许不失为万全之计)，按照我现在上瘾的程度来说，要是喝酒不喝到一定分量，要是不能引起昏昏欲睡的感觉，要是不能使得一个酒鬼像中风似地麻木不仁、倒头便睡，那就等于完全没有喝酒。自暴自弃是痛苦的。它的滋味如何，请看官以我为鉴好了，不必亲自尝过苦头，方才相信。倘若他真要亲自体验一番，他就得喝酒喝到那种地步，那时，看来荒谬，*只有在酒意陶然之中他的理智才能特别清醒*——因为，可怕之处在于：人的智慧精力，如果受到酗酒无度的不断影响，脱离了那有条有理的生活轨道，脱离了那朗朗白昼间的种种事务，势必要被作践得衰竭不堪，到最后，哪怕要想稍稍有所表现，也非依靠狂饮滥醉不行——其实，正是酒毁掉了他的一切。酒鬼，在他不喝酒的时

---

①水。

②指古时欧洲的某些修道者，他们住在沙漠中苦修，以水为饮料。

候，精神上反而不大正常。坏事，对他倒成了好事。

看一看我吧——我本来正当年富力强之时，人却弄得痴痴呆呆、衰朽不堪。听我来说说自己从深夜的酒杯里究竟得到了什么收获和好处吧。

十二年前，我体格健全，心境良好。自然，我什么时候也不算身强力壮，但是，很幸运(对于一个身体虚弱的人来说)，我的身体也还不是像它表面看来那样弱不禁风、动不动就闹病。我简直不知道啥叫生病。然而，现在呢，除了我泡在酒海里那一会儿，我头上和胃里的不适之感总是挥之不去——这可比那些明明白白的病痛要难受得多。

过去，不拘冬夏，早上六点以后，我很少待在床上。我一觉醒来，神清气爽，脑子里总是转悠着一些快活的念头，心里总是回荡着一支歌儿，迎接那新的一天。可是，现在呢——赖在床上不起，达到最大极限之后，骚扰心间的只有一个预感：沉闷无聊的一天又要开始了；这时，我就在心里暗中盼望还不如一直这样躺下去，或者，永远不醒。

生活，我醒来后度过的生活，就像做噩梦一样乱糟糟、闹纷纷、阴暗暗。大天白日，我好像陷入了什么巨大暗影的包围。

工作，尽管和我的脾气不那么合拍，但既然不能不做，总得高高兴兴去完成才好；而且，一开始我还是处理得挺麻利的；然而，如今它只让我感到厌烦、害怕、困惑。我满脑子里装的都是各种各样泄气的事情，不能胜任工作的念头折磨着我，我真想把这个给我挣来面包的职业辞掉。甚至，受朋友之托办一件微不足道的事，或者，履行自己分内的小小职责，譬如说，向一个商人订货，等等，我都提心吊胆，生怕办不成。可见，我的工作动力已被摧毁到何等程度。

在和人们交往中，我也同样表现得胆小怯懦。我没有勇气向朋友保证：如果他有求于我，我敢于拿出刚强不屈的男子气概去保护他的荣誉或者利益。这就是说，道义行为的动力也被窒息了。

以往我特别喜爱的消遣，如今已不能使我感到愉快。做什么事也不顺利。哪怕在极短的时间内，想专心致志干点儿什么，也等于要我的命。就连这一篇蹩脚的本人情况简述，也是断断续续写了很久，才写出来；至于内容前后贯串，简直不敢奢望，因为这一点现在已经很难办到了。

历史或者诗歌中那些壮丽的篇章，往日令我欢欣不已，如今只能催我流下一两滴软弱无力的眼泪——那也仅仅是由于年老昏聩而引起的。我的精神受到摧残，失去了锐气，即使面对着伟大的、可钦可敬的事物，也还是振作不起来。

我常常发现自己动不动就一个人在那儿掉眼泪。这种毛病又使我增添了多少羞愧之念和整个的颓丧之感，我自己也说不清了。

以上，就是我所知道的一些事例——虽然，说真话，我自己也并非常常如此。

掩盖着我的弱点的纱幕，还要进一步揭开吗？这暴露够充分了吧？

我，一个可怜而默默无闻的孤独人，写这篇《自白》，并没有怀着什么名利的动机。我说了这一番话，别人究竟报之以嘲笑，还是认真倾听，我也无从得知。反正，情况就是如此，倘若看官觉得在下说中了他的毛病，就请当心为是。我自己的下场已经和盘托出，请他也好自为之、悬崖勒马吧。

“家虽不佳仍是家”辩[①]

我们深信，有两种家是算不得家的：一种是穷人的家，另一种等一下再说。关于前者，那些拥挤不堪的下等娱乐场所和啤酒店里的长凳——只要它们会说话——就可以提供出令人伤心的证明。因为，穷人只能到那些地方去寻求一点儿家的影子，那是他在自己家里根本找不到的。在家里，只有空空的壁炉、微弱的火焰，那还不够让靠在妈妈身上瑟瑟发抖的孩子们的小手指保持一点儿暖气；而在这里，即使在隆冬大寒之际，也能找到烧得旺旺的火炉，炉旁还有一只铁架，可以把他那一点点啤酒放到上面温一温。在家里，饿得面黄肌瘦的老婆总是向他大吵大闹，而一来到这里，他就能受到笑容可掬的招待，那种好处远远超过了他所能出得起的那一点点花费。在这里，他能找到伙伴，那又是家里所没有的，因为穷人家里不会有客人来访。在这里，他还可以看一看外界发生的事，谈一谈政治；而在家里，忙来忙去的并非什么政治，而是家务——一切实实虚虚的兴趣爱好，凡是能够扩大心胸、使他能与整个社会生活互相联系共鸣的一切话题，都被如何养家糊口这唯一的全神贯注的念头所压倒了——除了面包的价钱以外，任何其它消息都是既无意义、也不相干的。在家里，连个食品柜都没有；在这里，至少总还有那么一种丰盛的样子；当他在公用餐柜跟前，烹制赊来的瘦肉，或者在一个角落里大声咀嚼价钱便宜的冷菜，津津有味地吃他的面包、干酪、洋葱头，并没有人嫌他穷；在他眼前还摆着为酒店老板和他全家准备下的好大一块肉。这块肉怎么烹调，他很感兴趣——一面动手帮忙，把三脚铁架从火上搬走，他这才想起原来世界上还有卷心菜烧牛肉这种食品，而在家里他已经快把它忘了。在这一会儿，他把他的老婆孩子都丢到一边儿了。但是，那又是什么样的老婆、什么样的孩子呀？对这种抛妻弃子的行为，有钱人表示反对，那是因为他们一想到家，就在心里描绘出他们回到家里所见到的自己的妻儿那种洁白无瑕、心满意足的样子。可是，再看一看穷人的老婆脸上是什么表情吧——她们紧盯着自己的男人，折磨他们，一直撵到酒店门口——而他们呢，到了酒店门口，要进去又停了一下，像是有点儿羞愧，但是，某种力量强大的痛苦促使他跨进了门槛。在那女人的脸庞上，由于受贫困的压迫，高高兴兴的、与人友好相处的表情早就被苦难抹煞得一干二净了——难道待在家里，就为看她这么一副面孔吗？这副面孔，究竟像一个女人，还是像一只野猫？唉，她千真万确就是在他年轻时曾向他嫣然微笑的那个女人。现在，她那脸上再也没有笑容了。她怎能给你带来安慰，为你减轻负担？“粗茶淡饭，同吃香甜”，说说倒也不错。可是，如果在食橱里连面包也没有，那该怎么办呢？还有人说：孩子们天真烂漫的喋喋絮语能够消除贫困对人的伤害。但是，穷人家的小孩子根本不会喋喋絮语。最可怕之处还不在于那种环境里没有天真活泼的气氛。一位洞明世事的老护士一天对我们说：穷人的孩子根本不是养活大的，而是硬拉扯大的。那些阔人家里在哺育室里养大的无忧无虑的小宝宝，要放在穷人家的小屋里，不消多久就会被改造成为早熟的、有心眼儿的小大人。大人没时间去疼他，没人认为值得花工夫去哄他玩儿，安慰他，抱着他抛上抛下，没人娇惯他。也没有人去吻掉他脸上的泪痕。他哭了，只能挨一顿打。有人说得好听：“小宝宝，要长大，多喂牛奶多多夸。”可是，穷人的小宝宝害的病是瘦，是营养不良；如果他拿出娃娃们的小花招，想尽量惹起大人注意，所得到的回答只是严厉的斥骂。他从来没有一件

---

① 兰姆的《伊利亚随笔续集》的最后一部分是题为《世俗谬见》的一组十六篇社会短评。这一篇(原题“That Home is Home though it is never so Homely”)是其中的第十二篇。

玩具，也不知道什么叫做珊瑚块儿[①]。他从小到大，从来没有听过保姆的摇篮曲；举凡耐心的爱抚，能使孩子安静下来的吻抱，引人兴趣的新鲜东西，值钱的玩具，或者并不值钱、只是随意变个法子逗孩子一乐的小玩意儿；还有，对小孩子来说最有意思的没意思话，聪明的胡闹，有益无害的瞎话，以及适时插入、能使人忘掉当前的烦恼、唤起幼小者的好奇心的巧妙故事——这一切，他统统都不知道。没人给他唱歌——没人向他讲童话。他是被拉扯大的——任他自生自灭。他没有做过幼小者的梦，一下子就被推进了人生的冷酷现实之中。对于穷人家来说，一个小孩子生下来，并非从此有了一个好玩的小东西，而是添了一张吃饭的嘴，他那一双小手还得早早习惯于干活。在他能跟大人一同做事之前，他不过是跟他父亲争饭吃的一个对手。他不可能给他欢乐、消遣、安慰，也不可能使他回想起自己的幼小时代而变得年轻起来。穷人家的小孩子是没有幼年时代的。无意中听到一个穷苦妇女跟她的小女孩在街头谈话，能使你的心里流出血来——这还是一个日子稍微好过一点儿的穷人妇女，家境比刚才说的那种精穷的人家还要略胜一筹。她们所谈的不是玩具，不是小人书，不是夏天的节日(那么大的孩子正需要)；不是答应过要看什么景致，什么戏；也不是在学校里成绩好受到夸奖——而是怎样把洗过的衣服轧干、上浆，是煤或土豆的价钱。这个小女孩所发出的疑问并非是娇痴好奇心的天然流露，而是带有大人般的预感和忧愁的谋算这些特色。她还没有做小孩子，就变成了一个妇人。她已经学会了怎样到市场上买东西——她为讨价还价争吵不休；她学会了妒忌，还会嘟嘟囔囔发怨言，她变得老练了，精明了，尖刻了；但她从来不会喋喋絮语。有鉴于此，难道我们没有理由说穷人的家不算

① 一种婴儿玩具。

家吗?

然而，还有另外一种家——我们也无法承认它算是家。这种家里有的是穷人家里所没有的食橱。它还有火炉边的种种设备，那更是穷人所不敢梦想的。尽管如此，它仍然不成其为家。我指的是——访客盈门、不堪其扰的人家。但是，许多心地高尚的朋友，有时光降寒舍暂住，我们若不畅开胸怀衷心欢迎，那就请骂我们是不可救药的小气鬼吧！我们所抱怨的并不是客人，而是那些川流不息、毫无目的的来访者，即通常说的那些闲串的人。有时候，我们很奇怪：他们是不是从天上掉下来的？这完全是因为我们的住处不当所造成的错误——它的“星位”没有算好，恰恰坐落在城郊之间的一个该死的中间地带——这么一来，就把城里、乡下的各种闲杂人等都招引到我们家里来了。我们已经老了，人的晚年又是很容易打发掉的。我们在世的光阴无几，这些人一个接一个没完没了、没规没矩地来串门儿，实在叫人受不了。到了我们这个岁数，安静有时就像睡眠一样需要——在白天，它简直就等于睡眠，能使人精神清爽。人到老年，百病丛生，最怕被人打扰。手头上正做着的事情，我们希望不受阻碍地做下去。我们肚子里的学问、计谋自然不多，可是我们匆匆去往的地方学问、计谋更少[①]。我们做什么事，不想被打断——哪怕是正在玩九柱戏。青年时代，我们享有充分的未来所有权；如今，余年不多，在这方面不得不尽量节省。在花费时间上，我们一分一秒也舍不得，好像那是一块块金币。我们行头本来就少，更不能听任蛀虫把它侵蚀、啮咬。大好时光，我们可以拿出一部分跟朋友进行对等交换。但是，在真正的客人和闲串者之间要划出一个

---

① 此处暗引圣经《传道书》第 9 章第 10 节：“凡你手所当做的事，要尽力去做；因为在你所必去的阴间没有工作、没有谋算、没有知识、也没有智慧。”

界限。闲串者夺去你的大好时光，却只留给你一个无聊。客人，本来就是你家里的熟人，像你家里的一只猫、一只家鸟；闲串者却像一只苍蝇，拍着翅子从你的窗口飞进来、飞出去，只让你心烦，还把食物弄脏。这么一来，连生命的低级功能都弄得迟钝了。一有人打扰，连自己的食物也不知如何调制。我们的一顿正餐，要想吃得有滋有味，必须单独享用。当着一位客人的面，我们吃饭已经相当勉强；公共宴会，味道何在，实在不敢领教。在大庭广众之中，食物风味尽失，吃下去也难以消化。倘有一位不速之客闯进门来，消化器官只好完全停顿。有一种人来得很准时，他们串门儿，专选在你的正餐刚刚要开始的那个时刻——他们来，不是为吃饭——而是来看你吃饭。我们的刀叉颓然落下，觉得不吃就饱了。还有些人在另一个方面表现出天才——我们刚刚坐下要看一本书，他们就在这一刹那敲门。他们脸上流露出一种特殊的带点怜悯的嘲笑神气儿，嘴里说他们希望“不至于打扰了你的用功吧？”尽管他们只待上片刻工夫，就飘然而去，再厚着脸皮去光顾另一位住得最近、他可以称之为朋友的读书人，但是，这一本书的情调已经被他毁了——我们只好把书合上，在那一天里，我们就像但丁笔下的那一对情人[①]似的，再也用不着念书了。如果这种侵扰的影响仅仅与其占据的时间同样长短，倒也罢了；问题是接连而来的几个小时也都被它一古脑儿糟蹋掉了。因为，这些看来只是抓破皮儿的轻伤，并不会立刻就收口的。可敬的泰勒主教[②]有云：“不可把慷慨的友情滥施给那些莽撞无礼的人——他们，对于自己的家庭来说，可能就是包袱；同时，

---

① 指但丁《神曲》第5篇中所写到的保禄和弗兰采斯卡——他们是中世纪意大利的一对男女青年，因反抗包办婚姻大胆相爱而于1289年被处死刑。

② 泰勒(Jeremy Taylor，1613—67)，曾任主教，是兰姆所喜爱的一个十七世纪英国散文作家。

他们又从来不肯减轻我的包袱。”这，大概就是他们游游荡荡拜访这个、拜访那个、早晨起来到处串门儿的秘密所在吧。他们，自然也有家的——不过，那也算不得真正的家。

附论：查尔斯·兰姆

（沃尔特·佩特）

本世纪初[①]，英国评论家从德国引进了关于幻想与想象之间的差别以及其它精密的概念，将它们移植此邦，不无好处；同时，他们还特别介绍了滑稽与幽默之间在近似之中的差别：前者像是水壶下噼啪燃烧的荆棘那样发出的浮飘、短暂的愉快声音，后者却是和着泪水、甚至与崇高的想象浑然不分的笑，究其最高动机竟与怜悯无异——譬如说，莎士比亚喜剧中的笑，与他那庄严肃穆的情调，与他那被深深激动的同情心相比，就同样意味深长，因此从他那心灵中涌出的，无论是泪是笑，都是同样真挚、同样感人至深的。

滑稽与幽默之间的这种差别，柯勒律治以及和他类似的评论家曾在他们对于我国往昔一些作家的研究中加以运用，颇具成效。华兹华斯已对想象与幻想之间的差别加以阐述，颇有影响，而他自己作品内容里的某些实质性的差别也为此提供了极好的说明；至于在批评中的另外一种差别，即滑稽与幽默之间的差别，则在查尔斯·兰姆的性格和作品中得到明白的解释和例证——而且，兰姆较之另外许多作家都更为始终一贯地沉浸于那些精微的文学理论中过日子，他的遗著对于把文学当作一种优美艺术来研究的人来说，仍然充满了妙趣。

《十八世纪的英国幽默作家》[②]一书的作者，如果接触到十九世纪的幽默作家，或许会发现（首先，萨克雷本人便是如此）：他们由于主观精神的加强，由于对于主观精神更深刻、更直接的体验，同情所引起的原动力在他们内心也加强了——这代表着晚近一代的精神风貌。幽默，本由欢笑与同情相混合而产生，只有到了狄更斯[3]，这欢笑才变得奔放不羁、大吵大嚷。

查尔斯·兰姆一生处于十八世纪的最后四分之一和十九世纪的最初四分之一。他的作品，为从那时起在我国文学中占优势的这种调子高昂的情调提供了一个过渡；从他的生活状况，也从他的作品的反映当中，我们可以看出：庄严甚至悲惨的东西和快乐的东西奇妙地结合起来了。他的早年岁月消磨在泰晤士河畔，在那红砖墙和带草坪的庭院之内[4]，那儿萦回着关于往日伦敦法学界的许多历史回忆，使得我们也感染到一种独特而亲切的温馨气息。家境仅比贫寒略胜一筹，如他自己所说，"被剥夺了在高等学府中才能享受的娱情怡性的精神养料"，他总算有幸在一所古老的学校里[5]受到古典语言教育，还在那里交上了柯勒律治这位朋友，后来又成为他的热情追随者。到此时为止，他的日子过得还算顺利，不像别的少年那样遭遇坎坷。我们不妨从他以后的为人这么猜想：这个瘦小、病弱的孩子，浅棕色皮肤，眼珠的颜色也相差无几，有点儿像犹太人的样子；他姿态安详，步子缓慢；在他那古怪的脾气之中有一种吸引人的力量，使他受到了保护；而他那一激动就更加口吃的毛病，简直还有几分可爱。

这一切都是轻轻松松的，正像兰姆以后那平静无事的生活在表面上

---

①指十九世纪，本文写于1879年，后编入佩特的《鉴赏集》（"Appreciations"，1889）一书。

②《十八世纪的英国幽默作家》（"The English Humourists of the Eighteenth Century"，1853），是十九世纪著名英国作家萨克雷（William Makepeace Thackeray,1811—63）的一部论文集。

③狄更斯的早期作品《博兹特写集》（"Sketches by Boz"，1836）曾受到兰姆等随笔作家的影响。

④指兰姆的诞生地和小时候居住的地方——伦敦内殿法学院（the Inner Temple），他的父亲在那里为一个律师当佣人。

⑤指伦敦基督慈幼学校（Christ's Hospital）。

也是轻轻松松的一样。只看表面的读者也许会以为他性格轻浮，以为他的欢笑是廉价得来的。然而，我们知道：在这无忧无虑的外表之下，隐藏着某种古希腊悲剧里才有的可怕的家庭惨祸、壮丽的英雄行为和忠诚的献身精神。他那比他大十岁的姐姐玛利，在一次突然发作的疯狂中杀死了自己的亲生母亲，被交付审判。万一司法过分苛刻，说不定会把这问成一桩忤逆大罪。然而，在弟弟做出亲自对她监护的保证之后，玛利被释放了。于是，查尔斯·兰姆从二十一岁开始，就为他这位姐姐做出牺牲，用他的第一个传记作者的话说："此后，他再不寻求足以妨碍她在他感情中所占据的最高地位，削弱他对她扶养、使她安适之能力的任何关系。"他抛弃了"那热烈而浪漫的爱情纽带"，代之以"家庭中的手足之情"。不过，精神病仍然时时复发，有一次还使他受到感染；每到这时，我们就看见弟弟和姐姐一起自动接受别人的约束。在评论伊利亚这个人物的幽默气质的时候，我们切不可忘记这样由巨大不幸和悲悯之情所汇成的一股强烈的暗流，正如我们在了解兰姆的生平时不可能忘记他这么一段实际的遭遇。正因为如此，兰姆才能够出色地评论、甚至可以说是发现韦伯斯特[①]那么一个具有阴暗的天才、沉重的色调、简直叫人毛骨悚然的戏剧家。而他在二十三岁时所写的那篇内容苦涩、稍带夸张的传奇故事《洛莎曼德·格雷》，流露出来的也是同样的调子，带着病态似的、一成不变的阴暗色彩。

从兰姆个人的观点看来，这样发挥自己的天赋才能，运用自己的文学技巧，对于自己，不过能给他那只有枯燥劳动的生活涂上一点儿金光，增添一点儿愉快；而对于别人来说也似乎无关宏旨，只能给他们提

---

①约翰·韦伯斯特（John Webster，1580？—1625？），英国戏剧家，代表作有《白色的魔鬼》和《玛尔菲公爵夫人》等。

供一点儿乐趣，主要通过怀旧的方式告诉他们一点儿小事，而这又与广大世界的浮沉变化毫不相干。然而，这种谦逊精神，这种并无雄图壮志的写作态度，倒使他那作品带上了一种特殊的永久性。因为，许多与兰姆同时代的著名英国作家都曾经纠缠在那些实际的——宗教的，道德的，政治的——概念中去，而这些概念自那时以来，从某种意义上说，业已化为永世不变的普通思想；对于具有另外一套概念的世代来说，那一套概念既然不能再起什么激励的作用，那些曾为传播它们而耗去如许精力的人们的作品，对于后世也就失去了一部分在当代所起过的作用。柯勒律治，华兹华斯，甚至雪莱，虽然由于大大卷入了他们那个骚动不安的时代而成为世人瞩目的人物，但是他们作品中的某些内容却不免由于时易势移而有所减色，反不如另外一些作家——他们似乎并不怎么参与当代的重大事件，对那些大事并不怎么关心，甚至还可能有点儿漠然视之。

像这样不计功利的文学献身者——从数量上说，英国少于法国——兰姆可算是其中之一。他在散文创作中，正如济慈在诗歌创作中那样，圆满地体现了为艺术而艺术的原则①。他在写作时，总是密切结合着具体的东西，从不脱离实际事物中大大小小的细节，种种书，种种人，而且其中任何方面都不曾因为什么抽象理论的干扰而在他的视野中模糊起来，结果，他由于自己博大的同情心而赢得了一种持久的道德影响。看来，他既然不为大事所缠绕，自能与日常生活、特别是与那些亲切动人的琐屑小事直接接触，而在这些琐屑小事之中却原封不动地保存着各种事物的可悲可痛的内情。对此，他曾亲身经历过，并表现了最

① 佩特是十九世纪后期英国唯美主义文学理论的主要阐述者，他的理论曾对于英国拉斐尔前派的诗人以及王尔德等作家产生影响。他这篇关于兰姆的论文，自然也是采用同样的观点。

充分的理解。从他手下，出现了多少充满悲怆情调的神来之笔！——那足以表明：人类的悲哀，Welt-schmerz（世界的烦恼），时时令人痛苦的创伤，从未离开过他；然而，就享受人生之乐而言，正由于他在经济上必须精打细算，一丝半缕物力都要充分利用，对于一点点生活享受都得细琢细磨，在这方面他又具备了何等的天赋本领！乐生的小小艺术，他愿意随时向他人传授。小孩子们之间奇怪有趣的谈话，别人简直就不听的，他却牢牢记在心间，还用在他那古雅而俏皮的文章里，像在极其珍贵的琥珀中保存完好的小昆虫[①]；他还写了《扫烟囱的小孩礼赞》（正像威廉·布莱克以他那出自赤子之心的悲悯情调写出了《扫烟囱孩子之歌》），特别赞美他们那白白的牙齿，赞美他们偷偷钻进阿仑得尔城堡，躲在雪白的被单之下安然熟睡——他这样写，率先透露出我们上一代那些深沉的幽默作家的基调。至于那些由于不测之祸，或者由于天地不仁而受苦受难者，例如失明，或者像他姐姐那样，在精神上患了不治之症，对于这些人，他所怀抱的怜悯之心简直就像慈母的胸怀一样博大、一样纯朴。此外，他在早年为了替被虐待的动物说话，还写过一篇《怜悯的天性》。

假如，无论从深邃或者粗浅的意义上说，死去的人对于自己的身后声名还稍稍关心的话，那么，莎士比亚和韦伯斯特的亡灵，耳朵里长期以来塞满了从人间、从地下听到的那么多的废话，一旦见了兰姆写的关于他们的那些精妙的赏析文字，该会多么高兴呀！提香和霍加斯[②]的亡

---

① 据考古资料，有一种珍贵化石：亿万年前，小昆虫陷进树胶里，结果树胶变成琥珀，而封在树胶中的昆虫随之变为化石，纤毫无遗，异常生动。

② 提香（Vecellio Titian，1477—1576），著名的意大利画家，威尼斯画派的代表人。霍加斯（William Hogarth，1697—1764），英国著名画家，特别以描绘当代风习并有讽喻意味的版画如《娼妓的历程》、《浪子的历程》、《时髦的婚姻》等组画而著称。兰姆曾写有关于霍加斯的论文，对他极为推崇。

灵也应该如此，因为兰姆还是一个很好的绘画评论家，虽然这方面不像他那卓越的文学评论那样受到人们广泛注意。而且，他进行这方面的工作，完全抱着一种出自忠诚、忘我无私的利他态度：首先，为了莎士比亚本人；其次，为了莎士比亚的读者——他具有一个真正学者的脾性：一旦进入课题，就忘记了自己。因为，如我们所知，尽管他“被剥夺掉高等学府里娱情怡性的精神养料”，在本质上他仍是一位学者，他全部作品中的基调，我已经说过，乃是怀念过去；他个人的悲痛、疾病、直感，只对于现在的他才是真实存在的。他有一次说：“我不让当前的事情遮住我的目光。”

对于英国人来说，他不仅是具有永久价值的英国古戏剧的评注者，也差不多算是它的发现者。关于《莎士比亚同时代戏剧家作品选萃》一书，他谦逊地说：“这部书只是根据个人喜好编纂而成。”然而，他在这部书里所加上的那一批按语真可称为评论的精华，它们从精美的文化享受的角度出发，把伊丽莎白时代诗歌中那些韵味悠远、气息芳醇的珍贵片断，加以拣选、贮存，结果，为那些在当时几乎无人知晓的诗人赢得了一代又一代的热心研究者。在那些年月里，他曾经带着愁闷的心情反复抱怨自己事务缠身、时间有限，并且发出叹息，盼望运气好转，能有更多的从事文学工作的机会，可他怎能知道：他的这一部书为世世代代的读者挖掘出多么富有清新气息的一股文化源泉！

首先，自己强烈感受到往昔某一诗人或论说家的艺术魅力，譬如说，伯顿，或者夸利斯[①]，或者纽卡塞尔公爵夫人的魅力；然后，再对这种魅力加以解说，把它传达给读者——在他看来，自己仅仅是在履

---

①夸利斯(Francis Quarles，1592—1644)，英国宗教诗人，著有《寓意诗集》(“Emblems”，1635)。

行一种卑微的任务，其实，不过是把自己创作出来的东西交给读者——这就是他进行评论的方式：它常常是在一封小简、一纸便笺、一篇闲文、一次漫谈中随意发表出来。譬如说，我们就在这样一封日常书信里发现了他对于笛福[①]的天才和作品的极为深刻的评价。

他沿着作者的整个创作历程细细追寻，一直探索到他们心灵深处的构思起点，似乎连霍加斯和莎士比亚自己仅仅半自觉的那些直感也如实体会，使得支配他们实际创作的那些统一法则充分显示出来；再不然，就将某位久已湮没不彰的古旧作家的一段精彩篇章特别推荐出来，加以鉴赏。即使在他随口说出的话里，也流露出往昔英语的古色古香的味道；在他信手拈来的词句中，也明显看出昔日那些文体大师的遗响。葛德文[②]看了从《约翰·伍德维尔》[③]一书摘录的一段引文，以为那是某位古老剧作家的珍贵片断，还叫兰姆帮他查查作者是谁。无论在散文或者诗歌写作方面，他那细腻的模拟能力简直达到了惟妙惟肖的程度。譬如说，在《伊利亚随笔续集》中关于世俗谬见的那些篇章[④]里对于托马斯·布朗爵士的亲切仿作和滑稽模拟就是如此——从那些文章可以看出：通过对于这位堂皇典雅的英文大师的忘我钻研，兰姆已经掌握了构成他那一路风格的种种个性因素，这才能够圆满体现出他的文章特点，即：随时准备以无所顾忌的质朴态度说出自己要说的话，然而，又不断地用他好像是从遥远世界带来的奇特笔调使得我们震惊。原来，兰姆的

---

①笛福(Daniel Defoe，1660？—1731)，即《鲁滨孙历险记》的作者，也是英国重要的散文作家和报刊编辑人。

②葛德文(William Godwin，1756—1836)，英国社会思想家和政论家，兰姆的朋友。

③《约翰·伍德维尔》(“John Woodvil”，1802)，兰姆所写的一部悲剧。

④见兰姆《伊利亚随笔续集》一书的最后部分，即题为《世俗谬见》的十六篇小评论。

文学使命首先就在于要特别指出美文的种种精妙之处，它那多层次的表现方式，它那敏锐的辨察力，它对于字眼儿、词汇的纤毫分明的感觉——不幸的是，我国往昔文学中的此类因素现已无人赏识，它们在当今英国文学中业已销声匿迹了。虽然，他往往仅在散简零篇之中写到霍加斯或莎士比亚这些巨匠，这时才显得他是一个感觉敏锐、趣味高雅的爱美主义者，我们依然可以看出这些往日的文学艺术大师在他那敏慧的心灵中所引起的崇敬之感，他们的作品对于他的精神上留下了何等重大的影响。在阅读、评论莎士比亚的时候，他仿佛是在风狂雨暴的高空之下、在光影交错的奇景之中孑然独行，似乎还有威严的精灵出没于大气之中；在他剖析之下，霍加斯那冷峻的幽默上升成为幽灵似的怪诞风格——虽然，与此同时，他也能看透那些像是同样出自他们之手的意味深长的纤细笔触的秘密。

霍加斯在《浪子的历程》和《时髦的婚姻》中活灵活现地摹绘出往昔生活残留下来的某些遗迹，像房屋和服装的形形色色特征——这些细节，我们非常清楚，本身是平平无奇甚至毫不足道的，然而，由于时过境迁，一旦与我们当代的习俗对照起来，也就显得别有风趣，引起我们的喜爱。有些古板的习惯，古板的服装，古板的家具，种种过时的风尚，无人有意保留，却在偶然中保存下来，我们也以超乎寻常的温和态度对待它们，因为它们代表着某一时代的真实特点——这是无法用其它堂而皇之、不大自然的往古遗迹所完全取代的，正像人们的种种个人癖好，只因它们道出了生活表现的内在秘密，我们也就觉得可以容忍，并在某种程度上给以迁就。但是，一个真正的幽默作家的特权就在于他对于当代的风习和状况也抱着这种沉思默想的心情，在观察周围生活方式的变化时也带着同样高尚，洗练的眼光，看出哪些东西仅仅由于表面习惯的缘故而可能残存下来，哪些东西又会自自然然流传到下一代去。

像兰姆这样的幽默作家，总是采取比一般人更全面了解事物的观点，从整个人生结构出发去观察事物；在观察社会生活方式、外界风习或时尚的时候，也总是紧密结合决定这一切的精神状况；他从诗人的角度，利用时间差距的幻术，在当代甚至提前把地点、身份，生活习惯的特征都加以改观、美化；并且，为了竭力把这种风尚和特征当作一种传统完整地流传下去，不惜为别人可能指责的感伤情绪辩护。“乞丐的礼赞”，“伦敦的叫卖声”，那些刚刚“失去青春”的演员们的癖性；“京城”的某些城乡接壤地带，在行人熙攘之处时有绿野、清流映入眼目；那些古里古怪、过了时、失去兴味的滑稽剧，他仍然津津有味地欣赏，大概是想通过它们去了解往日曾经热闹非凡的英国戏剧界吧；还有，关于古老的花园里的喷泉、日晷仪，他也发过妙论；——凡此种种，他都感到有一种诗意，这自然是属于旧事物的诗意，不过它们仍然作为现实的一部分而存留在今天的生活之中，而且它们也跟那种与我们毫无瓜葛的陈旧事物判然有别，因为，那些东西即使还能重返人间，对于我们来说，它们也完全变成了陌生者，就像司各特[①]笔下在苏格兰边境的那些身披盔甲、爱赌咒发誓的古怪角色。我已经说过，这种鉴赏的才能，来自对于整个人生，对于它那有机的整体，从它的外部表现联系到它的内在精神，甚至包括那些微不足道之事，都具有一种习惯性的领悟能力。这还包括要细致了解人和他周围的习俗、社会、个人交往之间的那种一致性，那些音乐一般和谐的关系；好像这些会见，分离，客套，姿态，说话腔调——这一切只是某位熟练的乐师在一架精巧的乐器上所进行的演奏。

---

①司各特（Walter Scott，1771—1832），著名英国小说家，写有以苏格兰历史事件为题材的一批小说。

这些，就是伊利亚——一位地地道道的、属于蒙田一派的随笔作家——的一些特色。他自己说过，他“从来不对事物进行系统的评价，只是牢牢抓住细节”；他在纵论一切的时候，也像是适逢其会、率兴而谈、聊以自娱，但在这样做的时候，他能胜过他人，往往在瞬息之间窥见并且记下“种种事物那妙趣无穷的姿态”；为了那些爱幻想的读者，他信笔挥洒，然而，在作者无心之中，读者却获益良多。这样的作者有点儿像乔治·福克斯[①]的追随者——教友派信徒对于内心之光的信仰被这位人生旅途的过客所默然接受，他绝不让这光芒白白照在路上——对于隐隐约约瞥见的景物，种种的暗示和联想，欣然有所会心的感受，古老哲人的深邃思想，在事物之中深藏着的理性成分，这一切方面的丰富知识他都贮存下来，而它们也就是构成随笔内容的多种多样的材料。

对于兰姆，正像对于蒙田一样，在那些表面意图掩盖之下，写作的真实动机乃是想要描绘自己的画像。这种愿望，是与近代文学中可以称为蒙田式的基本因素，即亲切态度和自我本位分不开的。他要描出自己的肖像，让你熟悉他这么一个人。但是，做这件事的时候，需要采取曲曲折折的方式，常常要为自己、也为自己的朋友们保一点儿密；因为，友谊在他的生活中太重要了，他非常小心，不让任何东西动摇它、妨害它，有时候甚至不得不弄虚作假——对此，他还给以离奇古怪的“赞美”；这位舞台剧的爱好者意味深长地表示：欢迎来一点儿演戏似的矫揉造作，好使得实际生活中的人与人之间的交往能够更加美好愉快。

---

① 乔治·福克斯(George Fox，1624—91)，英国清教徒中一个宗派“教友派”(the Society of Friends,俗称“震颤派”，the Quakers)的创始人。教友派崇尚“内在之光”，成员作风和平恬静、衣着朴素，反对奴隶制度。兰姆对这一教派颇有好感。

其实，对于肯思考的读者来说，作者的一幅精致而表情生动的肖像业已勾画出来。他这个人的风貌，从他自己作品中的间接暗示，从他那些纸头已经褪色的往日零星书简，从别人回忆中他的只言片语，已经清清楚楚显露；还有，他为之欢笑、为之哭泣的事由，他一时的兴高采烈，他对于远地友人的思念，他关于感情说的那些巧妙的辩解，还有，像他自己说的，有时候他慢悠悠消磨岁月的手段，高度的友爱所达到的那种懒洋洋的幸福状态，当他与年轻人邂逅相逢，而他们又能和他一路同行的时候，他向他们发表的那些高谈阔论；还有，当他对于往日文学中某些美妙之处突然大彻大悟，一下子明白了事物中的深刻诗意，随之也就心花怒放、意兴湍飞；笑，在一切事物中是最最短暂的（甚至就连莎士比亚剧本中的有些笑料也会变得空虚无力），只有兰姆的笑经受住了时间的考验。有许多细节是他那些书简透露出来的，而他的书简可以看作是他的随笔的一部分。他是一位老派的写信人。老派的写信方式与地道的随笔相仿佛，要点都在于深入观察周围环境、随手拈取偶然事件。然而，正像在记录他的谈话时，由于无法记下他那口吃的真实口吻，以致失去他谈话中的特别风味——那是尽管期期艾艾、依然温文尔雅；他写东西也是慢慢悠悠、断断续续、时作时停，如他自己说的，“像一位法兰德斯派的画家[①]”；因此，他的书信编订者说道：“遗憾的是，在将要印出的信件中，读者不可能看到原信里大量存在的在书法方面的种种奇特花样，而那些花样又是跟他信里的内容密切吻合的。”

此外，他还是一位真正的“搜藏家”，倘在藏品中偶有小小发现，

---

①法兰德斯画派（the Flemish School），创建于十五世纪的一个荷兰画派，代表画家有鲁本斯、凡代克等。

譬如说，从一部古书、一幅旧版画上的色渍能看出它过去曾被何人收藏、经过何等遭遇，他就喜不自胜。维塞的《寓意诗集》[①]是他长期渴望得到的“一部古旧奇书”，最后到手了，尽管书里的图版不知被哪个小孩子涂得五颜六色，他仍然视为至宝。他是一个眷恋家庭温暖的人，无论住在哪里，总希望在那有人同住的院子里能有一种温和平静的气氛；他“依恋着他那些心爱的书籍，正如他依恋着他那些好友”；对于“京城”，他一门心思热爱着，把它的一切方面都仔仔细细看在眼里，那里的“一座座古老的厅堂宅院”对他来说都变成了有生命有灵魂的东西。他眷念着另一个人[②]对他的温暖，一辈子心满意足，以纯洁的手足之情，“那最友好、最自然的情感”代替那强烈的爱情。弟弟和姐姐就这样相伴而坐，他们心里明白：在他们两人之中最后一定要有一个人只能孤零零坐在微弱的太阳光下。所以，我们读着他的文章，免不了要想一想：那预先看得清清楚楚的、冉冉将至的老年不知要给他平添多少凄凉之感；同时，我们也高兴地看到：对于已逝的生命和尚存的时光细细思量之后，他仍然不断发现在生活中仍有许多赏心乐事。由于对那尘世生活和人们关系中的高尚事物具有精细入微的品赏能力，他能够赋予那些看来普普通通甚至陈旧不堪的东西以一种诗意的或者幽默的光辉；对于那些弱者，他能关心到他们的叹息，他们那倦怠的、平凡的重重心事，以至于他们那些卑琐可怜的“穷派头”；他还能从纯人性的角度出发谈论死亡，简直跟莎士比亚差不多。

他这种从渴望发现的热情出发，对于文学中约定俗成的东西的关切，和他对于家、对于世俗生活的执着一脉相通；它也是跟我们在他身

① 维塞(George Wither，1588—1667)，英国诗人，曾在1634—5年间出版一部《寓意诗集》。

② 指查尔斯·兰姆的姐姐玛利·兰姆。

上所看到的对于宗教信仰习惯的感情互相表里一致的。他是尊奉那旧时代的基于希望和敬畏之心的宗教情操的一个最后代表，这种情操（正如托马斯·勃朗爵士称自己的信仰为“医生的宗教”一样），可以叫做“文人的宗教”，因为它正是上一世纪（十八世纪——译者）那些平正的作家们，像阿狄生、格雷和约翰逊[①]，以及稍后的奥斯丁[②]和萨克雷，在心中默认的宗教。这种宗教表现为一种宏阔的情感，它在人们和伟大的文学作品不断交流中开拓着自己的发展道路，并且还要扩展到更加伟大的事物上去；它的存在，主要依赖着以往被人们公认的一系列思想信仰，这些信仰所以被人们公认，正如那些伟大的文学艺术作品一样，首先是根据着某种悠久的传统，而在这个传统的发展过程中，那些作品通过千丝万缕的渠道和人们的生活条件联结在一起，到后来人们对它们的感情也就根深蒂固，正像我们现在对于某位文学巨匠——例如，莎士比亚——的感情那样。对于兰姆来说，这种宗教形态变成了庄严的信仰，给他那个人的经历带来一种恬然自若的神情；在它陪衬之下，那些眼前事物对他的刺激得到了缓和；但它需要一种宁静的气氛，这种宁静气氛本身具有圣餐礼一般的作用，简直无须本人协作，就按照潜移默化的原则行事，使他坚持着高尚的品格。事实上，兰姆那灵慧的气质极其需要身心安静，他这样性格的人所以有时渴望安静，并非出自消极的原因，而是由于某种无法解说的感官需要。

含蓄在文学中的作用如何，兰姆的作品提供了极好的实例。在他那

① 阿狄生（Joseph Addison，1672—1719），英国散文家。
格雷（Thomas Gray，1716—71），英国诗人。
约翰逊（Samuel Johnson，1709—84），英国作家、学者。
② 奥斯丁（Jane Austen，1775—1817），英国女小说家。

恬静、古怪、幽默以及他著作里不定什么时候流露出来的轻浮表现下面，如我一开始说过的，隐藏着一种与他的人生相似的真正的悲剧因素。在《洛莎曼德 · 格雷》中露其端倪的那种浓重悲哀，其实是像影子似地笼罩着他的全部作品，不过就作者自己或读者而言，并非时时都能明白觉察，而且，即使他偶有吐露，也总要加以克制。这为他生平志趣所寄的那些生活与文学中表面上轻轻松松的题目赋予一种惊人的表现力，仿佛这些轻松的话语、奇特的想象随时都会一下子深深刺入到事物的核心里去。他的作品和生活中表现出的恬静气度，并非一个心胸卑下的人自甘于浑浑噩噩状态，须得什么强烈的欲望或者什么世俗野心的刺激，这才能促使他充分发挥出自己的才能；相反，那是当他摆脱了古希腊悲剧似的阴暗而狂暴的命运之后天性的自然流露，因为，人经历了那一切，单是得救后的轻松之感就足以构成一种强烈感情，正像一个人刚刚经历了地震或者船只失事，九死一生地逃了出来，那么，只要能回到家里，坐在墙边安安静静度过余年，也会感动得流下眼泪来的。

他非常善于抓住地方特色。有时候，我觉得他本人也很像他所最熟悉、最喜爱的那些地方以及他自己由命运驱使所待过的那些地方：六十五年前的伦敦，修道院花园[①]和古老的剧院，尚未毁损的法学院的庭园，静静流淌的泰晤士河，而在北边、南边，在恩费尔德或者汉普顿[②]，还有“树木欣欣向荣”的原野，那时候的郊外比如今更为生趣盎然，也和城市更为亲近——他“坐在硬生生的木头办公桌旁”，心却徘徊在那些地方。本文作者记得，我也去过上面说的某一个地方，那是在一个雾霭沉沉的初夏日子，在那里我生平第一次听见了杜鹃的叫声。那

① 修道院花园(Covent Garden)，伦敦地名，园中有蔬菜花果市场，并有剧院，为一游玩热闹场所。

② 恩费尔德(Enfield)、汉普顿(Hampton)，伦敦近郊地名。

里的景物从表面上看来真是平凡极了，街道又脏又暗，即使小孩子去采五月花的草地也是平平无奇。然而，一旦天朗气清，景物立刻变一个样子，而且，这儿由于阴晴变化风光大大不同，当天空乌云密布，那壮丽的景色是什么地方也比不了的。这些近郊的田野，以伦敦市为背景，每当暴风雨到来之际，急骤的电光在大楼的圆顶、教堂的尖塔上闪闪照耀，气氛沉郁、雄奇，城乡互相映衬，那景象实在壮观。

译文名著精选书目

傲慢与偏见	〔英〕简·奥斯丁 著 王科一 译
简·爱	〔英〕夏洛蒂·勃朗特 著 祝庆英 译
基督山伯爵	〔法〕大仲马 著 韩沪麟 周克希 译
少年维特的烦恼	〔德〕歌德 著 侯浚吉 译
茶花女	〔法〕小仲马 著 王振孙 译
呼啸山庄	〔英〕艾米莉·勃朗特 著 方平 译
悲惨世界	〔法〕雨果 著 郑克鲁 译
堂吉诃德	〔西班牙〕塞万提斯 著 张广森 译
红与黑	〔法〕司汤达 著 郝运 译
雾都孤儿	〔英〕狄更斯 著 荣如德 译
欧叶妮·葛朗台／高老头	〔法〕巴尔扎克 著 王振孙 译
莎士比亚四大悲剧	〔英〕莎士比亚 著 孙大雨 译
泰戈尔抒情诗选	〔印〕泰戈尔 著 吴岩 译
乱世佳人	〔美〕玛格丽特·米切尔 著 陈良廷等 译
鲁滨孙历险记	〔英〕笛福 著 黄杲炘 译
安娜·卡列尼娜	〔俄〕列夫·托尔斯泰 著 高惠群等 译
十日谈	〔意〕薄伽丘 著 方平 王科一 译
福尔摩斯探案精选	〔英〕柯南·道尔 著 梅绍武 屠珍 译
老人与海	〔美〕海明威 著 吴劳等 译
漂亮朋友	〔法〕莫泊桑 著 王振孙 译
巴黎圣母院	〔法〕雨果 著 管震湖 译
双城记	〔英〕狄更斯 著 张玲 张扬 译
最后一片叶子	〔美〕欧·亨利 著 黄源深 译
瓦尔登湖	〔美〕梭罗 著 徐迟 译
一九八四	〔英〕奥威尔 著 董乐山 译
复活	〔俄〕列夫·托尔斯泰 著 安东 南风 译
三个火枪手	〔法〕大仲马 著 郝运 王振孙 译
苔丝	〔英〕哈代 著 郑大民 译
变色龙	〔俄〕契诃夫 著 汝龙 译
钢铁是怎样炼成的	〔俄〕奥斯特洛夫斯基 著 王志冲 译
浮士德	〔德〕歌德 著 钱春绮 译
太阳照常升起	〔美〕海明威 著 赵静男 译
莎士比亚喜剧五种	〔英〕莎士比亚 著 方平 译
理智与情感	〔英〕简·奥斯丁 著 武崇汉 译
罪与罚	〔俄〕陀思妥耶夫斯基 著 岳麟 译
羊脂球	〔法〕莫泊桑 著 郝运 王振孙 译
鼠疫	〔法〕加缪 著 刘方 译
青年艺术家画像	〔爱尔兰〕乔伊斯 著 朱世达 译

我是猫　〔日〕夏目漱石　著　刘振瀛　译
神曲　〔意〕但丁　著　朱维基　译
红字　〔美〕霍桑　著　苏福忠　译
到灯塔去　〔英〕伍尔夫　著　瞿世镜　译
格列佛游记　〔英〕斯威夫特　著　孙予　译
大卫·考坡菲　〔英〕狄更斯　著　张谷若　译
道连·葛雷的画像　〔英〕王尔德　著　荣如德　译
童年／在人间／我的大学　〔俄〕高尔基　著　高惠群等　译
城堡　〔奥地利〕卡夫卡　著　赵蓉恒　译
汤姆·索亚历险记　〔美〕马克·吐温　著　张建平　译
九三年　〔法〕雨果　著　叶尊　译
铁皮鼓　〔德〕格拉斯　著　胡其鼎　译
卡拉马佐夫兄弟　〔俄〕陀思妥耶夫斯基　著　荣如德　译
远大前程　〔英〕狄更斯　著　王科一　译
马丁·伊登　〔美〕杰克·伦敦　著　吴劳　译
名利场　〔英〕萨克雷　著　荣如德　译
嘉莉妹妹　〔美〕德莱塞　著　裘柱常　译
细雪　〔日〕谷崎润一郎　著　储元熹　译
哈克贝里·芬历险记　〔英〕马克·吐温　著　张万里　译
儿子与情人　〔英〕劳伦斯　著　张禹九　译
野性的呼唤　〔英〕杰克·伦敦　著　刘荣跃　译
牛虻　〔英〕伏尼契　著　蔡慧　译
包法利夫人　〔法〕福楼拜　著　周克希　译
达洛卫夫人　〔英〕伍尔夫　著　孙梁　苏美　译
永别了，武器　〔美〕海明威　著　林疑今　译
喧哗与骚动　〔美〕福克纳　著　李文俊　译
猎人笔记　〔俄〕屠格涅夫　著　冯春　译
圣经故事　〔美〕阿瑟·马克斯威尔　著　杨佑方等　译
希腊神话　〔俄〕库恩　编著　朱志顺　译
格林童话　〔德〕格林兄弟　著　施种等　译
月亮和六便士　〔英〕毛姆　著　傅惟慈　译
失乐园　〔英〕弥尔顿　著　刘捷　译
海底两万里　〔法〕儒勒·凡尔纳　著　杨松河　译
丧钟为谁而鸣　〔美〕海明威　著　程中瑞　译
安徒生童话　〔丹麦〕安徒生　著　任溶溶　译
了不起的盖茨比　〔美〕菲茨杰拉德　著　巫宁坤等　译
虹　〔英〕劳伦斯　著　黄雨石　译
摩格街谋杀案　〔美〕爱伦·坡　著　张冲　张琼　译
坎特伯雷故事集　〔英〕乔叟　著　黄杲炘　译
战争与和平　〔俄〕列夫·托尔斯泰　著　娄自良　译
环游地球八十天　〔法〕儒勒·凡尔纳　著　任倬群　译
人生的枷锁　〔英〕毛姆　著　张柏然　张增健　倪俊　译

剧院魅影	〔法〕加斯东·勒鲁 著 符锦勇 译
百万英镑——马克·吐温中短篇小说选	〔美〕马克·吐温 著 方平 等译
培根随笔全集	〔英〕弗兰西斯·培根 著 蒲隆 译
金银岛·化身博士	〔英〕斯蒂文森 著 荣如德 译
无名的裘德	〔英〕哈代 著 刘荣跃 译
一千零一夜	方平 等译
刀锋	〔英〕毛姆 著 周煦良 译
小妇人	〔美〕露易莎·梅·奥尔科特 著 洪怡 叶宇 译
玻璃球游戏	〔德〕黑塞 著 张佩芬 译
凯旋门	〔德〕雷马克 著 朱雯 译
变形记——卡夫卡中短篇小说集	〔奥地利〕卡夫卡 著 张荣昌 译
伊索寓言	〔希腊〕伊索 等著 吴健平 于国畔 译
前夜 / 父与子	〔俄〕屠格涅夫 著 丽尼 巴金 译
大师和玛格丽特	〔俄〕布尔加科夫 著 高惠群 译
死农奴	〔俄〕果戈理 著 娄自良 译
被伤害与侮辱的人们	〔俄〕陀思妥耶夫斯基 著 娄自良 译
黑桃皇后	〔俄〕普希金 著 冯春 译
伊利亚随笔精选	〔英〕查尔斯·兰姆 著 刘炳善 译
危险的关系	〔法〕拉克洛 著 叶尊 译
夜色温柔	〔美〕菲茨杰拉德 著 汤新楣 译